逐梦前行映初心

"东城故事" 2021

韩小蕙　杨建业 / 主编

世界知识出版社

图书在版编目（CIP）数据

逐梦前行映初心："东城故事"：2021 / 韩小蕙，
杨建业主编.－北京：世界知识出版社，2021.12
　　ISBN 978-7-5012-6455-1

　　Ⅰ.①逐… Ⅱ.①韩… ②杨… Ⅲ.①纪实文学－作
品集－中国－当代 Ⅳ.①I25

中国版本图书馆CIP数据核字（2021）第239758号

责任编辑	张迎辉
责任校对	张　琨
责任出版	赵　玥
封面设计	张思琪

书　　名	**逐梦前行映初心——"东城故事"2021** Zhumeng Qianxing Ying Chuxin —— "Dongcheng Gushi" 2021
主　　编	**韩小蕙　杨建业**
出版发行	世界知识出版社
地址邮编	北京市东城区干面胡同51号（100010）
电　　话	010-65265923（发行）　　010-85119023（邮购） 010-85118128（编辑）
网　　址	www.ishizhi.cn
印　　刷	北京九州迅驰传媒文化有限公司
经　　销	新华书店
开本印张	787×1092毫米　1/16　22印张
字　　数	318千字
版次印次	2021年12月第一版　2021年12月第一次印刷
标准书号	ISBN 978—7—5012—6455—1
定　　价	68.00元

目 录

第二辑 文化发展篇

第三辑 励志拼搏篇

第四辑 感动人物篇

第五辑　生活蜕变篇

前　言

　　我是地地道道生在东城、长在东城的"北京东城土著"。东城是我的家乡，我爱东城，无论走到天涯海角，无论见到多么别致的奇峰异水，我的一颗心儿都不会位移，总是牢牢地贴在北京东城火热的胸膛上。

　　是的，还有哪儿能比天安门、国家博物馆、故宫的朝曦晚霞更壮丽？还有哪儿能比天坛、地坛、前门的蓝天白云更气派？还有哪儿能比钟楼、鼓楼的晨钟暮鼓更雄浑？还有哪儿能比国子监的书卷气更浓厚？还有哪儿能比王府井的人流更热涌？还有哪儿能比北京人民艺术剧院更戏霸？还有哪儿能比中国美术馆更高端大气？……

　　这些，都足以使我因为是一个东城人而感到无比自豪！

　　何况，东城还有革命圣地北大红楼和五四广场；还有引爆"五四运动"的火烧赵家楼爱国学生运动旧址；还有李大钊烈士在北京的最后一个栖身之所东交民巷内的苏联大使馆——1927年4月6日，他就是在这里被奉系军阀掳走的，22天后被杀害，年仅38岁……

　　哦，东城，也是拥有厚重历史和红色遗迹遍布的热土。

　　对于我来说，完全想不到的是，2003年，当岁月的车轮沉稳地行进到21世纪初，我就职的工作单位光明日报社，居然迁址到珠市口东大街，于是，我的"东城"含金量简直接近百分之百了——我成为生在东城、长在东城、工作在东城的"全乎东城人"，试问在当今的北京，还有几人能是这样的幸运儿？

当然，我这样说并非显摆自己。我也绝无居高临下的优越感，更不是另眼看待新东城人。因为我深刻地知道，北京历来就是一个移民城市，我家也是从奶奶辈（爷爷早逝，故说"奶奶辈"）才迁来北京的河北籍人氏，相较于更早就居住在此的北京人，我也算是新北京人和新东城人哈。

目前，北京人和东城人还在不断地增加，这回第七次全国人口普查公布的最新数据显示，北京人口已增加到近两千两百万人（21893095人）。其中最让人骄傲的是在受教育方面，北京每10万人口中拥有大学（大专及以上）学历的人数在全国居首位。

由此，我想到我们东城作协会员的情况，恰好也是跟北京市的情况高度一致。我们的会员不是很多，现在人数是108人，其中拥有大专以上学历的为98人（包括硕士17人、博士2人）。在此必须说明，我当然也不是目光褊狭的唯学历主义者，但有两点实在让我兴奋：一是改革开放40多年来，中国的确发生了巨大的变化，人民的文化水平提升得如此之高、之快，怎么赞颂都不为过；二是我们这个基层的小小作协，会员的文化水平这么高，还愁写不出好作品吗？

还有更重要的一点：今年为庆祝中国共产党建党一百周年，我们在筹划出版本书的过程中，号召主席团成员和党团员带头投入创作，以确保高质量完成任务。东城作协共有中共党员、共青团员53人，加上各民主党派人士8人，组织的力量够强大，也践行了先进分子不论身在何处，各项工作都走在前面的初心。可喜的是，在他们的带动下，一位位非党会员也在追求进步的氛围中，积极投身到创作之中，走访、采风、摄影、搜集和挖掘资料，拜访有关人士，不辞辛苦，日夜操劳……

于是，现在我们可以很自豪地报告，这本寄予着东城父老乡亲们热望的"东城故事"，这本歌颂党的百年生日的重点工程，不但如期交稿如期出版了，而且实现得非常好。在本书中，有着记述百年来中国共产党发展历程的大历史大事件；有着纪念和缅怀革命先烈、志士仁人的英雄颂歌；有着描写身边普通共产党员和先进人物的纪实文字；有着通过祖国的、社会的、单位的、街道的、社区的、家庭的一个个或大或小的变化，而映射出新时代光辉业绩的非虚构故事，还有天地人心的进步……宏大叙事与细微描写相接相衔，深厚的家国情怀与平凡的精神境界兼容并蓄，用一句话概括，就是尽可能全面地、深广地、文学地表达出东城这片热土上的日新月异。

"为有牺牲多壮志，敢教日月换新天。"

"雄关漫道真如铁，而今迈步从头越。"

新征程、新起步、新奋斗、新胜利、新辉煌！

韩小蕙

2021年5月1日写于北京东城

第一辑
岁月历程篇

胡可：耄耋老人心系"学生军"

胡　健

2010年春节前，我去看望著名剧作家、耄耋老人胡可老先生，恰遇威海电视台和中央电视台的人来采访、拍摄。他们的话题非常有趣：寻找当年的学生军。这说的是"七七事变"以后活跃在北平西北郊的一支游击队，这支游击队由于有大批北平各大中学校的学生参加而被老百姓称为"学生军"。胡老说，这支游击队的正式名称是"国民抗日军"，不大被人记得；但因为佩戴红蓝两色袖箍，还被老百姓们称为"红蓝箍"。

"红蓝箍"？我表示对这个名字有些陌生。

胡老说："是啊，是啊，如果再不好好宣传宣传，这段历史就真的会被北京人忘记了。"

此事的契机，是威海的一位年轻人常征，为了记述当年外祖父在"学生军"时的事迹，来北京寻访当年的见证人。威海电视台抓住这个线索，跟踪拍摄，又引起了中央电视台的兴趣。这位年轻人的外祖父正是当年游击队的参谋长常戟武同志。

胡老也曾是这个"学生军"里的一员，是个小兵。在电视镜头前，胡老展开了他的思绪。

年龄最小的小兵

1937年的夏天，16岁的胡可从济南到北平投考高中，他曾经在北平的灯市口上过小学。这次来，经过天津的时候，火车停了很长时间，好像发生了什么事情。车到丰台，只见站台上满是全副武装的日本兵，其中几个还持枪进到车厢里来盘查，气氛十分紧张。到北平后他才知道，原来盘踞在丰台的日本军队同驻守在宛平城卢沟桥的国民党二十九军发生了武装冲突。当时还不知道这就是后来人们常常说起的那个标志着抗日战争爆发的"卢沟桥事变"。这是一个闷热的夏天，北平城里人心惶惶，少年胡可所住的公寓在西单一带，在这里能清晰地听到城外传来的炮声。不久炮声沉寂下去，日本军队开进了北平，只见插了太阳旗的军车在长安街上疾驶，府右街口的日本哨兵大声地呵斥着路上的行人。他立刻感觉到自己已经同东北同胞一样变成了亡国奴，心情十分痛苦郁闷，投考学校也没有了心思。

他的哥哥胡旭在北平上高中，已经是地下共产党员。一天晚上胡旭悄悄来告别，说他已经参加了北平郊区的抗日游击队，今后不可能来照顾小弟弟了，嘱咐胡可自己安排今后的生活。

胡可听说了抗日游击队，无异于在黑暗里见到了火光，他执意要哥哥带自己同去。胡旭先是说他年纪小，游击队可不是儿戏，后来看拗不过弟弟，也就同意了。第二天他们通过了西直门日本兵的哨卡，搭公共汽车到了西北郊。那时北平的郊区还是荒僻的农村，公共汽车也只通到燕京大学（今天的北京大学）一带。他们下了车就顺着田间小路走进了秋虫叫闹着的青纱帐。刚下过雨，庄稼地里散发着泥土的潮气和禾黍的清香。走出几里地，他们在路旁见到了坐在瓜棚里放哨的一个留着两撇胡子的胖老头，胡旭管他叫唐三爷。在唐三爷的指引下，他们来到一个叫作大苇塘的小村庄，在一所院落里找到了这支游击队第三总队的队部。

　　这里聚集了不少人，有的持枪，有的徒手，有的是学生模样，有的是老百姓打扮。还有一些人穿着和尚一般灰色的短衣，个个面色苍白，后来才知道，他们是刚从监狱里被解救出来的犯人。引人注意的是，人们的左臂上都佩戴着红蓝两色的袖箍，屋里的几个女同学正在一面为大家缝制着这种袖箍，一面吟唱着人们十分熟悉的救亡歌曲。听到这些歌曲，看到这些袖箍，胡可顿时觉得来到了亲人中间，许多天来那种当了亡国奴的郁闷感觉一扫而光。胡旭把他介绍给一个挎着驳壳枪、满脸胡楂儿的高个子中年人之后，就回他的第一总队去了，这个中年人就是这支游击队第三总队的队长刘凤梧。

　　这支游击队是由"七七事变"以前潜入关内的少数东北义勇军和北平城里出来的一批进步学生作为骨干组成的。学生大部分是"民先"队员，其中有些还是中共党员。党员们遵照北平地下党组织的指示，通过团结下层官兵和对游击队领导人施加影响来实现党的要求。当时，北平德胜门外有个河北省第二监狱，里面关押着七八百名犯人，包括几十名政治犯。北平沦陷以后，为了不使这些被捕的同志落到日寇手里，党决定趁敌人尚未接管之际，尽快设法解救他们。游击队司令赵同也想借此缴获一些枪支，壮大自己的队伍。当时游击队的决策者除了赵同和他的几个亲信以外，还有高鹏、纪亭榭、汪之力等同志，汪之力实际上是我党派到这支游击队里来的代表。他们进行了周密的策划，在一天夜里，由会日语的义勇军同志冒充日本兵，骗开了监狱门，缴了狱警们的械，解放了所有的犯人。

　　砸开第二监狱这件事，震动了沦陷后沉寂的北平城，由于其过程具有传奇色彩，便长期被人们口头流传。这些犯人大部分参加了这支游击队，其中的政治犯有许多是多年的老共产党员，他们很快成了游击队的骨干力量。那些普通犯人虽情况各有不同，也都在抗日救国的号召下凝聚在一起。当天夜里，少年胡可和这些犯人睡在一条炕上，他问躺在身边的一个犯人因为什么坐了监狱，那人坦然地回答说，因为杀了人。他当时刚16岁，虽读过《水浒》《三国演义》等有着杀人情节的小说，但在实际生活中接触杀人者，还躺在那人身边，仍不免有些毛骨悚然。

这是一群豪爽的有着不同经历的人。少年胡可年纪小，在他们中间是个小兄弟，但不多久就和他们混熟了。

"我的大学"

游击队人多枪少，而不久前国民党军队败退时，以及过去军阀混战时期都曾有些武器遗落在民间，于是"起枪"征集老百姓藏匿的枪支弹药，便成为当时的一项迫切任务。为了"起枪"，这支由义勇军、学生、犯人和各路散兵游勇组成的穿着杂色服装的奇特队伍，几乎走遍了北平西北郊的大部分村庄。

少年胡可在三总队队部担任了一名文书，负责编造花名册和登记枪支弹药，这使他学会了识别各式枪支。那时搜集上来的枪支可谓五花八门：捷克式、中正式、三八式、晋造三八大盖、汉阳造、老套筒、俄式水连珠、马拐子、马四环等无奇不有，因为身在队部，他很快背上了一支马金钩——难得见到的一种三八式马枪。在那些日子里，除了"起枪"，就是行军转移，住下来便是"下卡子"（放哨），弄饭吃，听人们天南海北地神聊，听队长刘凤梧讲他在东北义勇军的经历，听北平同学们讲"一二·九"，讲"双十二"，讲联合战线，讲不久前怎么到南苑慰劳二十九军，听监狱里出来的同志们讲"磁县暴动"，讲监狱里的绝食斗争。义勇军都是东北人，学生们也以东北人居多，每当唱起《五月的鲜花》《我的家在东北松花江上》《打回老家去》等歌曲，便常常有人边唱边流泪，这给了少年胡可极大的感染。这是他接触社会的开始，就像高尔基说的"进了这所'我的大学'"，这些义勇军朋友、犯人同志和大同学们，都是他最早的老师。

总队长刘凤梧是个农民出身的有着丰富军事斗争经验的老义勇军，是骑马打枪的好手，曾当过辽南义勇军骑兵旅直属炮兵连连长，文化虽不高，但为人忠厚，对我党十分信赖。负责政治工作的特派员黄秋萍是从监狱里解救出来的老党员，一个知识分子模样的南方人，因长期戴脚镣，起初行军走路还相当吃力。他考虑问题周到，又有理论修养，很得大家的信任。和少年胡可朝夕相处的还有担任传达长的王洁清，他比胡可大几岁，性格爽直，是个正义感很强的人。他祖籍安徽，年纪很小就出来在冯玉祥部当了兵，任排长时加入了秘密状态下的中国共产党，后被选入冯玉祥将军的卫队。冯将军领导的"抗日同盟军"在蒋介石和日本侵略军的夹击下失败以后，王洁清转到天津、北平从事秘密工作，因叛徒出卖被捕。冯玉祥将军闻讯后曾派人营救，但因为他曾在西直门车站卧轨请愿要求抗日，惊动了国民党当局，致使营救未成。此次被解救出狱，得遂抗日夙愿，情绪特别高涨。还有一位面孔白皙戴眼镜的年轻政治犯毛蓬，会作诗，谈吐幽默，在三总队负责宣传工作，少年胡可从他那里学到了不少文艺知识。让他没想到的是，毛蓬竟是被判处了无期徒刑的人，而且是狱中秘密支部的书记，曾经组织犯人们进行绝食斗争。他们的经历，引起了少年胡可对他们深深的尊敬。

游击队的人们来路不同，思想作风各异，最初举事的人们当中有的甚至当过"胡子"，司令赵同的亲信中就很有几位这类人物。犯人们和后来加入部队的当地游民中间也不乏鸡鸣狗盗式的人，常常你这边向老百姓做宣传，讲我们是抗日的队伍，是保护老百姓的，他那边就捉走了老百姓的小鸡。尽管有党员和"民先"队员在做工作，却一时难以改变整个游击队的纪律状况。今天回想起来，当时这支游击队，还是一支带有浓厚游击习气和旧军队作风的散漫的队伍。那时大家已经知道我党领导的工农红军经过二万五千里长征到了陕北，而且知道红军有着极好的军民关系和严格的群众纪律，可是他们相隔遥远，可望而不可即，只能心向往之。

除了"起枪"，游击队还干过一些说起来不怎么光彩的事情。比如司令赵同曾利用"解决抗日经费"的正当名义，破坏群众纪律，挖坟掘墓。这件事完全出乎我党同志们的意料，因为大权在赵同手里，大家也无法阻止，只能力争使取得的珍宝切实用作抗日经费。挖坟时，人们让有初中文化的少年胡可坐在洞口的小炕桌前，随着人们对珠宝的唱名一件件进行登记。他不知道各总队共挖了几座这类坟墓，取得了多少珠宝，但从事后奖励每人的一小片翡翠或一个小珠玛瑙球来看，那值钱的东西肯定是不少的。特别是副司令郑子丰趁夜深人静时带着珠宝和一名心腹警卫不辞而别；过了不久又听说，这位副司令在某村投宿，于熟睡中，被他的"忠实"警卫结果了性命，攫走了财宝。

在四个月的游击队生活里，少年胡可学会了打枪，并参加了三次战斗。每次战斗的目的都是事后才知道，因此带有很大的盲目性。一次是为了兼并另一支游击队，去到邻村路口设埋伏；另一次是为了报游击队起事之初的一箭之仇，去奔袭一个村庄的民团。这些都与团结抗日的目的不符，都是司令赵同等少数人强加给游击队的，这些事引起了党员和同学们的强烈不满。只有一次是同日本鬼子交火并且取得了战果。那是一天夜里，部队奉命出发，在拂晓时分穿过结满露珠的高粱地，爬上一处叫作天门沟的山梁，第三总队就在这里担任警戒，监视着山下那条由北平城通向温泉、南口的大道。山梁上有处旧碉堡的废墟，就做了机枪的掩体。朝霞退去，初升的太阳照耀着山梁上的野草闲花，这时他们发现远远的山凹处有座尖顶的饰有十字架的建筑物，那是一座教堂。谁也不知道队伍开到这座教堂附近是来执行什么任务。人们走了半夜，都累了，除了放哨的，都在山坡上或坐或卧地休息起来。快到中午的时候，他记得当时毛蓬正在和一个留着长发的大同学秦某谈马雅可夫斯基，谈叶赛宁，他在一旁正听得入神的时候，不远处忽然有人喊了一声："看！日本鬼子！"大家纷纷朝山下大道望去，只见山脚下出现了一个个跳跃移动着的黄色人形，隐约还能看到他们的红色肩章。这时邻近山头响起了游击队员们的枪声，紧接着山上和山下的机枪便开始对射起来，山野间响着沉雷般的回声。当时的游击队还没有经过正规训练，也谈不上什么统一指挥，只是由于大家抗日心切，见到日军便纷纷开枪射击。游击队里有二十九军流落下来的士兵和班、排长，有通州哗变过来的冀东保安队的零散人员，他们痛恨日军，情绪特别高涨。战斗从中午一直打到太阳偏西，这时天空出现了敌人的飞机，飞机擦着山头低地侦察，因为飞得过低，其中一架被二总队的一位原二十九军的副连长用机枪迎头击中，坠毁到清河一带的农田里。后来敌人增兵，用迫击炮轰击山头，游击队才撤离了天门沟地区。

这一仗给予敌人一些杀伤，缴获了一支三八大盖，特别是击落了一架敌机，更是令人振奋。此后"红蓝箍"在北平西北郊声名大震，当地许多青年农民纷纷参加进来。

在天门沟战斗之后，三个总队开始会合，他们发现一总队的队列里出现一群穿黑袍子的外国人，连续几天行军转移都能见到他们。起初大家都很奇怪，后来才知道，这些外国人原来是天门沟教堂的神父和牧师，分属英、法、比、荷等八个国籍，司令赵同把队伍拉到天门沟的目的，是借助会外语的大学生，以募捐为名，逼迫这些外国神父、牧师向他们各自国家在北平的领事馆写信，要他们给游击队捐款、捐枪、捐药品。把他们带走，是用来作人质的。当大家知道了绑架外国神父的事情，并进而知道内部某些败类趁机向逃到教堂附近的富户进行勒索的事件以后，都十分气愤，认为这破坏了抗日游击队的国际影响，破坏了团结抗日的联合战线。后来经过做工作，赵同终于把这些外国神父和牧师给释放了。

奔向党的怀抱

打下敌人飞机以后，敌人对这支佩戴着红蓝两色袖箍的游击队开始注意，几次派大部队到妙峰山一带进行清剿。驻扎南口的敌人时常派出汉奸特务混在难民中间或装成小贩到各村刺探游击队的行踪，这引起了游击队的警惕。记得中秋节那天，三总队扣押了一个挑担子卖月饼的小商贩，因为形迹可疑，由有经验的刘凤梧总队长亲自进行审问，小贩的眼泪还唤起了少年胡可的怜悯之情。当终于发现此人确实是敌人派出的密探而进行处决的时候，他深深感到斗争的严酷和自身感情的脆弱。那天晚上，他在荒凉的村头站岗，在一轮明月的照耀之下，啃吃着从小贩那里没收来的月饼，那情景至今如在眼前。

庄稼收割了，青纱帐蓦然消失，露出了空旷的田野，游击队在平原的活动失去了屏障。各村富户们为求自保，开始依附敌人，更增加了游击队的困难。天气渐渐凉了，一场秋雨一场寒，尽管在阳坊一带赶制了一批单军装发给大家，改变了行军时五颜六色的形象，却没有御寒的棉衣，队员们在夜里常常被冻醒。

随着困难的增加和游击队向山区转移，部队开始大量减员。从监狱里解放出来的人们当中，那些由于盗窃、强奸、吸毒而蹲了监狱的人，和初期混入的当地少数不逞之徒，他们本没有强烈的抗日要求，而且违犯纪律的也多是此类分子，他们在游击队里混了一段时间，见无利可图，也就陆续离队而去。游击队进入山区的时候，已经是初冬天气，山上红叶斑斓，山峡里的溪水已开始结冰。游击队在宛平县的青白口、斋堂一带住下来进行休整。这时，一个振奋人心的消息开始在部队里传播，大致的内容是：国共已经正式合作，共产党领导的工农红军已经改编成第十八集团军，其所属的八路军已经开到了华北，游击队已经派秘书长汪之力等几个同志去跟北上抗日的红军联系去了。据说，红军的总司令朱德、副总司令彭德怀曾给这支游击队捎来了亲笔信。这段时间，部队思想活跃，大家都盼着早日同红军会合。过了一些日子，游击队在河滩里开了一次全体大会，司令赵同宣布了为同红军会合向冀西进军的决定。关于这件事，若干年后胡可才知道，对国民党蒋介石抱有幻想的赵同，在同红军会合的问题上曾十分犹豫，只是由于各总队的强烈要求，并考虑到游击队近两千人的被服给养问题，才最终同意了。

游击队开始向河北西部山区进发，这时又有一些人自行脱队而去。游击队人员减少了，但留下来的也都是觉悟较高的坚定分子，比进山以前的队伍更为纯洁，纪律状况也大有改进。这是一段艰苦的行军，察南冀北的冬季，山风凛冽，时而飘起雪花，大家穿着夹衣，要爬十八盘之类很高的大山，走起来还好，一停下来就感到特别寒冷。夜晚宿营没有被褥，全靠老百姓的热炕暖身，下热上冷，难耐时就翻一个身，一夜翻身多次，人们戏称之"烙饼"。有一天，他们来到了蔚县地界的桃花堡，那是一个有千户人家的大村，进到街区，忽然看到墙壁上写着"驱逐日寇出中国""欢迎平郊游击队"等大字标语，落款是"八路军一支队宣"，同时听到了远远传来的悠扬舒缓的军号声。这时，大家的心头立刻升起了即将同久已向往的中国工农红军会面的激动慰藉之情。部队还未住下，就看到几个身着灰色棉军装背着大斗笠的军人在街上策马而过，朝游击队司令部的方向驰去，那大斗笠上用毛笔书写的"第十八集团军"的字样十分清晰。原来，这是聂荣臻将军领导的八路军一师的一部分，就是不久前在山西平型关曾打过一个震惊中外的大胜仗的部队。

由于全体官兵的一致要求，游击队开始编入了八路军的序列，被命名为晋察冀军区第五支队，就像一条小溪汇入浩荡的江河之中，成为中国共产党直接领导下的人民军队的一部分。而新组成的八路军五支队后来再次返回北平郊区，打了几个胜仗，其中最著名的一仗就是打下了石景山发电厂，让北平市里一片漆黑，给予日军有力的打击。

谁来重现"红蓝箍"?

加入八路军不久，总队长刘凤梧和特派员黄秋萍就告诉少年胡可，要送他和本总队的韩风、刘秉真等几个年轻同志到军区新成立的军政学校去学习。校长就是今天人所共知的"孙胡子"孙毅将军。从此以后，在那冰雪斑驳的河滩上，在那生满荆棘的山路上，在那寺院檐铃铁马的叮当声和朝朝暮暮的军号声中，少年胡可懂得了革命军队的宗旨和革命军人的三大纪律八项注意，从此由一个充满幻想的中学生、一个自由散漫的小游击队员，变成了一个八路军战士。

军政学校毕业后，胡可被分配到军区政治部抗敌剧社，从唱歌、演戏、写歌词开始，把这一切当作严肃的政治任务来完成。创作需要体验生活，胡可曾跟随骑兵团的小部队奔赴山外，在青纱帐里伏击敌人；也曾跟随地区小支队的侦察员潜入敌占城关执行侦察任务；还跟着地方干部在敌人控制的村庄里钻地道，昼伏夜出进行征粮和锄奸工作；也曾以区干部的身份在滹沱河两岸走乡串户做了两个月的减租复查……

从抗日战争到解放战争，到新中国成立，胡老创作了几十个剧本，大多在战争中演出后遗失了，但是胡老在新中国成立前后创作了脍炙人口的话剧、电影《战斗里成长》《战线南移》《槐树庄》等。2009年，中国戏剧家协会授予胡可老先生等12位老艺术家终身成就奖，他说："终身搞戏剧是真，成就不敢说；我是代表和我一起从战争年代开始就从事戏剧活动的老战友们接受这个称号的。"

匆匆半个多世纪过去了，当时生龙活虎般的青年都已是年逾古稀的老人。1987年，纪念抗日战争五十周年时，应北京市海淀区委宣传部之邀，当年平郊游击队在京的部分老同志汪之力（首任中国建筑科学研究院院长）、纪亭榭（曾任海军航空兵参谋长）、史进前（曾任中国人民解放军总政治部副主任）、焦若愚（曾任北京市市长）、冷拙、金振中、王建中、黄秋萍、吴敬宇、阎铁、王洁清（曾任中国人民解放军工程兵学院院长）等，曾同去德胜门外寻访过当时第二监狱的旧址，到黑山扈一带查看过当年战斗过的地方，并同往第六十五集团军一九三师五七七团做客。这个团的前身就是当年第五支队改编的晋察冀第三团。至于游击队曾经活动过的北京西北郊，也已经是楼房林立、公路如网的繁华地带。当年荒僻的天门沟，就是今天解放军309医院那披满绿装的后山，病员们散步时，还能在那座教堂的废墟旁看到外国神职人员的墓碑。只是这一带的居民对于当年的"红蓝箍"，已经是一问三不知了。

胡可老先生说："你看，这段生活多丰富，既有城里的学生，又有东北义勇军，还有民先队员、地下党员、土匪胡子、监狱犯人，等等。那么多响当当的名字，用哪个人做主角，都有非常传奇的故事。如果再不把这段历史抢救下来，用文艺的形式表现出来，就来不及了，很多老同志都不在了，了解情况的人越来越少，连我都89岁了……"

2009年，是胡可老人相当忙碌的一年。他笔耕不辍，发表了《军旅戏剧60年回顾》《感受毛泽东，感受那个时代》《回忆题材问题专论》《回顾60年兼谈剧作家的工作》，另有为老同志的文集和回忆录所作的序、纪念文章、评论等三万多字。

但是胡可老先生最希望的就是，有人来写写"红蓝箍"，再把这段历史用文艺形式表演出来。

（作者为中国作家协会会员、东城作家协会副主席）

生命里的脚印

剑 钧

> 一个人的脚印，是一个人的历史；一个政党的脚印，是一个政党的历史；一个军队的脚印，是一个军队的历史；一个国家的脚印，是一个国家的历史……
>
> ——题 记

一

去年春三月的一天，天上飘起小清雪，雪花纷纷扬扬的，身后的雪窝留下两行浅浅的脚印。我走进坐落在北京东城区五四大街29号的北大红楼，从楼上依稀可见故宫东北角的角楼。在瑞雪中，飞檐斗拱肃然，宛若静静的历史见证者。

北大红楼是座百年建筑，没有故宫的宏伟，也没有故宫的气魄，却积淀了新民主主义革命的历史精华和共产党先驱者的脚印。漫步红楼，倾听脚下红色地板的声响，犹如一脚踏入百年前的北大校园。我眼前仿佛有位身着长袍马褂、椭圆脸庞上留着八字胡、戴着圆形眼镜的先生，在对我自信而深沉地微笑……儿时，先生的形象就定格在脑海里了。小学历史老师指着黑板前挂的画像告诉我们，他就是中国共产党主要创始人李大钊。那会儿，老师给我们讲的是，他身为北大教授、图书馆主任，月薪起步为120块银圆，后增加到240块银圆，却过着俭朴甚至寒酸的生活：冬天一身棉袍，夏天一件布衫；一顿饭常常是一个大饼，卷一根大葱。客人到访府上，见他小女儿穿着红粗布小棉袄，外套蓝粗布小褂，前襟和袖口都油光锃亮的，这哪儿像北大名教授的千金啊！要知道20世纪20年代，一块银圆足以买16斤大米，四五斤猪肉，120个鸡蛋，6尺棉布的。

几年前，在李大钊故居的陈列柜中，我看到一张发黄的薪酬表，方知李大钊的薪水再加上稿费，每月可达300块银圆。即便这般高薪，他夫人赵纫兰却时常为柴米油盐而发愁。原来丈夫将近三分之二的收入都用作党的活动经费，余下的还要抽一部分来接济贫困的进步学生。这就是一个真正共产党人的情怀。这种情怀是植在心田的种子，由心灵的热土培育，是用血管的热血浇灌，从发芽的那天起就以"铁肩担道义"为

北大红楼　王彦高／摄

己任了。

北大红楼于1918年落成。那年李大钊29岁，而我在这个年龄，大学刚毕业一年。那时，李大钊在东城的红楼上班，家在西城的石驸马后宅35号（现新文化街文华胡同24号），这是他租住的一套三合小院平房。每天清晨，从西城到东城，他要步行六七公里。

我想北大红楼是幸运的，因为落成伊始，它就成为中国先进思想和文化的策源地，也留下无数仁人志士的脚印。这里有李大钊的办公室，有毛泽东工作过的图书阅览室，有鲁迅授过课的大教室……当他们的脚步从这里走过时，全中国都能听得到他们的声音。

我怀着崇敬之情走进红楼119室，这是李大钊任北大图书馆主任时的办公室。尽管讲解员坦言室内除了墙上那个旧式壁挂电话机，所有其他摆设都是按那个年代的特点仿制的，但这并不妨碍我去推想当年壮怀激烈的场景。李大钊是为真理而播撒火种的人，他的青春和北大的青春都在这里燃烧过。我似乎看到1919年春天，他在办公桌前奋笔疾书在《新青年》上发表的《我的马克思主义观》，率先在中国系统地宣传了马克思主义。我似乎看到了1920年秋日，他在这间屋子里发起成立北方第一个共产主义小组，让红楼成为北京早期马克思主义者活动的重要场所。

我想起了在国家博物馆展览大厅中摆放的那件国家一级文物——中国共产主义运动的先驱者李大钊慷慨就义时的绞刑架。1927年4月28日，年仅38岁的李大钊和19位共产党人被军阀张作霖秘密绞杀。李大钊是第一个登上绞刑台的，他身着棉袍，从容淡定地在刽子手的镜头前留下最后一张照片。看着锈迹斑斑的绞刑架，我不禁想起1918年11月15日，李大钊在天安门举行的演讲大会上，登台作了题为《庶民的胜利》的演说，他信心满满地预言："试看将来的环球，必是赤旗的世界。"

二

寻着李大钊先生的脚印，我又联想到共产党员于方舟。他也是中国共产党早期革命活动家，是天津共产党和社会主义青年团的创建者和领导者。他和李大钊的渊源就在于他是1923年经李大钊介绍入党的。1927年12月30日，李大钊壮烈牺牲八个月后，他也英勇就义，年仅27岁。

2013年春日，我在天津宁河七里海，寻觅到于方舟留下的脚印。那次，我与几位北京作家受史学家、书法家郭景兴先生之邀来到七里海。记得同行的有柳萌、峭岩、李炳银、王宗仁、顾建平等人。郭景兴和柳萌先生都是宁河人，谈及七里海，他俩都不约而同地提及了于方舟的名字，称他是宁河人的骄傲。郭景兴告诉我，于方舟在南开大学读书时，就是周恩来的同窗好友。1924年他与毛泽东、瞿秋白等17名共产党人在国民党一大被选为国民党执行委员会执行委员或候补执行委员，他为候补执行委员。1924年春，他主持成立中共天津地方执行委员会并当选为书记。

我们在七里海游弋，游艇划破湖面，溅起的浪花与湖心岛的芦苇丛相映成趣，真的很美。柳萌先生聊起正在央视一套黄金时段热播的革命历史题材电视剧《寻路》，说剧中就有七里海的镜头，展现了陈赓受周恩来委托来津与地下党同志接头的场景。

我当时在写长篇传记文学《守桥翁的中国梦》，书中提到这段往事。我在宁河档案馆查找到，早年周恩来和于方舟曾在七里海和裱口村一带从事革命活动，两人的脚印也遍布了七里海各个角落。裱口村是于方舟的老家，离七里海有12公里。为避免暴露行踪，他们在七里海时总要划船到芦苇荡深处，在碧水绿苇之间谋划革命策略，研读马列书籍。他们有时举起手枪对掠过的野鸭瞄准练枪法，有时触景生情吟诗作赋相互切磋。两人形影不离，一出去就是一整天，中午都是于方舟夫人和族中一位长者驾船过来送饭。

有一次，于方舟陪周恩来到裱口村头的潮白河大堤上散步，举目望去，洪水泛滥，田园淹没，一片凄凉，不由得让人黯然神伤。他对周恩来说："等将来全国解放了，建立了新中国，一定得在这里修座扬水站，变水害为水利，造福老百姓。"周恩来连连点头说："我相信会有那一天的！"

那一天，我们的游艇在芦苇环抱的七里海穿行，眼前仿佛重现了这一幕幕场景。一个于方舟虽然倒下了，但千百个于方舟站起来了，他们昂首走上了救国救亡之路。而今，先辈的梦想一一实现了，那是无数英烈用鲜血和生命换来的。

"小时候，我无数次到过七里海，在这里游泳、划船。我那时的梦想只是想喂饱肚子，过上好一点的日子。"耄耋之年的郭景兴颇为感慨地说，"长大后，听了地下党老师讲于方舟的故事，我眼界一下开阔了，抗战胜利那年，我17岁，也参加了革命，有幸成了后来者"。

信仰是一片天边的云朵，停不下脚步，只为追求天边那一缕早霞，那是生命的颜色，那是人生的火炬，那是明天的畅想。我在想："信仰的力量是无穷的，足以支撑起一个人，乃至一个党的命运。到了和平年代，信仰也是需要传承的，为了实现中华民族伟大复兴的中国梦，共产党人是不是也要继续新的'寻路'呢？"

三

2019年春日，我和几位作家朋友以延安为起点，沿着红军东征的路线，东渡黄河，来到山西永河采风。在参加了当地盛大的槐花节，游览过壮美的乾坤湾，参观过红军东征纪念馆之后，我们被主人盛邀去参观红军东渡黄河时路过的赵家沟。听说赵家沟就坐落在永和梯田下的山坳里，毛主席当年还曾在那里住过，大家的兴致一下子就上来了。

车子沿盘山公路行进在白云缭绕间，眼前是一幅永和梯田的水墨画，层层叠叠、郁郁苍苍，分明是用汗水研墨、用智慧挥毫的壮美长卷。一道道梯田，犹如一层层涌起的波涛，排山倒海，大有令人倾倒的磅礴气势。那黄土的本色，让我想起一路所见的奔腾黄河。

追溯历史，是寻着秦皇汉武的脚印，还是寻着陈胜、吴广的脚印？是寻着唐宗宋祖的脚印，还是寻着梁山好汉的脚印？从古至今，有几人说得清？唯有伟人毛泽东当年留下的诗句，"俱往矣，数风流人物，还看今朝"道出了中国共产党人的雄心和胆魄。这首写于1936年2月的《沁园春·雪》，适逢运笔在他统领中国工农红军抗日先锋军东征的日子。红军将士从2月20日出师东征，到5月5日回师陕北，历时75天，转战山西50余县，粉碎了蒋介石剿灭红军的图谋，推动了抗日民族统一战线的形成，在我党历史上留下光辉的印迹。

我们的车从山路盘旋而下，如游龙走蛇缠绕山梁，绕了一圈又一圈，那漫山遍野盛开的槐花，完全颠覆了我对黄土高坡的印象。来的路上，我也目睹过裸露的黄土沟壑，骨瘦嶙峋，给人几分幽远的苍凉。陡然间，我诧异地发现一枝无名花，开在寸草不生的孤崖上，枝繁叶茂格外惹眼。我迅即拍下来，很想知道它是如何生存，又是如何盛开的。当地友人告诉我，这种花的生命力就出自坚韧而耐旱的基因，许多花草由于土地贫瘠和缺水无法生存时，它却能破崖而出，迎风绽放。我顿悟：这不正是红军东渡黄河，勇于绝地逢生的精神吗？

中央红军与陕北红军会师后，陕甘苏区仅有一万余人，苏区面积狭小，人口稀少，红军给养困难，扩军也不容易。当时日本帝国主义对中华大地蚕食鲸吞，国民党又纠集陕甘宁绥晋五省军队对苏区进行"围剿"，中国红军正面临生死存亡之时。85年后的今天，回看红军东征的壮举就可发现，红军东征确为挟百战余威、绝地反击的英明之举。

我们走进赵家沟，村口墙上绘着红军东征的一幅幅彩画，生动再现了红军与赵家沟老百姓的鱼水深情。我们走进毛主席住过的窑洞，感受着伟人谈笑间指点江山的豪迈气魄。友人告诉我，红军东征期间，毛主席率总部人员两次进驻永和县，13个日日夜夜，有5天是在赵家沟度过的。在简陋的窑洞里，毛主席召开了重要军事会议，将"渡河东征、抗日反蒋"的方针，改变为"回师西渡，逼蒋抗日"，正是这一战略决策促成了半年后的"西安事变"，至此，中国革命迎来了峰回路转的新阶段。

我走出毛主席住过的窑洞，望着远方的永和梯田，但见一层又一层的郁郁葱葱，带着乾坤湾的神韵，铺展在黄土高坡，伸向飘着白云的山野。哦，多美的黄土地，我看到了红军的脚印仍在向前延伸，它们代表了一种民族精神，像九曲黄河百折不挠，像孤崖上的无名花自强不息，像红军东征的脚步一往无前……

四

新中国的历史是人民创造的。一个国家的脚印，是一个国家的历史，在工矿、在田野、在科研院所、在边防海疆，亿万行脚印连缀起来就是一幅共和国的壮美画卷。不过，我想说说和平年代，留在青藏高原的军人脚印。

2019年10月的一天，我去采访军旅作家王宗仁，我开门见山地问："您一入伍就去了青藏高原，可有什么撞击心灵的故事？"宗仁老师不假思索地说："当然有啊，我1958年在青藏高原当上了汽车兵，没过多久就听战友讲起了'唐古拉山的25昼夜'。"

那是1956年12月24日，王宗仁所在团一营的204名官兵在副团长张功、营长张洪声带领下，出动近百台车进藏。当车队行进至唐古拉山时，一场百年不遇的暴风雪袭来，10级狂风，伴着零下40多摄氏度低温将车队困在山路上，进也难，退也难，外界联络也彻底中断了。25个昼夜，断粮断水，生死存亡摆在每个人面前。危难关头，营党委在唐古拉山坡的军车旁，顶着凛冽风雪，站着召开了特殊的党委会，作出与风雪搏斗、继续前进的决策，并传达到每一个班排。以共产党员为骨干的风雪突围战随即打响了。极寒中战士们首先想到的是保护军车。他们不约而同地撕下棉衣里的棉花，蘸上汽油烧烤发动机的油底壳，棉絮撕光了，就撕工作服；25个昼夜，恰逢赶上1957年元旦，饥寒交迫的战友们不改豪迈的革命热情，敲起锅碗瓢盆来欢度新年；25个昼夜，战友们用铁锹和双手生生挖出一条冲出死亡线的"雪胡同"，随着脚印一寸寸延伸，死神在英雄们面前退却了；25个昼夜，50多名官兵被冻伤，却没冻坏一台车辆，没损失一件承运物资。当他们走出没膝的雪地时，前来救援的战友们落泪了，因为他们一个个衣衫褴褛，脸色黝黑，像荒野里走出的野人。

青藏高原，一个冰雪的世界，鲜有绿色，缺少鲜花，但却不缺战士的脚印。他们的脚印深深浅浅，是军旅生涯的印记；他们的脚印密密麻麻，是报效祖国的音符。在青海玉树曲麻莱县有一个海拔4415米的五道梁，被人称为"生命禁区里的禁区"。由于特殊的海拔和地势，那里不但空气含氧量很低，而且由于土壤含汞量高，植被少，极易发生高原反应。

为避免无谓牺牲，坚守五道梁的军人都是经过千挑万选的佼佼者。为解决缺氧问题，部队为每个战士床头都安装了供氧装置，以保证他们晚上能够入睡。即便这样，我们的战士仍不时面临生死考验。当刺骨的寒风从五道梁吹过时，氧气似乎也被吹跑了，有的年轻战士在五道梁无法克服严重的高原反应，永远留在了那里。两千多公里的高原线上，布满了军人们的英魂，几乎每三公里就有一位战士长眠地下。

在青藏高原，军人的脚印就是生命之花，开在兵站，开在哨卡，开在千里运输线上……共和国的军人在用双脚丈量祖国版图中那博大而美丽的青藏高原，他们以青春和生命为代价，将幸福的阳光洒在了共和国的城市、乡村、山野与江河……

百年风雨，百年巨变。历史的脚印验证了一个政党的成长：从嘉兴南湖的脚印，到井冈山的脚印；从杨家岭的脚印到西柏坡的脚印；从天

安门广场的脚印，到深圳湾的脚印……历史的脚印记录了中国共产党的
苦难与辉煌。生命里的脚印也验证了一个国家的凤凰涅槃：从刀耕火种
到两弹一星，从丝绸之路到一带一路，日出东方，是历史的必然，夸父
逐日，追赶的是明天的太阳……

（作者为中国作家协会会员）

《黄河大合唱》的故事

杨　浪

在庆祝中国共产党诞生百年的日子里，我应东城区第一图书馆的邀请，为大家讲演中共党史百年历程中的一段辉煌进程，也是中国红色音乐经典发展史达到高峰的一个动人故事，或说是一页伟大的篇章——那就是光未然作词、冼星海作曲，诞生在全民族抗战烽火中的《黄河大合唱》。

《黄河大合唱》是20世纪中国音乐的伟大经典，是中华民族精神觉醒的音乐象征。

1939年4月13日，《黄河大合唱》飞出了延安窑洞，刻入中国抗战和中国革命的历史史册。迄今整整82年了！

让我们聆听历史，缅怀经典，回顾先贤，歌颂祖国。

当代中国音乐史上有两对不朽的词曲双星：聂耳和田汉、冼星海和光未然。他们的每一部作品几乎都成为一个时代的代表。

是历史使他们走到一起。

冼星海和光未然是因为歌而相识的。1937年5月，救亡歌咏队组织的一次重要活动在上海郊区的大场举行。当时，领队冼星海登上方桌，热情地指挥山海工学团的年轻人练唱《五月的鲜花》，坐在台下的词作者光未然深受感动。

休息的时候，有人登上讲台，向唱歌的群众说："歌词作者光未然就在这里！"几个热情的青年立刻把他举到台上。有趣的是，这一天，光未然并不认识他作词的这首《五月的鲜花》的曲作者。原来，这首歌本来是上一年光未然作词的独幕剧《阿细姑娘》的序曲。而东北大学在排演作品时，因为发表剧本的刊物上没有曲谱，便请东北大学的数学教师阎述诗谱了曲。这首曲子在北平唱开之后，很快就在各地救亡运动中被广泛传唱。那天，冼星海教唱《五月的鲜花》之前，光未然并不知有阎述诗其人，也不会唱这首由他自己作词的歌。

不过，两个音乐的灵魂在这一天相识了。第二天，光未然便应邀来到冼星海家中。他们谈了许久，临别的时候，冼星海希望光未然写一首纪念高尔基周年祭辰的歌词，光未然欣然应命，第二天便交给了他。

中国音乐一次伟大的渡河，在它的桨橹拨动的两年前，就开始了。

1938年11月1日，光未然担任队长的演剧二队从陕北到山西进行抗日宣传。他们登上了黄河圪针滩渡口上的渡船。一阵吆喝，40来个打着赤膊、肤色棕黄发亮的青壮年跳进水里，把渡船推向河水深处；不一会儿，又跳上船来，整整齐齐地排列在船的两头；他们动作矫健敏捷，宛如一支即将进入战斗的军队一般。

朋友，你到过黄河吗？你渡过黄河吗？你还记得河上的船夫拼着性命和惊涛骇浪搏战的情景吗？如果你已经忘掉的话，那么，你听吧！

——《黄河船夫曲》朗诵词

这是一场人与自然的生死搏斗，惊心动魄。在渡河这一刻，"黄河船夫号子"已经在诗人的心中孕育。

1938年11月，冼星海抵达延安。当冼星海一边在鲁迅艺术学院进行音乐教学一边把延安抗日歌咏活动搞得轰轰烈烈的时候，光未然也正在黄河边孕育着那部中国音乐经典的辞章。

1939年2月，正在敌后进行宣传活动的光未然在行军时不慎坠马摔伤，被转送到延安住院治疗。2月26日，冼星海去医院探望。这一对在创作上有过成功合作，彼此心领神会、融洽无间的老朋友，如今重逢在延安，其兴奋之状、欢愉之情，可想而知。在窑洞病房里斜射的阳光下，光未然激动地谈起大西北雄奇的山川、游击健儿们英勇的身姿，尤其是两次乘木船渡河时的深深震撼，使他正在心头酝酿着一首篇幅宏阔的朗诵诗《黄河吟》。冼星海听后十分兴奋，希望立即把它写成歌词。

冼星海走了以后，诗人心潮翻腾。经再三思考，他终于决心放弃创作长诗《黄河吟》的念头。于是，五天之后，长达四百多行的《黄河大合唱》歌词，从此诞生！

壶口瀑布　王彦高／摄

啊，朋友！黄河以它英雄的气魄出现在亚洲的原野；它表现出我们民族的精神：伟大而又坚强！这里，我们向着黄河，唱出我们的赞歌。

——《黄河颂》朗诵词

那天，当渡船登上彼岸，迎接演剧队的卡车还未来到，26岁的诗人和29岁的音乐队长邬析零就当时流传的救亡歌曲，交谈歌曲创作的题材和形式。交谈中，诗人忽然问起，什么是"康塔塔"？那时，乐队指挥也一知半解，只能将书本上获得的知识向他介绍。"康塔塔"是意大利文对"大合唱"的翻译。诗人在这个时候已读过丰子恺写的《音乐入门》，还看过另一部《作曲法初步》，对歌曲曲式，已有所了解。

光未然后来回忆道：在延安中央医院，"当时我左臂肿胀，行动不灵，躺在病床上，口授给胡志涛同志笔录。五天后写就。记得是一个晚上，在西北旅社一间宽敞的窑洞里，请来星海同志，开了个小小的朗诵会，我把歌词念给他和三队同志听，还谈了写作的动机和意图，以作星海作曲时的参考"。

这是一个在电影和电视剧里都必须出现的瞬间：只见冼星海凝神听完后，忽地站起来，一把把歌词抓在手上，用他的广东普通话一板一眼地说："我有把握把它写好！"

光未然的诗句深深打动了冼星海，使他潜伏许久的创作热情一下子爆发出来。当时冼星海正患感冒，妻子钱韵玲就找来一块木板搁在炕上，让他写作。冼星海爱吃糖，延安买不到糖果，为了给冼星海补充热量，光未然特意给他找来两斤白糖。

因三队的演出日子迫近，光未然既希望冼星海快写，又担心冼星海的身体，因此每天早上都派人小心翼翼地去探问冼星海昨夜的成果。而虚心的冼星海，则很关心光未然对每一支曲子的意见。对光未然和队友提出的意见，冼星海总是虚心接受并毫不迟疑地对曲谱进行修改，其中对《黄河颂》《黄河怨》两首独唱曲，他们的意见最多，冼星海立即推翻重写。《黄河颂》第二稿试唱后，原来仅希望个别乐句能修改一下，冼星海却撕掉重写，第三天看到的，竟是一个完全崭新的令他们叹服的第三稿！就这样，3月31日，冼星海以六个昼夜的持续突击，完成了《黄河大合唱》的全部曲调，又经过一个星期，一面参加生产劳动，一面写就了全部伴奏音乐。在冼星海4月9日的日记里，首次出现了《黄河大合唱》这个曲名。

　　是的，我们是黄河的儿女！我们艰苦奋斗，一天天地接近胜利。但是，敌人一天不消灭，我们便一天不能安身；不信，你听听河东民众痛苦的呻吟。

——《黄水谣》朗诵词

　　在中国的音乐创作中从来没有出现过这样的歌声。它把民族的痛苦和呼唤凝结在深情宏伟的旋律里。自从首演之后，《黄河大合唱》不胫而走，1939年5月便在国民党二战区司令部所在地陕西宜川演唱。随即歌谱被寄到正在湖北的演剧四队，11月在五战区司令部所在地湖北老河口演出了《黄河大合唱》。由鲁艺部分师生组成的华北联合大学于1939年7月奔赴抗日前线，《黄河大合唱》的歌声很快就回响在晋察冀抗日根据地的天空。1940年，在重庆出版了《黄河大合唱》印刷本，随后在重庆、桂林、昆明等地，都响起了"黄河"的歌声。其中，在重庆的演出是由当年17岁的严良堃指挥的。

　　此后《黄河大合唱》被广泛演唱于华北、东北、上海、香港以至东南亚、美国、加拿大等地。在台湾地区，1949年以后，台湾当局以"作者附共"为由一直禁唱《黄河大合唱》；1989年6月24日宣布解除了《黄河大合唱》在台湾演唱的禁令。台湾当局终于仅修改了九个字，将"河边对口唱"中的"太行山上打游击"改为"齐心敌后打游击"，将"怒吼吧！黄河"中的"新中国已经破晓"改为"全中国已经破晓"，将"向着全世界劳动的人民"改为"向着全中国受难的人民"。次日，台北爱乐合唱团与台湾省交响乐团就在台中市联合演出了《黄河大合唱》。

因此，《黄河大合唱》不单是红色音乐经典，而且是中国当代音乐作品中最具时代性和民族性的获得广泛国际影响力的经典作品。

黄河凝结着中国的历史，历史，也一次次站在"河边"……

> 妻离子散，天各一方！但是，我们难道永远逃亡？你听听吧，这是黄河边上两位老乡的对唱。
>
> ——《河边对口唱》朗诵词

"张老三，我问你"，你听过用俄语演唱的这支河边对口唱吗？这是《黄河大合唱》的一个重要版本，1955年由莫斯科广播乐团演出。80多年来，《黄河大合唱》在传播中逐渐丰富。

第一版，1939年延安简谱版，也是唱得最多、影响最大的版本。

第二版，冼星海1941年在苏联重新配器修改的版本，增加了序曲，主旋律和声部也做了调整，全名改作《交响大合唱黄河》。1955年苏联演出就是这个版本。

第三版，20世纪40年代在延安时，李焕之就为《黄河大合唱》编写过钢琴和小乐队伴奏谱，新中国成立后看到了冼星海的苏联版，据此编写了"第三版"，这是为了1955年北京电影制片厂拍摄音乐片《黄河大合唱》使用的。这部作品由总政歌舞团演唱，时乐濛指挥。1987年出版的《冼星海全集》和同年曹鹏指挥上海乐团的演出都使用这个版本，这应该是最接近"苏联版"，也是比第一版改动最多的版本。

第四版，1973年由中央乐团整理，严良堃主持，施万春、田丰、陈兆勋执笔，1975年首次演出。1987年施万春又补写"黄河之水天上来"的乐队部分。这个版本目前最为普及。

第五版，是1979年人民音乐出版社出版的瞿维整理配写的《黄河》钢琴伴奏谱。从1941年瞿维就在给《黄河》伴奏。这个版本没有"说白"的伴奏，也没有"黄河之水天上来"的伴奏。

第六版，钢琴协奏曲《黄河》诞生于1969年，这部作品对钢琴协奏曲这种音乐形式的普及，乃至对东西方音乐的融合都进行了有益的探索。《黄河》是基于声乐的作品，它是把器乐部分抽象出来的再创作，成为新的作品。

1939年4月13日，《黄河大合唱》由抗敌演剧二队的30余人在延安的陕北公学礼堂首次演出，鲁艺音乐系的部分师生参加乐队伴奏，指挥邬析零，男声独唱田冲，女声独唱蒋旨暖。"黄河之水天上来"由光未然亲自吟诵。当"怒吼吧，黄河"的尾音落下的一刹那，掌声、叫好声和抗日的口号声，如雷鸣般从大礼堂涌向前台，观众沸腾了。

4月16日，经冼星海再次指导后，二队在延安第二次演出了《黄河大合唱》。4月25日开始，由鲁艺各系师生组成的合唱团由冼星海负责排练。5月11日晚，在"鲁艺一周年纪念音乐晚会"上，冼星海指挥100余人的鲁艺合唱团，在20余人的中西混合乐队伴奏下，成功地演出了《黄河大合唱》。

那天晚上，冼星海在日记里写道："今晚的大合唱可真是中国空前的……毛主席都跳起来，很感动地说了几声'好'，我永远都不会忘记今天晚上的情形……"1939年7月8日，周恩来听了《黄河大合唱》后给予高度评价，并赞誉冼星海"为抗战发出怒吼，为大众谱出呼声"。

黄河，中华民族的母亲河。80多年前，在民族生死危亡最关键的时刻，我们的母亲河有了自己的歌。这是动员民众投入抗战的歌，这是歌颂伟大祖国不朽精神的歌，这是燃烧着几代人热血和激情的歌，这是唱给全世界的中华民族气魄的歌。

如果为世人选几首代表中国音乐不朽成就的作品，它们应该是哪些？是《茉莉花》，是《梁祝》，是《二泉映月》？如果只有一首代表中国精神的音乐作品，那就是《黄河大合唱》。

这个有着悠久历史和伟大文明的民族，这个在近代受尽凌辱的国家，在外敌入侵、生死存亡时刻诞生的这部作品，25岁的诗人和33岁的作曲家用音符掀开了一个民族觉醒的新时代。这是一个孕育着新中国国歌基调的声音——

听啊：珠江在怒吼！扬子江在怒吼！啊！黄河！掀起你的怒涛，发出你的狂叫，向着全中国被压迫的人民，向着全世界被压迫的人民，发出你战斗的警号吧！

——《怒吼吧，黄河》朗诵词

（作者为著名文化学者、作家、资深媒体人、北京大学客座教授，享受国务院特殊津贴专家）

回望"红色足迹"的感动

李培禹

一

在迎接建党百年的前夕，我收到了九州出版社出版的《"回望红色足迹，我的亲历感动"获奖征文集》。这本小书的出版，给作为征文活动的策划者、编辑者的我，带来很大的惊喜。

一篇篇读过多遍（我是评委之一）已很熟悉的文章展开在眼前，我重又陷入了"回望"的旋涡：一个"回望"是我们举办这次征文活动的工作过程，即当时的初衷、稿件的征集以及编发见报、初评复评等具体环节；另一个"回望"是从书中再一次阅读这些获奖作品，使我不能不跟随着这些文字，跟随着革命前辈的足迹，再一次涌起感动的波澜。

征文启事是我起草的："1921年，从中国革命的红色火种点燃起，北京，这座历史名城就与中国革命的每一段历史进程紧密相连、息息相关。无论是战争年代还是新中国建设时期，先辈们的红色足迹遍布这座英雄的城市。在这不同寻常的历程里，多少革命征途中的红色足迹值得我们去亲历、去重温，多少先辈们的动人往事值得我们去探访、去聆听！"启事见报后，很快就有稿件涌进编辑部，我们编发的第一篇征文来稿是故乡在门头沟的作家高国镜的《田庄的火种》。作者满怀深情地写道："北京第一高峰灵山，矗立在我的故乡；北京第一大河永定河，流经我的故乡。故乡山高水长，层峦叠嶂。那当之无愧的绿色京西，却有着令人起敬的红色土壤；当年我年年望万山红遍，也在把红色的足迹寻找、向往。在那太行山余脉里，在百花山下，在永定河旁，有一个不大的小村，叫田庄；就是田庄这个小村，出了门头沟区第一个共产党员——崔显芳；就是这个叫崔显芳的党员，于1932年组建起中共宛平县第一个党支部——田庄高小党支部。而今，那门头沟第一位共产党员，早已经长眠在西山丛中；但他创建的第一个党支部，却还像浪花一样延续不断，后浪推前浪；他播下的革命火种，却还像山丹花一样，蔓延绽放。我走进田庄，站在崔显芳烈士的墓碑前，充满了敬仰，不禁写下这虽然笨拙却发自内心的文章。"

《田庄的火种》为征文开了好头，它在征文评选中获了三等奖。为什么是三等奖？因为后面的来稿越来越精彩。不能不特别提到的是著名作家凸凹的散文《爱在爱中》。顺便说一句，我供职的报社副刊部多

山的风韵 王彦高 / 摄

年来培植、团结了一支很棒的作者队伍，这次征文，得到许多作家、作者的热烈响应和支持。收到凸凹的文章后，只粗看一遍，编辑就被打动了。文章写的是他那在大山里再普通不过的农民父亲，一位村党支部书记。他含辛茹苦把儿子培养成了国家干部，身患癌症后儿子用公车送他去医院，老父亲愤怒了，说："你敢！"对不时有人来病房探望，他对儿子说："你能不能不叫他们来，我只是你一个人的父亲，于旁人无恩。"最后一段是这样写的："送他火葬的那天，我没有哭，因为内心盈满。"读到这儿，谁能不被深深打动？这篇征文发表后，先后被几家报刊转载，影响很大。天津作家王道生也关注到了这次征文，他前不久刚去了一趟韶山，忍不住写来一篇长稿，谈他此行的所观、所闻、所感、所思，内容很好，文笔很好，既有文采又有深度，虽已大大超过了征文要求的字数，我们研究后还是确定选用刊登。这篇七千字的《韶山情思》以整版的篇幅和读者见面了，第二天，各大网站几乎都全文转发，并在首页挂出标题。市委宣传部一位领导给我发来短信，称赞这个版题材好，写得好！征文进行终评时，凸凹与王道生两位著名作家的作品难评高下，所有评委一致决定，破例颁发两个一等奖。

此次征文活动作者面宽泛，既有专业作家，也有各个方面的作者，老中青都有，来稿大多具有文学色彩、真情实感，文字优美，比如收入书中的著名女作家胡健的《父亲投入党的怀抱的那一天》，史料翔实，发表后受到史志部门的重视。革命烈士马骏的孙女马丽颖，饱含深情写了《我站在爷爷马骏烈士墓前》，文章打动了不少青少年读者，作者被众多媒体追踪采访。她给编辑部打来电话，称赞报社的征文活动是生动的爱党爱国教育，是献给党的生日的一份厚礼。

作为报社副刊部主任，又兼任评委之一的我，当然不能参加征文活动，更不能参评获奖，但我也曾迈开脚步，去寻访"红色足迹"。

二

随着中国共产党建党一百周年的临近，我的思绪常常飞到拱卫着京城的那方土地、那丛树林、那湾小河、那片青纱帐……

其实，我是想说，我们在仰望延河水、踏寻太行山、唱着《松花江上》的同时，不应淡忘了离我们不远的冀中大平原。在这块热土上，有数不清的抗日将士和百姓与日寇展开过长达八年的游击战、地道战、拉锯战。"打得赢就打，打不赢就跑"，是给部队的作战方针，但老百姓是不能跑的，也没地方跑。所以那时有"坚壁清野""堡垒户""根据地"一说，全指的是平民百姓。往往大部队撤离后，村民们面临的是敌人的疯狂反扑，老百姓用良心、热血坚守的史实，熬过的岁月，同样惊天地、泣鬼神，不该被忽略。

我来到一个与京郊房山郑庄村接壤的小村——练庄。我穿过这个村子时，见到村东有一个近于干枯的水塘，在水塘边上矗立着一座汉白玉石碑，碑上刻着几个大字：练庄"八·一三"惨案纪念碑。

原来，这座石碑记录了"七七事变"后不久，日本侵略军在村里残暴屠杀乡民的野蛮罪行；碑旁的一棵老槐树就是当年日寇暴行的见证。

据村里一位叫赵勤的老人叙述：1937年7月7日，"卢沟桥事变"后，日本军队大举进兵华北，国民党26路军北上抗日，在涿北、房山、良乡、琉璃河一带构筑工事，与日本侵略军对垒。9月中旬，向南撤退的26路军的部分官兵因不服鬼子，在练庄村北打了一个伏击战，杀伤了不少日军。这一有力的阻击，长了中国人民的志气。鬼子被打急了，把凶狠的兽性，发泄在练庄老百姓的身上。9月17日（即阴历八月十三）下午，日本兵追杀抗战官兵闯进练庄，他们挨户搜查，见青壮年就抓，把无辜的村民双手捆绑起来，然后两三个人连在一起，推到村东的老槐树下，野蛮地用刺刀扎、挑，哭喊声一片。张桂才、刘福等人奋起反抗，被日本鬼子开枪打死。只一袋烟工夫，30多个壮汉惨死在日本鬼子的刀枪之下。

叙述到这里，赵勤老汉略做停顿，然后接着说："我大哥当时才20多岁，也被抓到大槐树下，我妈追着向日本鬼子喊：'他是我儿子，不是当兵的！'许多老太太都出来认儿子，但可恶的日本鬼子哪管那些个？惨啊……日本鬼子把尸体推进这个水塘，然后盖上玉米秸、高粱秆……"

我记住这笔仇恨，在村口一个小铺儿吃了口饭，就赶路离开了练庄。

沿着永定河故道，走进属涿州管辖的松林店一带，我的心为之一震——这里竟是抗战烈士诗人陈辉战斗过的地方！

冀中平原，到处传颂着浴血奋战、不惜捐躯的抗日志士的英名。

"英雄非无泪，不洒敌人前。男儿七尺躯，愿为祖国捐。英雄抛碧血，化为红杜鹃。丈夫一死耳，羞煞狗汉奸。"这是陈辉烈士的诗句。这首遗诗，现在镌刻在他的墓碑上。

陈辉1937年秘密加入中国共产党，1938年同一些热血青年奔赴延安，进入华北联合大学学习。抗日烽火中，他被中共派到涞水、涿县一带开展工作，曾任县武工队政委、区委书记等职。陈辉既是战士，又是诗人。他在青纱帐里、在斗争第一线，写下了许多当时影响很大的战斗诗篇。刻在他墓碑上的诗，就是他听说战友陈琳等牺牲后，悲愤交加，一挥而就的"祭诗"。不想陈辉写下此诗不到四个月，也为中华民族的解放事业献出了自己年轻的生命。

陈辉烈士的牺牲经过是可歌可泣的，至今仍在人民中传颂：1945年2月8日，陈辉在拒马河畔韩村堡垒户王德成家养病，由于叛徒出卖，被敌人重兵包围。他负伤后仍与鬼子、汉奸拼斗，最后子弹打光了，被敌人拦腰抱住，陈辉用尽全身力气，拉响了身边仅剩的一颗手榴弹，和敌人同归于尽……那时，他才24岁！

抗日战争胜利后，当地群众自动捐资，为陈辉烈士建了墓碑。墓地原位于楼桑庙三义宫东北侧，后迁至林屯乡西管头村三义公墓。1958年，陈辉同志的老战友、著名诗人田间含着泪把陈辉散落的诗篇编辑成书，题作《十月的歌》。田间在《引言》中写道："他的手上，拿的是枪、手榴弹和诗歌。"

……………

难忘冀中行。回京后我翻着书柜，想找出陈辉那本《十月的歌》诗集，却怎么也找不到了。好在我的采访本还在，我抄下的那首陈辉烈士的诗篇还在，它仿佛知道，总有一天人们还会记起它、朗读它——

> 我的生命
> 被敌人撕碎，
> 然而
> 我的血肉呵，
> 它将
> 化作芬芳的花朵
> 开在你的路上。
>
> 那花儿呀——
> 红的是忠贞，
> 黄的是纯洁，
> 白的是爱情，
> 绿的是幸福，
> 紫的是顽强。

（作者为中国作家协会会员，东城作家协会副主席，

《北京日报》高级编辑、原副刊部主任）

清明时节望红楼

李　强

　　清明时节是北京最好的季节，桃花开了，柳条绿了，人们走出家门，来到父辈祖辈安息的地方，献上一束鲜花，回忆一下我们从哪里来，细想一下祖辈的嘱托，再看看自己脚下的路，然后一年才真正地开始了。

　　清明那天，我在五四大街上徘徊了两个多小时，然后伫立在北大红楼的对面，默默地注视着这座有着不凡历史的红楼。一百多年的历史、一百多年的故事、一百多年的影响、一百多年的奋斗都源于这座红楼。红楼的每一块砖都能诉说屈辱的历史，每一块砖都渗透着思想的光辉，每一块砖都铭记着共产党人寻求真理的脚步。

　　一个小学生走到我的身前，问我："爷爷，您在这里看什么呢？"我笑了一下，是呀，我也问自己，我在这里看什么呢？

我想，我是在看高原吧，看一百年前思想的高原

　　1916年12月，蔡元培结束了法国之行，决定接受教育总长的邀请，出任北大校长，这一年蔡元培已经48岁了。转过年来的1月，这位在前清中过举人，当过教育总长，游学欧洲，在德国、法国接受过西

方教育思想的浙江人来到了北大。他要把西方办学的思想移植过来，改变北大死气沉沉、落后腐朽的官僚风气。正是他的到来，使当时北大这座最具现代气息的大楼成了思想的高原，也为马克思主义在中国的传播奠定了基础。

蔡元培向全校师生发表演说，他提出兼容并包，聘请不同思想的教授，提倡不同思想争论交锋，推行教授治学，号召教育救国。我们熟知的陈独秀、李大钊、胡适、章士钊、辜鸿铭等一大批国之翘楚都到北大担任教授。

1919年的"五四运动"，爆发于民族危机严重之时，是一场爱国运动。这场运动蕴含着"爱国、进步、民主、科学"等精神，促进了马克思主义的传播，直接影响了中国共产党的诞生和发展。陈独秀等人创办了《新青年》杂志，在文学领域掀起了革命性的运动，也就是新文化运动。运动提倡民主和科学，为之后的五四运动提供了思想基础。

新文化运动展览 王彦高／摄

1919年5月4日，北京高等师范学校、北京大学和中国大学等13所高校的学生，在天安门云集。3000多名学生代表提出了"外争主权，内除国贼""拒绝在巴黎和约上签字""废除二十一条"等口号和要求。就是在这里，学生们高举旗帜掀起了中国历史上从未有过的伟大运动。

五四运动的参与者众多，主要领导有陈独秀、蔡元培、林长民等人。

这期间，北洋政府不得不承认学生的爱国热情，又希望运动能够平息。当时的大总统徐世昌曾下令制止运动，但军警不敢对学生动武，北洋政府下令让各学校复课，提前放假，举办文官高等考试等转移学生的注意力。

五四运动不仅是爱国运动，还是一场思想解放运动。这场运动具有救亡和启蒙两个方面作用，二者相互促进。各个阶层都表现出了主动性和创造性，破除偶像、拒绝权威、敢于斗争。

我想，五四新文化运动时期像大海一样容纳了各条大河带来的各种思想，也正是多种思想的大碰撞，凸显了马克思主义的先进性和可行性，社会主义、资本主义、自由主义、无政府主义、封建的保皇主义，红黄蓝白黑各显其能，最后被大风大浪冲刷掉表面的辉煌，露出黄金本色的，是马克思主义，是社会主义。

就是在这个时候，俄国十月革命一声炮响，给我们送来了马克思主义，也让人们看到了社会主义的实践曙光。也是在这时候，一大批优秀的知识分子，开始认真研究马克思主义理论，提出了只有社会主义才能拯救这个积贫积弱的国家。我仿佛看见，教授们、学生们在课堂上、在走廊里、在饭厅里、在礼堂上，拿着书本，端着饭碗，在讨论、在争辩、在宣讲、在高唱。各种思想的汇集、碰撞、争论、传播，形成了思想的高原。马克思主义学说、社会主义理论的传播必定会在思想的高原上脱颖而出，形成高峰。

我想每一位共产党人都应该感谢这个时期，它给中国大地带来了思想解放，给我们送来了马克思主义。

我想，我是站在高原看高峰

1919年6月11日，陈独秀在北京最热闹的前门外新世界游艺场，散发了主张推翻北洋政府的《北京市民宣言》，被北洋政府的警察抓进了监狱。这件事引起了全国各界的关注，人们抗议北洋政府的行径，在各界人士的营救下，北洋政府于9月16日释放了陈独秀。转过年的2月，李大钊护送陈独秀秘密出走北京，返回上海。两个人走在满是垃圾的土路上，看着那些衣不遮体的灾民，想着山河破碎的国家，北方的李大钊与将要回到上海的陈独秀四只大手紧紧地握在一起，约定一南一北共同努力，一定要建立一个组织，团结思想一致的有志之士，践行马克思主义，让社会主义之花开遍中国。

也就是在这个红楼中，马克思主义研究会成立，成为中国共产党的前身。邓中夏、张国焘、高君宇、罗章龙、黄日葵等一大批最优秀的知识分子都站在这片高地的最高处，像站在起跑线上的运动员一样，时刻准备着带领这个国家跑向新的时代。

1920年4月，共产国际派出代表来华，他们通过在北京的一位俄国籍教员介绍认识了李大钊，并和邓中夏、罗章龙的人一起分析了中国革命的情况，讨论了建立中国共产党的问题。

1918年，一个操着湖南口音的年轻人来到了北大红楼，第一次出现在人们的视野之中，这个人就是20多岁的毛泽东，他在杨昌济的引荐下拜见了李大钊，成了一名图书管理员。也就是在这里，毛泽东开始接受了马克思主义学说，成了一名坚定的马克思主义者。

我想到，马克思主义在中国实践了百年，证实了它具有无比的科学性、真理性，它揭示了自然界、人类社会、人类思维发展的普遍规律，而且它具有很强的实践性。

站在高峰上的这些伟大的普通人，用他们的信仰，用他们的身体力行，用他们的血肉之躯去践行着马克思主义。他们由红楼出发，相聚时是一团火，散到全国各地是满天星，终于建设了一个红色的中国。

我想，我是在看高峰上的共产党人
携手并肩向着新时代出发

在红楼、在东城、在北京乃至在全中国，第一个共产党的支部诞生了，它就像高山上融化的冰川一样，由点点滴滴汇聚成为黄河、长江，形成滔天巨浪，冲击着一切污泥浊水，冲出一个崭新的充满活力的新中国。

1920年10月，李大钊、张申府、张国焘三人在这座红楼，在北京大学图书馆李大钊办公室，三个人的六只手紧紧地握在了一起。这一握，开创了一个新时代，正像一位大人物说过的，中国这头雄狮开始睁开眼睛觉醒了。这一天，正式成立了北京共产党早期组织——北京共产党小组，李大钊为小组负责人。又过了一个月，由张国焘、邓中夏发起，在沙滩红楼北京大学学生会办公室，正式成立了北京社会主义青年团，高君宇、罗章龙、刘仁静、何孟雄、黄日葵、缪伯英、朱务善、范鸿劼等近40人参加会议。高君宇这位大才子、学生会主席当选为书记。也是在这个月，罗章龙、刘仁静、邓中夏、高君宇、何孟雄、缪伯英等人加入北京共产主义小组，并决定将小组改为中国共产党北京支部，李大钊任书记，张国焘负责组织，罗章龙负责宣传。

这是划时代的伟大举动，它代表马克思主义这颗种子开花结果了，这果实将培育出千千万万颗果实，在中国的广袤大地上生根发芽，也将引起山河巨变，改变中国，影响世界。

北京党组织成立后，党员队伍由北京大学迅速向四周蔓延，北京女子师范学校、北京高等师范学校、朝阳大学等学校都有了党的组织。

人们常说，一生二，二生三，三生万，今天，我们的党已经由红楼建党的40多人、十几个党小组，发展成有9100多万名党员、460多万个基层党组织的大党。感谢红楼，感谢我们党的那些先贤们，他们中的有些人可能都没有留下真名字，但是，他们的信仰和灵魂将永生。

我想，我是在看从红楼走出来的领袖们，他们是历史的开拓者

李大钊1907年考入天津北洋法政专门学校学习政治经济，1913年冬，李大钊东渡日本，考入东京早稻田大学政治本科学习，当日本帝国主义向袁世凯提出灭亡中国的"二十一条"后，他积极参加留日学生总会的爱国斗争。1916年李大钊回国后，积极参与正在兴起的新文化运动。1920年3月，李大钊在北京大学发起组织马克思学说研究会。10月，在李大钊的发起下，北京共产主义小组建立。1921年中国共产党成立后，李大钊代表党中央指导北方的工作。1926年3月，李大钊领导并亲自参加了北京人民反对帝国主义和反对军阀的斗争。李大钊在极端危险和困难的情况下，继续领导党的北方组织坚持革命斗争。1927年4月6日，奉系军阀张作霖勾结帝国主义，闯进东交民巷苏联大使馆驻地，逮捕了李大钊等人。李大钊在狱中受尽酷刑，他在法庭上怒斥反动派的暴行，大义凛然，坚贞不屈。4月28日，军阀不顾广大人民群众和社会舆论的强烈反对和谴责，悍然将李大钊等20位革命者绞杀在西交民巷京师看守所内。李大钊第一个走上绞架，从容就义，时年38岁。

这让我想起前几年我到陶然亭公园特意祭拜了高君宇的墓碑，这位党的创始人之一于1925年就病逝了。

十月革命后，高君宇和许德珩等同学，经常聚集在李大钊那里，共同研究马克思主义理论和十月革命的经验，探求改造积弱积贫的中国的方法和道路。1919年5月4日学生爱国游行时，高君宇作为北京大学学生会负责人组织和参加了五四运动，同年10月，北京共产主义小组成立，

高君宇是这个小组最早的成员之一。

中国共产党成立后，1922年1月，高君宇作为中共代表之一参加了共产国际在莫斯科举行的远东各国共产党及民族革命团体第一次代表大会，7月他又出席了党的第二次全国代表大会，会上，被选为中央委员。我去陶然亭那天，北京下着淅淅沥沥的秋雨，我带了一束玫瑰献给他，历史将永远记住他。

我们说到在北大红楼图书馆工作过的毛泽东，他是站在高峰顶上的伟人，是我们党和军队的创始人，为了中国革命事业奉献了一生。毛泽东一家有十余口人为了中国人民的解放事业献出了生命，包括他的妻子、兄弟、侄子、儿子，等等。每当想到这些，我的心中总是久久不能平静，胜利来之不易，我们每一位党员都要珍惜这胜利的果实。

红楼啊红楼，你是思想的丰碑，你是信仰的丰碑，你是胜利的丰碑，你是共产党人的丰碑，你也是祖国发展的丰碑。习近平主席号召我们不忘初心，我想这红楼也是我们共产党出发的地方，看到红楼就看到了我们的使命，看到了我们美好的未来。

我想，我是在看千万大众团结在了共产党的旗帜下

无论是大革命时期还是抗日战争时期，无论是解放战争时期还是社会主义建设时期，千千万万的人民大众认定了只有跟着共产党我们的国家才有希望，我们的未来才有希望。

我们家是一个普普通通的家庭，新中国成立前我们家的两代人都在红楼精神的指引下走上了革命道路。

我三爷爷的老师是一名共产党员，用我老祖的话就是，他把我三爷爷"拐"跑了。三爷爷也不跟家里说一声，跟着老师参加红军去了。急得我爷爷带着全家到处找人，后来家里收到一封来信，才知道他当红军闹革命去了。

1936年至1937年，三爷爷跟随李先念的第四方面军，踏上了西路军的西征之路。在和马步芳、马步青的战斗中，西路军两万多人被打散。战斗失败后，三爷爷在一家农民的帮助下，换上农民的服装，徒步要饭往延安方向走。走到西安郊区，三爷爷又渴又饿，身上的伤口化脓，一下子昏了过去。醒来的时候躺在一家人的床上，原来是一家小面馆的老板看到骨瘦如柴的三爷爷倒在路边，把他给救过来了。人家还请了本地的大夫，给三爷爷治伤，这家的女儿每天给三爷爷煮鸡蛋面、熬稀粥。三爷爷恢复了体力，也长胖了许多。

三爷爷伤好了以后，一直念叨着找部队回延安。我想，一定是他那颗有信念的心不能平静，放不下那些死去战友的嘱托和希望。两年后，他告别了这家面馆的女主人，又回到了延安。他最后从总参测绘大队退休了。老人家去世的时候，存折上只有七块两毛八分钱。他们这一代人真的是不为自己，不图安逸，只是践行着自己的理想信念。

我的叔叔又高又壮，长得很帅气，两条眉毛向上方挑着，鼻子笔直，透着一股英雄之气。20世纪40年代，叔叔上学的时候就入党了，没毕业就被派到河北省的唐山附近做党的工作。

叔叔在唐山工作的时候遭到特务的追杀，一路跑回北京。那天夜里大雪纷飞，北风呼啸，电线被大风吹得发出哨子一样的鸣叫声。家家户户都把门窗关得严严实实，生怕大雪裹挟着凉风吹进被窝里。三更时分，院子里扑通一声，我妈抬头一看，只见一只大黑手捅破窗户纸，从里面打开门。一个人几乎是摔进我家屋里。我妈惊叫着，全家人都醒了。我爸爸将来人翻过身一看，是我的叔叔。

这时候的叔叔，乱发过耳，胡子老长，满脸泥土。一身的棉袄棉裤已经破烂不堪，膝盖上的棉花探出头来，被染成了黑灰色。那双鞋也已经前后开绽，大脚趾露在外面。爸爸把叔叔抱到床上，脱掉棉鞋，后脚跟已经冻得又红又肿。

至于叔叔为什么被人追杀，叔叔一直守口如瓶。直到多年以后才知道，为了转移组织的电台，叔叔冒险引开了特务。电台安全了，叔叔却险些被子弹击中。要让敌人发现又不能让敌人逮住，困难可想而知，叔叔做到了。任务完成后，唐山是不能再待了，叔叔马上向北京撤退。他不能坐火车，只能一步一步走回来。

北京解放了，大家上街游行庆祝，叔叔的身份才公开了，他是共产党员，一个响当当的名字。

20世纪60年代中央决定，以国防部五院为基础，从三、四、五机部及其他有关部门抽调若干工厂和事业单位组建第七机械工业部，负责航天工业，叔叔作为骨干力量参与了航天事业的发展。

1978年，我的叔叔身上起了一片水疱，身体越来越不好，医院说，这是一种中毒现象。为什么中毒，怎么中的毒，叔叔闭口不谈。家里人想尽一切办法给他治疗，姑姑每周都到山里接温泉水给叔叔洗身体，人们说温泉水能够治好身上的皮肤病，可是谁也不知道这不是皮肤病。1984年的时候，叔叔要为办理身份证照相，虚弱得都走不动道儿了。我弟弟和我推着自行车驮着他到东高地照相馆照了一张身份证照片。后来叔叔根本出不了门了，眼睛也慢慢看不见东西了，没过多久叔叔就去世了。后来我才听说他们这个所里一共有14个人，因为搞实验逝去了13个人。

前几天，中国航天总公司的一位朋友，送给我一个导弹模型，他说道："为了研制这些大国利器多少人付出了一生的努力，甚至付出了生命的代价。"我马上想起了我的叔叔，他们就是搞导弹的，那天看着这款模型，我掉泪了。

像我三爷爷、叔叔一样为党的事业奉献一生的有千千万万人，他们是我们党真正的铜墙铁壁，是我们党面对风险挑战最强有力的万里长城。我想起了八女投江，想起了狼牙山五壮士，想起了黄继光、邱少云，想起了王进喜、张炳贵，等等。我面对红楼，也面对所有为党的事业献出生命的先烈们，想说一句，请你们放心，红楼信仰将世代永存。

红楼前一队少先队员，戴着红领巾，在阳光下走向前方。

（作者为北京作家协会会员、东城作家协会理事）

探访陈独秀旧居

朱　丹

在东城区北池子大街箭杆胡同20号有一处小院，这里是中国共产党创始人和早期领导人之一陈独秀的旧居，也是当年《新青年》杂志编辑部旧址。

一进门，映入眼帘的是一幅巨大的匾额，上面写着《新青年》二卷一号，据说这也是《青年杂志》更名为《新青年》后出版的第一本。进入小院，在右手边就能看到悬挂着《新青年》编辑部的木匾，匾上写着"新青年社编辑部"，当年也是挂在这个位置。

1917年到1920年，陈独秀租住在这里。当时，陈独秀工作和生活都是在这个院子里，当年的门牌为箭杆胡同9号。这是一座清代的四合院，民国时期是一户孙姓人家的私宅。院落分东、西两部分，西院为主人居住，东院出租。1917年陈独秀租住这里的东院，占地面积为250平方米。东院北房三间是《新青年》编辑部所在地，南房三间是陈独秀及其家人的住房。

如今的北房正在举办"历史上的《新青年》"专题展。《新青年》是由陈独秀于1915年9月在上海创办的，它标志着新文化运动的兴起。1917年陈独秀携《新青年》从上海来到了北京，《新青年》也成为五四运动前后新文化运动的主阵地之一。俄国十月革命后，《新青年》成为宣传马克思主义最重要的刊物。1923年6月，《新青年》成为中共中央的机关理论刊物，直到1926年7月停刊。《新青年》从创刊到停刊见证了五四运动前后新文化运动的蓬勃发展和马克思主义在中国广泛传播的历史进程，承载了中国先进知识分子探索救国救民的初心和使命，在党的创建史上发挥了重要作用。

在展厅里还可以体验一把油印《新青年》雕刻版画，自己动手拓印《新青年》第一版封面，体验当时《新青年》的印刷现场，并在拓印文本上盖上当日纪念章，让我们每个人都能拥有一份"自己"的《新青年》。

北房展厅的两面墙上分别展示了1919年8月至1922年7月《新青年》月刊上发表的宣传马列主义的重要文章和1923年6月至1926年7月《新青年》改为季刊之后发表的传播马列主义的重要文章。这两面墙上展示的文章，可以通过展板下方的电子翻书屏进行查阅。这个电子翻书装置，里面收藏的就是《新青年》在成为党刊后刊登的马克思、列宁著作（许

陈独秀旧居　王彦高／摄

多都是马列著作在中国的首次译本）和所有马列宣传文章的电子版，大家可以选取感兴趣的文章，在两个感应器上方挥舞手臂，达到翻书的目的。同时可以一边戴上耳机收听《国际歌》，一边了解那段历史。1923年6月15日，瞿秋白把《国际歌》的歌词发表在了《新青年》上面。

坐在小院里喝茶小憩，可以看到墙上的浮雕刻着许多我们熟悉的名人大家，鲁迅、李大钊、陈独秀等人常在这个小院里聚会。当时陈独秀携《新青年》来到北大担任文科学长，《新青年》就由他一人担任主编改成了同人刊物。当时就是由李大钊、陈独秀、胡适、钱玄同、陶孟和等人按月轮流主编。也就是说，当年这个小院聚集了很多文人志士共谋《新青年》的发展。

《新青年》存在的时间虽然短暂，但它作为马克思主义在中国早期传播的主要载体，对中国共产党的创建，对大革命的兴起，其绩伟伟，其功赫赫，它的名字将永载史册。

南房这边的展览主题是"陈独秀在北京"专题展，分为任职北大、战斗在新文化运动前沿、南下建党等几个版块。这边展柜中展示的是那一时期的手提包、写作用的毛笔、鲁迅亲自设计的北大校徽、油灯、暖壶等物品，非常具有年代感。其中的手提包还是热播剧《觉醒年代》里陈独秀扮演者于和伟手里常拿着的道具。

陈逸飞创作的油画《李大钊护送陈独秀南下》反映了1920年2月，为躲避反动军阀政府的迫害，陈独秀从北京秘密南下上海的场景。展览运用数字化技术对油画进行还原，给参观者更加身临其境的体验。

站在陈独秀当年生活过的小院，他的《敬告青年》在耳边回荡："青年如初春，如朝日，如百卉之萌动，如利刃之新发于硎，人生最宝贵之时期也。"

（作者为北京市东城作家协会会员）

回忆在中法大学的革命活动

杨　芹

北京中法大学旧址，现为北京市文物保护单位

我1926年生于沈阳，祖籍山东，"七七事变"后随大批难民迁入北平。在日寇铁蹄的践踏下，眼见祖国山河破碎，哀鸿遍野，青少年时期的我即产生了强烈的爱国主义思想，后来随着年齿渐长，阅历增多，越来越不满日寇和国民党反动统治，单纯的爱国思想变成了向往革命、追求进步的革命志向，最终在党组织的教育下，加入了中国共产党，成为一名无产阶级先锋队战士，那时我的公开身份是北平中法大学文史系的一名学生。

当时已是解放战争时期，在中国人民解放军节节胜利进军之际，北平中共地下党组织领导开辟了反对蒋介石反动统治的第二战场。虽然仍处在特务横行的白色恐怖下，但广大市民和学生的爱国民主运动不断掀起新的高潮。特别是1946年12月抗议美军暴行运动之后，北平的"反饥饿、反内战"游行示威一次比一次声势浩大，市民罢市、学生罢课，反美反蒋的斗争浪潮一浪高过一浪，极大地声援了解放大军的第一战场。

今天，95岁的我想起当年的斗争情景，还能感到热血沸腾，浑身充满了青春的革命激情。

在敌人眼皮底下放映电影《列宁在十月》

《列宁在十月》电影海报

坐落在北平东黄城根的中法大学，当时被称为"袖珍大学"，虽然只有400多名学生，但是学生运动工作开展得好。同学当中的中共地下党员和"民青""民联"盟员（党的外围组织"民主青年同盟"和"民主青年联盟"的简称）亲密合作，争取了中间同学，孤立了少数国民党、三青团学生，使进步力量逐渐强大。加之学校领导比较开明民主，因而在历次学生运动中，我们中法同学都是走在斗争前列，成为当时北平学生运动的中坚。

1946年12月初，中法大学即成立了学生自治会，从此，大部分活动都由学生自治会公开出面开展工作。以中共地下党员和"民青""民联"盟员为骨干，组织建立了各种学生社团，有合唱团、读书会、同乡会、民舞社、新诗社、木刻社、话剧社等，教唱革命歌曲，上演革命戏剧，学跳秧歌舞，朗诵诗歌，出版左翼壁报，借阅进步书刊……这些活动，把校内的革命气氛搞得浓浓的。

1947年初冬，苏联十月革命节来临，苏联驻北平总领事馆宣传列宁领导的十月革命。中法大学学生自治会的理事们得知这个消息后，立即酝酿在学校礼堂放映苏联电影《列宁在十月》，组织中法同学及各大学、中学进步同学前来观看。这在当时是带有一定危险性的革命行动，因为国民党反动派正在加紧反共反人民的部署，特务横行，千方百计地破坏学生的革命运动，斗争十分尖锐。况且，在北平还从没有放映过宣传无产阶级革命的苏联电影。在这种情况下，如何才能顺利地放映这部影片，中共地下党员、盟员和学生自治会的几名常务理事，研究了许多办法，提出了具体措施。

学生自治会作出放映《列宁在十月》的决定后，立即得到中共地下党员、盟员和进步同学的积极响应，大家情绪高昂，积极热情地投入紧张的筹备工作中。他们各有分工，有的去借电影拷贝，有的发电影票，有的贴海报，有的搞保卫。学生自治会主席缪样焘带领几名同学，前往东交民巷苏联驻北平总领事馆联系借影片。出来接待他们的苏联同志很热情，用笔歪歪斜斜地写了几个中国字，说他叫"郭都国"，随后进去向上级汇报，片刻后又出来将他们带到一间大厅，厅内坐着一位40多岁的苏联男子，用汉语和同学们亲切交谈。了解了同学们的来意后，他马上热情爽快地答应借给影片，并商谈了如何秘密取送片子、放映时间等一应细节。

影片借定之后，学生自治会又做了具体安排：一是组织中共地下党员、盟员和进步同学做好宣传和联络工作；二是为了防止特务破坏，组织一些同学在学校内外和礼堂周围做好防范、保卫工作。

记得那是一个寒冷的日子，一张张醒目的海报"今日本校礼堂放映苏联电影《列宁在十月》，热烈欢迎各校同学前来观看。中法大学学生自治会"出现在中法大学附近的东黄城根、沙滩等地的墙上。有一位同学从苏联画报上剪下列宁头像，贴在海报上，并用英文写上"Lenin in October"贴在王府井大街的墙上。虽然公开宣传，但秘密发票，规定电影票一定要发给进步同学，以防止特务捣乱，发生意外。

　　一切准备就绪。就在1947年那个冬天的晚上，中法大学礼堂第一次，也是在北平第一次上映了苏联电影《列宁在十月》。至今令我记忆犹新的是，当晚苏联总领事馆的同志带着影片、放映机和一名放映员，开着一辆小汽车，来到中法大学附近的弓弦胡同，与在此等候的几名同学进行了交接。由于放映员是日本人，就找来会日语的张绍季同学做翻译。此时礼堂已经挤满了人，除中法大学的同学，还有来自北大、清华、燕京、师大、朝阳大学以及女二中、女三中、河北高中、孔德中学、崇慈中学等校的同学。北平地下党学委书记佘涤清，委员杨伯篪、崔月犁、张大中也前来指导、观看。我们中法大学的沈宝基教授、叶汝琏助教也出现在观众席中。能容千人的大礼堂，座无虚席，还有不少人站立着，把个礼堂挤得满满的。

　　电影开始放映了，会场在一阵热烈掌声之后，迅速安静下来，变得鸦雀无声，大家聚精会神，几乎是屏住了呼吸。突然，正在放映的电影中断了，原来是特务学生切断了电源，但这一破坏没有引起丝毫的惊慌和纷乱，大家坐着不动，并高唱："兄弟们向太阳，向自由，向着那光明的路，你看那黑暗已消灭，万丈光芒在前头！"经进步同学联合校内电工积极抢修，过了一会儿接上了电源，电影又接着上演，特务企图搞破坏的阴谋没有得逞。在放映过程中，影片中苏联共产党人和工人阶级的革命精神，深深地感染和激励着大家，会场里时而静默，时而热烈。当列宁的光辉形象出现时，大家热烈鼓掌；当无产阶级起义队伍冲进冬宫时，大家激动不已，掌声如雷；当阿芙乐尔巡洋舰开炮时，影片翻译说"阿芙乐尔一声炮响，开辟了革命的新纪元，列宁宣布社会主义革命胜利了"，这时，全场起立，高声欢呼，一时间，会场上的欢呼声和影片中的欢呼声交织在一起，经久不息。电影结束后，大家意犹未尽，胸中激荡着革命豪情，一个个兴奋不已地走出会场。

　　中法大学上映《列宁在十月》的消息，在北平各大学、中学和市民中引起了轰动，人们互相传递着消息："我看过了，真感人！""看来中国革命也要走十月革命的道路，咱们就照着干吧!"学委委员、中共地下党领导人崔月犁同志高兴地拍着地下党员安捷同学的肩膀，悄悄地说："这片子真好!等将来解放北平的时候，地下党跟解放军里应外合举行武装起义，说不定找哪个大学做秘密指挥部呢!"

为了满足同学们的要求，影片又放映了一场，校外的同学来得更多了。1948年3月，华北学联组织平津同学大联欢，天津、河北的同学来到北平，第一站就来到中法大学，当天晚上又给他们放映了一场。

从1947年冬天至1948年春三月，在中法大学大礼堂，连放了三场《列宁在十月》。其中有一次，苏联总领事馆还派了一名官员到学校来看看情况。这三场电影放映效果良好，影响广泛且深远，增强了大家与国民党反动派斗争的信心，进步同学革命意志更加坚定，中间同学向进步团体靠拢，不少人纷纷要求参加党组织。我们中法大学有一位同学，1945年就参加了"民青"，后来参加学生运动也很积极，工作也做得很好，但一直对参加中国共产党的问题犹豫不决，看了《列宁在十月》后，立即找到地下党组织，申请入党。一时间，各进步社团都扩大了组织，中国地下党员、青年盟员人数迅速增加，以致后来有几位中法大学同学在参加革命填表写自传时说，当时自己思想的进步，也是受到了电影《列宁在十月》的影响。

开办贫寒子弟夜校

1948年，除了放映革命电影，中法大学学生自治会还在中共地下党的领导下，联合北大、清华、师大、燕京、辅仁等大学和北平几所中学的合唱团，在沙滩北大民主广场，演出了千人组成的《黄河大合唱》。那壮观的场面、恢宏的气势、洪亮的歌声，强烈地激发起北平民众的抗美反蒋、争取光明的政治热情。在中共地下党的领导下，由中法、北大化学系同学发起，联合清华、师大、燕京、辅仁大学化学系的同学，组成"津洁工厂参观团"赴天津，与南开大学的同学一起，去工厂实地参观考察，深入了解中国工人阶级的劳动和生活状况。

给我留下深刻印象的是，1948年初，为响应中国共产党提出的"抢救教育危机"的号召，中法大学地下党组织派党员王光华负责，团结左翼进步同学，开办了一所贫寒子弟夜校。我们在中法附近的东黄城根一带，招收了20多个因交不起学费而失学的孩子，这些孩子大的10岁，小的七八岁，都是贫穷劳动人民的子女。他们的父母渴望自己的孩子能够上学读书，但当时在国民党黑暗统治下，经济崩溃、物价飞涨、学费猛升，小学的学费一学期竟高达伪币2万元。这些穷苦人家的生活都勉强维持，哪儿有这么多钱供孩子上学读书？因此，能有机会上大学生办的免费学校，他们都非常高兴，积极送孩子们前来学习。

当时夜校的条件非常艰苦，也很简陋，每天晚饭后，在中法大学找一间空教室上课。开了数学和语文两门课程，所用教材是参考公立小学课本，由中法大学的同学们自己编写的。

最初是由我和进步同学籍传馨担任教师，每周一三五上数学课，二四六上语文课，每晚学习一个半小时。孩子们年纪虽小，但也都知道上课机会来之不易，所以学习认真，安静听讲，不打闹、不喧哗，学习效果很好。孩子们对老师都很尊敬，我们对孩子们也很爱护，有时下课晚了，天太黑，我们还把他们送回家。王光华还教他们唱歌，和他们一起照相，于是很快就建立起了感情。

在讲课内容上，我们逐渐增加了革命思想的教育，比如讲数学课，对大一点的孩子增加了乘除法，结合现实把当时飞涨的物价放在应用题内，例如有这样一道题："你们的爸爸早晨出去拉车，挣了5万元（伪币），能买2斤棒子面；而晚上回家，5万元就只能买到半斤棒子面了。问：物价在一天之中涨了几倍？"这样，把学习与他们的生活结合起来，不仅教他们学会了计算，还揭露了国民党反动政府使人民吃不饱、挨饿受苦的腐败统治，帮他们认识现实，提高觉悟，有的孩子回家还向父母讲述。

我们两位老师除了讲课，还去学生家进行家访。走进那些低矮破旧的房子里，孩子们的母亲噙着泪水，讲述他们吃不饱、穿不暖的苦难日子；对我们教他们孩子读书，则感激不已，都连声说："你们这些学生生活清苦，不收我们的学费，教我们孩子读书识字，真是太感谢了，你们真好。"我们就趁机向他们宣传革命道理，揭露国民党反动政府不顾人民死活搜刮民财，打内战，把人民置于水深火热之中，人民只有进行斗争，反抗腐败政府，才是唯一出路的道理。学生家长们连连点头称是。这样，不仅教育了下一代孩子，也使我们自己进一步了解了劳动人民的疾苦，还赢得了劳动人民对学生运动的理解和支持。后来参加贫寒子弟夜校教学工作的，还陆续有龚友明、鲁追等中法大学的同学，这也成为中共地下党团结同学、争取更多学生靠近党组织、加入革命阵营的一种革命手段。

为什么是中法大学

我是1946年考入中法大学文史系的，之所以选择报考中法大学，是因为这所大学的四条办学宗旨吸引了我，其第一条即"勤工俭学"。我出身于读书世家，祖父满腹经纶，曾中科举；外祖父是东北大学教授；父母都是师范学校毕业生，各任中小学教师。"七七事变"后我们一家

北平中法大学旧大门

逃难到北平，家道中落，沦为城市贫民，连生计都成问题，哪里有钱读书？我是在教会学校勉强读完初中的，高中课程是我自己断断续续自学的，上大学是我的梦想，最后终于在中法大学实现了，所以我对母校充

满了感情。

　　北京中法大学是中国高等教育史上一所非常有影响力的民营大学，曾培养出陈毅、聂荣臻、潘玉良、吴祖光、杨沫等优秀毕业生。大学创始人是李煜瀛（石曾），1912年李先生等人发起、建立了留法俭学会，并通过法国议员穆岱在法议会中提议退还中国庚子赔款，用来支持中国的教育和文化事业。提议获得通过后，庚款中的一大部分投入中法大学的建设中。1920年中法大学成立，李煜瀛任校董事会董事长，聘蔡元培为校长，大学设立四所学院，以法国四位大文豪、科学家命名，分别为伏尔泰学院、孔德学院、居里学院、陆谟克学院，以后改称文学院、社会科学院、理学院和医学院。文学院初期旧址在北京西山碧云寺，后搬到北平城内东黄城根，从那里一拐弯就是沙滩北大红楼。现在该旧址还在，保存得还比较完整，曾属北京光电技术研究所，后被改造成工厂、学院等，但幸运的是几乎所有建筑都被保存了下来，甚至连格局都未改动。特别是主教学楼仍存，它是一栋风格鲜明的法式建筑，细节部分采取中式风格，在北京比较罕见，现已成为"艺术8"园区。我就是在那里度过了难忘的大学时光，真想回去看看，再摸一摸那红色的大门，抚一抚灰色的砖墙，嗅一嗅院子里花草树木的芳香。

　　蔡元培是我国著名的民主革命家、教育家。他早年受民主革命思想影响，决绝仕途，从事新式教育活动，1907年赴德国留学，辛亥革命后回国，任南京临时政府教育总长，主张采用西方教育制度，废止祀孔读经。1917年蔡元培就任北京大学校长，对北大进行了一系列改革，实行"思想自由，兼容并包"的

今日中法大学门楼

办学方针，提倡学术民主，支持新文化运动；改革学校体制，实行教授治校；对学生倡导德、智、体、美全面发展。他的这些改革措施，对中国近代教育产生了深远的影响。蔡元培还广为网罗人才，新旧并蓄，聘请国内一流学者到北大任教，其中有陈独秀、李大钊、胡适、沈尹默、钱玄同、马幼渔、马叔平、马季明、沈士远、沈连士、朱希祖等一大批教授。

中法大学也完全是按照蔡元培的教育思想兴办起来的，除四所学院外，还有镭学研究所、药物研究所、理工调查所、商业专科学校。当时办学还认为，改革教育应从中小学教育入手，这是教育的基础，所以还建立了数所中法大学附设中小学，麾下有孔德学校、温泉中学、温泉女子中学、西山中学、西山小学、温泉小学和一所幼儿园，从而形成了从幼儿园到小学、初中、高中、大学、研究部、海外部等一套完整的教育体系。所有学校均实施"读书与实践相结合"、"教"与"育"并重、"德、智、体、美全面发展"的方针。此外，中法大学还建有化工厂、铁工厂和碧云寺、温泉、西山三处农场，供学生实习之用，甚至还建立了西山疗养院和温泉疗养院。由此可见，中法大学从校舍、图书、仪器、设备到后勤均极完备。大学部的教职员工有一百五六十人，多为从欧美学成的海归，学校还时常聘请社会上的名教授来校授课，并与法国里昂中法大学互派教师和留学生。

从1920年建校至1950年结束，建校30年间，中法大学始终贯彻执行首任校长蔡元培的办学方针，坚持"民主、科学"的精神。马克思学说在课堂上占有一定位置，如王慎明（王思华）教授所开的《资本论》课程是同学们所喜爱的课程。在20世纪30年代，中法大学拥有的进步教授在国内位居前茅，例如有范文澜、张友渔、齐燕铭、曹靖华、钱玄同、刘半农、林砺儒、王慎明、阮慕韩等。可贵的是，这样的学术思想一直得以保持，到20世纪40年代后期，国民党当局强行推行"戡乱"政策，中法大学课堂上仍有徐炳昶、许宝骙等左翼教授讲授社会科学课程。

中法大学这种民主自由的教育方针，培养了学生的爱国主义思想和进步思想，校内政治活动较为自由，师生爱国民主运动活跃。早在1923年，校内就建立了中国共产党秘密支部，以颜昌颐（曾任中共中央早期军委秘书）为书记，党员有陈毅、王斐然、肖明、刘汝明等十余人，此后中共地下党组织一直坚持活动。

1947 年，北平学生举行"反饥饿、反内战、反迫害"大游行

1926年"三·一八"惨案中，中法大学学生胡锡爵牺牲，另有12名学生受伤，其中有中共地下党员4人。惨案发生后，陈毅同志主持召开的"北京市各界追悼死难烈士大会"，曾对全国产生了巨大影响。至此，爱国民主运动在中法大学内奠定了坚实的基础，使我的母校在历次重大政治斗争中均起到骨干作用。1935年，中法大学师生积极投入"一二·九"抗日救亡运动。1936年鲁迅先生病逝，中法大学广大师生和北方文教界一起，在中法大学礼堂召开追悼大会。抗日战争全面爆发后，中法大学校内学生人数锐减，这是因为他们纷纷走上了抗日斗争的前线。

北平沦陷后，中法大学校方坚持爱国立场，不妥协、不退让。1938年，日伪政权勒令中法大学停办，翌年，学校师生们重新团聚在一起，向大后方云南进发，经过跋山涉水的艰苦行程，终于到达昆明，胜利复校，理学院、文学院相继复课。师生们还把一向追求正义、追求光明的校风带了去，积极参加昆明市"反对孔祥熙"的游行和1945年反内战的"一二·一"学生运动。当时，校内的中共地下党员、民青盟员和进步同学创办了《大众报》，揭露国民党的反动统治，深得读者欢迎，在云南产生了积极的影响。

抗战胜利后，中法大学于1946年复原回到北平。解放战争时期，在中共地下党领导下，中法大学师生参加了历次大规模反对国民党统治的示威游行，校内各项进步活动蓬勃发展。这些都是我亲历的，当时校内师生有400余人，其中，中共地下党员和"民青""民联"盟员及进步师生占三分之二以上，充分显示了左翼进步力量的强大。

1949年新中国成立后，中央人民政府教育部接管了中法大学，将其更名为"国立北京中法大学"。1950年教育部进行院系调整，中法大学被撤销，除了生物学系、经济学系划归南开大学，文史学系、法国文学系和一部分物理学系、化学系的师生并入北京大学就读。所以，我们也都算作北大校友，每年"五四"都被邀请去参加北大校庆活动。

顺便说一句，从1921年到1951年的30年间，到里昂中法大学留学的中国学生人数为473名，所学专业以理工科为主，主要分布在基础科学、工业技术、纺织、商业贸易、市政工程、建筑、航空等学科领域。大部分学生克服了"洋插队"的艰难困苦，顽强拼搏，拿到了法国高等教育文凭，其中131人获得博士学位，60人获得工程师文凭。多数人学成之后回到了祖国，不少人后来成为中国科学界、教育界和文艺界的中坚力量，如著名科学家朱洗、汪德耀、范秉哲，著名文学家和诗人罗大冈，著名艺术家常书鸿、王临乙等，他们在新中国的各条战线上都作出了重要贡献。

我是1949年离开母校的，当时中国人民解放军进入平津等大城市，部队亟须补充知识分子以提高整体文化素质，党组织指示我们党员带头入伍。于是我虽然还未毕业，但还是愉快地服从了组织的调动，成为中国人民解放军的一员，从此走上了人生的另一段历程。

（作者为东城区居民、北京市委党校离休副教授）

以少年之名

——写在百年交汇点的初心

张溥博

2021年是中国共产党成立100周年。1921年，一艘小小的红船，掀开了中国历史的新篇章。

百年来，党带领全国人民开创了伟大航程，谱写了中华民族自强不息、顽强奋进的壮丽史诗。

一百年前的中国，满目疮痍，受尽屈辱，是中国共产党，像一把火炬，点燃了星星之火的燎原之势，带领中华民族冲破漫漫长夜。从中国共产党创立之日起，中华民族就有了挺拔的脊梁，是中国共产党，于危难中擎起民族自立自强的旗帜，给古老的中华民族带来了光明和希望。一寸河山一寸血，无数先烈英勇牺牲，无数前辈前赴后继，是中国共产党，带领着中华民族从积贫积弱到繁荣强大，从半殖民地半封建社会到社会主义。

作为一名少先队员，我从小就沐浴在党的光辉下，但也同样牢记，我们一路走来的艰辛。中国少年先锋队是由中国共产党创立和领导的，是建设社会主义和共产主义的预备队，我们在党的阳光沐浴下茁壮成长，未来更要肩负起中华民族伟大复兴的光荣使命。

回望历史，我们何其有幸，生活在繁荣昌盛的新时代；遥望前路，我们又何等坚定，以少年之名，向着下一个一百年奋进前行。红领巾是指引我们的旗帜，请党和人民放心，我们时刻准备着！

（作者为北京史家小学学生）

赓续精神血脉，凝聚奋进力量

王 正

"红军不怕远征难，万水千山只等闲。"1934年，一群革命志士怀揣着伟大的革命信仰，踏上了这条艰难坎坷的道路——长征。

长征，是一次伟大的征程，这其中有数不尽的故事值得我们代代传颂。我印象最深刻的一个故事叫作《金色的鱼钩》。那生锈的鱼钩，在我的心里，永远是闪亮的。在长征途中，三名战士由于生病跟不上队伍，指导员安排老班长负责照顾他们。在赶路途中，他们面临的困难不仅仅是伤病，还有饥饿，在无边的草原上，找不到食物，就要被饿死。一天，老班长在洗衣服时看到一条鱼，于是他用针做了一个鱼钩，每天钓鱼烧鱼汤给小战士喝，他自己却从来没吃一口。就这样，老班长的身体一天比一天差，最终，他倒在了湖边，倒在了胜利的前夕。就在临终前，他仍然为小战士们着想，希望他们能走出草地，而自己却永远留在了这里。

那生锈的鱼钩，现在就陈列在革命烈士纪念馆中。但，历史，不该只是被陈列；使命，应当世代传承；我们要走好自己新时代的长征路，赓续精神血脉，凝聚奋进力量！

（作者为北京市第一七一中学初二10班学生）

红船，从七月起航

—— 献给中国共产党成立100周年

刘丙钧

七月，一艘普通

却又非凡的红船

起航于嘉兴湖畔

有如一点星火

闪亮于暗色沉沉的宇天

有如一簇淡绿

萌芽于冰封雪盖的莽原

就是这一点星火

燎起冲天之焰

就是这一簇淡绿

唤出万里春光灿灿

一百年，一百年

一百年的征途

大风为歌，红日映天

一百年，一百年

一百年的岁月

曲曲折折，坎坎坷坷

是的，红船之旅
曾有几多涡旋
是的，红船之桅
曾经几临折断
狂风呼啸
有几多船员跌入浪中
惊涛拍舷
有几多水手遁而寻岸
当然，当然
还有更多，坚贞的水手
无畏的船员
信仰撑天，傲立如磐
飘扬于船头的旗帜啊
抖出霞光万点

曾经的风来八面，雨倾如鞭
曾经的殷血浸染，烈火熔炼
铸就了一群
特殊材料制成的，大写的人
他们的名字，叫共产党员
镰刀和锤头交织的旗帜啊
飘在心头，赤红艳艳
红船，红船
在你金镂石刻的航行日志中
每一个字词

都如钢似铁，矗立如山

翻开一页页的沉重
展开一层层的灿烂
南昌城头的枪声
秋收起义的硝烟
反"围剿"的筹算
湘江边的血战
总有红船的桨声，呼波唤浪
总有镰刀锤头的召唤，叩击心弦

万里长征的卓绝
十四年抗战的艰险
天安门上的庄严宣告
鸭绿江边的正义呐喊
总有红船上的豪气干云
总有镰刀锤头下的忠肝义胆

还有，还有
巡天卫星和护国核弹
还有，还有
东风利器和航空母舰
还有，还有
还有改革开放和民族复兴
还有，还有
还有"一带一路"和抗疫之战
每一个字词，每一个字词

都凝铸着责任和承担
每一个字词，每一个字词
都蕴含着厚重和辽远

是的，一百年，一百年
那红船，那镰刀锤头的旗帜
昭昭于历史
灿烂于今天，递传于明天
有红船精神映照千古
有镰刀锤头的旗帜猎猎招展
我们的祖国，我们的祖国
龙翔万里，龙翔万里
我们的民族，我们的民族
凤鸣九天，凤鸣九天

（作者为中国作家协会会员、东城作家协会理事）

嫦娥奔月·从传说到传奇

——写于嫦娥五号成功返回之际

刘丙钧

曾经的嫦娥奔月，是一段
悠远在华夏山水间的神话传说，
而今天的嫦娥奔月，
却成为镌刻在天宇的中国传奇，
从传说到传奇，
该是一程何等壮阔的逐梦之旅。

我不知道，为了这飞天探月的工程，
该有多少人呕心沥血，日夜以继，
而这其中，需要闯过多少难关，
解开多少难题。
但我知道，但我知道，
这飞天探月，是中华民族
梦想的飞翔，自信的凝集，
更是一番国力的佐证，科学的胜利。

当长征五号破空而上升，
有如龙腾九天，
当嫦娥五号飞天奔月，
有如凤翔天际，
当五星红旗展开于月球之巅，
更是心事浩茫连广宇，
心如大海，
思如潮汐，情如潮汐。
五星出东方，那两千年前的昭示，
成为今天的写照。
钻壤挖土，乘月而归，
嫦娥五号载归的
不仅仅是月之壤土和
诸多的科学数据，
更有，更有，
数千年万千志士仁人的向往期冀，
更有，更有，
中华民族屹立世界民族之林的
执着追求和冲天豪气。

曾经的嫦娥奔月，是一段
悠远在华夏山水间的神话传说，
而今天的嫦娥奔月
却成为书写在天宇的中国传奇。
从传说到传奇，
该是一程，何等壮阔的
逐梦之旅。

让我们拭目以待，枕戈以待，
待龙啸再起，凤鸣再起，
以坐地日行八万里的视野胸怀，
书写巡天遥看一千河的中国的
新的传奇。

第二辑
文化发展篇

文化惠民亲历记

杨建业

习近平总书记在党的十九大报告中提出，要坚定文化自信，推动社会主义文化繁荣兴盛。

中国特色社会主义文化，源自中华民族五千多年文明历史所孕育的中华优秀传统文化，熔铸于党领导人民在革命、建设、改革中创造的革命文化和社会主义先进文化，植根于中国特色社会主义伟大实践。发展中国特色社会主义文化，就是以马克思主义为指导，坚守中华文化立场，立足当代中国现实，结合当今时代条件，发展面向现代化、面向世界、面向未来的，民族的科学的大众的社会主义文化，推动社会主义精神文明和物质文明协调发展。要坚持为人民服务、为社会主义服务，坚持百花齐放、百家争鸣，坚持创造性转化、创新性发展，不断铸就中华文化新辉煌。

在中国共产党建党百年华诞到来之际，回顾新中国成立以来公共文化事业的发展旅程，我既感到意义非凡，同时又难掩情怀激荡。这里面有大潮巨轮的辙迹，也有个人脚步的烙印。

一、新中国的大众文化情怀

说到文化馆这几个字，是很多中国人的青春记忆。在文化生活还不是很丰富的年月，普通民众要想参与一些文化娱乐活动，能选择的去处，就是各地的文化馆。3000多家县级以上文化馆，覆盖到全国各地。

我是1993年到原崇文区文化馆工作的。2009年，即在原崇文区文化馆存在的最后一年，馆里编辑印刷了一本很厚重的册子《崇文区文化馆60年》。2009年是中华人民共和国60年华诞，也是崇文区文化馆建馆60周年，这本纪念册就是因为这个原因编印的。

这本纪念册开篇处的序言是我写的，将其转录于此，是因为可以从中感受一下中国共产党率领全国人民建立了中华人民共和国后，北京的

非遗项目传承人重温入党誓词，献礼建党百年

文化馆从无到有，乃至发展壮大的过程。

在中华人民共和国诞生的那一年，北京市崇文区文化馆这棵春苗破土而生。1949年2月19日，崇文区文化馆的前身——北平市第二人民教育馆，在前门箭楼上挂出了北京群众文化阵地的第一块招牌。224天之后，中华人民共和国举行了隆重的开国大典。

从1949年至2009年，已经整整走过了60个春秋。60年，对于历史长河来说是短暂的。60年，对于人生来说已经是几度轮回。60年，对于共和国来说更是日新月异。回顾60年走过的历程，让人既有感怀，又觉欣然。

在中国社会的进程中，这是最为波澜壮阔的60年，也是空前辉煌灿烂的60年，更是令人难以忘怀的60年。中华民族在这60年中实现了伟大的历史性跨越，经历了凤凰涅槃般的新生。我们这些从事群众文化工作的人，既是参与者，也是见证者。我们将党和国家的方针、政策、精神，转化成生动形象的艺术作品，向群众宣传、普及。同时，我们作为社会的一分子，也在亲身感受着这些方针、政策对我们个人生活的影响。

群众文化是民族文化里一个重要的组成部分，它代表着一个民族的民风、民俗、民意、民情，伴随着一个民族的诞生和成长。自新中国诞生的那天起，群众文化就得到了党和政府的高度重视。改革开放更为群众文化的繁荣提供了有力的保障。如果说当年崇文区文化馆在前门箭楼挂牌是群众文化发出的第一声啼鸣，那么，1987年崇文区文化馆新馆开馆，则是中国群众文化事业大发展率先吹响的冲锋号。1983年，崇文区试行财政体制改革后，区委、区政府在各方面都急需建设资金的情况下，首先实施全区文化基础设施建设，解决让群众"有地方看书，有地方活动"的问题，本着"花钱要省，设计要新，质量要优，过20年不显落后，为群众开辟精神文化生活阵地"的建设指导方针，采取投资集资相结合的办法，筹集建设资金，率先启动了崇文区文化馆的建设。1987年9月，区文化馆新馆建成开馆，当时被称为全国3000多家文化馆中的"群文第一馆"。文化设施的建设和文化活动的丰富，极大地调动了广大专业和业余文艺工作者的创作热情，推动了群众文化艺术的蓬勃发展。

作为"群文第一馆"，崇文区文化馆身体力行，推出了很多在今天看来，仍是对群众文化事业具有典范性作用的重大举措。

1988年，由崇文区文化馆拍摄的《大马路、小胡同》在中央电视台播出后，引起强烈反响。崇文区文化馆也因此成为全国文化馆中第一家获得影视拍摄权的单位。此后，崇文区文化馆又组织拍摄了《带后院的四合院》《病房浪漫曲》《一个出租车司机的奇遇》等电视连续剧，并荣获中宣部"五个一工程奖"、"飞天奖"、华北五省市电视剧一等奖等多个奖项。

"希望工程"在奔向现代化的中国，是个大事。普通的中国人可能说不清楚"希望工程"的确切意思，但他们都知道"大眼睛女孩儿"的照片。是这张照片，让无数的中国人、外国人捐献出了他们的财物，使失学的孩子回到了学校，重新开始了他们的求学之路，走上了充满希望的人生。这张照片就是由崇文区文化馆出资，由馆里的摄影干部解海龙拍摄的。1992年10月，在北京民族文化宫举办的"第二届中国摄影艺术节"上，由崇文区文化馆、中国青少年发展基金会、中国摄影家协会联合主办的包括那张"大眼睛女孩儿"在内的由一千多幅照片组成的"希望工程摄影纪实展"引起了巨大轰动。"大眼睛女孩"也成为希望工程的品牌形象。崇文区文化馆的北京广角摄影学会也因此获得中国摄影家协会授予的"开拓奖",成为在全国影展中获得此奖的唯一一家基层"影会"。

进入21世纪,随着国家对文化事业投入的加大,崇文区文化馆再次搬入了新馆。文化馆的设施达到前所未有的强盛。文化馆也更广泛地拓展了自己的服务领域。近年来,崇文区文化馆举办或承办了北京明城墙文化体育节、龙潭庙会、金鱼池市民文化节等一系列大型节庆文化活动,开办了周末相声俱乐部、快板沙龙、崇文书馆等具有北京地方特色的系列演出台口。这些活动,既有历史的厚重感,又能体现时代的新鲜与活力,大气磅礴,震撼人心。群众文体队伍和中外明星共同参与,地域文化与世界文化亲密交融。多种现代和传统文体表演形式并存,观赏性与自娱性相得益彰。群众文化活动呈现出新的风貌,取得了突出的效果,进一步推动了公共文化服务体系的建设,促进了群众文化事业的繁荣与发展。

在迎接2008年北京奥运会期间,崇文区文化馆举办了北京市"为祖国争光,为奥运添彩——18区县群众迎奥运大型文艺会演",崇文区奥运文化广场等活动,收到了良好的社会效果。由文化馆文艺团队创作、演出的快板《争当奥运志愿者》,被推荐代表北京市参加了全国群星奖比赛,并最终赢得了群星奖大奖和创作奖。

在近年开展的非物质文化遗产保护工作中,崇文区文化馆率先成立了北京市第一个区级非物质文化遗产保护中心,在全市率先推出了第一个区级非物质文化遗产保护名录。崇文区目前拥有的国家级、北京市级和崇文区级非物质文化遗产名录在全市名列前茅。

崇文区文化馆以自己出色的工作,赢得了群众的掌声和笑脸，获得了政府的认可和奖励。1993年，崇文区文化馆被授予北京市关心与保护未成年人工作先进单位；2007年，被授予首都精神文明单位；2008年，被评定为文化部一级文化馆。

60年来，崇文区文化馆人以不断满足群众的文化需要为工作宗旨，以极大丰富群众文化生活为工作理念，以积极进取、步步登高、勇往直前的工作态度，以勤奋刻苦、严肃认真、一丝不苟的工作精神，以互相协作、默契配合、团结一心的团队意识，开创出了一片群众文化事业的天地，为社会主义精神文明建设作出了自己的一份贡献。

当年，崇文区文化馆作为展示改革开放成果的一个窗口，接待了众多的兄弟省市和外国代表团。这些中外宾客都被北京崇文区文化馆崭新的风貌、丰富多彩的文化活动内容所吸引，对其赞不绝口。在今日的中国大地上，一座座建造得比北京崇文区文化馆设施更先进的文化馆耸立起来了，一大批愿意投身群众文化事业的人在艰辛而执着地前行着。崇文区文化馆仍会一如既往地在自己坚持的道路上阔步向前，为社会主义文化的大繁荣大发展，倾力而为。

愿中国的群文事业，有更灿烂的未来！

这本崇文区文化馆成立60年的纪念册刚刚编印出来，崇文区文化馆的历史就翻开了新的一页。

二、公共文化服务体系建设

2009年12月，也就是中华人民共和国成立60周年这一年，中共中央发布了一个关于文化建设的重要文件——《中共中央办公厅国务院办公厅关于加强公共文化服务体系建设的若干意见》（以下简称《意见》）。

《意见》开始部分写道："加强公共文化服务体系建设，是深入贯彻落实科学发展观、从中国特色社会主义事业总体布局和全面建设小康社会全局出发提出的一项重要任务，是繁荣发展社会主义先进文化、建设和谐文化、构建社会主义和谐社会的必然要求。为加快建立覆盖全社会的公共文化服务体系，经党中央、国务院同意，现提出如下意见。"《意见》中指出："东部及有条件的地区要加快发展，率先建成比较完备的公共文化服务体系。"

文化馆以前都说自己从事的是"群众文化"，文化馆从业人员参与职称评审，要求申报的也是"群众文化"系列。这份《意见》，是我作为文化馆人员，第一次将"公共文化服务体系"这个概念与自己的工作融合在一起。也就是从这时起，文化馆的工作重点开始倾注于公共文化服务体系建设。

关于公共文化服务体系，《意见》中是这么表述的："与中国特色社会主义事业和全面建设小康社会的历史进程相适应，按照结构合理、发展均衡、网络健全、运行有效、惠及全民的原则，以政府为主导，以公益性文化单位为骨干，鼓励全社会积极参与，努力建设以公共文化产品生产供给、设施网络、资金人才技术保障、组织支撑和运行评估为基本框架的覆盖全社会的公共文化服务体系……"

在公共文化服务体系中，对文化馆功能的基本要求是："切实保障人民群众看电视、听广播、读书看报、进行公共文化鉴赏、参加大众文化活动等基本文化权益。"现在看，这种功能的提供是比较简单的，但那个年代之所以提出这种标准，说明这些功能的提供并没有实现全覆盖，还有很多欠缺，所以需要加强建设。

2010年，北京市核心区进行了行政区划调整。原东城区和崇文区合并，成立了新的东城区。原崇文区文化馆更名为东城区崇文文化馆，一年后，改名为东城区第二文化馆。文化馆的名称虽然变了，但人员基本结构和工作职能并没有很大变动，只是工作的达标要求更高了。

　　2010年，文化部发布了《关于开展国家公共文化服务体系示范区（项目）创建工作的通知》（以下简称《通知》）。《通知》指出：为分类指导东、中、西部和城乡基层文化建设，推动公共文化服务体系建设科学发展上水平，文化部、财政部"十二五"期间将共同开展"国家公共文化服务体系示范区（项目）创建工作"。这个《通知》是2010年12月31日发布的。《通知》要求："2011年2月15日前将申报材料报送至国家公共文化服务体系建设示范区领导小组办公室（文化部社会文化司）。"

　　通知下发后，北京市朝阳区准备申报示范区，也得到了各方的认可。东城区想申报示范区，但入选的希望不大，于是把工作重心转到申报示范项目上。

　　区文化委领导将申报材料的撰写工作交给了我。要在并不充分的时间内，准备好申报书、建设规划和研究方案，是一项很繁重的工作。示范区因为涵盖全区的文化工作，所以准备材料的目标和方向相对比较明确。对示范项目的申报，选题是一个"开脑洞"的事。公共文化服务体系中的工作内容很多，各地区都有自己的亮点工作。在申报中列出的项目选题很多，选择哪个项目进行申报，很大程度上关系

京味儿文化讲座　王彦高／摄

到是否能够入选。

这一年，我已经在文化馆工作了18个年头，经历了文化馆随着改革大潮，从"以文补文""自收自支"的市场化探索，到回归以公益为主、百分之百免费开放的发展变化；亲历了北京奥运会期间"奥运文化广场"等百年一遇的重大文化事件；也是非物质文化遗产保护等新工作的第一批实践者。2008年，我被北京市总工会授予"奥运立功奖章"，被北京市文化局授予"北京市非物质文化遗产普查工作先进个人"。2010年，我被北京市政府授予"北京市先进工作者"称号。我是中国作家协会会员，发表、出版过几百万字的作品。我撰写的论文，获得中国群文学会一等奖。

领导把申报材料的撰写工作交给我，是对我自身能力的认可。我也觉得承担申报东城区公共文化服务体系示范项目的工作义不容辞。

那几日真是冥思苦想，我虽然写过不少小说，但申报公共文化服务体系示范项目不是编故事，而要来自实际工作，要有实例、有分析、有成果，还要在此基础上，制订出全区的公共文化发展规划和对项目进行深入研究的方案。这是一整套体系。

最终，从东城区近些年的工作实际和我的理念认知出发，我选择了"东城区公共文化资源的分类供给"这个项目。我将东城区公共文化资源分类供给体系划分为五大类，分别为：一是由政府直接提供公共文化服务；二是政府通过设置公共文化服务机构向公众提供公共文化服务；三是政府通过政策鼓励和扶植社会力量，兴办公共文化服务机构或利用社会资源从事公共文化服务；四是政府通过购买社会资源向公众提供公共文化服务；五是由政府组织的文化志愿者队伍向公众提供文化服务。我从这五个方面对东城区已经成形并卓有成效的公共文化服务典型经验和成果进行了梳理和总结归纳，形成了申报文本。

在这份名为"政府保障供给，文化普惠全民——北京市东城区公共文化资源供给体系申报国家公共文化服务体系示范项目报告"中，我对东城区的公共文化服务工作进行了较为系统的梳理。

我选择公共文化资源分类供给作为示范项目来申报，有东城区公共文化资源供给体系近年来形成的基本构架作为支撑。

北京市东城区以构建"首都文化中心区、世界城市窗口区"为己任，是最能集中体现"首都文化"特质的城区。古城中仅有的两处世界文化遗产——故宫、天坛都位于东城，从永定门到钟鼓楼7.8公里的传统中轴线"文脉"纵贯南北。东城区通过"政府保障供给、文化普惠全民"的公共文化资源供给体系，针对不同群体差异化地供给公共文化服务，打造出了一批特色公共文化产品，增强了公共文化服务的多样性，使公共文化服务普惠到东城区的每一个街道、每一个社区、每一个家庭和每一位住区公民。

2011年申报时，东城区面积为41.84平方公里，常住人口为86.5万人。东城区现有区级文化馆2个、图书馆2个，街道文化中心和街道图书室17个，社区文化室200个，1万平方米以上文化广场2个，500平方米以上的文化广场27个，社区文体休闲场地近400个。区内有34家博物馆，占全市注册博物馆总数的五分之一；有专职从事公共文化服务工作的人员1100余人。全区共有区、街道、社区文艺团队790支，文艺骨干2万余人，文化志愿者2000余人。在区政府倡导下，辖区各单位内部文化、教育、体育场馆设施设备对区域内居民免费开放、提供服务。"一刻钟文化圈"使东城区居民从家出发，步行15分钟便可到达一个公共文化设施，就近享受免费的文化服务。

为方便群众，东城区文化馆、图书馆均提供免费服务，区级文化馆每周开放时间达56小时以上，区级图书馆每周开放时间为65小时。34家博物馆中，20家遗址类和文物建筑类的博物馆对未成年人提供半票和弱势群体免票服务，14家非物质文化遗址类和文物建筑类博物馆全部免费开放。

丰富多彩的公共文化产品，将东城区群众的文化生活装点得绚丽多姿。由政府主办的北京奥运文化广场、国庆60周年等重大文化活动,使群众共享国家盛大庆典活动的喜庆。新年音乐会、龙潭庙会、地坛文化庙会、东城区文化艺术节、夏日文化广场、百姓周末大舞台、北京明城墙文化体育节、前门历史文化节、王府国际品牌节、孔庙国子监国学文化节、皇城文化旅游节等一系列大型群众文化活动,将高雅文化、精英文化和大众文化,一同送到百姓的家门口,使群众欣赏到多样的文化大餐。周末相声俱乐部、周末手风琴俱乐部、快板沙龙、评书书馆等阵地文化活动长年不断,众多明星文化志愿者倾情演出并义务辅导,提供公益服务。

在政策鼓励和扶植下,社会资源源源不断地进入我区公共文化服务领域,东城区戏剧联盟倾力打造"戏剧东城"品牌,使群众近距离、低票价就能在现场体验到优秀戏剧的魅力,领略戏剧大师的风采。通过政府购买服务的方式,每年为10万名群众提供免费观看中国评剧院、北京

夏日文化广场活动　王彦高/摄

京剧院、北京歌剧舞剧院等专业团体演出的机会，使群众圆了他们欣赏高雅艺术的梦想。为体现文化普惠原则，政府保障区内低保户家庭每人每年免费观看一场专业演出，共同分享文化发展成果。

在公共文化资源供给体系的支持下，东城区形成了机构合理、功能齐全、实用高效的公共文化服务设施网络，增强了公共文化服务的多样性和便民性，促进了公共文化服务的均等化，在"一街道一品牌，一社区一特色"的文化布局推动下，群众自发组织的文化活动姹紫嫣红、千姿百态。

在全国文明城区创建测评中，东城区参评的公共文化服务项目全部获得高分。

新的东城区成立后，区内现有的东城和崇文两个文化馆、东城和崇文两个图书馆，均被文化部评定为全国"一级馆"。东城图书馆率先成为文化部全国"公共电子阅览室建设"第一批试点单位，崇文图书馆被评为全国文明单位。

王府井啤酒文化广场、钟鼓楼文化广场被文化部评为"全国特色文化广场"。

2007年，原崇文区文化委员会被文化部评为全国非物质文化遗产保护工作先进集体，是北京市当年唯一获此荣誉的单位。

2007年，原崇文区在全国第14届群星奖评比中荣获"群星奖大奖和创作奖"，成为北京市唯一获此殊荣的单位。

2008年，原崇文区被文化部命名为"中国民间文化艺术之乡"。

2009年，原崇文区文化委员会被文化部、人力资源和社会保障部评为"全国文化系统先进集体"，是北京市当年唯一获此荣誉的单位。

2009年，原东城区被文化部复评为"全国文化先进区"。

2009年，原东城区获得"中国最佳管理城市"奖。

这些成绩是党和政府对东城区公共文化服务工作的肯定。通过这些工作，也形成了东城区公共文化资源供给体系的功能特点。这一部分内容，是我撰写的这份报告的重点。

我把东城区公共文化资源供给体系划分为五大类，分别进行论述。

第一类：由政府直接提供的公共文化服务。随着社会发展需要，东城区仍保留了一些由政府直接供给的公共文化项目，如北京奥运会和迎接国庆60周年期间举办的一系列大型群众文化活动，以及东城区新年音乐会、夏日文化广场、东城区文化艺术节、前门历史文化节和王府井国际品牌节等大型群众文化活动，意义重大，参与群众广泛，受益面广，主要由区政府直接投入。

第二类：政府通过设置公共文化服务机构向公众提供公共文化服务。东城区人口密度超过2万人/平方公里，普遍高于纽约、东京和伦敦等世界城市中心城区。为满足群众文化需求，东城区在南、北两片人口密集的区域，分别设置了区级的文化馆和图书馆。

这些机构大多具有现代化的设备设施、浓郁的艺术氛围、优良的服务水平和先进的管理理念。这些机构提供的文化服务设施和公共文化产品，受政府部门的直接领导和社会各界的监督，能较好地发挥提升市民素质的作用，其提供的文化设施能保障使用者的人身安全，通过其提供的文化产品，向受众普及优秀传统文化和现代文化知识，提升市民文化修养，为社会营造积极向上的文化氛围，发挥文化引导社会、教育人民的功能，提高市民素质。

区文化馆开办了周末相声俱乐部、周末手风琴俱乐部、快板沙龙、评书书馆、合唱团、舞蹈团、乐队、戏曲队、书画、摄影等文化阵地，组建了京剧名家票友俱乐部、阳光艺术团、文学协会、钟声合唱团、广角摄影学会、民间手工艺协会、风等协会等多个文艺团队。区图书馆开办的"书海听涛""红领巾读书"等主题活动，街道文化中心组织的"一街道一品牌，一社区一特色"文化活动，已在群众中形成了广泛的影响，拥有了一大批固定的观众群和参与者。

第三类：政府通过政策鼓励和扶植社会力量兴办公共文化服务机构或利用社会资源从事公共文化服务。东城区充分利用首都功能核心区内机关、学校和文化体育单位密集的优势，出台了《东城区促进社会单位服务社区公益文体活动试行办法》，用于推动辖区机关、学校等社会单位文化体育场地设施、礼堂、多功能厅、剧场、操场、广场等向广大市民免费开放，每年投入500万专项补贴资金，用于补贴以上场地的水电气热运营费、设施设备维护费及工作人员加班费等，具体补贴标准如下：全年累计接待500—800人次补贴4000元；接待800—1000人次补贴6000元；接待1000—1500人次补贴9000元；接待1500—2000人次补贴12000元；接待2000人次补贴15000元。以接待人次、群众满意度、开放时间及开放面积为标准，每年从专项补贴资金中，按开放单位比例的20%给予每个单位1万—2万元奖励。目前，已有83个开放单位提供公共文体服务，面积达14万平方米，年累计接待15万人次。

东城区文化艺术资源丰富，是北京专业艺术院团最密集的城区，聚集了中央戏剧学院、北京人民艺术剧院、国家话剧院、中国儿童艺术剧院等国家级艺术表演团体；拥有国家博物馆、中国美术馆、中华民族珍品艺术博物馆、皇城艺术馆等文博资源；集中了保利剧院、首都剧场、长安大戏院等众多知名大型剧院和刘老根大舞台、先锋剧场、蓬蒿剧场等一批知名中小剧场，剧场数量占北京市剧场数量的比重超过三分之一。我们充分利用这一区域特色，促使住地专业院团投身公共文化服务，以提高地区文化活动水平。中央戏剧学院、北京人民艺术剧院、国家话剧院、空政话剧团、煤矿文工团等著名院团都与街道结成了一帮一对子。在他们的帮助下，群众的文艺演出水准得到了很大提高。

第四类：政府通过购买方式向公众提供公共文化服务。政府通过面向市场，采取项目补贴等方式，使社会各界了解公益文化项目的社会价值和市场价值，以此调动经营性文化单位参与公共文化服务的积极性，为公共文化活动注入新的活力，优化公共文化服务运行模式和投入机制。

东城区出台《东城区公益戏剧补贴资金》，每年投入300万元用于支持公益戏剧演出。在纪念中国话剧百年之际，区文委采用项目补贴方式，组织开展了"东城万人看话剧——话剧'三进'（进社区、进校园、进军营）活动"，与北京儿艺携

原创话剧《工匠的天空》惠民演出

手，将33场优秀剧目送到中小学生和社区百姓中，深受群众欢迎。2010年由政府出资，邀请中国评剧院、中国杂技团、北京京剧院、北京歌剧舞剧院等专业团体进行了包括舞蹈、戏曲、杂技、综艺等多种形式的56场精彩演出，使近10万群众享受到了政府提供的免费文化大餐。

第五类：由政府组织的文化志愿者队伍向公众提供文化服务。建立政府扶植、群众参与，以文化志愿者、文化家庭为载体的公共文化供给体系。北京的文化志愿者是在2008年奥运会之后兴起的一支队伍，但东城区的文化志愿者队伍在2002年的时候就已经初具规模。当时，从一个个文化细胞（文化家庭）自觉的公益文化行为开始，政府出面将其组织起来，并给予一定的资金补贴，使其成为公共文化服务中的一个组成部分。随着一大批文化名人、影视明星等的加入，使文化志愿者的队伍更加壮大，从事公共文化的领域更加宽泛，逐步形成公共文化供给体系由文化事业单位内循环到全社会大循环的转变。

这五大类的划分，将东城区大力推动公共文化发展的步骤和成效进行了较为充分的展示。

项目申请报告文本加起来共有2万多字。

2011年5月，文化部和财政部公布了第一批创建国家公共文化服务体系示范区和示范项目名单，东城区的公共文化资源分类供给项目成为首批入选项目之一。

东城区委、区政府对此高度重视，根据《国家公共文化服务体系示范区（项目）创建标准》，下发了《东城区关于进一步加强公共文化资源分类供给工作丰富公共文化服务体系建设的意见（征求意见稿）》，认真部署相关工作，提供人力、物力、财力保障，动员社会力量和广大人民群众积极参与，确保在两年的创建期内，按要求、按进度完成创建示范项目的各项任务，为全面推动首都文化中心建设，为公共文化服务体系建设科学发展作出新的更大贡献。

2015年，东城区入选第二批创建国家公共文化服务体系示范区。

公共文化服务体系示范区的创建，给我国居民群众的文化生活带来了卓有成效的变化。随着《"十三五"文化发展规划纲要》的实施，"创新、协调、绿色、开放、共享"的发展理念，推动公共文化服务体系建设更加广泛、深入、持久，促进更多优质惠民文化工程的产生、壮大、发展。进入等级评定的文化馆、特色文化社区和品牌文化团队层出不穷，蓬勃兴盛，更好地满足人民群众对文化生活的需求，将文化资源转化成文化优势，提升文化自信，建设社会主义文化强国，使每一个人都成为中国故事的讲述者、表演者、传播者。

三、共圆新时代的文化梦想

2015年1月，中办、国办印发《关于加快构建现代公共文化服务体系的意见》，为今后一段时期的公共文化服务体系建设指明了方向。

2016年12月，《中华人民共和国公共文化服务保障法》正式颁布，这是文化领域一部具有"四梁八柱"性质的重要法律，其首次以法律形式明确了各级人民政府是承担公共文化服务工作的责任主体，规定了政府在公共文化设施建设和公共文化服务组织、管理、提供、保障中的职责。

随着公共文化服务体系创建工作的开展，党对公共文化服务体系建设的指示得到深入贯彻落实，东城区的公共文化服务工作迈上了新的台阶。

2017年9月，《北京晚报》发表了一篇名为《社区有文化才有凝聚力，东城区开展"十分钟文化服务圈"活动》的文章，对东城区"一刻钟文化服务圈"到"十分钟文化服务圈"的变化进行了解读。

建设15分钟文化服务圈的出发点，是方便居民就近享受公共文化服务。这个概念最早就是由东城区政府提出来的，在创建国家公共文化服务体系示范区时，东城区政府将这个文化服务圈距离每个社区居民的路程，从15分钟缩短到了10分钟。这不只是距离和时间的改变，更是政府公共文化服务效能提升，加速文化社区建设取得的成果。通过采取新建、改扩建、租用、接收配套、整合资源等多种方式，东城区182个社区的居民都享受到了每个社区200平方米的公共文化服务空间。无论是腿脚不好的大爷大妈，还是工作忙碌的上班族，都能够在家门口享受有品质的文化生活。

有了空间，就有了文化。

广外南里社区的舞蹈室里，跳广场舞的大姐们开始学起了芭蕾。体育馆街道的一位失独老人，很久不能从失去年轻儿子的痛苦中解脱出来，几乎患上了抑郁症。当他偶然走进社区文化中心，和民乐队接触后，被队员们拉进了民乐队。他发挥擅长二胡演奏的特长，义务教喜欢乐器的居民拉二胡，还当上了民乐队的队长。这使他渐渐走出阴霾，重新找回了生活的乐趣。东城区第一图书馆把分馆搬进了东总布胡同，吸引许多周边的白领利用中午时间来借阅图书。一位住在附近的年轻妈妈，把西总布分馆当作自习室，在这里完成了她的博士论文。

这篇报道将东城区公共文化服务体系建设中的事例，进行了生动的呈现。东城区的很多街道，通过公共文化服务惠民工程，推出多项具有各自特色的服务项目，多方面地满足居民需求。使居民通过文化惠民工程，有了更多的获得感、满足感。

东花市街道位于区内南部，是城市老街区。街道内的广外社区邻里中心成立于2012年。这个邻里中心源于新加坡的新型社区服务概念，旨在打造一个集商业、文化、体育、卫生、教育等于一体的"居住区商业中心"。它围绕12项居住配套功能，从"油盐酱醋茶"到"衣食住行闲"，为百姓提供"一站式"的服务。邻里中心摒弃了沿街为市的粗放型商业形态的弊端，也不同于传统意义上的小区内的零散商铺，而是立足于"大社区、大组团"进行功能定位和开发建设。

广外邻里中心项目位于广渠家园9号楼5层，总面积1535平方米。中心所在社区是一个综合性社区。在20余万平方米的区域里，有广渠家园回迁楼、商品楼、南街楼、平房区等四个板块。其中有居民住宅楼11栋、商住楼2栋、办公楼15栋，社区常住人口达5000余人，流动人口有1600余人。

邻里中心设有多功能室，室内面积有150平方米，可同时容纳100多人活动。室内装置了摄像机、录像机、DVD播放机、实物展台、调

市民在公园中体验丰富的文化生活

音台、话筒、功放、音箱及电视转播等设备，可以完成各种图文信息的播放和现场扩音播音。街道对这个多功能室的使用范围设定是，在用于举办各种会议及培训班的同时，更多地用于社区居民文化交流及开办居民沙龙等活动。邻里中心在多功能厅外，针对喜欢文体活动的居民，设置了乒乓球室、舞蹈室、健身房和棋牌室。这四处功能室是在征求社区居民的意见后，根据大多数居民的需求设置的。社区喜爱文体活动的居民，可以在此切磋技艺、以球会友，不受地域和天气的影响，使居民进得来、留得住、玩得好。针对喜欢读书、画画的居民，邻里中心设置了占地面积近100平方米的书画阅览室，集书画展览、艺术创作和休闲教学于一体。社区的书画爱好者可以在此谈诗论道，交流艺术体会。阅览室在保留传统借阅方式的基础上，增加了目录检索机、自助阅报触摸屏等设备的配置，方便读者选择。

邻里中心还为社区中的老年人设置了静养室，对社区里需要照顾的老年人，提供像"幼儿园一样，早上把老人送去，晚上再接回来，老人得到专业的照料与精神慰藉等服务"。街道办事处与专业养老机构签订协议，合作经营管理。静养室配备了专、兼职护理员，提供包括日常护理、健康检查、营养配餐、个性化锻炼以及康复指导等看护服务，从而满足老年人的休息、健身、娱乐等需求。

邻里中心还在屋顶上设置了一个阳光露台。这个露台的顶棚采用镂空钢化玻璃设计，是一处休闲观景、沐浴阳光的好去处。在这个100余平方米的露台上，居民们可以饱览整个小区和两广路的街景，愉悦身心，是喧闹都市中难得的一处寂静之所。

漫步在广外南里社区，徜徉在片片树影花香之中，但见一座座高大宏伟的楼房、一片片吐芳露蕊的花丛、一块块郁郁茵茵的绿地，凉亭、假山、铁艺点缀其中，人文与历史相结合的建设理念，传统与现代相融合的人文景观，方便齐全的服务设施，清新亮丽、美如画卷的居住环境无不令人怦然心动、流连忘返。邻里服务中心的建成，更是为这个美丽宜居的社区增添了十足的亮色。

东花市街道办事处在介绍建设这个邻里中心的必要性时，强调了三点：

一是推进"新东城"建设和构建和谐社区的迫切需要。东城区城市公共服务标准化示范区建设，是区委区政府的重大决策，是提高政府管理、服务水平和行政效能的重要措施，也是促进区域经济社会发展的重要技术支撑。社区公共文化服务建设是完善社会服务管理，提升社区公共服务水平，实现发展成果人人共享、社会服务均等享用，构建和谐社区的需要。

二是打造"社区基本公共服务和公共文化服务"亮点项目的迫切需要。该项目建设是以提升基本公共服务、夯实基层基础，打造国际化、现代化高端社区为目标。街道在结合前期调研工作成果基础上，着力将广外南里社区邻里服务中心建设项目打造成为社区基本公共服务和公共文化服务的亮点项目，在突出地区街区品牌特色的同时，进一步体现出首善之区的特色和错位发展的工作要求。

三是扩大基层民主和完善政府职责的迫切需要。社区自治是社区建设的方向和核心，社区基本公共服务是社区建设的根本。通过大社区和"邻里服务中心""文化服务中心"的建设，为居民提供丰富多彩的活动平台和全方位的便民服务，将居民吸引进来，使居民对社区事务由被动接受到主动参与，进而形成居民与组织之间的利益纽带，增强居民对社区的认同感，提高凝聚力，有效提升社区自治水平。

从一个社区，可以窥见东城区全区文化建设的一个缩影。

2014年2月26日，习近平总书记在听取京津冀协同发展工作汇报时强调，实现京津冀协同发展是一个重大国家战略，要坚持优势互补、互利共赢、扎实推进，加快走出一条科学持续的协同发展路子。京津冀一体化成为北京发展的重中之重。2017年2月10日，2016年度北京市级行政机关和区政府绩效考评会议在北京会议中心举行。北京市文化局局长在述职时表示，京津冀文化共建共享进展顺利，制定了京冀两地文化协同发展意见，北京市文化局与河北省文化厅、张家口市政府签订文化合作框架协议，挂牌首都图书馆固安分馆；举办京津冀非物质文化遗产联展、精品剧目展演，首届"群星耀京华"——京津冀群众精品文艺节目展演活动。

京津冀一体化，对公共文化的区域联动发展起到了催化剂的作用。

东城区和同属于北京市的朝阳区、海淀区先后参与和入选国家公共文化服务体系区。这三个区的文化工作原本就有很多交流。为落实国家和北京市制定的《京津冀协同发展纲要》要求，根据《京津冀三地文化领域协同发展战略框架协议》，东城区在2015年9月出台的《北京市东城区关于加快构建现代公共文化服务体系的实施意见（2015—2020年）》中提出了打造"京津冀公共文化服务示范走廊"。2015年10月21日，由东城区倡议，联合京津冀三地11家文化单位在北京召开了"京津冀公共文化服务示范走廊发展联盟"成立大会，11家文化单位共同签署了"京津冀公共文化服务示范走廊发展联盟"战略合作协议书，并就合作内容及下一步即将开展的合作项目进行了充分的交流。

"京津冀公共文化服务示范走廊发展联盟"的11家单位包括：北京市朝阳区文化委员会、东城区文化委员会、海淀区文化委员会，天津市和平区文化和旅游局、河西区文化局、北辰区文化广播电视局、津南区文化体育局，河北省秦皇岛市文化广电新闻出版局、廊坊市文化广电新闻出版局、沧州市文化广电新闻出版局、唐山市文化广电新闻出版局。

发展联盟战略合作协议，对合作的主要内容做了如下描述：

（1）在成员单位之间组织召开国家公共文化服务体系示范区建设工作成果及经验交流座谈会。就文化设施网络建设、人才队伍建设、文化惠民工程和提升公共文化服务效能等方面进行研讨，全面提高示范区建设水平。（2）搭建共有品牌的文化艺术演出展览交流平台，在成员单位之间每年组织一次以上文化艺术演出及展览交流合作活动。组织优秀的文化资源和群众文艺精品为基层百姓提供丰富多样的公共文化产品，加快推进文化协同发展。（3）在成员单位之间开展非物质文化遗产保护工作方面的交流合作。组织非物质文化遗产项目及代表性传承人通过专题展览、展示、座谈、讲座等形式，共同提升非物质文化遗产保护与利用水平，促进优秀传统文化的发展与传承。（4）在成员单位之间开展文化干部交流互动。推荐文化干部到交流地区进行挂职锻炼，并进行富有地区特色的艺术项目交流、学习，推动区域间优秀公共文化资源的流通互动、先进经验的学习借鉴。

战略合作暂行办法还制定了合作宗旨和原则、合作机制等内容，并对成员单位联席会议制度、建立联络员制度、信息报送制度、建立双多边定期交流制度等细节进行了确定。对每年两次的联席会议举行办法，用表格的形式进行了确定。

外国小朋友在端午节体验非遗项目

这个发展联盟的成立，充分发挥了各地公共文化资源的优势，促进了区域文化的交流互动和融合。借助发展联盟的组织形式，各成员单位将通过文艺展演、非遗展示、干部挂职、经验交流等内容在资源、活动、服务、管理机制等多个方面实现共建共享，发挥公共文化示范区的辐射作用，放大示范效应，推动形成集中连片的公共文化示范区域，促进京津冀公共文化服务体系建设多元共享，实现京津冀三地公共文化的共同繁荣发展。

作为联盟成立发起方的东城区，积极参与和推动联盟的建设。2015年10月21日，"京津冀公共文化服务示范走廊发展联盟"召开成立大会，10月23日东城区文化委的人员就带着东城相声专场赶赴唐山，进行文化交流演出。11月24日和12月3日，东城区相声专场又分别走进了廊坊和秦皇岛，为当地群众送去了京味十足的文化大餐。2016年1月28日，东城区文化委赴河北承德开展文化惠民演出，同当地百姓共同迎接猴年春节的到来。

在发展联盟活跃的京津冀文化走廊之外，区域文化联动在全国各地也成为一大趋势。这种文化交流受到了群众的欢迎。

《中共中央关于制定国民经济和社会发展第十四个五年规划和二○三五年远景目标的建议》，对文化建设提出了这样的要求：

> 社会文明程度得到新提高。社会主义核心价值观深入人心，人民思想道德素质、科学文化素质和身心健康素质明显提高，公共文化服务体系和文化产业体系更加健全，人民精神文化生活日益丰富，中华文化影响力进一步提升，中华民族凝聚力进一步增强。

《北京市委关于制定"十四五规划"和2035年远景目标的建议》指出：

扎实推进全国文化中心建设。围绕"一核一城三带两区"总体框架，持续做好首都文化这篇大文章，建设人文北京。

推进公共文化服务体系示范区建设。打造一批国际级文化展示平台。鼓励社会力量兴办博物馆，建设博物馆之城。积极发展实体书店，广泛开展全民阅读，建设书香京城。建设新型网络传播平台，打造全国标杆性区级融媒体中心。创新实施文化惠民工程和文化精品工程，办好文化惠民活动。补齐城市副中心、回天地区、城市南部地区等公共文化体育设施短板，打造一批文化体育新地标。提高公共文化设施运营效率，促进公共文化供给多元化、服务方式智能化。

新的规划和发展目标，为我们每一个公共文化服务体系中的工作人员提出了新的要求和新的行动指标。

文化对于一个民族来说是精神之根，对于一座城市而言是活力和灵魂。文化建设最终决定着城市的知名度和美誉度，直接体现着整个城市的竞争力。我们公共文化工作者要真心热爱文化，积极参与文化建设，适应群众新的文化需求，不断提高文化产品和文化服务的质量，这样我们才会做到让公共文化魅力永恒，城市文化世代流传，首都文化星光璀璨。

就在刚刚过去的一年，我入选了2020"中国非遗年度人物"100名的候选榜，并光荣入选了前30名，获得了提名奖。我会继续努力，为我们的文化事业作出更大的贡献。

（作者为中国作家协会会员、东城作家协会副主席兼秘书长）

马克思主义为我们带来了文化馆

杜　染

文化馆是什么？这是要回答文化馆的本质与本性。这是多么简单的一个问题啊，可是要准确回答，却又需要对一系列相关概念进行辨析和理解，并与马克思主义和共产党的事业紧密联系在一起。如果用最简练的一句话回答，那就是——文化馆是政府设立的群众文化事业机构和活动场所。再进一步追问，至少还需要回答以下三个基本问题：文化馆是干什么的，文化馆是怎么来的，国外有文化馆吗？

一、文化馆是干什么的

在中国，党领导的文化馆事业已经发展几十年了，为什么还要提出这样的基本问题呢？也许有人一听是文化馆，就从字面意思出发，想当然地认为任何文化形态都可以归入文化馆所从事的文化范畴里，比如专业文化、群众文化、民间文化、大众文化、非物质文化遗产，等等。其实，文化馆所从事的文化与其他文化是有边界的，文化馆名称中的文化所特指的是与专业文化相对应的"群众文化"。

可见，看似简单的文化馆，从名称上就有着并不简单的含义，值得一步步地去追问。文化馆是什么？就像回答哲学上的"我是谁""我从哪里来""我要到哪里去"这些本体性的问题一样，文化馆也需要回答这些最基本的问题。要想说清楚文化馆的这些问题，说简单也十分简单，因为文化馆是马克思主义带来的，它的属性、来源和未来发展方向，都是具有马克思主义学说特点的；说不简单也不简单，因为它不是一件可以简单地说清楚的事情，需要深入研究和考证。

2021年是中国共产党建党100周年，文化馆事业作为党和人民的事业，是伴随着马克思主义在中国的传播和中国共产党的诞生而逐渐兴起的。文化馆事业是我国群众文化事业的重要组成部分，是公共文化服务体系的骨干和前沿。文化馆是组织开展群众文化活动的社会主义文化事业机构，同时，在我们的文化生活中，文化馆也是保证人民群众文化权益、为每一个人免费开放的文化艺术活动场所。

文化馆是群众文化设施，那什么是群众文化呢？这也是一个看似简单实则复杂的问题。群众文化是与专业文化相对应的，是一个特定概念，不是"群众"与"文化"两个词意的简单组合。"群众文化的定义是指人们职业外，自我参与、自我娱乐、自我开发的社会性文化。"[①]从理论上看，虽然自有人类社会以来就有"群众文化现象"，但"群众文化现象"并不等同于"群众文化"本身。"群众文化"这个概念是在马克思主义理论与实践中逐渐形成的，在世界上已有百余年的历史。从文化建设上看，群众文化在社会主义文化建设中属于主导文化，在公共文化服务体系建设中属于公共文化。群众文化的理论原点是马克思主义唯物史观，核心范畴是群众主体、文化建构、文化政治，这些范畴都构成社会主义建设的宏大叙事。

从目前掌握的文献看，"群众文化"这一专用词是在俄国、德国最早出现的。在俄国凯仁赤夫《校外教育及无产阶级文化运动》（译文原载1921年9月《改造》第4卷第1期，据文中表述推测该文写于1918年）

---

① 郑永富：《群众文化学》，中国国际广播出版社，1993，第10页。

一文中，多次提到"群众文化"一词，如："这些都是以在共产主义理想的精神里，做群众文化的基础。"① 当代德国法律思想家、哲学家、社会民主主义者和政治活动家古斯塔夫·拉德布鲁赫的论著《社会主义文化论》（1922年首先出版、1927年修订版）中写道："无产阶级文化，成长中的社会主义文化只能是一种群众的文化，而我们把高贵化的群众称作共同体。……要建立一种群众文化。"②

中国"群众文化"这一专用词，最早是1932年在中共江西省委《关于四个月的工作报告》中提出的："对于最紧急的群众文化政治工作，还未引起注意。"③ 群众文化一词最初就具有鲜明的意识形态特色和文化政治意义，在中国共产党领导的新民主主义革命和社会主义革命、建设与改革中一直发挥先导作用，并从一个专用词逐渐发展成为作为国家主导文化的具有特定内涵的一个概念。

新中国成立后，中共中央于1951年2月25日发布的《中共中央关于健全各级宣传机构和加强党的宣传教育工作的指示》中提出："研究和指导图书馆、展览会、民教馆、文化宫、俱乐部等群众文化活动，注意研究和改善工人和其他劳动人民的文化艺术生活。"第一次明确提出了"群众文化"的名称，"群众文化"作为与"专业文化"相对的专用名词开始被广泛使用。文化部在1953年12月18日下发的文件《关于整顿和加强文化馆、站工作的指示》（〔53〕文部周字第三三七号）中，提到有群众文化活动、群众文化工作、群众文化组织等专有名词。至今，在社会主义文化建设中，群众文化一直是与专业文化相对应的专有名词。

在我国，文化馆是大家都知道的一类文化设施，它虽然与图书馆、博物馆、美术馆等公益性文化设施一道为人民群众提供公共文化服务，

---

① ［俄］凯仁赤夫：《校外教育及无产阶级文化运动》，载《瞿秋白文集》（第8卷），人民出版社，2013，第140页。

② ［德］古斯塔夫·拉德布鲁赫：《社会主义文化论》，米健译，法律出版社，2006，第22—23页。

③ 郑永富：《群众文化学》，中国国际广播出版社，1993，第3页。

但它与这些文化设施还是有区别的，区别就是：文化馆是群众文化设施，是以群众为主体开展文化活动的，而在其他文化设施里，群众只能作为读者、观众、听众，是参与专业文化活动中的被动接受者，是受众。而在文化馆里，群众在群众文化活动中是主体，是文化的参与者，也是文化的创造者。而且这种文化的参与和创造，只有在劳动群众获得解放的社会主义制度下，其积极性才会得到充分发挥。

《中华人民共和国宪法》第二十二条规定："国家发展为人民服务、为社会主义服务的文学艺术事业、新闻广播电视事业、出版发行事业、图书馆博物馆文化馆和其他文化事业，开展群众性的文化活动。"这是对文化馆的定位、价值和意义的法律保障。

文化馆的价值主要体现在社会价值方面，文化馆是保证人民群众基本文化权益、组织辅导群众文化艺术活动的阵地，在现代公共文化服务体系建设中具有主导地位，发挥着引领作用。

文化馆是代表社会主义文化现代性的公共文化机构和活动场所，是发展社会主义先进文化的阵地。文化馆的发展在于"科学化"，即合规律性与合目的性的统一。文化馆的科学发展涉及设施体系、理论体系、制度体系、管理体系、业务体系等，需要顶层设计。具体地说，包括硬件和软件两个路径，硬件就是文化馆的设施建设问题，在文化馆设施体系中迫切需要恢复建立中央群众艺术馆。软件主要是运行机制和组织管理。管理体制机制改革是软件建设的引擎，关键是建立法人治理结构和内部人事制度改革，改革的目标是建立现代事业组织体系和专业化业务体系。这也是站在新的历史起点，在新的社会形势和文化发展要求下，从顶层设计的高度推进文化馆事业升级转型的具有划时代意义的重大变革。

制度建设是文化馆科学发展的重要保障。文化馆制度建设的薄弱点主要体现在政策法规制度建设和学科建设等方面。在公共文化服务保障法颁布施行之后，《中华人民共和国文化馆法》也应尽快制定。学科的建立对一个职业的专业化具有重要作用，学科建立的前提是有理论体系的支撑。目前，创建文化馆学科的条件已经形成。因此，应通过必要的渠道和形式，组织专家力量，完成文化馆学的概论、史论、管理学等文化馆系列教材的编写任务，为文化馆学科建设奠定基础。若将文化馆学作为一门学科纳入大中专院校，培养一批具有文化馆学专业知识的文化馆专业工作者，必将推动文化馆事业的繁荣兴盛。

二、文化馆是怎么来的

那么，文化馆是怎么建立的，它的源头在哪里？要回答这几个问题，首先要分清文化馆与民众教育馆的关系。

在文化馆行业内普遍认可文化馆的前身是民众教育馆这一说法。但民众教育馆有国民党办的，有日伪政府办的，也有中国共产党领导的边区政府和解放区政府办的，而文化馆是中国共产党在马克思主义指导下建立的，是社会主义性质的，虽说在建立之初也叫民众教育馆，但这是新型民众教育馆，其性质与国民党和日伪政府建立的民众教育馆截然不同，不能笼统地说文化馆的前身是民众教育馆，文化馆的前身应是新型民众教育馆。

1915年，南京临时政府首任教育总长蔡元培倡导社会教育和通俗教育，在南京设立了一个综合性的社会教育机构——江苏省立通俗教育馆，它是全国最早的一个通俗教育馆。1929年，国民政府教育部通令全国，将"通俗教育馆"改为"民众教育馆"，以其作为教育民众的中心机构。

自1927年开始，在中国共产党领导的革命根据地和解放区普遍建立了俱乐部、列宁室、红角、业余剧团等组织；1935年开始在中国共产党领导下的陕甘宁边区成立前和成立后的各个县市也普遍设立了民众教育馆，陕甘宁边区设立的这类民众教育馆是中华人民共和国成立后文化馆的滥觞。

从哪年开始我国有文化馆这一名称的呢？据现在掌握的资料，我国最早正式以"文化馆"命名的，是1949年1月成立的张家口市人民文化馆。

1951年7月10日，在《光明日报》上所载的孟式钧的《在成长中的人民文化馆》一文中写道："人民文化馆是开展劳动人民教育的一种组织形式，也是劳动人民文教活动的中心。这是一种新的工作，1945年张家口第一次解放的时候，首先在张家口建立起来；1946年推广到东北；1947年石家庄解放后，又在石家庄建立起来。自此以后，随着中国大陆的全部解放，文化馆便风起云涌地在各地建立起来了。"[①]孟式钧文中所说的人民文化馆在当年建立时被称为民众教育馆，1949年以后才改名为人民文化馆。1946年5月15日，在《晋察冀日报》上所载的《杨春甫市长在张家口市第一届参议会上做"政府工作报告"》一文中写道："去年10月市政府成立的民众教育馆，把群众的各种斗争、各种生产及文化学习的成绩用实物、标本、图表、照片等形式陈列出来，教育群众。为了解决人民的学习与文艺活动，现在已办出来的有展览室、阅报室、俱乐部。这里有通俗读物、报纸、延安木刻展览、三八妇幼卫生展览，此外还有讲报、通俗讲演、教育、妇女等讲座。演过电影，经常有艺人唱新大鼓。……此外该馆还与四区三街，五区一、二、三街合办店员夜校，研究解决店员学习问题。成立贫孩子夜校，后来发展成群众学校，业余文化补习学校正在筹备中。有业余歌咏团与业余美术组，还设有问事处、代笔处、医疗所，使群众切身感到这是人民自己的文艺机关。"

《中国群众艺术馆志》记载："1946年3月建立张家口市民众教育馆"，"1949年1月在原民众教育馆馆址成立了张家口市人民文化馆"。[②]这

---

① 孟式钧：《在成长中的人民文化馆》，教育资料丛刊社，人民教育出版社，1951，第1页。
② 中国艺术馆筹备处：《中国群众艺术馆志》，社会科学文献出版社，1997，第36页。

应该是第一个被命名为"文化馆"的文化馆。石家庄市"1947年12月成立'市民众教育馆'","1950年市民教馆改名为'人民文化馆'"。①

自中华人民共和国成立至今，国家设立了中央群众艺术馆（1956年设立，1957年撤销），地级以上地区设立群众艺术馆（1955年开始设立），区县设立文化馆（1949年开始设立），街乡设立文化站（1952年开始设立）。文化馆体系的机构和人员编制走向正规化，文化馆积极开展文化普及、宣传教育等活动，成为人民群众进行文化艺术活动的场馆。截至2019年末，全国共有群众文化机构44073个，其中，县市级文化馆有2936个，省级、地市级文化馆有390个，乡镇综合文化站有33530个，群众文化机构从业人员有190068人，从国家到社区有六级群众文化设施。

文化馆的起源和演变有一个历史发展的脉络。关于文化馆的历史演变，郑永富主编的《群众文化学》一书中认为："汉代乐府作为中国群众文化事业机构之滥觞，有其客观的依据。"②彭泽明在《中国文化馆（站）发展之路》一书中认为："私塾、书院、社学是我国文化馆的起源；晚清时期的通俗教育演讲所是我国文化馆的萌芽；民国初的通俗教育馆是我国文化馆的雏形；民国时期的民众教育馆是我国文化馆的前身。"③谈祖应在《中国文化馆学概论》一书中转述了文化部群众文化事业管理局编《文化馆工作概论》中的论断："文化馆源于通俗教育馆"，"文化馆的前身是民众教育馆"。④吉林省群众文化学会所编的《文化馆学》提出："在中国，民众教育馆是文化馆的前身。""文化馆的名称是本世纪40年代末从苏联引进的。""1949年，东北解放区开始建立人民文化馆，并将接收过来的民众教育馆也改名为人民文化馆。这是我国

---

① 中国艺术馆筹备处：《中国群众艺术馆志》，社会科学文献出版社，1997，第23—24页。

② 郑永富主编《群众文化学》，中国国际广播出版社，1993，第344页。

③ 彭泽明：《中国文化馆（站）发展之路》，重庆出版社，2012，第1页。

④ 谈祖应：《中国文化馆学概论》，海南出版社，2008，第154页。

最早出现的文化馆。"① 笔者根据研究，认为以上诸种说法需要探讨，并提出关于文化馆起源的个人观点。

文化馆的起源是一个本体论问题，也是一个认识论问题，需要辩证唯物主义和历史唯物主义的统一。文化馆与图书馆、博物馆、学校等事业机构不同，与民国时期国民党统治区的民众教育馆和日伪统治区的民众教育馆更是截然不同！文化馆具有鲜明的意识形态导向和文化政治意义，不仅涉及人的文化权利，也涉及文化领导权。卢卡奇在《历史与阶级意识》一书中说："为社会意识而斗争，是与经济斗争同时进行的。而社会有了意识，等于领导社会有了可能。无产阶级不仅在政权领域，而且同时在这一为社会意识的斗争中，都在取得阶级斗争中的胜利。"② 因此，不能笼统地说民众教育馆是文化馆的前身，需要重申的是：1935年开始中国共产党在陕甘宁边区成立前和成立后设立的新型民众教育馆是中华人民共和国成立后所设文化馆的滥觞。

"抗日战争时期，中国共产党实行抗日民族统一战线，陕甘宁边区政府的各种机构都没有另立名称，因此，边区的民众教育馆与国统区的民众教育馆名称一样，但从其举办的主旨和任务上来说和国民党的民众教育馆却有根本的区别。边区民教馆是边区政府实施教育文化为人民服务、为抗战教育服务的社会文化教育机关，是真正人民的新型的群众文化组织。而国民党的民教馆，是它加强'党化'教育民众的机构，许多民教馆活动有名无实，一些人在那里当官做老爷，很少有民众去参加它们的活动。"③ 虽然在国统区的少数民众教育馆里地下共产党员、进步人士发挥了重要作用，使民众教育馆在改良民众文化、改善民众生计、塑造公民观念等方面，发挥了积极作用，但从指导思想、发展方向、政治领导、机构性质和工作内容的本质上看，国统区民众教育馆代表的是

① 吉林省群众文化学会编《文化馆学》，吉林大学出版社，1988，第1、33 页。
② [匈] 卢卡奇：《历史与阶级意识》，杜章智、任立、燕宏远译，商务印书馆，1999，第 322 页。
③ 荣天玙：《中国现代群众文化史》，文化艺术出版社，1986，第 151 页。

代表大地主大资产阶级利益的国民党政府对民众进行的"民众教育"，应被归为"社会教育"和"民众文化"的范畴。而解放区的民众教育馆代表的是代表人民利益的陕甘宁边区政府的、体现马克思主义人民主体的"革命的群众文化"，这个"革命的群众文化"是在共产主义思想指导下的新民主主义文化的一部分，它紧密地为革命斗争服务，它的创作和接受主体都是人民群众。分别处于国统区和解放区的这两个不同性质的民众教育馆，走的是两条不同性质的道路。正如毛泽东在《在延安文艺座谈会上的讲话》中指出的："在现在世界上，一切文化或文学艺术都是属于一定的阶级，属于一定的政治路线的。"

对文化馆源头的认定，不仅是学术问题，也是政治问题，这是在思想认识上首先需要廓清的。如果追溯现在文化馆的源头，比新型民众教育馆更早的在苏区各地方和工农红军中普遍建立的以马克思列宁主义为指导思想的基层文化组织——俱乐部、列宁室则是文化馆的重要源头。"苏区是中国共产党人建设自己政权和文化的开始"，"在中央苏区建立的中华苏维埃共和国是中华人民共和国的雏形"。[①]那时候军政基本在一起，文化运动与工农兵相结合。在井冈山革命根据地建立后，红军建立了宣传员制度。"1929年，闽西革命根据地便开始建立俱乐部。"[②]"早在1929年末或1930年初，苏区各区乡就创办了俱乐部。"[③]"苏区群众性的文化组织很多，俱乐部、列宁室、剧社、剧团、宣传队和各种研究会等，从部队到地方，从机关到学校，从城镇到乡村，到处都有，非常活跃。"[④]"俱乐部是以文化艺术活动为中心；列宁室是以政治理论、时事教育为中心。"[⑤]"苏区的群众文化活动，是在工农民主政府领导之下，

① 吴祖鲲：《革命根据地文化史论》，吉林人民出版社，2006，第4、26页。
② 汤家庆：《中央苏区文化建设史》，鹭江出版社，1996，第76页。
③ 钱贵成：《苏区文化新论》，中国戏剧出版社，2006，第114页。
④ 叶春：《文化建设与苏区文化传统》，宁夏人民出版社，1999，第123页。
⑤ 钱贵成：《苏区文化新论》，中国戏剧出版社，2006，第71页。

以俱乐部为中心开展的。"① 每个俱乐部大都有下属的列宁室。各个文化组织都是在党的领导下开展活动，保证苏区文化沿着共产主义方向发展。各军队、中央和地方政府为使苏区文化规范化、法制化，都先后制定和颁布了相应的条例或法规，如《俱乐部纲要》《工农俱乐部的组织》《俱乐部列宁室的组织与工作纲要》等。可以说，俱乐部为之后的新型民众教育馆和文化馆积累了宝贵经验。

三、国外有文化馆吗

要回答这个问题是十分容易的，国外有文化馆，而且国外有的文化馆比中国的文化馆成立得还要早。

十月革命前的俄国布尔什维克及其国外支部就建有民众文化馆、工人俱乐部。列宁于1913—1917年3月在布尔什维克苏黎世支部时，曾于1917年1月9日在民众文化馆举行的青年群众大会上做以纪念1905年革命为题的报告。② 列宁于1917年9月底至十月革命前居住在维堡区福法诺娃家时，娜捷施达·康斯坦丁诺夫娜·克鲁普斯卡娅与列宁的谈话中谈起在维堡区民众文化馆举行的一次审判。③

国外一些前社会主义性质的国家（苏联、罗马尼亚、匈牙利、保加利亚、捷克斯洛伐克等）的各级文化部门、事业机构经常根据党和政府对群众文化的总体要求，布置和安排具体的工作任务，都设立专门的群众文化指导机构与活动场所，如文化馆（或称文化会馆、文化中心）、工人文化宫、俱乐部等。

中国文化馆的名称和实践是借鉴了国外经验，具体地说是借鉴了苏

---

① 荣天玙：《中国现代群众文化史》，文化艺术出版社，1986，第43页。

② ［苏］拉·波·哈利东诺娃，弗·伊·列宁：《布尔什维克苏黎世支部（1913—1917年3月）》，载《回忆列宁》（第2卷），人民出版社，1982，第444—445页。

③ ［苏］娜捷施达·康斯坦丁诺夫娜·克鲁普斯卡娅：《列宁回忆录》，载《回忆列宁》（第1卷），人民出版社，1982，第604页。

联的经验。国外在群众文化理论与实践上进行得最早的国家当属世界上第一个社会主义国家——苏联。自苏维埃政权建立以后，苏联便开始了大规模的新文化建设工作，在群众文化实践的基础上建立了群众文化网（群众文化设施体系）。作为共产国际的一个支部，中国共产党在成立之初，一直受到共产国际的指导，苏联的群众文化工作对中国共产党在苏区、边区、革命根据地及新中国成立后的群众文化工作产生了重大的影响。1956年5月，苏联专家雷达娅向参加全国文化先进工作者代表会议的文化馆、站同志介绍了苏联区文化馆的工作。

　　在苏联，"从苏维埃政权的最初日子起，列宁、共产党和苏联政府就高度重视图书馆和俱乐部事业及其在社会主义基础上的改造和发展。列宁在关心切实保障全体劳动人民享有苏维埃政权所宣布的学习和教育权利的同时，要求图书馆、俱乐部和博物馆向广大劳动人民群众开放，使他们能够享受到文化的优秀成果"①。在苏联"红军"的军营之中很注意士兵学习军事知识、政治学识，"到一九二〇年中期，已经有150个俱乐部，千余处戏园，万数图书馆，1500个音乐弹唱会——也是均属于'红军'里面的"②。列宁在和蔡特金谈话时说道："最大量的文化工作，在企业里是由我们的工会进行的，在农村里是由我们的合作社进行的。"③全苏工会用社会方式建立了大批文化教育设施。"在1920年年底和1921年初，十八个最大的工会拥有约六千个公共图书馆（占全国图书馆总数百分之三十）、二千多个俱乐部、七千多个人民文化馆、一百多个无产阶级或人民大学、成人夜校、一千零四十六个职业技术教育训练班。"④教育委员会"设立农工俱乐部及一部分的青年俱乐部"，"在城里

---

　　① 中国社会科学院苏联东欧研究所理论研究室：《苏联理论界论社会主义精神文化》，东方出版社，1986，第199页。
　　② ［俄］郭范仑夸：《俄国无产阶级之社会观》，载《瞿秋白文集》（第8卷），人民出版社，2013，第213页。
　　③ ［德］克拉拉·蔡特金：《回忆列宁》，载《回忆列宁》（第五卷），人民出版社，1982，第65页。
　　④ 苏共中央马克思列宁主义研究院：《苏共领导下的苏联文化革命》，范益彬，译，上海人民出版社，1973，第123页。

的就组织几百个工人俱乐部"。① 在1944年出版的郭普涅尔所著的《苏联之文化发展》一书中有关于苏联群众文化事业发展的介绍：

> 在各共和国人民教育部与各种职工会领导之下，全国成立了大批文化策源地——俱乐部、文化宫、文化公所和图书馆，而在乡村中则有阅览室。自苏维埃政权成立时起，政府和人民就是这样积极着手开始了文化建设工作。随着工厂、矿井、铁路等之恢复，而在全国也重新建成了学校、幼稚园、大学、工人速成中学、戏院、俱乐部、博物馆和图书馆。无论国内战争，无论饥荒，无论寒冷都没能阻止群众力求光明的趋向。
>
> 自苏维埃政权建立以来，在工厂及其他机关中的俱乐部已由二万二千五百个（一九二四年）增加到十万三千九百个（一九三九年），在这些俱乐部中有几万个是附设有图书馆、表演台、电影、无线电、各种研究小组、讲习所等的。俱乐部的影响深入数千万民众当中，不仅使他们来学习基础的文化知识，而且也使他们来参加各种形式的艺术、戏剧、音乐、电影和绘画活动。众多的"社会主义文化公所"和"社会主义文化宫"，都是属于俱乐部一类的机关，这些机关主要都是在最近十年内建成的。自一九二八年到一九三八年已成立了一千五百座"社会主义文化公所"。差不多在各大城市的每个区域中都有这种文化公所，并且在各大企业中也是一样。其中有一部分也附设有戏院及能容一千多人的会场，在这些文化公所中有技术、社会科学、发明、文学、艺术等各种研究小组在进行工作。②

---

①［俄］凯仁赤夫：《校外教育及无产阶级文化运动》，载《瞿秋白文集》（第8卷），人民出版社，2013，第137、139页。

②［苏］郭普涅尔：《苏联之文化发展》，外国文书籍出版局，1944，第6—7、12—15页。

从上述介绍可以看到，苏联的群众文化设施覆盖城市、乡村、工厂，种类有俱乐部、文化宫、文化公所、图书馆和阅览室、童子团宫等，作者通过这些迅速发展起来的文化部门，通过国家文化面貌和人民文化面貌的改变，认为这些表现出苏维埃文化的基本特点——为千百万人服务的民众性。

"1920年，根据38个省的统计材料，共有三万四千个图书馆，四万多个农村图书室，五千五百个俱乐部。""一九五〇年初共有文化宫、文化馆、村俱乐部和农村阅览室十二万八千六百所。"[1]"在城市和乡村的俱乐部、文化馆和文化宫里，经常有二十四万多个业余戏剧组、音乐组、舞蹈组、合唱组和团体在进行活动，其参加者有数百万人。"[2]苏联还在北方少数民族地区成立了特殊的社会主义文化教育机构，即一种综合性设施——文化站。

苏联专家雷达娅1956年5月在中国全国文化先进工作者代表会议上介绍：

目前，苏联有20多万个文化馆、俱乐部，平均每1000个居民当中就有一个文化馆、俱乐部；有39万个图书馆，平均每500多人就有一个图书馆，已经广泛地形成了图书馆、文化馆、俱乐部网，因之，苏联共产党第20次代表大会提出了进一步提高图书馆、文化馆、俱乐部的工作质量和加强它们的物质基础的要求。苏联的文化馆、俱乐部有这样几种类型：一是由政府文化部门领导的区文化馆和国立农村俱乐部；二是由农庄群众自办的俱乐部；三是在大城市设有工会办的文化宫、俱乐部。苏联的区比中国的县小，一个区内的居民有五万到十万人，每个

---

[1] ［苏］卡尔波夫：《苏维埃文化与苏联文化革命》，陈丹、柯力、国芬译，时代出版社，1957，第134、224页。

[2] ［苏］卡尔波夫：《苏联的党和文化革命》，庞龙译，上海人民出版社，1958，第65页。

区划分为五到十个村，区设有文化馆，村和集体农庄设有俱乐部。苏联区文化馆的工作，一方面是开展馆内的活动，另一方面是对俱乐部进行辅导。馆内要经常举办各种内容的讲演宣传、报告会、座谈会等，向居民宣传党的各项政策、决议，普及文艺、科学技术等知识；组织各种居民学习小组，如创作小组、历史研究小组、自然科学研究小组等，提高居民的文化、科学知识水平；开展多种多样的群众业余艺术活动，如戏剧、合唱、舞蹈、朗诵等；与区体委配合开展体育活动；与学校配合开展儿童工作；举办电影放映等。①

一些非社会主义性质的国家（日本、英国、德国、法国、美国等）也有公民馆、文化宫或社区学院、市民大学等设施和场所，作为社会福利，对居民的文化、教育和学习提供帮助。

群众文化有着悠久的历史，但独立完整的群众文化和真正属于人民群众的群众文化事业诞生于马克思主义理论基础上，并具有独特的社会主义文化政治功能和发展指向，以其所显示的人民群众的创造力和文化民主，推动着人类社会不断向前发展。

虽然苏联最先建立文化馆和群众文化网，但长期以来，国外在群众文化上的研究还处于经验研究和零星的思想阶段，并随着东欧剧变、苏联解体而受到重大挫折。当前，对群众文化理论和实践具有世界性贡献的只有中国。

群众文化事业和文化馆正在成为中国特色社会主义文化的一张金名片，在世界舞台上讲述中国的"中国话语"，建构中国形象。

（作者为北京作家协会会员、东城作家协会副主席）

---

① [苏]雷达娅：《苏联区文化馆的工作》，载《文化馆工作》（内部发行），文化部社会文化事业管理局，1956，第2、22—24页。

百年圆梦，书香致远寄初心

小　程

　　阳光掠过东城区第一图书馆几个大字，图书馆门口，有背书包的学生，有年迈的老人。随着开馆的钟声，人们快步走进图书馆，在书库一排排的书架内翻阅，在阅览桌前阅读。

东城区第一图书馆　王彦高／摄

这座已经有60年发展史的东城区第一图书馆，毗邻京城最大的胡同文化区，北倚国子监，南眺文天祥祠，西望钟鼓楼，地理人文环境独一无二。

东城区第一图书馆于1956年建馆。白驹过隙一甲子，斗转星移中，东城区第一图书馆犹如一棵幼芽沐浴雨露阳光，逐步长成参天大树。刚建馆时，馆舍面积只有700平方米，现在已经增加到1.1万平方米；藏书也从最初的7万多册，增长到现在的70余万册；从最初的日接待能力不足百人，扩展到10个阅览服务窗口，座位700席；由最初单一的文献借阅服务，拓展为书刊借阅、阅读推广、参考咨询、服务点配送、业务辅导并存的多维服务。

东城区第一图书馆的成长得到了各级领导和社会各界人士的关注。尉健行、贾庆林、赛福鼎、雷洁琼、何鲁丽等党和国家领导人，以及张福森、金人庆、王蒙、周而复、周和平、郑欣淼、李其炎等名人都曾到馆视察。中国作协副主席陈建功、莫言、高洪波都曾莅临东城区第一图书馆。著名诗人臧克家、著名编辑出版家戴文葆等均曾为东城区第一图书馆捐赠图书，并为东图的发展出谋献策。改革开放以来，在社会各界的帮助下，图书馆人一步一个台阶，锐意进取，勇于尝试。

万象更新，乘风破浪奋楫争先

20世纪80年代初，伴随着改革开放万象更新，图书馆进入了新的发展期。为顺应形势，东城区第一图书馆开设了外语角，这是北京公共图书馆行业中的第一个外语角，至今它仍以丰富的活动内容吸引着众多爱好者。

1986年，北京市第一辆流动图书车落户东城区第一图书馆，它在地坛庙会、福利企业和东城区的大街小巷里穿行，把图书、知识送到最基层的百姓手中。

随着计算机技术、互联网技术在图书馆的应用，东城区第一图书馆成立了北京市区级图书馆第一个电子阅览室。自主创办的图书馆网站也应时、应势而生，成为图书馆与读者间的信息平台。

20世纪90年代东城区第一图书馆开创了服装特色资料收藏，在全国以开辟图书馆特色服务新途径而名声鹊起。这些特色文献与图书馆自己编辑出版的文史著作一起作为"专题文献"呈现给读者。

进入21世纪，东城区第一图书馆与国家图书馆合作，完成"数字图书馆推广工程2014年度数字资源联合建设工作"，建立"中国政务公开信息整合服务平台——东城分站"，在东城区委宣传部、文化委的具体指导下，成功启动"书香东城全民数字阅读平台"。每位读者都拥有一个10万册藏书、每天24小时的数字图书馆、移动图书馆。2017年，图书馆总分馆外借服务实现了RFID自助借还，成功采用新技术服务读者、方便读者，使图书馆与社区居民走得更近。

在东城区委宣传部的指导下，图书馆还在积极推进图书馆法人治理结构、事业单位人事改革等探索性工作，组织专家理事接待日、调研等活动，通过多方力量参与图书馆建设，推进工作，发挥积极的作用。

1998年至今，东城区第一图书馆以名列前茅的成绩连续六次被文化部评为地市级一级图书馆，先后被授予全国人文社会科学普及基地、（全国文化信息资源共享工程）公共电子阅览室示范点、全民阅读示范基地、北京市文明单位标兵、北京市文化工作先进集体等称号，成为最受北京市民喜爱的图书馆之一。

此情可鉴常追忆，诚心未改待来年。几代图书馆人用满腔的工作热情、无限的创造力和凝聚力，迎来了东城区第一图书馆的一次次变迁与发展。

公平自由，公众获取知识信息的保障

图书馆是看书学习的地方，更是保障每一个人自由平等获取文献信息的提供者。这一目标，成为东城区第一图书馆"立馆为民，服务百姓"的初心和使命。

文献建设是图书馆向社会公众提供服务的基础与前提。2009年新馆改造后，东城区第一图书馆加大文献资源建设力度，制订了从纸质文献扩展到数字资源领域的持续发展计划，通过外购、共享、自建三种途径，初步建成了东城区第一图书馆特有的书、报、刊、数字资源四位一体的格局，全方位开放服务，为读者提供了温馨、舒适的阅读环境。该馆365天免费开放，每周开馆70小时，还有免证阅览等举措，吸引了更多的读者走进图书馆。

社区是构成一个城市的最基本单元，家庭是推广全民阅读的基础。东城区第一图书馆参与建设北京市公共图书馆体系，积极发挥区中心作用，致力于将身边的图书馆打造为百姓的"第二起居室"，使居民就近享受15分钟文化圈服务。该馆通过统一平台、统一采编、统一配送，实现地区图书"一卡通"通借通还，并以数字文化社区、益民书屋、自助借还图书馆、集体外借点作为有效补充，形成了共建共享、协同发展的公共文化服务体系。

2014年，东城区第一图书馆以公共图书馆总分馆制的建设模式，筹建了东总布社区图书馆。这个400平方米的静谧院落，藏书约两万册，其中有5000多册精美绘本。早上10点，孩子们在家长的陪同下陆续到来，在这里父母和孩子一起畅游在天天故事会、绘本之旅、父母课堂等活动中。每年300多场这样的活动，让阅读植根于家庭，让孩子从小爱上阅读。

"立馆为民，服务百姓"是图书馆的根本宗旨，东城区第一图书馆始终坚持"平等、公益"的服务定位，为弱势群体提供最优质的服务。定期为残疾读者举办讲座，邀请盲人艺术团参加图书馆朗诵活动，举办外来务工人员作品分享会和电脑应用讲座，组织打工子弟认馆体验活动，多渠道、多途径地让老百姓均等享用公共阅读服务的福利。

一座图书馆，温暖一座城

图书馆是安静、祥和的，每位读者都能在这儿找到自己独一无二的自在和向往。在迎春花开的季节，读者许福元来到图书馆，感觉一步就迈进了春天的门槛。他感慨与图书馆的邂逅，在"书海听涛"三尺讲台前受益良多。经过十年的坚持，他先后加入北京作协、中国作协，出版个人文集六本，个人的进步几乎与在东图听课、阅书同步。87岁的老读者袁士良写诗、出书、在老年大学讲课，他认为图书馆是"快乐每一天"的生命活力之源。

东城区第一图书馆用十年时间，不负匠心地为读者搭建了"书海听涛"这个充满书香与温暖的大讲堂。风声雨声读书声，声声入耳；家事国事天下事，事事关心。这里是知识的海洋、智慧的沃土，集古今之精华，汇八方之名家。400多位专家学者做客于此，在这里交流中国文学界、知识界乃至思想界在新时期的思考，留下了耐人寻味的至真名言。

"书海听涛"作为北京市民阅读学习品牌，涵盖文学、艺术、语言、史地、科普、外交等多个领域，形成20余个系列。对于讲座许福元如数家珍：获诺贝尔文学奖前夕，莫言来到图书馆，讲起话来缓慢而深沉；王蒙80多岁仍思维敏捷，讲自己终身学习的体会；蒋子龙早上乘车从天津赶赴东图之约；河南作家群在此聚会，共同探讨中原文学的崛起；中、法作家在此沟通，做一席谈，商议作品译介之事；新、老学者张颐武对话刘心武，谈《我们的时代与人生》。新书发布会精彩不断，从严歌苓的《归来》到刘一达的《北京老规矩》，从残疾玻璃女孩的《感悟生命》到李娟娟的《文艺界的旗帜和楷模：阎肃》，从历史到当下严肃而沉重的话题《明初朱元璋反腐》，再到推广历史传承与文化自信的《单霁翔带你走进故宫》，还有话剧《兔儿爷》《上甘岭》创作演出座谈会、红色史诗电影《古田军号》观影交流会等活动接连不断，广受好评。这里是高雅艺术的殿堂：举办过故宫十讲，对馆藏文物的欣赏从深宫走向民间；有大画家讲工笔、小写意与大写意；有书法家讲用笔方法与间架结构；有工程师讲中国古建北方之雄、南方之秀；有才女在此焚檀香、弹古筝；有昆曲爱好者在此载歌载舞甩水袖，表演《牡丹亭》。报告厅很雅致，但也纳俗：探讨北京胡同的变迁、牌楼的兴废、节日的习俗、京腔京味大碗茶及各种小吃、各样风味，甚至再现走街串巷小贩们各种吆喝声，充盈着人间烟火气。

12年来，图书馆举办各类阅读推广活动5000多场次，60余万名读者从中受益，阅读理念深入人心。在疫情防控常态化形势下，"书海听涛"独辟蹊径，与时俱进，将"一馆思维"转化为"平台思维"，采取阵地服务与网络服务相结合，线上服务与线下服务相整合，传统阅读与数字阅读相融合的阅读推广思路，收效显著。2020年10月，"书海听涛"荣获中国图书馆学会"阅读推广优秀项目"奖。

在"诵读推广阅读"路上，图书馆深耕细作，由最初的节日诵读单一类型，衍生为诵读讲座、诵读沙龙、朗诵会和诵读大赛四种类型，通过搭建平台，引领阅读，达到弘扬传统、解读经典、传承经典的目的。在"阅读北京"全市诵读大赛中，东城区第一图书馆连续四年荣获优秀组织单位奖。多年来，东城区第一图书馆培养了10多个朗诵团体。在"书海听涛"的舞台上，淳朴的农民工杨成军诵读出"农民工之歌"，盲人艺术团的诗人绽放出自信的微笑。著名朗诵表演艺术家曹灿曾驻足舞台，发出倡议："让人们心里都有一句响亮的话，听朗诵，到东图！"

弘扬书香文化，诵读千古美文；倡导书香社会，传播诗意生活。2020年"全民阅读"第七次被写进了政府工作报告中。阅读是一个国家一个民族精神启蒙、文明传承的重要途径，是新时代国家的重要文化战略。实体书店作为重要的公共文化设施和城市文明的载体，在全民阅读、建设书香社会等方面发挥着重要作用。"故宫以东·书香之旅"是文旅融合背景下，由东城区第一图书馆发起的一项创新性阅读活动。2020年下半年，馆员带领读者从故宫书店出发，先后前往三联韬奋书店、南锣书店等18家实体书店选书。活动由最初读者在书店内选书拓展到组织读者活动、讲述出版社史、解读名家作品、作者与读者见面交流等。书香之旅让读者遇见一本好书，获得一种新鲜的阅读体验，增强了图书馆、出版社、书店与读者之间的互动，提高了书香城市的美誉度。

在市委宣传部主办、北京广播电视台承办的"遇见一家书店"征文评选活动中，东城区第一图书馆参与协办收集整理读者来稿512篇，讲述与北京实体书店情感故事的文章310余篇，《北京晚报》发表11篇，《光明日报》等多种刊物发表了读者来稿。

图书馆的自豪，来自读者的赞誉。"书兴文盛东图馆，海雅风歌满春园。听浪观潮风流处，涛声拍岸气不凡。名人参与杂家讲，扬帆远航慕圣贤。天上阳光照大地，下层百姓喜空前。"这是读者李茂涛撰写的藏头诗"书海听涛、名扬天下"。她说："感谢东图提供了读书、听讲座的学习机会。书海听涛使我增长了知识，受到了教育，开启了心灵的天窗。"

社会力量参与，激发阅读活力

近年来，东城区坚持以政府主导，引入社会力量，加强分馆建设，打造了一批特色图书馆和阅读空间，推动全民阅读活动长效开展。

（一）东总布分馆——胡同里的图书馆

东城区第一图书馆东总布分馆藏身于胡同之中，面积有400平方米。2014年开馆以来，东总布分馆在服务中找准定位，细分群体，精准对接。通过政府购买服务，先后引入悠贝和优和时光两家专业阅读机构，开展低幼亲子阅读项目，每年开展360场活动，外借书刊7万册次，帮助多个家庭建立良好的亲子阅读习惯，取得了极佳的社会服务效能。

2017年，东总布分馆被评为"阅读北京·十佳优读空间——百姓身边的基层图书室"，东总布分馆所在的社区荣获中国图书馆学会颁发的"书香社区"称号。

（二）角楼图书馆——彰显老北京特色

角楼图书馆是一座具有老北京特色的公共图书馆。2017年，本着"合理保护利用文物资源，让文物活起来"的思路，政府通过购买服务，由文化公司整体运营，将其打造成为最具北京特色的图书馆。角楼图书馆在"阅读北京、聆听北京、艺术北京、品味北京"四大主题基础上，又推出"非遗52日"等特色活动。三年来，角楼图书馆开展阅读活动千余场，到馆读者20万人次，被30余家主流媒体竞相报道，并被评为2018年"阅读北京·十佳优读空间"。角楼图书馆正在逐渐成为一个集阅读服务、文化展览、文化交流于一体的北京文化新名片。

（三）王府井书店图书馆——馆店合作的样板

2018年7月，东城区第一图书馆与"共和国第一店"——王府井新华书店合作，在书店六层建立了王府井书店图书馆。这是北京第一次实现实体书店与图书馆强强联合。图书馆依托书店人流量大、知名度高、图书品种多的优势，推出"你读书，我买单"服务，将传统采编服务移至书店一线，读者直接参与文献建设，提高了读者的参与感，提升了阅读的快乐感。王府井书店图书馆运行两年来，到馆读者15万人次，办理读者卡2100余张，外借书刊9万余册，组织活动百余场，赢得业界与读者的一致好评，被评为2018年"阅读北京·十佳优读空间"。2019年王府井书店分馆所在社区获中国图书馆学会"书香社区"称号。通过"馆店合作"，发挥双方各自优势，是拓展全民阅读服务功能的创新之举。

（四）更读书社分馆——文旅融合的典范

2019年7月，更读书社（东城隆福店）暨东城区第一图书馆更读书社分馆落地运营。它是一家融图书馆、书店、咖啡和文化沙龙于一体的新型阅读空间，因地处隆福寺商圈，吸引了大批年轻人到馆，成为东城文旅融合的典范。2019年、2020年连续两年被评选为"北京市特色书店"。

书脉传承，挖掘东城记忆新故事

2000年以后，东城区第一图书馆以积累30年的服装资料馆藏文献和科举特色馆藏文献为支撑，开始自主建设以东华流韵、科举辑萃、现代服饰、古代服饰为重点的特色数据库。

东华流韵数据库囊括了东城区的名人、名胜、胡同、四合院、老字号、传统手工艺等多种门类，成为东城地方文献的集大成者。

科举辑萃数据库涵盖了学界动态、人物传记、论文、展览等丰富内容，因此深得学者肯定。中华炎黄文化研究会科举文化专业委员会专家经考察后，将"科举辑萃"指定为学术指导网站。

现代服饰数据库收集了服装、服饰及与之相关的文献和图片资料，同时提供2000余篇专业论文原文检索功能。之后，图书馆历经七年完成的中国古代服饰文献数据库建设，使服装数据库更加完善。

在专题数据库建设的基础上，图书馆利用资源优势，编辑出版了《历代科举名人诗画丛书》《历代科举名人丛书》《北京科举地理》等六种科举书籍；整理收录古籍条目万余条，图片5000余张；立项出版了《中华大典·艺术卷·服饰卷》《东城区第一图书馆古籍善本图录》，以及《我与中轴线》《帝都形胜：燕京八景诗钞》等专题文献，让图书馆的文献服务职能得到了充分发挥。

东城区历史文化底蕴深厚，图书馆开展了古都历史文化系列讲座，围绕东城园林、建筑、民俗、文物、古迹等内容，挖掘讲述东城故事，面向公众宣传名城保护和文化遗存传承。东城区第一图书馆承办的《我与"中轴线"》征文活动和"我眼中的中轴线"摄影比赛，有60篇作品刊登在《北京晚报》上。

未成年人阅读，多方携手参与

为落实《中共中央国务院关于进一步加强和改进未成年人思想道德建设的若干意见》，图书馆坚持"重在基层、重在普及、重在参与"的原则，不断加强对我区未成年人的阅读指导，打造图书馆+新型服务模式。

东总布分馆低幼亲子阅读活动形成常态化，高密度、高品质的活动一直吸引着周边的亲子家庭，收到良好的社会效果。为满足更多家庭的需求，2019年区图书馆与区卫健委、街道分馆展开合作，启动了"宝宝阅读计划"，面向全区新生儿发放1000个宝宝阅读包，并将"低幼儿童故事时间"活动延伸到街道馆，开展天天故事会和绘本之旅活动近千场，有近万人参加。

通过红领巾读书活动与各学校紧密合作，紧跟时代步伐，开展"拥抱新时代，争做好少年"等主题系列活动，如"读书小状元"评比、"我的藏书票"设计比赛、"习爷爷的教导记心间"讲故事比赛等，每年全区近3万名少年儿童参与其中。与此同时，图书馆还与社会机构合作，开办"少年国学班·知觉班"，让孩子们从国学经典中获取成长的动力，以书为友，以德修身。

"书香东城"全民阅读，引领数字阅读时代

每时每刻，我们的生活都在随着互联网而悄然改变。2015年，东城区启动"书香东城"全民数字阅读平台，面向全区居民免费发放50万张数字阅读卡。

通过"书香东城"全民阅读平台，东城区第一图书馆组织了"4.23中轴线知识竞赛"、"中华人民共和国成立70周年知识竞赛"、专题图书

推荐、摄影比赛、征文、网上展览、网上答题等多种阅读活动，让丰富的文化资源惠及更多读者。后疫情时期，数字阅读更凸显其作用，并成为常态化服务。它不受时空限制，足不出户，就可轻松获取海量文献资源。用户还可以通过"书香东城"平台，参与摄影比赛、网上答题、征文等线上活动。目前，"书香东城"平台累计用户访问量达1900万次，数字资源累计下载量超过270万次。"书香东城——全民阅读平台的构建"案例被中国图书馆学会评为"2019年·全民阅读活动典型案例"。2020年，图书馆人在参与社区值守的同时，牢记使命发起书香抗疫活动。"书海听涛"作家与读者见面会直播讲座连推20场，名家学者讲述"抗疫""传统文化""文史""美食""文学"等主题讲座，单次最高有6万人在线观看。此外，图书馆还推出摄影讲座直播、线上少年国学班、空中诗会、网上展览等活动近百场，服务读者18万人次。

"经典诵读"系列活动自疫情发生以来从未间断。2020年，图书馆举办线上+线下活动16场：围绕"加油中国，祈福武汉"抗疫主题举办了三场专题空中诗会，用诵读致敬最美逆行者；策划了元旦、清明、端午、七夕四场传统节日诗会，以及"聆听经典，品味书香"4.23世界读书日诵读会；举办了"诵读红色经典，牢记初心使命"两场红色主题线上诵读会；等等。

一座有魅力的城市，必定是一座书香四溢的城市。阅读理念与城市气质的交相辉映，便成为这座城市的书香文脉。书香东城经过数百年的文化沉淀，其文化底蕴必将绵延不绝、异彩纷呈。图书馆是宣传优秀文化、推广全民阅读的前沿阵地。在历史发展的新浪潮中，图书馆全体工作人员将更好地服务读者，以真诚之心服务读者，以责任之心发展活动，以进取之心再创佳绩！

（作者为东城区图书馆工作人员）

"最"北京的图书馆

马 宁

北京外城东南角楼，曾是老北京城的地标，历经了百年沧桑，它还是老北京人的童年，承载了世事变迁。如今它是一座代表北京历史文化特色的公益图书馆，数千册北京历史文化书籍诉说着老北京的前世今生，上百场文化活动丰富着居民的精神文化生活，崭新的容颜并没有改变人们对它的古老记忆。途经角楼门前的商队驼铃也许不再作响，身后插着旗伞且做工精细的兔儿爷也许不再是今天孩子们的玩具，但是它通过丰富的体验活动和特色藏书让人们走进角楼建筑，重新拾起那些美好的记忆与古都的故事。

读城行动——用阅读丈量北京

一座城、一本书，一路是足迹，亦为墨迹。一本书一个故事，一座城一段回忆。城市是一种符号，带给人惊喜，也带来回忆。城市是一座天然的博物馆，承载着历史，记录着人生，渗透着风情。

从2019年世界读书日开始，角楼图书馆每年都特别策划一次"读城行动"，以"携一卷书，走一座城，用阅读丈量北京"的主题和理念，组织读者开展京味儿文化的主题游学，邀请文化名人、专家学者担当领读者，带领读者实地走访北京著名文化遗产地，边走边看，边看边讲，更直观、立体地传播东城乃至北京的特色文化。

常言道，读万卷书，行万里路，但我们却很难理解阅读和行走之间微妙而复杂的关系。徜徉于人世，阅读与行走都是一种修行。无论是何种境遇，阅读与行走总有一种恬静的力量，使得你我内心由浮嚣归于平和。阅读的故事虽可能是虚构的，但你却可以毫无顾忌地大笑或热泪盈眶，收获一种别样的感动；在行走的路途上，你可以自由畅享天地赋予人间的一切瑰丽与起伏，感受人生的种种遭逢。从阅读和行走中，也许你会找回那个逐渐走远和迷失的自己。对迷途中人而言，阅读和行走如旗帜导引着前路，不啻为一种温暖的拯救。在阅读中行走，在行走中阅读，二者实为一体，难分彼此。

让我们一同回味，行走在路上的阅读之旅。

读城行动的第一天，我们看到一位白发苍苍的老者等候在景山公园门前，"看我身上穿的衣服像什么啊？"还是那熟悉的身影，还是那身熟悉的中山装，北京历史文化泰斗级专家朱祖希老师趣味十足地问大家，朱老师拿出笔一边在纸上画出自己的中山装，一边向大家解释道："中山装本身就是'北京城'，如果头是太和殿的话，领子就是紫禁城，第一个纽扣当然是午门了，第二个纽扣便是端门，第三个纽扣则是天安门，第四个纽扣自然是正阳门，第五个纽扣也就是永定门，左边下兜儿是天坛、右边下兜儿是先农坛，左边上兜儿是太庙、右边上兜儿是社稷坛。"朱老师生动地将中山装比作北京

朱祖希老师在读城活动中为大家现场讲解北京的中轴线

城，让大家更好地理解了什么叫中轴突出，什么叫两翼对称，这便是北京城市格局的最大特点。

一路上，老爷子一手领一个小读者健步向万春亭迈进。大家站在北京中轴线上的最高点万春亭上时，便可以将中轴线上的壮丽风景一览无余。面前的神武门象征着皇家百年的权贵，也映照出岁月沉淀下的厚重。向南望去，只见那正阳门两侧，如同春笋般拔地而起的几十幢大厦，给这座古城增添了崭新的气派；向东望去，一切在阳光下更显得柔和透明；向西望去，那琼岛上的白塔，经历了地球震动的一场小小劫难，又再次昂首蓝天且素洁如玉；再回身向北看去，鼓楼和它身后的钟楼，如今虽默默据守在那里，却难免让人联想到几百年间的晨钟暮鼓。而钟鼓楼背后，那横卧天际的燕山余脉，蓝莹莹的宛如这座古城的一道屏障，守护着帝都的宁静。

"天是什么？天是神，百神之长；天是物，是大自然，是可探索的规律；天是师，人要以天地为师。坛是什么？坛是与天地沟通对话的设施，天坛是坛不是庙，更不是园。"原天坛公园副园长徐志长老师，以简短生动的语言为大家讲解着天坛的历史含义。徐老师将在天坛工作时的一些趣事与天坛的特点和历史意义相结合，深入浅出地向大家讲述着这座古坛的往昔。孩子们那专注的小眼神，大人们的频频点头，都让徐老师的讲述更加引人入胜，也吸引了很多游客纷纷前来倾听。

在胡同的游览中，王兰顺老师从四合院的大门说起，广亮大门、金柱大门、蛮子门、如意门，王老师针对每一座四合院的大门结构，跟大家讲起了那些深宅大院背后的故事。20号院曾是北京人艺的旧址、23号院是卫立煌将军的故居、24号院为民国才女凌淑华故居、47号院曾住过荣毅仁副主席……大家一边行走，一边与王兰顺老师探讨那些深宅中的历史过往，总有新奇的问题由读者抛出：胡同的发展史、四合院的进深、史家胡同的由来……

名人故居也是读城行动的一大亮点，史宁老师带领大家从南锣鼓巷走起，介绍了南锣鼓巷的整体布局及特点分布，在纸上为大家展示讲解，并用六个动物画像让小朋友们判断哪个动物最像胡同的整体布局，生动形象的讲述方式深深吸引了小读者们的注意。从蒋介石行辕大院到镶黄旗官学建筑遗存，再到茅盾故居，一路上孩子们问题不断，个个眼中充满了好奇与求知欲。

进入茅盾故居，首先映入眼帘的就是门口的两棵白杨树，茅盾先生与这座院子的缘分也是从这两棵树开始的。茅盾平生喜爱杨树，也是看到了门口的两棵杨树，最后才决定住在这里。史老师说："名人故居是一种很特殊的博物馆，它的价值在于小到故居内部的家居陈设和各种生活用具，大到整个故居的建筑本身，都与故居主人形成了千丝万缕紧密难分的联系。在这有限的空间内，曾经存在着一个伟大的人物和灵魂。哪怕到今天，在这种特殊的环境中似乎还能唤起我们对故居主人的人物性格、生活点滴的感知与复原。"

在名人故居中，从一砖一瓦、一草一木到桌椅家具，仿佛都浸润过主人生命的热度。因此，名人故居里的任何一件文物和展品都保存着故居主人的温度和生命的厚度。从院子的房屋结构到院落中的动植物，再到茅盾先生的生平经历，史宁老师为我们还原了一位近现代文学大家的风雨一生。

2021年恰逢中国共产党成立100周年，2021年的走读活动以"红色"为主题，以走读北京革命红色基地为形式，相继走访了宣南革命旧址、陶然亭公园、北京延安文化展示中心三处革命文化教育基地，让读者通过直播的方式一探这些红色文化背后的革命故事，重温辉煌的百年风雨历程，同时寻根北京文脉，感受阅读的"知"与游走的"行"相融合的独特魅力。

"知之愈深，爱之愈切"，我们都说热爱北京，但真正的爱是在深入了解之后愈加渗透的敬重与珍惜，我们用脚步读懂了北京城，也表达着我们的爱与敬意。这种爱会伴随我们一生，在不经意间温暖我们的灵魂，亦如阅读带给我们的惊喜，亦如角图传递出来的温情，亦如你我在行走中的相遇……

直播不断——非遗一夏，趣玩暑假

"非遗52日"直播活动

2021年的假期着实有点长，为了丰富疫情防控常态化下学生的文化生活，为了促进非遗行业复工复产，为了在盛夏时节给大家送上一份非遗文化的消暑大餐，角图举办了"非遗一夏，乐享暑假"非遗系列线上直播活动，52位非遗传承人走进角图直播间，轮番展示52项非遗技艺，并与90后跨界主播搭档出镜。从7月到9月，跨越三伏走过两季，历时三个月的时间，"非遗52日线上专题直播"节目组拍摄录制了2000多个小时，走访了北京东城、西城、朝阳、海淀、通州、顺义、丰台、石景山、怀柔、昌平、大兴等10多个区县，深入非物质文化遗产项目的制作一线、大师工作室、博物馆等，深度探秘非遗，线上观看人数达2万人次，再一次向大家证明了非遗不老，后继有人！

90后主播"瑶一聊"全程参与了三个月的直播，她说她感到特别荣幸：看到年过古稀、将近耄耋的老者，他们做了一辈子，守了一辈子，头发虽已花白但眼里始终有光；看到父子接棒传承，为了使这门手艺延续不绝时的那份期待与坚守。他们有动情的，提到师父、想到以前的艰辛潸然泪下；有朴实的，不善言辞却谦恭地埋头于眼下；有淡泊的，只

管做活儿，其余的附加值
与己无关……

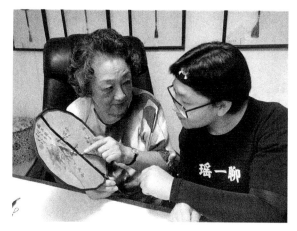

主播"瑶一聊"与非遗大师

　　直播间每天与观众互
动，抢答问题还可以赢取
小礼物，也吸引了众多年
轻人参与，有的人因为每
天在直播间留言、提问，
还在这里交到了新朋友。
不管是以何种形式，我们
都特别欣慰地看到孩子们
对传统文化学习再认识的过程。利用一个暑假了解非遗，见证这些手艺
的重生，相信这一定是一段难忘的记忆。

　　非遗不再是束之高阁的概念性词汇，而是一件件精美的作品、一
段段传承的故事，这些组合在一起就是对过去的见证，也是今后前进
的方向。

网红图书馆——网络大V打卡点赞

　　在2020首届北京网红打卡地评选活动中，角楼图书馆成功入选2020
年首届北京网红打卡地推荐榜单，成为展现首都城市新面貌、古都新风
尚的新地标。这不，来"拔草"的网红们就找上门儿来了，还都是远道
而来的外国"大V"们。您要问了，那这外国朋友了解咱们老北京的传
统文化吗？不打紧，只要是来到角图，都能让您满载而归。

　　在本次"丝路大V参访团"打卡角楼图书馆活动中，角图的专业讲
解老师向"大V"们详细介绍了北京外城东南角楼的历史及复建后的再
利用，也就是如今角楼图书馆的前世今生。他们能听懂吗？原来这些
"大V"们有好多都是在北京生活了十多年的"中国通"，沟通无障碍。

"大 V"们体验非遗活动

了解了角楼图书馆的历史后,"大V"们还参观了正在一层展览的《百名摄影师聚焦COVID—19》摄影展。还是那句话:病毒无国界,疫情是全人类的共同敌人。相信外国友人们在看过这些美丽面孔下的坚守后,也一定深有同感。

如果文化有差异,语言有不通,那么在动手这件事上,世界各地的朋友们一定能够无障碍沟通,当天下午的非遗体验就是最好的证明。丝路"大V"们在非遗传承人彭小平老师的带领下,学习体验了北京特色的非遗项目——面人。这项中国特色"手办",不像他们想象的那样坚实,却有着柔软易塑的特性,在每个人的手中都有着不一样的呈现效果。来自南非的辛成乐(Brett Lyndall Singh)是一名外籍"网红",他对中国的传统文化情有独钟,他告诉我们:"我曾经体验过剪纸、毛猴等非遗传统手工艺制作,捏面人还是第一次体验。"辛成乐还向大家展示了他的作品,那是一个圆圆滚滚的中国国宝大熊猫,他说:"我已经录了视频,之后我会发表在网络平台上,让世界各国更多的网友了解北京,传递中国历史文化。"

捏完面人,再带着作品上楼看看,二楼看报的大爷对这些外国朋友的突

角楼图书馆成为网红打卡地

然到访也是备感好奇，但完全不妨碍他们互道"hello"（你好）。登上角楼城台，紧邻护城河，远眺中国尊，绝佳的视角令"大V"们"beautiful"（太美了）"amazing"（太惊艳了）频出。

在这里，"最北京"

这些"大V"们会把他们的北京行在境外社交媒体上展现，这样我们的角楼图书馆是不是更出名了？

到2021年4月，角楼图书馆已经开馆三年半了，每周开放70个小时，有五大运营板块、四大系列活动，举办群众文化活动1100多场，有37家主流媒体进行报道，微信粉丝超2万人，进馆人数超23万人次。这棵刚刚破土的"新芽"，让我们见证了生长的力量，角楼图书馆还荣幸地作为"最美北京"代表，在北京电视台展现了她的绰约英姿和魅力，为北京留下她生命中光荣的印记。

角楼图书馆，被读者盛赞为"最温暖"的图书馆。

（作者为东城作家协会会员）

美后肆时：胡同文化网红是怎样炼成的

李　瑶　　李　明

一、市民眼中的美后肆时

明媚的周六，美后肆时景山市民文化中心又热闹起来。

95后年轻人玩手碟、看脱口秀，老人体验琴茶、手作盘扣，孩子和家长们则在戏剧开放日里演绎别样人生。

在青砖灰瓦的四合院，邂逅时尚潮流的新文化。自2020年9月开放以来，美后肆时这一老城区最大的市民活动空间交出了亮眼的成绩单——1098场活动接连不断，惠及6万多人次。

作为东城区公共文化服务社会化的最新实践，美后肆时通过政府主导、社会力量运营的专业化管理模式，让基层公共文化服务供给精准化、多元化，市民们在四合院里开启了文化新生活。

（一）多元供给链接全年龄段

在中国美术馆以北、古朴幽雅的美术馆后街中，白色时尚的"美后肆时景山市民文化中心"标识颇为亮眼。

美后肆时，寓意"四季更新，四时更迭，美好永不间断"。朱漆大门内，两进四合院古色古香，青砖灰瓦的中式建筑由回廊相连，雕梁画栋京味儿十足。这里地上一层、地下三层，面积达5400平方米，每天早

9点至晚9点开放，无特殊情况365天不打烊。随处转一转，美剧场、美作馆、美食馆、美阅馆、美影馆、美衣馆、美体馆、美好交流中心等21个活动空间井然有序。

　　每周日上午10点，家住东四六条、65岁的杨光毅老人雷打不动来到这儿。在美影馆，他喜爱的导演李欣从幕后走到台前，开设关于老北京影像的讲座，这让杨老和不少胡同爱好者着了迷。"李欣老师从前门大街、正阳门讲到地安门大街、钟鼓楼，再到我们东四，有老照片、老影像、史料，对我来说简直就是'文化大餐'啊！"杨光毅欣喜地说，手里的小本上密密麻麻都是听课笔记。

　　像杨光毅一样，热爱传统文化的长者们都能在此找到"心头好"：国学、琴茶、非遗、插花、歌舞……任意选择、精彩无限。

　　传统文化让美后肆时收获了年长者的拥趸，脱口秀、文创、现代戏剧、服饰美学、普拉提等潮流玩法，又让这里迸发出新的活力。

美后肆时景山市民文化中心

131

周三下班后吃过晚饭，家住东直门的90后曾俊一家来到美后肆时。在美体馆，曾俊换好装备，出拳、踢腿、挥拳，眼神坚定、动作果断，在激烈动感的音乐中，释放力量、放松身心。在隔壁的美好演播厅，爱人则带着五岁的孩子迪迪一起参加斑马戏剧开放日。"小伙伴们，我会严守森林之王的秘密，而此刻，我不得不先告辞了。哎呀呀呀……"装扮成狐狸模样的迪迪，边语气诡谲地说着台词，边夹着尾巴逃之夭夭，惹得全场捧腹。在这个每周一期的戏剧舞台，老师设立情境，孩子、家长们自编台词和肢体语言，推动情节，时而荒诞不经，时而动人心怀。"感觉把我内向的性格一下子变得活泼了，我做梦都能梦到来上戏剧课。"迪迪脱口而出，道出了这里的魅力。

不用特意抽出整块时间，也不必开车大老远奔商圈，美后肆时的开放，让像曾俊这样的上班族家庭，在下班后的碎片化时间里也能拥有不错的文化体验。"以前街道的公共文化空间一到下午五六点就关门了，我们上班族家庭基本没法参与。现在美后肆时晚上、周末都开放，一家人抬脚就到，各有所学、各有所乐。"曾俊赞道。

从垂髫小儿到花甲老人，从老城区住户到城市白领，美后肆时用高质量、多样化的文化服务供给，链接起了最广泛的全年龄段、多类型受众。

（二）社会力量运营提高效能

美后肆时充裕又精致的文化供给背后，是东城区在公共文化服务体制机制上的全面创新。

美后肆时位于东城区景山街道，原是地铁8号线盾构工程用地，2019年工程腾退后，如何使用这块上下共四层、5400多平方米的宝贵面积，成为景山街道的重要研究课题。

"景山街道挨着故宫、景山，寸土寸金，能有这样一块地，简直是宝藏，我们必须把好钢用在刀刃上。"景山街道社区服务中心副主任沈楠说，前期通过市民调查，织补老城的公共文化功能成为绝大多数居民的共同需求。于是，景山街道将其改造为街道级的大型公共文化服务中心，立足景山、服务全市，但在运营方面，探索机制创新，走高质量发展之路。

2020年5月，《东城区公共服务设施社会化运营指导意见》发布，意见详细明确了公共文化服务社会化的服务标准、第三方主体确定程序、资金保障、绩效管理等各个方面，为美后肆时的运行提供了规范和标准。

按照这个指导意见，东城区以政府购买服务的方式，由区财政资金拨款，公开招标遴选优质的第三方公司运行。通过层层遴选，他们将目光投向了深耕核心城区文化服务多年的优和时光团队。优和时光以"重新定义城市文化生活"为宗旨，已运营东城区角楼图书馆多年，并创造出了"非遗52日""角图夜读"等一批文化IP，形成了一套完善的专业化运营服务体系，备受老城居民欢迎。

美后肆时景山市民文化中心

"按照'把美后肆时打造为兼具多元化、场景化和文化内涵的全民美育平台'的目标，我们建立了从空间设计、空间运营到品牌建设的全生命周期运营服务。"优和时光团队负责人说。

他口中的全生命周期运营服务，是指若市民来此体验，便能领略由这种服务带来的美好感受。京韵京味的四合院里，藏着的是一个个现代时尚的活动空间：落地玻璃、莫兰迪色系、雕塑摆件、高脚座椅……不论是看书、听课、练瑜伽，都轻松自在、舒适宜人。

只要走进去参与，获得感便由身入心。21个活动空间，细分为21项服务功能，并有100多家文化机构、200多位文化讲师签约入驻。既有"绒鸟张"再传弟子蔡志伟、荣宝斋掐丝珐琅特聘讲师孙颖、蒙古舞资深教师马李敖楠等传统文化代表，也有来鹿不鸣轻音乐团、单立人脱口秀、"百分之十"咖啡创始人袁丁、珠宝设计师悉地等新兴文化团体、讲师。

讲师的高质量、多样化，提供了精准化、多元化的文化服务。"与普通的基层文化中心只以满足基本公共文化服务为主不同，自2020年9月开放以来，美后肆时在提供展览、讲座、文艺演出、数字电影放映等免费的基本文化服务外，还提供瑜伽、自由搏击、玩手碟、戏剧演出等延伸类文化服务，后者占到全年总活动场次的33%。"相关负责人说，这些延伸类服务价格普遍在15元至35元，一杯咖啡的价格，就能购买一两个小时的高品质文化生活，不失为优质的选择。

服务效能如何，受众已用脚投出了票。根据大数据统计，去年美后肆时开展的1098场活动，95%以上场次均能名额爆满，受众反馈留言1300余条，满意率达98.3%。

（三）内容共同体反哺社区

琳琅满目的文化活动让美后肆时吸粉无数，但它的魅力远不止于此。"这里的文化服务并不是流水线、快消品，像喝杯咖啡一样喝完就走，而是以活动为媒介，引导人们深入链接彼此，形成一个个强黏性的内容共同体。"优和时光负责人说。

在斑马戏剧连续上课三周，白领安宁明显感受到了亲子关系的变化。"平时上班忙，没时间陪儿子力力，戏剧课让我和他有了难得的亲子时光。"安宁说，力力第一次来时话都不敢讲，但现在，能敞开心扉表演，还能和自己"飙戏"，让她又意外又欣慰。得益于这样的文化体验，安宁和几位家长共同成立了"亲子关系互助群"，与更多家庭分享互助。

以文化人，反哺个人成长、家庭关系，这样的故事不止发生在安宁身上。通过四合院单身青年节，本是陌生人的95后黄超和欣欣成为情侣；通过参与琴茶等古风活动，家住育群胡同的张大姐深深喜欢上了美后肆时，报名成为一名志愿工作者，并带动邻里、朋友参加，不断扩大自己的"古风圈"。

以美后肆时为中心，文化资源还在以润物无声的方式，不断向外辐射，延伸到周边的胡同、街巷、社区，促进形成和谐的社区生态。

在去年10月17日举办的"社区邻里节"上，一系列别开生面的邻里节

美后肆时景山市民文化中心举办的活动宣传页

主题活动，让数十个来自景山街道的家庭建立了友好的"朋友圈"。在"小鬼当家·带着孩子来摆摊"活动中，小朋友们摆出自己闲置的玩具、书刊、衣服等物品，以物易物，在你来我往中，寻找到趣味相投的小伙伴；在"景山生活家·街坊四邻敬杯茶"活动中，平时脸熟的街坊们围坐一圈，互敬一杯茶、互道一声好；在"邻里旧时光·藏在老物件里的老北京"活动中，看着一个古旧的青瓷碗，想起年少时端给邻居的一碗热腾腾的饺子，记忆中温暖绵长的邻里情涌上心头……"我惊喜地发现，原来最有趣的小伙伴就住在对面，最能聊得来的朋友就在身边。"参加邻里节的一位居民说道。

更让我们欣喜的是，受众们走出活动空间，走进胡同、老城，为社区共建共治共享献计献策。在听完三期由东城区文联主席张志勇带来的"老北京胡同的那些事儿"专题讲座后，资深胡同迷、白领小晴和观众们相识相知，一起相约走进附近的东四历史文物保护精华区，学习老城保护和胡同文化。在那里，她还结识了东四居民自发组织的文物保护志愿队，并自愿报名加入，一起为文物保护贡献力量。

"开放、共建、共创"，这是美后肆时的理念和宗旨。本为文化空间，又不止于文化空间，美后肆时，还在不断探索新的未来。

（四）文化空间迸发新活力

作为核心区，东城区历史底蕴深厚、文化资源丰富，是全国文化中心功能的主要承载区。

在41.84平方公里的土地上，遍布故宫、天坛、地坛、孔庙、国子监等历史文化遗存，中国国家博物馆、中国儿童艺术剧院、三联书店、北京人民艺术剧院等博物馆、剧院达64家。可以说，文化，是东城最大的特色，也是最宝贵的财富。

如何利用如此充裕的文化资源为市民服务，是东城区多年来深耕的课题。2014年以来，东城从文化领域供给侧改革着手探索，围绕"有没有、够不够、好不好"三个步骤，推动公共文化服务社会化跨过了

1.0、2.0阶段，迈到了如今的3.0阶段。

在遍布东城全区的17个街道中，每个街道都有一个社区服务中心，排练厅、会议室、阅览室、电子阅览空间等不一而足，是社区居民唱歌练舞、读书看报常去的地儿。2014年，东城区通过岗位购买，配齐了社区文化组织员，专职为居民们服务。

然而，伴随着人们对精神文化需求的个性化、多样化发展，政府提供的规范化、制式化的文化服务已难以满足公众需求。这就要求在根本上从"政府办"向"政府管"的模式转变，进一步推动公共文化服务的社会化。

"所谓公共文化服务社会化，就是吸引社会各方力量参与，形成政府、市场和社会共同参与的格局。本质是强内容、提质量，最终提升百姓的文化获得感。"东城区文旅局相关负责人如是说。于是，自2016年起，东城尝试引入社会力量，让专业的人做专业的事儿，从根本上解决人员专业性不强、服务形式不多、品级层级不高的瓶颈，2.0时代就此开启。

两三年间，一批优质的基层公共文化空间便迸发出活力：在"最北京"特色的角楼图书馆，国家级非遗传承人和90后主播一起谈匠心、聊艺术，"非遗52日"成为非遗圈的知名文化产品；在内务府街二十七号院，胡同大妈和外国小伙互换身份，进行角色扮演，新老文化在此共生。

先期试水取得成效，配套政策相应跟上。自2018年起，东城区继续将目光投向了公共文化服务的体制机制建设，逐步迈向3.0版，并于2020年5月发布了《东城区公共服务设施社会化运营指导意见》。

美后肆时因此应运而生。突破原来财政采购"一年一申报、一年一招标"的政策，景山街道与优和时光团队签订三年期限合同，并分别对活动总量、受众满意率、参与人次等设立标准，每年一考核，让市民切实收获文化获得感。

非遗传承人开展传承体验活动

东城的探索并未止步于此，接下来，东城区将推广美后肆时经验，全区17个街道将分阶段实现公共文化空间社会化运营，让市民在家门口感受文化浸润之美，让"文化东城"为首都文化生活赋彩。

二、专家眼中的美后肆时

中共中央党校（国家行政学院）文史部教授祁述裕答记者问：

问：与传统的公共文化服务运营模式相比，美后肆时这种政府购买服务、社会力量运营的公共文化服务模式有哪些优势？

答：优势主要体现在三个方面。首先，提高了财政资金的使用效率。传统的公共文化设施通常由政府直属机构运营。财政资金既要支持项目运营，又要养人，使用效率不高。采取政府购买服务、由社会机构运营的方式，则节省了养人的成本，有限的财政资金全用于购买服务上。

其次，提高了公众满意度。基层群众文化需求既有常态化需求，又有动态化需求。与传统的公共文化服务运营机构相比，社会力量运营机制更加灵活，回应公众动态化需求更加及时、迅捷，这有助于提高公共文化服务效能，增加公众文化获得感。

最后，形成了公共文化服务社会化的竞争机制。公共文化服务社会化重视引入竞争机制，哪家机构有实力和经验，更能满足公众文化需求，就由哪家机构来负责运营。通过公开招标，具有丰富经验的优和时光运营团队，担任美后肆时的运营方，政府通过对其进行定期考核，加强监督。这样的机制，增强了运营团队的内生动力，也激发了其他社会机构参与公共文化服务的积极性。

问：这种模式怎样可持续发展？

答：党的十八届三中全会《中共中央关于全面深化改革若干重大问题的决定》明确提出，要推动公共文化服务社会化发展。北京、上海、深圳等一些城市在这方面都有不少成功做法。美后肆时的实践，有探索、有创新，为北京公共文化服务社会化树立了标杆，难能可贵。

要实现可持续发展，一是重视培育、鼓励更多的社会力量参与公共文化服务社会化。当下，地方政府普遍认识到公共文化服务社会化的优势，都希望引入社会机构参与，但合格的社会机构并不多。

二是增强社会化运营机构的自我造血能力。政府购买服务不能大包大揽，要鼓励社会机构"自我造血"，美后肆时就是如此。政府购买优和时光运营服务，但留有一块资金缺口，让运营方通过提供多样化的优惠服务、拓展服务渠道、打造品牌文化产品等方式，满足受众的新期待新要求，并增加自身的"造血"功能。最终达到政府、运营主体、受众三方共赢。

问：目前，公共文化服务社会化还有哪些不足，未来如何继续创新？

答：一个行业的成熟取决于标准化程度，标准化程度越高，行业越有活力。2020年5月，东城区发布了《公共服务设施社会化运营指导意见》《基本公共文化服务内容标准》以及社会化运营绩效评价模式建议。东城区的率先探索，为北京市公共文化服务社会化设立标准提供了参照，值得点赞。

北京是一个超大型城市，公共文化服务体量庞大，各个区情况不同，标准也不同。这就需要进一步深化对其运营标准的研究，吸引更多的社会机构参与，从而最终让市民受益。

三、团队对美后肆时的运营思考

近几年，东城区注重探索公共文化服务社会化运营模式，利用腾退空间、古建修复空间，引入第三方运营团队，为百姓提供公共文化服务，提升政府公共服务的效能和效益。其中，优和时光团队也有幸在这方面发挥了一定的助推作用。

说到基层文化活动中心，很多人会把它和"老年活动中心"画上等号，并且贴上"开放时间短""内容乏味""使用率低""缺乏品牌认知"等标签。优和时光团队在进入公共文化运营领域的初期，就给自己定下一个目标——"我们要重新定义城市文化生活的公共空间"！

优和时光始终秉持"用文化点亮生活"的宗旨与理念，致力于城市公共文化领域的创新运营服务，不断向用户提供优质文化内容与生活方式体验。三年多来，优和时光深耕公共文化运营领域，围绕阅读、互动、社交、品质生活等主题，为市民提供优质的文化体验和服务。

由北京外城东南角楼复建而成的角楼图书馆是优和时光承接的第一个运营项目，经过优和时光品牌化、专业化的运营，实现了"小空间，大能量"，仅一处活动区域，第一年便实现进馆10万人次、开展477场群众文化活动的成绩，成为百姓口口相传的网红级文化打卡地。

2020年9月，优和时光团队又将美后肆时景山市民文化中心呈现在市民面前。这里是地铁工程腾退空间，经过一年多的调研论证、模式对比、制订方案等工作，2019年底确定由优和时光团队运营，随后我们深度参与了美后肆时的空间规划、设计、设备设施采购、装修工程等工作，经过半年多的运营筹备，美后肆时于8月中旬启动试运营，9月22日全面开馆，为市民创建了一处兼具多元化、场景化和文化内涵的全民美育平台。美后肆时全年365天、每天早9点至晚9点开放，每周开放时长超84小时。

美后肆时开馆以来，得到了各级媒体的广泛关注，被报道100余次，特别是获得BTV《北京新闻》栏目深度报道，被封为"网红打卡地"称号，看到报道后，有更多的市民来美后肆时"打卡"参观。

我们所运营的场馆还得到了中宣部、北京市委市政府、东城区委区政府等各级领导的关注。2020年1月，市委书记蔡奇一行视察角楼图书馆，对优和时光的运营工作表示肯定。11月1日，市委书记蔡奇以"四不两直"方式调研美后肆时，对优和时光团队的运营模式、运营效果给予了认可。

在首都北京"四个中心"城市战略定位和构建"高精尖"经济结构的大背景下，"文化软实力"正成为城市更新的发展范式和价值理念，"文化+"共生融合、平台化、专业化、生态化已成为特色文化空间的共同基因。在这样的趋势下，优和时光团队在运营公共文化空间的过程中，也注重实践新理念、探索新方法、发展新路径。

如果说传统公共文化场馆运营是1.0模式，委托社会化运营看管场地、开展基础公共文化服务是2.0模式，那么，优和时光所做的就是"保基本、促提升"的3.0模式。具体运营方法可以总结为以下几点：

（一）建立模块化、标准化、流程化的方法体系，实现高效率全价值链运营服务

优和时光已构建起集场地运营、活动运营、用户运营、内容运营、

品牌运营于一体的运营体系，建立标准化、流程化和规范化的工作方法，可提供包括空间设计、空间运营和空间品牌建设的全生命周期的运营服务，实现一个活力文化空间"从无到有，从有到优"。

（二）建立多渠道、标签化、品牌化的传播体系，实现广泛化全矩阵品牌辐射

优和时光运营公共文化空间，打通线下和线上的交互，利用多种渠道、多种媒介，进行立体化的品牌推广，强化大众对场馆特色、活动品牌、内容IP的认知，利用微博、微信公众号、头条号、直播等多种新媒体手段和渠道，生产、组织、包装、传播与运营项目相关的内容，将内容特色化、主题化、标签化，形成一定的品牌识别度，即利用社会性网络进行深度的品牌推广。

（三）建立集成式、高层次、品牌化的内容体系，建立共创共建的文化生态社区

优和时光已与100余家文化机构、200余位文化讲师建立了合作关系，形成了一定规模的文化资源储备，以开放、共建、共创的理念，形成内容共创、共建的生态共同体，有效调动各方文化界力量，为公共文化事业持续发展提供内生动力，同时，也利用各合作方的内容资源和社群基础，共建一个有内容、有温度、可持续裂变发展的文化社区。

（四）建立IP化、板块化、主题化的活动体系，提供场景式特色化文化体验服务

对于角图和美后肆时，优和时光在策划设计活动内容体系时，都力求做到板块化、主题化，角图活动分"阅读北京""聆听北京""品味北京""艺术北京"四大板块，并推出北京会客厅、非遗52日、角图夜读、星空电影院等八大特色品牌活动，美后肆时活动分"肆时韵味""肆时风味""肆时趣味""肆时美味"四大板块，并策划推出四合院单身青年节、四合院斜杠青年节、四合院乐活节、四合院萌娃节、四合院火锅节、景山生活家、景山影像馆、景山绣坊、景山会客厅、景山

秀场、景山家宴、四合院故事会、景山全家福、这里是东城、景山养生堂、景山美少年、景山银龄书院、四合院里玩园艺、四合院音乐会等近20项特色品牌活动。这些活动板块和品牌活动，给市民群众带来优质文化享受的同时，也能快速建立他们对于公共文化空间的品牌认知，让场馆具有更高的识别度。同时，运营团队迎合当代人的审美需求，从细节布置入手，营造沉浸式的文化场景，开展兼具多元化和文化内涵的特色服务，为公众提供立体化、高品位的文化体验。

（五）建立互联网、智慧化、智能化的工具体系，及时进行数据反馈保障运营效率

为支持高效率运营及大数据管理，优和时光从筹备运营美后肆时开始，特别定制研发了微信小程序，可实现活动发布、在线报名、内容管理、志愿者管理、讲师展示、活动评价、数据统计等功能，大大提升运营效率和效能，也为用户享受公共文化服务提供便利。目前小程序已投入使用，部分功能正在优化升级。运营团队基于互联网工具和平台，可获取每一场文化活动的多维度基础数据，通过数据分析，可以及时对活动效果、内容运营、参与者偏好、用户体验等进行全面评估，形成科学、高效的结果反馈机制，有助于运营团队在工作过程中进行及时调整，不断优化服务质量。

（六）建立精准化、分时段、全覆盖的服务体系，提高公共文化服务供给质量

优和时光团队在运营过程中，充分考虑各年龄、各职业群体的文化需求，以及辖区企事业单位、流动人口等情况，合理安排文化活动，例如：角图连续两年多，将大部分活动安排在周末，并坚持每周五晚上开展"角图夜读"活动，使其成为年轻人心灵休憩的聚集地；美后肆时的服务时长为365天开放，每天早9点至晚9点，因此，晚上和周末也都会针对上班族、亲子家庭等群体安排丰富的文化活动，针对不同人群特征，提供分时段、精准化的文化体验内容，全方位覆盖市民群体，让公

共文化惠及更多市民。

2021年是建党一百周年，是"十四五"开局之年，优和时光将在美后肆时已形成的良好社会口碑和品牌特色的基础上，继续稳扎稳打，拓展和整合各方资源，深化建设科学的运营体系，优化运营流程和标准，通过活动、新媒体传播、社群建设等方式，进一步强化美后肆时作为东城文化新地标的品牌形象，进一步提升公共文化服务示范项目在群众心目中的地位。

同时，在满足基本公共文化服务的基础上，美后肆时将继续提高空间利用率、品牌吸引力、内容生产力和文化消费力，进一步探索社会化运营的路径和模式，为东城"十四五"时期的促进消费、改善民生、优化城市功能等举措发挥更多助力作用。

2021年，运营团队还将继续努力拓展合作资源，联合更多有品牌影响力的内容IP，开展深度合作，进一步丰富群众文化活动，扩大美后肆时的品牌效应，在完成年度活动任务的基础上，今年继续集中打造"四合院"文化节系列品牌，融合多种现代生活方式，打造多样的体验场景，给市民带来更多耳目一新的文化享受。

总之，优和时光在公共文化运营领域的实践，一是探索出了腾退空间和古建的升级更新与高效利用的新模式；二是探索出低投入、大效益的政府购买社会化运营服务的新模式；三是探索出公共文化空间专业、规范、高效的品牌化运营的新模式。

城市更新的价值运营，就是创造和维护让每个人都能更美好、更有创造力且不断演进的价值场域。公共文化空间连通着一个城市的文化和生活，文化运营让文化服务成为人与人、人与城市相连接的黏合剂，由此构建城市丰富而有意义的公共生活，为城市持续提供生机与活力。

公共文化服务社会化、市场化运营，目前还处于突破、尝试、探索阶段，需各方助力、协调与支持。优和时光团队也会继续深耕公共文化事业这一领域，力求发展成为专业的探路者与实践者，为一方百姓造福，助推北京公共文化服务不断升级与发展。

（作者李瑶为北京日报社记者、李明为美后肆时管理者）

第三辑
励志拼搏篇

铁肩担道义

—— 记北京东城区"南水北调"对口协作单位湖北郧阳区各级党组织和共产党员们

韩小蕙

题 记

在中国共产党建党百年之际，回溯百年路程，遥望历史烽烟，有太多可歌可泣的事迹！其中，"南水北调"可算是一项伟业，为了京津冀等北方人民喝上一碗干净水，在南方广大的地域上，有多少库区人民作出了感天动地的牺牲，又有多少共产党员在起着中流砥柱的作用！

我此生永远也忘不了年前到湖北省十堰市郧阳区，采访为送汉江水北上而奉献出故土、村庄、家宅、亲人（包括如家人一样的马、牛、羊、狗、猫、鸡、鸭、鹅等一切生灵）的郧阳人民。我亲眼看到的情景，一句话说不完，十篇文章写不完，一百首诗歌也颂不完！

自从2014年东城区与郧阳区开展对口协作以来，七年来，两区已在党建、人才、医疗、市场、商务、旅游等方面进行了深度合作。东城区援助郧阳区实施了对口协作扶贫产业园、环库生态隔离带等15个项目，呈现了良好的经济、社会、生态效益；协助引进了北京嘉博文、中广核等知名企业八家，连续两年举办了"湖北十堰郧阳特色产品北京展销会"，吸引广大客商、社会团体、民间组织纷纷去郧阳投资兴业。两区还互派20余名挂职干部。郧阳陆续选派180余名教师、150余名医疗人员到东城区跟岗学习，促进了人才的合作……

这使我对郧阳的亲切感又增添了十万八千丈；对郧阳人民的感激又增添了十万八千丈；对郧阳各级党组织和共产党员们的爱戴，又增添了十万八千丈。

铁肩担道义，没有他们的一片赤诚，没有他们的筚路蓝缕，没有他们牺牲自我和家庭亲人们的艰苦付出，哪里有我们今天的碧水蓝天！

衷心感谢汉水郧阳人民为我们奉献的碧水清泉，滴水之恩，没齿难忘！

一

到了郧阳，我老是摆脱不了一种内疚的情绪。为什么呢？

欠着郧阳人民的恩情呀——现在我们每天喝的用的水，主要是来自汉江。汉江又称汉水，全长1532公里，是长江第一大支流，与长江、黄河、淮河一道并称"江河淮汉"。汉江发源于陕西，进入鄂西北后过十堰流入丹江口水库，出水库后继续向东南流，过襄阳、荆门等市，在武汉市汇入长江，其流域是湖北省资源要素最为密集的地区之一。交通运输作为经济社会发展的基础和先导，是不同地区之间资源要素整合流通和产业集群高效发展的重要支撑。"南水北调"中线调的就是汉江水，为此，郧阳人民几度迁移，别家离舍，良田被淹，关厂并村，坚守绿色，重建家园，一路筚路蓝缕……

郧阳区位于湖北省西北部，是十堰市下辖的一个县级区，为"南水北调"中线工程核心水源区。它原本就是秦巴山脉集中连片的特困地区，集老区、山区、边区、贫区、库区于一体，1949年以前为建立新中国作出了属于自己的光荣贡献；从20世纪60年代的丹江口水库工程，到2003年启动的"南水北调"中线工程，又两度移民大动迁，大量良田耕地、厂房、企业被淹，为汉江水的顺利北上作出了巨大牺牲——牺牲大到什么地步？连工业化的养鸡场都关了。移民们搬离旧宅时，连自家的猫、狗、鸡、鸭、鹅……都一律留在了原地。虽然说政府已为他们选择了新址，盖好了新房，分配了新的土地，发给了相当数量的安家费，但新到一地，人生地不熟，重新扬起生活的风帆，可想而知会遇到多少艰难！

加上郧阳本就是多山之地，交通不便，人口众多，良田越来越少，最后几乎连建房子的居住地也难找寻了……就业问题怎么解决，教育问题怎么解决，移民连同本地居民的生存问题怎么解决？……一座又一座大山，压在郧阳人民的头顶上。

沉重的大山啊，压得人喘不上气来！至2018年，在全区63万总人口中，还有建档立卡贫困人口48864户162979人，贫困人口在十堰全

南水北调中线渠首　王彦高／摄

市是最多的区县，异地搬迁规模在全湖北省排名第三，贫困发生率达35.52%，其中包括省级重点贫困村85个、深度贫困村11个……脱贫的任务堪比登天啊！

好消息是，在中共十堰市郧阳区委带领下，通过近年来坚持不懈的埋头苦干，到2020年4月，全区已摘掉"贫困县（区）"帽子，与湖北全省、与全国人民一起，同步全面进入了小康社会！

这是怎么实现的？在泪泪流淌的汉水江边，在郧阳的田间、地头、小企业加工厂、香菇和药材种植基地，在移民新村、医院、学校、养老院……我亲眼看见，郧阳区的党员干部们，与一家家、一户户，与贫困群众手挽手、肩并肩，把艰难困苦一起扛了起来！

二

什么叫"不忘初心"，什么又是"初心"呢？我个人的理解，共产党人的初心就是全心全意为人民谋幸福。具体到郧阳区，最大的政治任务就是安置好6万多易地扶贫搬迁的贫困群众，最本真的初心就是助贫、扶贫、脱贫。

那还是2017年春，杨溪铺镇党委书记雷涛突然接到区委领导的电话，内容是要求该镇接收从大山里搬出来的移民，一共有4251户15000人。雷涛怔住了，面对这么巨大的数字，半晌才说："我半小时后给您回话！"撂下电话，他就马上召集各村党支部书记开会，说实在的，自己家的地也不多呀，原住居民会不会腾出来让给移民住，他心里还是有些打鼓的。结果在会上一宣布，刘湾村书记刘传奇带头表态："我们接收，人多力量大，人气旺，还能帮助那么多乡亲脱贫，好事呀！"

接下来，在党员干部的带领下，仅用20多天时间，拆迁完成。2017年11月1日破土动工，正式建起一栋栋移民新楼，25、50、70、100、125平方米五种格局，4000多套楼房，仅用两天时间就分配完毕。移民们打破腊月不搬家的旧习俗，欢天喜地从大山深处搬出来，并且"一步跨百年"，不仅完成了从柴火灶到天然气的转变，也完成了从农民向市民的身份转换……这一片移民新村被命名为青龙泉社区，人们习惯叫它香菇小镇，因为区政府不仅把易地搬迁的贫困户搬来了，还帮助他们发展香菇、袜子等产业，户户都有了万元至数万元以上的收入，生计问题也解决了……

坚持抓党建促脱贫，实施"红色头雁"培育工程，是郧阳区的一大亮点，它营造了风清气正的政治生态和奋发向上的干事氛围，使"强基固本"成为打赢脱贫攻坚战的根本保障。在郧阳区委领导下，全区开展"双联、双建、双培、双带"活动，即部门联村，干部联户；建强农村基层党组织，建好农村新型经济合作组织；把农村实用人才培养成共产党员，把能人共产党员培养成农村基层党组织书记；以市场主体带动扶贫产业发展，以能人大户带动贫困户脱贫致富。

目前，全区已陆续完成村和社区的换届选举工作，新调整党支部书记185人，选派村党组织书记68人，培养村级后备干部891人；整合资金6200余万元，新建、改扩建党员群众服务中心164个、卫生室197个，所有贫困村的党员群众服务中心全部达到"多务合一"标准，实现群众活动有场所，办事就近很方便。"给钱给物，不如建个好支部"，党员干部带头，引领助推"文明乡风、良好家风、淳朴民风"的形成，又使基层党组织的政治力、引领力、组织力、创新力得到大幅提升。

贫困户陈琴搬到香菇小镇后，不再四处漂泊，响应区政府号召种香菇致富，在村里党员干部们的帮助下，安下心来苦干，从2018年11月到2019年4月，一个冬天加上半个春天，纯收入过了万元，喜得她见人就夸书记好。贫困易迁户明刚是残疾人，不能种香菇和侍弄土地，村里将他安排在袜业家庭小作坊，使他摇身一变成为产业工人，月收入4000元以上。另一位女性残疾人柏化凤，是大柳乡黄龙庙村贫困户，因眼疾欠了巨额医疗债致贫，一度丧失了对生活的信心，在村党支部的帮助下，她与药材公司签订合同，种植郧阳特产药材白及、苍术等，年收入数万元，不但脱了贫，还被评为"郧阳区十大脱贫明星"，上了《新闻联播》。

三

郧阳区委书记孙道军是70后，1996年大学毕业，从基层干起，一路走到今天。他虽不是郧阳人，但已在郧阳工作了13年，是"南水北调"这项"世纪工程"的建设者、亲历者，现在是郧阳实现脱贫"百年梦想"的带头人。

20多年的基层工作，已经把当年的白面书生，打造成鬓角斑白的中年人，沧桑的脸上显示出明显的过劳神色。我说："13年奔走在郧阳区的山道上，连路上的石头都认识你了吧？"他笑笑，回答说："它们认不认识我不敢说，但我敢说我都认识它们了……"

这位区委书记为人低调，听说从不接受记者采访，这次我是托了著名女作家梅洁帮忙。梅洁现在已经是北京人了，还是我们北京东城作协顾问，不过她的家乡就在这里。很多年来，她一直在为"南水北调"及汉水大移民奔走和讴歌。

孙道军书记侃侃而谈两个多小时，没讲自己一个字，说的全是郧阳的工作：一个中心，是两个字——"扶贫"；一个方法，是四个字——"抓好党建"。

区委成立了精准扶贫工作指挥部，按区域分成四大片区，由区委主要领导牵头挂帅，组建了20个乡镇战区党委、340个村级指战所，层层压实各级党组织脱贫攻坚主体责任，构建起三级书记抓扶贫、党政主要领导负主责的工作机制；以区扶贫办、发改委、教育局等职能部门为主，成立了21个工作推进专班，将行业部门扶贫责任落实到点到人；实行精准扶贫实绩考核办法，每年约谈考核排名最后两位的乡镇党政一把手、最后五位的区直单位主要负责人，倒逼责任上肩，任务落地。区纪委监委、区委组织部对驻村工作开展专项巡察，每月通报一次情况，连续三次被通报表扬的优先提拔重用，连续三次受批评的就地免职。

在三级党组织的带领下，全区党员干部全部加入扶贫队伍中。最后，连机关、学校的职工和医院的医生、护士都参加进来，形成了一支15000人的强壮生力军。他们与340个贫困村的所有贫困户都结了对子，帮助规划脱贫的路子，寻找致富的法子；帮助联系贷款，推销农副产品；帮助找工作，教育留守儿童；帮助建立和谐家风和美丽乡村环境；帮助传达党的各项政策，化解各种问题和矛盾；甚至手把手地教那些从大山中易地扶贫搬迁出来的移民大叔、大婶们，怎样使用燃气灶、热水器、空调……

青山镇驻村工作队队长、共产党员王燕在走访时了解到，68岁的村民张正华老人吃穿不愁，唯一的诉求是感到出行不便，希望政府能修一条水泥路。王燕马上去打听，回来喜滋滋地向老人报告好消息，户通公路的项目正在实施，到2021年底就能铺到家门口了。城关镇贫困户王正义夫妇俩想叫在武汉打工的儿子回乡发展，又怕回来没出路，党员代表张永红随即上门去宣讲政策，告诉他们回乡发展香菇产业有前途，还可以申请小额贷款……

在郧阳区做共产党员，没有只享受党员的光环而不奉献、不付出的；在郧阳区做干部，没有舒舒服服待在家里不下乡出力、不流大汗的。为此，郧阳区委创新出台了"369工作法"，区乡村三级党员干部带头，利用晚上6点至9点群众在家的黄金时间，户户走到，一看二查三访四解决，实地为群众解需、解难、解怨。

五峰乡乡长叶宝负责联系五户贫困户。其中一户男主人遭遇车祸，身体残疾干不了活儿，女主人和儿子打短工，没有固定收入，还有一个女儿正上高中。起初对于他的来访，女主人很排斥，说："我家什么都没有，怎么脱贫？"叶宝拿来了自己的衣服给男主人穿，帮助安排母子俩到一家化工民企上班，每月能有4000多元收入，帮助联系其女儿在学校免费就读，还帮助他家把土地流转了……如此，这个贫困家庭的冰箱里有肉了，饭桌上有饺子吃了，一家人脸上有了笑容。

另一家深度贫困户的女主人曹小娥，嫁到外村，有了两个孩子，丈夫去世后回到娘家，老父亲70多岁，老母亲智障，家里住的土房一面墙都倒了，但因为是外嫁女，未被村里纳入贫困补助对象……曹小娥实在无路可走，只能奔走在上访的路上。叶宝深入了解情况后，从虽不合规但合情的角度去做村里的工作，不仅化解了矛盾，而且挽救了一个家庭。而叶宝自己，有一天也遭遇了车祸，被送进医院做了大手术，肩膀上钉上了钢板，但他第八天又出现在扶贫现场……

在郧阳区的党员干部扶贫队伍中，流行着这么一句话："贫困户的岁月静好，来自帮扶干部的负重前行。"谭家湾党委书记柯相国的妻子和孩子同时生病住院，他恰好在扶贫现场，没能及时回去看一看。移动公司扶贫干部谭化亮，39岁，肝癌晚期而不自知，肝区疼得一边掉眼泪一边加班，最后牺牲在岗位上。郧阳区前后有三位扶贫工作队长献出了自己的生命，他们的滴滴热血洒在条条崎岖不平的山道上，化作一朵朵鲜艳的木槿花，日日夜夜开放在一座座青山上！

四

340个贫困村，我们驱车跑了三天，也只到访了10来个。随着汉江的漫流，平坦的土地越来越少，越是新修建的移民新村，越是形成了上上下下的新格局。远看，像一幅幅辉煌的大壁画一样挂在大山上；近看，一栋栋房屋依地形搭建，多是鄂式二层民居小楼，粉白的墙，斜坡屋顶是灰色的细瓦，像鸟羽一样整齐地排列下垂，覆盖着下面一个个温暖的家。屋前屋后，有红艳艳的木槿花热烈地开放着，一看到它们，我就想起了那三位走进白云深处的扶贫队长……

他们的热血没有白流，全区所有党员干部们的努力也没有白费，今天的郧阳，已经形成了村村有产业、家家有项目、人人有事做、户户能脱贫的崭新局面——你看，连滔滔汉江水都在鼓掌！

香菇和袜业，作为全区脱贫的主导产业和兜底产业，已经在全区全面铺开。小小香菇作为人类的健康食品，堪称真正的朝阳产业，有无限上升的空间，孙道军说"能做上一百年"。

一双双小袜子虽不起眼，然而已远销美、欧、亚、非，各档次、各颜色、各年龄段、各新老样式，有数百种，像是全世界的花儿都开放在这里，例如：销往非洲的都"长"着长长的袜筒，那是出于防蚊虫的需要；给小婴儿的一般都"睁"着大大的眼睛，给大儿童的则竖着大大的耳朵，其设计之精巧，真的能把人心都萌化了，拿起来就爱不释手，即使家里没有孩子也想买几双送人。不过人家袜业一双也不卖，因为他们签订了知识产权保护合同，昔日大山里的农民，今天也

移民新村邹庄　王彦高／摄

已成为契约精神的自觉执行者。这袜业的年产值高，而且在自家门口就能做，老人、妇女和残疾人都能做，郧阳人再不用抛家舍业地跑到外地去打工了。

为了一江清水的绿色环保，当然绝对不能上马大工业，于是"四小产业"就遍地绚烂了。汽车坐垫村、服装玩具村、黄酒酿造村、粉条加工村、蔬菜种植村、黑猪养殖村、旅游养生村……绿水青山即是郧阳之本，"好山好水好环境，好土好人好产品"日益成为郧阳区脱贫致富的名片，全区举办了龙舟节、乡村文化旅游节、全民健身运动会，形成了"樱桃沟樱花节""五峰乡油菜花节""鲍峡芍药花节""安阳菊花节""红岩背腊梅花节"等五大品牌，2018年全年接待国内外游客800万人次，文化旅游综合收入超过60亿元，还荣获了"全国乡村旅游示范区"和"中国最佳健康养生休闲旅游胜地"称号，并荣获"省级农产品质量安全县"的金字招牌……

我到郧阳时值6月初，据说正是汉江枯水期。然而对于来自干涸北方的我来说，汉江的宽阔、浩大，以及一眼望不到末端的汤汤水流，还是给我的心灵以深深震撼！过去，中国人动不动就说"长江""黄河"，当然有时也说"江、河、淮、汉"，但汉水是最少被提到的。

要知道，北京是极度缺水城市，在全国排名第四，与联合国统计的数据相对比，北京与中东的约旦、北非的利比亚是一样的"干旱"级别。如果没有"南水北调"，北京，包括在全国缺水排名第五的天津、排名第三的石家庄在内的广大北方地域，早就被渴死了！只有所有人都行动起来，做节水的卫士和模范，才能稍稍对得起湖北、十堰、郧阳的移民和人民。而对于总干渠长1241.2公里的"南水北调"中线工程来说，郧阳区只是一个小点，滚滚不尽的北上汉江水，发自陕西汉中的秦巴山脉，流经丹江口水库，最后在武汉进入长江。在这一路的滔滔奔流中，又有多少移民舍家搬迁，多少企业关停并转，多少百姓另谋生计，多少各级党组织、共产党员和干部群众，殚精竭虑地奔忙在各自的工作岗位上！

汉水巨龙，三千里进京，全部是与地面立交渠化，不接触任何地面之物，沿线每两公里即设有水质监测站，全线监测连通，24小时实时报告水质情况，以保证流到北京的水是最干净的水！自2014年12月12日中线一期工程正式通水以来，汉江水已为河南、河北、北京、天津输水203亿吨，北京地下水位已上升了近30厘米。

即使是在新冠肺炎疫情最严峻的2020年，受灾最严重的武汉和湖北省各区各县人民，也还是坚持用一副副铁打肩膀，扛着大山一样雄沉的道义，将汉江水源源不断地送入北方、送入北京、送入北京东城！我们今天能够喝上这一口口清洁的南水，真是一种福分——让我们深深鞠躬，感谢所有赐福于我们的奉献者！

（作者为中国作家协会全国委员会委员、东城作家协会主席）

仁术医心天地炉

——记北医三院耳鼻喉科潘滔主任

上官卫红

引子

现在回想，如果不是2020年初突然暴发的疫情，如果我没有接受北京市教委的重要抗疫授课任务，如果我没有着急冒险去北医三院耳科复诊，如果当时作为医患双方的潘滔主任和我都是少有温度之人，那么此刻，我可能就不会对"平凡至真"有如此深切的体会，也不会对"至真平凡的医者"有更多的思考。我想起周国平先生所说的，"人生最低的境界是平凡，其次是超凡脱俗，最高是返璞归真的平凡"，特此引之，是为开篇。

小序

"扁鹊再生""华佗在世""救死扶伤""妙手回春"等词，都是人们耳熟能详的对医生的溢美之词。的确，人生在世，健康第一。当我们的身体微恙不适或病入膏肓之时，幸遇良医让我们恢复健康或者起死回生直至元气满满，那是何等的幸福！由此可见，生命至上，医者为尊，医者为贵，理所当然。

从过去的2020年乃至今天，无数的医务工作者为社会诠释了什么是"最美逆行"，什么是"无私奉献"，什么是"社会担当"，他们无疑是大疫面前最勇敢、最值得尊敬的人。

然而，医者又是普通平凡的，因为他们亦食人间烟火，亦有喜怒哀乐，亦如你我，每天奔波于世，犹在身旁。只是，他们的职业技能与操守又往往让世人仰其伟大而略其平凡！在我看来，恰是这种至真的平凡才是世间最美的烟火，不是吗？记得唐代苏拯在《医人》中曾写有"古人医在心，心正药自真"以及"我愿天地炉，多衔扁鹊身。遍行君臣药，先从冻馁均"等诗句。可见，甘愿化身为天地炉、扁鹊医，这样的人自古有之。不过时代进步到21世纪，我国医学发展已远超古代，但是"医者仁心"的理念仍至今不悖，绵延不绝。

在我的人生历程中，自小病弱，早习以为常，并能淡然处之。所幸伴随自己一路成长的是我路遇太多优秀的医生，无论过去还是现在、无论年长还是年轻、无论西医还是中医、无论常见还是偶遇、无论我知其人还是我根本不知其名，确实有很多都让我深受感动与感染。而他们也恰恰是我们时代的缩影，更是社会发展的亲历者与创造者。所以能"与优秀者同行"也让我备感荣光与快乐。在这些人中，北医三院耳鼻喉科潘滔主任就是特别的一位。近四年，虽然我一直找他看耳病，但也仅停留在每年最多两次的复查频率，其实我对他并不熟悉，而他对我大概也没什么印象。可我又始终相信，一个人的工作作风绝不是即时生成，因为自然，才见习惯。所谓见微知著，一滴水可以映出太阳的光辉。而这位潘滔主任，也是能让我洞见那一缕光辉的医者。

初诊于潘滔主任仿佛偶然却也必然。

我曾在一篇随笔中记录过自己三岁时左耳患病，幸至北大医院初次手术，不料几年后复发，正值读大一末的暑假，经北大医院医生认真检查，并推荐至我当时就读的北师大所对应的合同医院——北医三院二次成功手术。随后至今的几十年，我仍需不断到医院复查就医，可以说兜兜转转，曲折又不乏温情。

曾以为自己的左耳二次手术异常成功，并坚信当年为我主刀的伍赞群主任的话"定期复查，哪家医院都没问题"。但大学毕业工作后的我，又历经了在辖区医院复查，耳病两次反复，最终又都回到伍主任这里化险为夷的过程，一次次大悲大喜终于让我明白，医者必有术！自己左耳这种特殊的"娇贵"，确实不是任何医院随便哪位耳科医生都能驾驭的。

然而渐近耄耋的老专家终要退休的，在伍主任不再出诊的一段时间，我近乎崩溃。曾有两次，我尝试在附近医院复查，只是，我又错了！当我分别面对两家不同医院的不同专家，见他们皆因接诊我的左耳而各现为难似又冒汗的情态，弄得我也极其紧张又哭笑不得，以致我今天都自责给那两位医生添了麻烦，为此也彻底终结了我想在其他医院复查耳朵的侥幸。于是我渐悟，"医术"与"仁术"，一字不同，亦谬千里。

故此，重回北医三院，尤其后来潘滔主任的出现让我特别感激，而他的独有气韵，也让我庆幸他不是那种不可向迩之人。

一、仁术之"平凡"的潘主任

其实再回北医三院耳科复查，在遇到潘滔主任之前的两年，我也曾找过其他几位医生、专家，但可能是我多年就诊于伍主任，习惯老人家的爽利，所以对其他人我也不大适应。这又让我时感困惑甚至无奈——自己的左耳是否太高端，由此更让我对之前的老专家对我耳病的精准诊疗及对其技术的自信怀念不已。不过好在那段时间，我的病耳没出太大问题……

记得2017年7月中旬的一天，因暑假外出和各种事情安排已满，我不得不插空硬着头皮来北医三院耳科复查。因为前一次为我复查的专家曾很干脆地对我说"再做次手术吧，一劳永逸"，弄得我很无措，尤其见他在我的病例本上潇洒地写下"再次手术"建议，让我心有余悸，也生出几丝抵触。所以此番复查具体找哪位医生，我非常茫然，我不知道自己还能找谁，也不知这个耳科到底还有没有能如伍主任般视我的病耳为小菜的高明专家，更不知我还要面对怎样多元治疗的建议。

然而，也就是那天，在前台一位护士颇为含蓄的指点下，顿悟的我又幸运地遇到了一位专家。依然坐在之前伍主任曾经的诊室，也让我猛然想起老先生曾跟我提到过这位大夫，都怪我当时没太在意。不同的是，之前的老先生音量不低，而眼前的这位专家平静安详，和风细雨式的问诊与交流让我如沐春风。治疗时，他的操作也不似老先生那般快速自信似的令我生疼想叫，就是那么稳稳轻轻、从从容容。犹记当时，我还惴惴地问："需要再次手术吗？""不需要！"只听大夫轻轻说道。然后又见他将打印好的电子诊断病例单粘贴在我的蓝色就诊本上，而这张门诊病历与前一位专家手写建议我再次手术的大字，恰在打开同一页面的左右两面，很是醒目。

初次就诊就令我舒心顺畅。我不觉定睛，却见眼前的大夫两鬓微霜，发际稍后，却眼生笃定与柔和。再看他胸前戴有"潘滔"的名牌，我不禁想到《滕王阁序》中"请洒潘江，各倾陆海云尔"，想来也许是个很有才学的专家，于是心里更踏实了很多。有意思的是，直到今年寒假复诊，我才冒昧求教潘主任名"滔"的含义，他回复"按我母亲所说，当时我出生正值'文革'，所以希望我在滔滔江水中，大浪淘沙，有所作为"。明了此意，我忽然敬佩潘母当年的卓识，不仅恍觉潘主任与他的名如此契合，似普通接地气，却平凡又非凡，也让我对自己当年初诊时的联想感到好笑又小生得意。

也就是从这一次就诊开始，我的病耳终于找到了归宿。

再次找潘主任已是半年以后。记得那是2018年1月，正值我带高三临近期末最紧张时期，加上两月前，颈椎病突发，一直让我备受折磨、痛苦不堪。经几家大医院专家诊断，都建议我马上做大手术。接着左耳又开始不舒服，搞得我心绪不宁。好在大家都非常关照我，恰逢某半天有空，我避重就轻，先约了潘主任的号来到三院。正候诊的时候，我忽然接到一位外地恩师打来的电话。他说已到京并在附近大学开会，听说我颈椎很不好，专门给我带来了他家乡的偏方草药包，这让我很是惊喜和感激。然后老师问我能不能去取一趟，顺便也征求我读他新书稿的想法。可是，跟老师一对时间，我才发现大家的时间几乎都无缝对接，除非我把挂好的号退掉马上去见他。我一时又心烦意乱，加之带着颈托，感觉整个人更不好了。

正当我准备起身退号时，忽然听到电脑叫到我的名字，居然到我了。于是，我快速走进诊室，潘主任依然不慌不忙、张弛有度，几分钟把我的左耳清理完毕。这时我语速飞快地告诉他，我耳朵近来总不舒服，问他可不可以给我开点之前我曾用过的硼酸酒精之类。潘主任听了轻轻地说"不需要"。大概见我有点不解，他又说，"这样，我给你开一支滴耳药备上，不过你回去先观察几天，没问题就别用。如果有问题再点药，随时门诊复查，不过我觉得问题不大。"虽然这只是我第二次找潘主任就诊，虽然仍是短短几句交流，但他变通又自信、化繁为简的能力，着实让我印象深刻。

有趣的是，那天当我迅速完成缴费，把诊疗单返给潘主任时，才觉之前心浮气躁的自己又化为往日的淡定。之后我马上打车去附近大学见老师，时间也还好。记得老师见面还对我说"脖子都难受成这样了，也没见你太狼狈，状态还不错"。而我也笑嘻嘻地回应"天下本无事，医生气场的作用"。值得一提的是，我之后回来一忙，潘主任给我开的备用药早已忘在脑后，神奇的是，耳朵居然真没出问题。而当我再看到那支滴耳液时，却发现早已过有效期，自己也感觉确实庸人自扰，有点浪费。

不可否认，我确实遇到了一位很好的大夫——潘滔主任，他医术高明。虽然他可能只是众多名医巨擘中的一位普通专家，但他适合我的病症，是谓"仁术"良医。而且我也一直觉得他那种谦逊有礼、温和平凡的气韵自带光芒，这也让我暗自庆幸，原来爱笑的自己运气真的不太差。

二、医心之"脱俗"的潘教授

有了之前良好的就医体验，我随后几年找潘滔主任的复查一切顺利，不过一年最多两次，也仿佛只是例行公事般地打卡——预约、挂号、取号、报到、叫号、问诊、清耳、缴费、返单、走人，烦琐也简单。如前所述，假如没有去年的疫情，似乎我与潘主任应该就是这种极普通的医患关系，除了常规复查，我也没有与他有多余的交流。患者太多，他记不住我；而不常去，我也没关注过他，虽然我对眼前的医生很是尊敬。

然而，2020年初，无情的病毒，让我们每个人都措手不及。记得去年除夕凌晨，我从外落地北京。而之前几天，我一路辗转在珠三角的各城市，不想疫情突袭，让我一路惶惶也一路小心，只想赶紧回家先老老实实待14天，春节孝敬长辈的家庭聚会彻底废掉，每天都生怕自己坐过的航班、高铁、地铁、大巴出现病例报告。所幸，还好！就在这时，也就是疫情的高峰时期，我突然接到北京市教委下发的抗疫授课任务，而此时早该去医院复诊的我，耳朵又很不舒服。在是否就诊的纠结中，我却异常顺利地在医院微信平台上约到了潘主任的号，要知道这在平时是极不容易的事。

记得2月6日诊疗结束时，按常态，我的医保卡不能使用楼层的自助机缴费，我只能到楼下的人工窗口缴费。然而我下楼才发现，手里只有潘主任开出的一张病例记录单。咦，怎么回事？实诚的我只好又折返上楼，刚好在大厅遇到潘主任，我赶紧问："潘主任，您没给我开缴费单？"不料，面对复返的我，潘主任暖心的劝离让我顿生感动，他说："不用了，你快走吧。"可能见我愣了一下，他接着说："这里已有（新冠）病例了，危险，真的。"虽已复诊几次，但我自觉下次再来，这位耳科主任也不一定记得我，尤其是还戴着口罩。就如我以往见他都是坐着问诊，一直以为他很瘦小，如今才惊见走出诊室的潘主任原本却是身材高大。而那天在耳科三层空荡荡的候诊大厅，窗外的雪花与和语轻声的潘主任相映生辉，也在我心中成为永久的定格。

仍记得那一刻，站在那难得一见的似乎豁然开阔的大厅，听着潘主任的话语，准确地说，刹那间我更愿意称他为教授——因为平时分号、叫号时，我确实也是被叫到他的教授三诊室就诊。那一刻我更有一种受教之感——因为意外、因为感动……瞬间我缓了下神，虽感觉有一丝忐忑，竟也不觉得害怕。直到见他上了电梯，我才后悔刚刚只言了声谢，而少道了一句珍重与发自内心的祝福。

所谓仁术医心、医者仁心，什么是"仁"？"仁"定存爱，而爱的根基即是善良。真正的善良并不仅是形式的存在，更多的是一种内在的自然；是在生活的细微之处彰显对他人的尊重与关怀，犹如眼前的医者。有人说"一个人拥有善良，就拥有了生命的方向，即使在物欲横流、灯红酒绿中穿梭，也会永远来去从容，哪怕只是一句真诚的问候，哪怕只有一句体恤的话语，都会使我们在百转人生中获得绵长的感动与温情的停留"。

我还想起孙思邈在《备急千金要方》中所写的"人命至重，有贵千金，一方济之，德逾于此"，意指"人的生命非常重，无价可比拟，一己之力救人，一定要有道德"。从这点出发，潘主任那短短的几句话，又让我在之前感受其平凡的气韵中窥见了那一抹"脱俗"之光。

这次在特殊时期的诊疗也助我顺利圆满地完成了接下来的抗疫任务——几天后，带着舒服的左耳，我完成了北京市教委、北京电视台特别栏目"空中课堂"面向全市高三学生的语文专题复习课的录制工作。

虽然时间紧、压力大、历经艰辛，并且仍处于疫情最危险时期，我没有丝毫犹豫。而这也是我继17年前为抗击SARS录制北京电视台"空中课堂"授课后的第二次受任。虽然过程艰难，但相比身处一线的医护人员，比起各行各业始终坚守岗位的人们，我相信自己的付出微不足道。尤其在大疫面前，恪守担当、大爱力行不仅是医生的责任，也是我作为一名教师的职责。

几个月后，机缘巧合，8月19日医师节那天，我再到医院复诊。潘主任依然平静亲和、不事张扬。当听到我说"我疫情时找过您"时，潘主任看着电脑记录"哦"了一声，然后又转身揪着我的耳朵诊治如前。我有点窃笑，却不忍打扰他。虽然他可能仍记不起我，但我并不以为意。因为这就是我心目中低调的奢华，也是我以为的教授风范、大家常态。

那天我交完费，返单给潘主任后，见他诊室内外还有很多人。我知道他的病人一向不少，而他始终都是谦和地对待每一位患者，我多次听到他对刚进诊室的人问"您怎么了"，语气平静而柔和，这也让我特别佩服！我不禁想起自己近年每次到协和医院体检，看见乌泱乌泱的患者时的感受。记得我曾发过一条微信朋友圈，感慨："从幼至今，离协和医院这么近却真是平生首次走进这里，感受服务。实在是被永远如潮涌的人群吓到。偶尔自问，若当年择医，我会以善待学生的足够耐心去善待永不减少的患者吗？"随后，我收到很多朋友的点赞和评论。其中一位老师特别回应我道："你会的，因为仁者丹心。"还有一位认识多年的女大夫给我评论："相由心生，你的面相慈善祥和，如果做医生也一定是一位好医生。"这些话在当时确实让我很开心，但仔细琢磨，我并不自信。因为如果让我每天直面来自复杂社会的各色患者，未知多多，我想这绝不仅是靠医术高明就能化解的。而当下的我作为一名教师，每天面对朝气蓬勃、阳光灿烂的青春学子，虽然辛苦自知，但养眼怡情确实是目所能及、心有所感的。因此我一直觉得医生的职业素养甚是高级，而潘教授这样的专家无疑就是高级中的高级。那天离开诊室前，我想道谢并对他说句"医师节快乐",但潘教授始终在忙碌,我最终顿了一下,还是不忍打搅他而快速离开。

出了诊室,迎面在候诊大厅的墙壁上可以看到科室各位医生的照片及简介,我不觉定了下神。作为患者,平时我们接触医生,关注的往往就是医生的医术医德、治疗效果,可在医生的业绩中,尤其像北医三院这样融临床与教研为一体的顶尖综合医院,其学术研究、创新成果、治学精神等一定更是其重要的部分,这也是我从"教授"二字猛然想到的,这是很值得我和更多人尊敬与学习的。

不久前,在查阅了与潘主任相关的报道后,我对潘教授更加敬重。例如,2018年6月27—30日,第十五届国际人工耳蜗及植入式听觉技术大会(Ci2018)在比利时安特卫普隆重举行,来自世界各地的2000余名耳科医生、听力学家、言语教育专家及听觉植入产业从业者参加了大会,"北京大学第三医院耳鼻喉科副主任潘滔教授受邀参加了此次大会,主持人工耳蜗相关专题讨论并进行大会发言"。国际人工耳蜗及植入式听觉技术大会是听觉植入领域最具影响力的大会之一,会议聚焦学界前沿,兼具专业性、创新性和包容性。在6月28日下午"人工耳蜗植入手术并发症"专题讨论中,潘滔教授与以色列的卡普兰(Danial Kaplan)教授搭档主持会议,并做了题为"儿童人工耳蜗植入手术远期并发症的临床处理"(Clinical management of long-term complications after pediatric cochlear implantation)的发言,向全球各地的专家同道展示了北京大学第三医院人工耳蜗植入团队的临床研究成果和专业水平。

另有2019年6月22日,"首届国际耳鸣与人工耳蜗植入新进展研讨会"在北京举行,该研讨会也是由潘滔教授主持。会议邀请到国际国内多名顶尖专家莅临,其中我看到不仅有他的学术报告与交流,亦有主持、总结发言等多项工作角色。除此之外,还有报道诸如国家级的医生专业培训,潘滔教授作为大牌专家的教学示范,以及其他的一些社会公益讲座,等等。有关他专长频率最高的词语是"人工耳蜗技术",虽然隔行如隔山，但我也能明显地感知到其学术研究在国内外的拔萃出群。

可是，就是这么一位才能"奢华"、近乎国宝级的教授，在平时的工作中始终淡然谦和，一时我想到了自己的座右铭"大道至简，知行合一"。我不知道潘教授是否有喜欢的箴言，但"大美不言""大象无形""大音稀声"等几个词已跃然眼前。

三、天地为炉之"至真"的潘医生

如果说，"潘主任""潘教授"还只是职场官称，是我或很多患者对潘滔大夫的尊称，那么，我倒觉得他与我之前所遇到的各位优秀医生和专家的区别也不很大。然而，让我备受触动的是我看到了他的一张特别工作照。

大约是去年国庆前的某一天，我忽然在北京大学微博上看到医生援藏的消息，其中一张照片中，我看到吸着氧的潘主任正在为藏区的孩子做手术……瞬间，我难以想象他那时是一种怎样的体验，我只记得自己以前在四川黄龙游玩时，刚超过三千米的海拔就已让我头痛如炸裂。而潘医生是面对更高的海拔，在缺氧高反的极度痛苦中还要连续工作，并且要完成八台手术！天哪，一时间惊异、紧张、感动、敬佩甚至担心，各种情愫，在我心中五味杂陈。随后，我把那天的思绪写在了我后来发表的两篇随笔中。

这个寒假，我再到医院就诊，或因我的学生跟他是同事，或因他看到了我写的与他相关的文章，潘主任记住了我的名字，虽然大家依然戴着口罩，依然看不清对方的真容，而我已很是开心。不过以我的性格，虽然对他很是尊敬，虽然我也不怯言谈，但若他仍不认识我，我也不会介意并且更不会主动提及，因为我习惯这种至真的淡然与平凡，这才是我们凡人应有的生活底色。让我惊喜的是，随后我们居然互相加了微信，这于我更是绝对的意外。仿佛刹那间，潘主任、潘教授走下神坛而化成一个质朴的医生和朋友。

的确，我的感觉没有错！他优秀、出色，也平凡。优秀，在于他的仁术之才；出色，在于他医心之德；平凡，在于他的返璞归真。

几天前，我请教他援藏手术的问题。他的回复也是那么自然："当时在西藏做手术确实非常艰苦，缺氧严重，我们正常人的血氧饱和度是在99%—100%，我当时的血氧饱和度只有70%，所以我需要在最短的时间内完成八台手术，尽快离开拉萨。手术过程中，因为手术室只有一个氧气瓶，我作为术者只能给我一个人吸。我的助手是我带过去的，比较年轻，他反应轻，其他人员都是当地的，对缺氧没有什么反应，他们已经适应了。"他的表述，没有矫饰，没有渲染，没有解释他多么难受……而我看之前更早一些的报道，才知道在2019年，他也为藏区的三位小患者实施了人工耳蜗植入手术。那次手术前夜，他由于高原反应几乎彻夜未眠。但手术当天，他还是克服了诸多困难，边做手术边将要点向大家进行细致的讲解。手术全部顺利完成后他又专门到病房看望了三名患儿，向家属交代了注意事项，并表示未来小患者就能像正常孩子一样听到声音，学习说话，给予患者家长莫大的信心。

与潘主任虽然交流不多，但我已似乎能感受到他"讷言敏行"的特质。原来他们科室承担援藏任务三年以来，作为医疗主管，他已三次赴藏工作，远不止我去年看到报道的那一次。而十几年前，他还曾经在甘肃兰州支援过三个月。作为专家，他还曾在赤峰、呼和浩特、贵阳、福建宁德等地进行救治手术，尤其他提到的参与国家医疗队赴延安工作一周也给我留下印象。在一篇报道中介绍当地一位48岁女性患者，反复眩晕呕吐三年，又眩晕发作两周，伴行走偏向，住院卧床输液一周，确诊为后半规管良性阵发性位置性眩晕，转至潘主任这里，他手到病除，通过精准"Eply"手法复位，患者站起时眩晕已完全消失，自行步行回去，准备办理出院手续。

前两天，看到他在2016年发的朋友圈，忽然一张"唯登高才能望远"的图片吸引了我。其所配文字也让我从中读出了赤诚与真挚,他写道:"80年前吴起镇是红军长征胜利结束的终点,从此中国革命从胜利走向胜利,最终夺取了全国解放的胜利。延安人民及吴起镇的先辈们当年为中国革命的发展作出了巨大的牺牲和贡献,80年后的今天,我们有机会能作为国家医疗队的一员,为吴起人民的医疗保健做些微薄的奉献,是我们的光荣。这种感受始终贯穿在我们北医三院每位医疗队员的工作当中。国家医疗队顺利完成党和政府交给的任务,即将离开革命圣地延安,踏上归途……"

由此我再次感到,"我愿天地炉,多衔扁鹊身",拥有此番情怀者,自古至今,从未淡去。谈起职业特点,潘主任一再跟我提到的关键词是"自律"。他说:"对医生来说,我们制订的每个治疗方案虽然都会告知病人,但是其实病人是不懂专业的,最终主意还是需要医生来拿,所以医生需要很高的职业自律。"对此,我也是深以为然,只是他很谦虚,一直表达自己就是"一个普通的医务工作者",可是谁不普通呢?而伟大的灵魂,常寓于平凡的躯体中,并且完成伟大事业的人,起初也并不伟大。唯此,也成就了平凡的最高境界——返璞归真,那么一个有着"至真"风骨的人,即便普通,也必然得到世人的尊敬,无论他是什么职业,医生、教师或是其他。

最初看潘主任的朋友圈,发现他近期转发工作的报道链接不少,有学术研讨、科室成果,还有与其领域相关的直播、讲座之类,从中我也窥见他的职业幸福感是如此直白。而后还被他之前所发的一张"累趴了"的卡通图片逗乐,接着又见一张某年除夕他加班出急诊的文字,其末句写道"终于天亮了,好日子还是来了"。很真实的一句感慨,朴素而坦诚。

一周前,我告诉潘主任,为构思选题,我翻完他之前发的朋友圈,概括出四个核心词"宠女、工作、文艺、浪漫情怀"。对此,他不置可否,估计是比较忙。确实,看见他发的圈儿,内容几乎都贯穿女儿的卓越佳绩，蕴含着他对孩子成长的骄傲。联系到他给我的印象，我觉得，他就应该是个有女儿的人——温暖有度。不然晋人杨泉就不会写"夫医者，非仁爱之士，不可托也"了。

潘主任英文应该不错，他不时还飙句英文。他在微信中曾发过几行名句："One needs 3 things to be truly happy living in the world: some thing to do, some one to love, some thing to hope for."我更倾向于这一译文："三件让人感到幸福的事情：有事做，有人爱，有所期待。"我想潘主任也是这样一个普通的、平凡的、至真的、热爱生活的医生吧。所以，他和我们，并不遥远。

最初他的微信签名也给我印象较深："Heard melodies are sweet, but those unheard are sweeter."学文科的我知道这句是出自英国浪漫主义诗人济慈的《希腊古瓮颂》的句子"美乐固然好，未闻音更佳"。我不知道他引此诗句，是与作为医生的耳科专业有关，还是与个人生活情趣相连，但却从中若见其文艺与浪漫。

不过，济慈早逝，其情虽美，也未必所有人感同身受。这倒让我想起济慈的另外一句名句："Beauty is truth, truth beauty!"简单翻译便是"美即是真，真即是美！"

结语

我之前耳闻潘滔主任曾是东城学子，中学时代在东城度过；后亦知其硕士、博士皆就读于协和医科大学，地域的亲近也让我莫名地开心。不仅是因为协和医科大、协和医院就在身旁，仅一步之遥，更重要的是在我心中，协和医科大也曾是我的医心圣地、至高殿堂，也难怪潘主任如此优秀。

而我不久前与他交流，方知他是农工民主党员，又让我不禁心生敬意。我在潜意识中觉得，他的精神气质倒是很贴合我理解的东城品格——敦厚与笃实，内敛与平和。记得十几年前，我被区政府授予"优秀青年人才"荣誉称号时，也认识了同获此殊荣的东城区疾控中心的一位同龄优秀女医生，她也是农工民主党员。那时我就知晓了这一民主党派是我国医药界的精英组织。我忽然又想起区里一位专家曾说，东城区深厚的文化底蕴已融进了我们的骨血，无论走到哪里，我们都会踏实做事、落地开花……

转瞬之间，思绪飘飞，东城、北京、中国——2021，建党百年，从曾经的沙滩北大红楼、《新青年》杂志、五四大街，到嘉兴南湖、陕北延安、平山西柏坡再至双清别墅、我们的北京——新中国从无到有，从积贫积弱走向繁荣富强，从仰人鼻息到独立自主，这是无数民众共筑的伟大历史。正如鲁迅先生所言，我们自古以来，就有埋头苦干的人，有拼命硬干的人，有为民请命的人，有舍身求法的人……这就是中国的脊梁。

百年间，中国共产党培养出的优秀人才层出不穷。作为一名普通教师，我也曾赴多国学习交流或旅游观光，接触过异域的优秀文化，也见识了多地的奇美风景。但今天，我依然为自己能生长在中国这片土地上而自豪。作为一名普通的党员，我更以能接触到不同行业、不同派别的精英专家为幸。

仁术医心天地炉，我相信还有很多人都如潘滔医生一样，平凡，却不平庸。有人说，只有平凡的人生才是真正的人生。为此借诗人言："我欣赏这样的平凡，我喜爱这样的平凡，我也努力成为这样的平凡。"愿我和我们都能拥有这样的至真的格局与襟怀。

（作者为北京市特级教师、东城区作家协会会员）

江山就是人民，人民就是江山

——学习习近平总书记在党史学习教育 动员大会上讲话有感

许　震

有一群人，在上下求索
有一群人，在挽救危亡
有一群人，在蹈火赴汤
有一群人，如涅槃凤凰
永远在人民最困难最需要的地方

信念如磐
百年大党的块块基石上
镌刻着最重要的两个字
未来征程的路基上
处处写满了这两个字

一

从湖南韶山冲走来的大个子毛泽东
开国大典上，用浓重的乡音高呼：
"人民万岁！"

这是一声石破天惊的礼赞
1944年，在张思德追悼会上
他慷慨激昂发表了《为人民服务》的伟大篇章
更是早在1922年，党的二大
《关于共产党的组织章程决议案》中，就要求
到群众中去，"组成一个大的'群众党'"

"我是中国人民的儿子"的邓小平
反复强调："领导就是服务"
改革开放后，他一再要求
人民拥护不拥护、人民赞成不赞成
人民高兴不高兴、人民答应不答应
作为制定方针政策
和作出决断的出发点和归宿
"小平您好"，是人民对小平最好的回答

"黄土地的儿子"习近平
从梁家河到正定，从福建到浙江
从上海到中央
一路走来
永远不变的情怀是一切为了人民
他说：我们党根基在人民、血脉在人民
必须把人民放在心中最高位置
始终以百姓心为心
为人民而生，因人民而兴

二

"努力于民族解放之事业"的李大钊
得知党组织缺乏经费时，倾囊而出
用生命诠释了以人民解放为己任的誓言

"一只野鸡也要熬一大锅汤让大家都喝点"的杨靖宇
以一腔热血、满腹草根，面对敌人的劝降凛然回答
"不必多说，开枪吧"

三过草地、经历长征，从班长到士兵的张思德
面对炭窑在雨中崩塌的危难时刻
一把将别人推出窑口，自己却牺牲了

一心想改变兰考面貌的"县委书记的榜样"焦裕禄
忍着肝病的剧痛，苦干巧干拼命干
"心中装着全体人民、唯独没有他自己"

"改革先锋"杨善洲，退休后
卷起铺盖扎进大亮山，植树造林22年
实现了"只要生命不结束，服务人民不停止"的理想

"时代楷模"黄文秀，硕士毕业后
自愿回到百色革命老区工作
把希望带给更多的父老乡亲

还有，方志敏、董存瑞、黄继光、孔繁森、黄大发……
他们，是视死如归的革命烈士
是顽强奋斗的英雄人物
是忘我奉献的先进模范
正是他们的前赴后继，扛起百年大党的旗帜

每当重温这些名字的时候
总让我感到自豪，充满敬意
英雄的事迹，值得我们永远铭记
心中只有人民，建筑起共产党人的精神谱系
不忘初心、牢记使命永远是我们不竭的动力

三

每一次聆听领袖的教诲
都是一次初心的叩问
每一次面对英雄的凝望
都是一次思想的洗礼
人民——
始终处于最高的位置
始终具有最重的分量

"人民万岁"里
是我们"从哪里来"的精神密码
"为人民服务"中
奔涌着我们"走向何方"的精神路标
没有一种根基，比扎根于人民更加坚实

没有一种力量，比从群众中汲取更加强大
我们伟大的中国共产党
在一次又一次的生死考验中淬炼成钢
在一次又一次的艰难困苦中传承信仰
在一次又一次的毅然奋起中续写奇迹

新征程上，人民仍然是阅卷人
人民的笑脸，如向日的葵花
永远是祖国江山最美的样子
"人民对美好生活的向往就是我们的奋斗目标"
只要坚持发展为了人民、发展依靠人民、发展成果由人民共享
必将凝聚起亿万人民的磅礴力量
我们的事业必将无往而不胜，实现伟大的梦想

（作者为中国作家协会会员、北京作家协会会员、

东城作家协会会员）

以史为镜，以人为镜

——记东城区"三祠"建成官德教育基地

李俊玲

　　"官德"，乃为官之德，从政之德。习近平总书记始终高度重视党员干部的修身立德，明确要求党员干部做人要有人品，当官要有官德。

　　东城区纪委认真学习了习近平总书记关于"积极借鉴我国历史上优秀廉政文化，不断提高拒腐防变和抵御风险能力""抓作风建设要返璞归真、固本培元，在加强党性修养的同时，弘扬中华优秀传统文化"，以及"每一位领导干部都要把家风建设摆在重要位置，廉洁修身、廉洁齐家"的指示精神，对辖区内的历史文化资源做了深入调查，开辟了以袁崇焕祠、文天祥祠和于谦祠为主体的"三祠"官德教育基地。以文天祥浩然正气以身殉志、于谦两袖清风勇担重任、袁崇焕清廉为官为国分忧为主题，在三祠内策划制作了"北京古代廉政历史文化展览"，用"历史文化"与"廉政文化"相结合的方式，教育引导广大党员、领导干部牢固树立公仆意识、忧患意识、节俭意识，真正做到一心为公、一切唯实、一身正气、忠诚为党。

　　2017年5月23日，"三祠"东城区官德教育基地正式挂牌对外开放，我们可以从宽街路口北侧府学胡同的文丞相祠出发，至位于建国门内大街南侧的西裱褙胡同的于谦祠，再到广渠门内的袁崇焕祠，去阅览历史，深度了解三位历史人物的生平以及他们所表现出的民族精神。

文天祥祠里讲正气

　　文天祥祠位于北京市东城区府学胡同63号，是南宋末代宰相文天祥纪念馆。这里是文天祥（1236—1283年）在生命最后一段时间居住的地方，他在率兵抗元中被俘后一直被囚禁在这个小院里。明初洪武九年（1367年），为了纪念当年的抗元英雄，明朝朝廷在这里设立了顺天府学文丞相祠。1979年，文天祥祠被列为北京市文物保护单位，1984年10月对外开放，2013年被列为国家级文物保护单位，1992年成为东城区爱国主义教育基地。

　　文天祥祠坐北朝南，由大门、过厅、正堂组成，面积近600平方米。堂屋内保留有原祠堂的部分珍贵文物。如明《宋文丞相传》石碑、清《重修碑记》石碑及《宋文丞相国公像》碑等。在过厅和正堂内设有

文丞相祠　王彦高／摄

文天祥生平事迹展及塑像。院内墙上刻有文天祥的《正气歌》，后院尚存一株枣树，相传为文天祥被囚禁期间亲手所植，向南歪斜的树身象征文天祥"臣心一片磁针石，不指南方誓不休"的精神。

很多人都读过文天祥那首著名的《过零丁洋》诗："辛苦遭逢起一经，干戈寥落四周星。山河破碎风飘絮，身世浮沉雨打萍。惶恐滩头说惶恐，零丁洋里叹零丁。人生自古谁无死，留取丹心照汗青。"在文天祥祠里，结合文天祥的生平事迹展，再次读起这首诗的时候，会使人们对文天祥的浩然正气精神有更深的理解和敬仰。

这首诗是文天祥在广东海丰北五坡岭兵败被俘，押到船上，次年过零丁洋时所作，是他对自己一生的回忆。从熟读经书，20岁考中状元的那一刻起，就决定了他一生的际遇。起兵抗元四年，大宋江山已如风中柳絮，败亡在即，而自己的命运有如暴雨袭击下的水上浮萍，孤苦无依；曾经在惶恐滩头退兵，为国家命运而深戚忧虑；如今身在零丁洋中，叹息着自己的孤苦处境；自古以来，人都免不了一死，只要自己的这一片忠心能永留史册，就心满意足了。尤其最后一句"人生自古谁无死，留取丹心照汗青"更成为传世佳句，在文天祥生平事迹展中就有毛泽东手书的这句名言。

文天祥最让人们肃然起敬的是在他兵败被俘之后所表现出的宁死不屈的民族气节。

在元将张弘范逼迫文天祥写信招降太傅张世杰时，文天祥答道："我自救父母不得，乃教人背父母可乎？"文天祥一片丹心，一身是胆，他饱含报国深情，将个人生死置之度外的博大胸襟，正是文天祥家国情怀的写照。

在文天祥被囚禁于兵马司土牢的近四年时间里，他终日"南冠而囚，未尝面北"，面向故国，不拜北帝。而元人设计，使原宋德祐皇帝"谕降"文天祥，天祥"北面拜号，祈回圣驾"，丹心百炼钢，终得守节，在场元人见天祥忠贞气节，叹为丈夫。

也正是在这间牢房里，文天祥写下了千古传诵的铿锵之作《正气歌》，开篇一句"天地有正气"写出了坚持正义、不怕牺牲的浩然之气，全诗感情深沉、气壮山河、直抒胸臆、毫无雕饰，体现了作者崇高的民族气节和强烈的爱国主义精神。站在文天祥曾经居住的地方重读这首诗，可以让人更深刻地体会到，正气是我们民族的精神，是我们民族的脊梁，是我们的民族魂……一个民族没有正气要衰亡，一个国家没有正气要灭亡，一个人没有正气要死亡。一个人有了正气，身正、心正；国家有了正气，家正、国正。"政者，正也。子帅以正，孰敢不正？"

在元世祖亲自劝降文天祥时，文天祥见了元世祖，只作揖，不下跪，对元世祖说："我是大宋宰相，竭心尽力扶助朝廷，可惜奸臣卖国，叫我英雄无用武之地。我不能恢复国土，反落得被俘受辱。我死了以后，也不甘心。""我只求一死，别的没有什么可说了。"

第二天，元世祖便下令把文天祥处死。这一天，北风怒号，阴云密布。在刑场上，他朝着正南方向拜了几拜，端端正正坐了下来，对监斩官说："我的事结束了。"死后在他的衣带中发现那首人称"衣带诏"的《绝命词》："孔曰成仁，孟曰取义，唯其义尽，所以仁至。读圣贤书，所学何事？而今而后，庶几无愧。"这是公元1283年1月，这位47岁的民族英雄牺牲了，在民族危亡时刻，他表现出了一身的浩然正气。

文天祥作为忠臣、廉臣、正臣，万古垂范，百代流芳。王炎武在《望祭丞相文》中写道："名相烈士，合为一传。三千年间，人不两见。"《四库全书总目提要》中有云："天祥平生大节，照耀古今，而著作亦极雄瞻，如长江大河，浩瀚无际。"毛泽东曾在《二十四史》点评中写下了："文天祥以身殉志，不亦伟乎！"

一代忠臣文天祥，其耿耿丹心、浩浩正气，感天地、泣鬼神，他的一生履行了自己写下的诗句："时穷节乃见，一一垂丹青。"文天祥的爱国主义精神和民族气节，数百年来受到世人的称颂，并作为中华民族的优秀文化，被后人加以继承和发扬。"浩气还太虚，丹心照千古""惭将赤手分三席，敢为丹心借一枝""正气歌声震寰宇，要叫铁树开红花"，后世历朝历代的英雄人物无不深受文天祥坚贞不屈的民族气节影响。在中华民族的历史长河中，文天祥的不朽精神将永远闪耀着灿烂的光芒，其崇高的民族气节将永远激励着中华民族的优秀子孙。

于谦祠里说清廉

于谦祠在东城区西裱褙胡同23号，原为于谦故宅，正名为忠节祠，原有门匾书"于忠肃公祠"，始建于明成化二年（1466年）。《春明梦余录》载："于少保祠额曰忠节，在崇文门内东裱褙巷，公故赐宅也。"《帝京景物略》载："崇文门内东半里，有祠曰忠节，祀少保兵部尚书于公谦也。公一臂一肩，定正统己巳之变。其被刑西市也，为天顺元年。九年复官，为成化二年。又二十三年，赐谥肃愍，为弘治三年。又一百一年，改谥忠肃，为万历十八年。凡百有三十三年而定论。祠三楹，祀公塑像，岁春秋，遣太常寺官致祭。"据此得知万历十八年（1590年）时朝廷改其谥号为"忠肃"，并在祠中立于谦塑像。清顺治年间，像毁，祠也废，清光绪年间又重建。祠坐北朝南，东为于谦故宅，毁于清初，光绪年间重修。院内东侧建有奎光楼，为两层小楼。上层为魁星阁，悬"热血千秋"木匾，正房五间为享堂，硬山合瓦顶，内供于谦塑像。1890年，义和团曾在此设神坛。1976年魁星阁在地震时被震毁，小楼亦被拆除。民国时期为民居，现建筑为依托清光绪年间格局于2009年修葺而成。1984年于谦祠被列为北京市文物保护单位。

于谦（1398—1457年），字廷益，号节庵，谥忠肃，明朝浙江承宣布政使司杭州府钱塘县（今浙江省杭州市）人，明朝兵部尚书。

很多人最初知道于谦其人，并不是因为他"英迈过人，历事三朝"，并曾在明正统十四年临危受命，做了兵部尚书，以及著名的北京保卫战，而是因为他的诗和字，觉得他是个极富文采的人。有人评价

"明诗格不及于唐，情不及于宋，唯以音响自高，观者多病焉，而其中亦有奇杰可取者存焉"，于谦的诗可说是其中最为"奇杰可取者"之一。读于谦的诗，总能感到其中的"气势"。在他的诗中有一首《北风吹》："北风吹，吹我庭前柏树枝。树坚不怕风吹动，节操棱棱还自持。冰霜历尽心不移，况复阳和景渐宜。闲花野草尚葳蕤，风吹柏树将何为？北风吹，能几时？"于谦在这首诗中，以北风中的柏树比拟人的坚贞情操，表达自己不管在怎样的逆境中，都应"节操自持"的生活态度。这也是中国传统文化中的"名节"之意，是为人、做官的立世精神，张骞、岳飞、文天祥都是这样的人，而这也正是于谦从小就非常敬仰的人物。于谦的家里挂有一幅文天祥画像，他在画像下面写下一篇赞词作为自己的座右铭，用"载瞻遗像，清风凛然，宁正而毙，不敬而全"勉励自己。

于谦的奋斗经历，不是为个人的功名利禄，而是有着愿为国家干一番有益的事业，甚至牺牲自己也心甘情愿的情操。就像他那首《石灰吟》所吟诵的："千锤万凿出深山，烈火焚烧若等闲。粉骨碎身浑不怕，要留清白在人间。"于谦在这首诗中以石灰做比喻，表达自己为国尽忠、不怕牺牲的意愿和坚守高洁情操的决心。这首咏物诗的价值在于借咏石灰，来抒发自己磊落的襟怀和崇高的人格，象征着志士仁人无论面临着怎样的"烈火焚烧"，都从容不迫、"若等闲"，即使"粉身碎骨"也"浑不怕"，"要留清白在人间"。这首《石灰吟》可以说是于谦生平和人格的真实写照。

在于谦祠里参观，不仅可以从于谦的文采中品读他的一生，还可以在展览中深刻体会于谦为官清廉的官德修养与高洁的人生追求。

明永乐十九年（1421年），于谦24岁时中进士，即被任命为山西道监察御史。明永乐二十一年（1423年），于谦奉命前往湖广犒赏官军，兼安抚川贵少数民族。到任后于谦体察民情，了解到明朝官军对少数民族经常滥杀无辜，邀功请赏。次年回京，于谦弹劾官军，以制止暴行。

宣德元年（1426年），汉王朱高煦在乐安州起兵谋叛，于谦随宣宗朱瞻基亲征。待朱高煦出降，宣宗让于谦数说其罪行。于谦正词崭崭，声色震厉，朱高煦在这位御史的凌厉攻势下，被骂得抬不起头，趴在地上不停地发抖（伏地战栗），自称罪该万死。试想，没有一身正气凛然，没有一副铁齿铜牙，焉能有此效果？

明宣德六年（1431年），于谦巡抚河南、山西，任期长达19年，造福山西、河南百姓，深得世人称颂。于谦亲自走遍两省所有管辖地区体察民情，了解百姓真实需求。于谦在各州县设置"预备仓"（平准仓），贷粮赈济饥民；屡次捐纳自己的薪俸，救助灾民，并在黄河水患多发的地方，厚筑堤岸，修缮河防。疾病流行时，他设立"惠民药局"，救治各地人民的疾病。于谦在《咏煤炭》一诗中有句"但愿苍生俱饱暖，不辞辛苦出山林"。他以煤炭自比，愿奉献全部的光和热，用生命做治世良方，为百姓换来安乐故土。

于谦为官一任，就要造福一方，艰辛万苦，也在所不辞，他巡抚河南、山西，翻越山岭，两地奔波，无暇顾及家庭。在豫晋赈灾安民时，妻子董氏病重，于谦只能在千里之外祈祷，董氏不幸病逝，于谦亦无暇回京送行。他曾做《悼内》十一首组诗，感叹悲凉，愁肠百转，且余生不续妻、不纳妾。

于谦在巡抚河南、山西时，朝中正值宦官王振独断专行，结党营私，招权纳贿。百官大臣争相献金求媚，每逢朝会，凡进见王振者，必须献纳白银百两；若能献白银千两，始得款待酒食，醉饱而归。而于谦每次进京奏事，从不带任何礼品。有人劝他也献金讨得些许好处。于谦却潇洒地甩甩自己的袖子，说："只有清风。"那首著名的《入京》就是在这个时候写下的："手帕蘑菇与线香，本资民用反为殃。清风两袖朝天去，免得闾阎话短长！"从此，在中国的成语字典里就多了一个词条，叫"两袖清风"。

明正统十四年（1449年）十月，蒙古瓦剌部进犯，明英宗在宦官王振的怂恿下，亲率大军出征。明军在土木堡被瓦剌军四面围合，明军覆没，英宗被俘，这就是史上著名的"土木之变"。在朝中无主、朝纲混乱的情形下，于谦以国为重，临危受命，拥立郕王，坚守北京。

当瓦剌军分三路大举进攻京师之时，于谦调兵遣将，分派将领带兵出城，列阵九门，并下令：将领上阵，丢了队伍带头后退的，斩将领；兵士不听将领指挥，临阵脱逃的，由后队将士督斩。经过五天激战，北京保卫战最终取得胜利。

在战后论功行赏时，于谦讲道，让敌人打到京城，是做臣子的耻辱，怎敢以此邀功？武将石亨在北京保卫战中功劳并不比于谦大，却得到世袭侯爵，石亨上书推荐于谦的儿子于冕，于谦拒绝并说，国家多事之时，臣子不应只顾自身。石亨不去提拔有才之人，只推荐了我的儿子，怎能说服天下人？我绝对不敢用儿子来滥领功劳。在战场上和战场下，于谦始终公正无私，以身作则。于谦正是用自身的正直品行，诠释了孔子在《论语》中所讲的道理："其身正，不令而行；其身不正，虽令不从。"身正民行，上感下化，才能施不言之教，成千秋之功。

然而，这样一位忠臣，却被奸臣所害。天顺元年（1457年）正月二十二日，于谦被押往刑场。于谦被杀时，年仅59岁。据史书记载："公被刑之日，阴霾翳天，京郊妇孺，无不洒泣。""太后闻谦死，亦嗟悼累日。"有大臣深感于谦忠义，收其遗骸葬在北京城西。

于谦被杀后，前往于谦府第抄家的官员发现，"家无余资，萧然仅书籍耳"，只有正屋锁得严实，打开来看，都是皇上赐给的蟒袍、剑器。在这个世界上，一个人能作出一番成就当值得钦佩，如果还能干干净净度过一生，那么这个人就会不朽。

"名节重泰山，利欲轻鸿毛。所以古志士，终身甘缊袍。"无论是在乱世，还是在盛世，中华民族对道义、忠信、名节的追求始终在延续着、继承着，这就是蕴藏在历史深处的崇高和力量。

袁崇焕祠里话担当

袁崇焕祠又名袁崇焕祠墓,位于北京东城区东花市斜街52号,是为纪念明末著名爱国将领袁崇焕而建。祠堂始建于清朝中期。1984年袁崇焕祠被评为北京市文物保护单位。2006年,袁崇焕墓和祠被中华人民共和国国务院列入全国重点文物保护单位名单。馆内藏有袁崇焕手迹《听雨》以及康有为题写的"明袁督师庙记"手书等珍贵文物。

袁崇焕祠有正房五间,前廊两端及室内墙壁上嵌有李济深所撰的《重修明督师袁崇焕祠墓碑》等石刻,屋檐下是叶恭绰敬题的"明代先烈袁督师墓堂"匾额。袁崇焕手书"听雨"石刻保存完好,嵌于墙上。

祠堂后为袁崇焕墓,墓中葬着袁崇焕的头颅,墓前立有清道光十一年(1831年)湖南巡抚吴荣光题写的"有明袁大将军之墓"石碑,坟侧小丘为佘义士之墓。

康有为在《明袁督师庙记》中写道:"嗟夫!明清之际,关于中国亦大矣,非只系一朝之兴亡也。观夫袁督师之雄才大略,武棱盖世,遂见忌于敌,以馋间死,虽曰天命,岂非人事哉!"

袁崇焕,字元素,广东东莞人,1584年生,明万历年间中进士。他的青年时代,正值明皇朝统治日趋腐朽之际。有感于国家的衰败,袁崇焕自幼苦读兵书,学习用兵救国之术。他中进士后被授职福建邵武知县,他对东北边境的战况非常关心,常常同一些曾经卫戍辽东的退役将卒讨论辽境的地理和防御状况,向往有一天自己能够投笔从戎。

天启二年(1622年)因后金屡犯边关,无人敢敌,袁崇焕请命率兵出关,镇守辽东。在兵部尚书孙承宗的大力支持下,袁崇焕在辽东筑宁远城,恢复锦州、右屯等军事重镇,使明的边防从宁远向前推进了二百里,基本上收复了天启初年的失地,他又采取以辽土养辽人、以辽人守辽土的政策,鼓励百姓恢复生产,重建家园,还注意整肃军队,号令严明，大大提高了军队的战斗力。

天启六年（1626年），后金国主努尔哈赤率八旗健卒十三万前来围攻宁远。袁崇焕刺血为书，誓师全军，表示誓与宁远城共存亡。在他的感染下，"将士咸请死效命"，同仇敌忾，士气高涨。袁崇焕令城外守军全部撤进宁远城，坚壁清野，又亲自杀牛宰马慰劳将士。为了增强火力，袁崇焕令人将城中存有的仿西洋"红夷大炮"架上城头，一切准备就绪，严阵以待。

当后金军兵临宁远城下时，袁崇焕胸有成竹，邀朝鲜使者同坐战楼观战。突然一声炮响，后金军开始攻城。袁崇焕一声令下，城楼上火炮齐鸣，弓箭齐发，后金军死伤惨重，只好退军。次日，后金军重振士气，再次来攻，他们把裹着生牛皮的战车推到城墙根，准备凿城穿穴，袁崇焕立即亲率士兵挑石堵洞，又令城上大炮加强火力猛攻敌阵。后金军总帅努尔哈赤在营前指挥作战，忽被飞来的炮石击中，受伤坠马，血流不止。后金军见主帅受伤，匆匆收兵退去。在归途中，努尔哈赤病情加重，死于军中。

宁远一战，是努尔哈赤自征战以来唯一的一次败绩。袁崇焕从此威名大振，后来清军也不得不承认"议战守，自崇焕始"。

宁远之战后，袁崇焕被升为辽东巡抚，关外防务，尽归袁崇焕筹划。为了休整军队，他一面派人假意与后金和谈，一面加紧整饬军队，修筑锦州、中左、大凌诸要塞，以防后金的突然袭击。天启七年五月，皇太极果然率军来攻锦州，将锦州团团围住。锦州守军一面坚持抵抗，一面飞报袁崇焕请援。袁崇焕识破皇太极围锦州的目的是欲诱自己出战，以便借袭宁远。他认为，"宁远不固，则山海必震，此天下安危所系"。于是他坚守宁远不动，而派精骑四千绕到清军后面猛攻，致使清军两面受敌。同时他又奏请朝廷调蓟镇、保定、昌平、宣府、大同各路守军趋山海关支援。皇太极攻锦州不成，便集中兵力进攻宁远。此时宁远守军已准备就绪，"红夷大炮"整整齐齐地排在城头，引弹待发。清军将领见宁远防守甚严，不易攻破，便劝皇太极不要攻城。皇太极怒斥道："当初我父攻宁远不下，而如今我攻锦州不下，像这样的野战，如不取胜，如何能张扬我国威！"说完便下令强攻宁远城。城上明军万炮齐发，矢石如雨。清军久攻不下，损伤惨重，最后只好退兵。皇太极终于还是像他父亲一样，败在袁崇焕的手下，无功而归。

崇祯帝登基之后，日夜思得良将解辽境之忧，"延臣争请召崇焕"。崇祯元年四月，袁崇焕被任命为兵部尚书兼右副都御史，督师蓟、辽，兼督登、莱、天津军务。七月，袁崇焕应召入京。崇祯帝亲自在平台召见他，与他商量平辽方略，并委以平定东北之重任，命赐尚方宝剑，准其先斩后奏。袁崇焕离京赴任，崇祯皇帝还亲自为其送行，把恢复边疆的宏愿完全寄托在袁崇焕身上。

崇祯二年（1629年），皇太极率大军避开袁崇焕的防地，从蒙古绕道入关。由于蓟州一线边防松弛，使得清军轻易攻破，很快便会师于遵化，直逼京师而来。一场北京之战在德胜门、广渠门、左安门、永定门外展开。为解京城之危，蓟辽督师袁崇焕仅率九千骑兵，日夜兼程两昼夜，抵达广渠门外，寒冬饥馁，露宿扎营。在崇祯皇帝不准进城的情况下，袁崇焕军与清军数万人在广渠门外展开了浴血野战，激战10小时，转战10余里，明军终于克敌获胜。当时袁崇焕横刀跃马，冲在阵前，左右驰突，中箭很多，"两肋如猬，赖有重甲不透"。正如朝鲜使臣从北京向本国回报称："贼至沙窝门，袁军门、祖总兵等，自午至酉，鏖战十数回合，至于中箭，幸而得捷。贼退奔三十余里。贼之不得攻陷京城者，盖因两将力战之功也。"就连皇太极对广渠门之败也慨叹道："十五年来，未尝有此劲敌也！"这就是明末著名的"京师保卫战"。

皇太极又遇劲敌袁崇焕，心中又恨又怕，决定利用崇祯帝多疑猜忌的性格，借崇祯帝之手除去心头大患。他首先假拟了两封所谓的"密信"，让部下有意"丢失"在明军经常出没的地方，信中以自己的口气约袁崇焕私下议和。此信一传开，京城中人心惶惶，怨谤纷起。那些往日与袁崇焕有隙的朝臣也趁势"诬其引敌协和，将为城下之盟"。崇祯帝正在半信半疑之际，两名从清营中逃回来的宦官又报告说在清军中亲耳听见将士议论，称袁崇焕已与清主议和，不久将不战而献北京。崇祯帝至此深信不疑，当即传令袁崇焕入见，趁其不备将他逮捕下狱。袁崇焕蒙冤入狱后，感悟世事无常，但仍慷慨激昂，坚贞不屈，以诗明志，其诗作《入狱》中有言："但留清白在，粉骨亦何辞。"崇祯三年（1630年）八月十六日，袁崇焕以"谋叛欺君罪"被处以磔刑。临刑前他从容不惧，留下《临刑口占》一诗："一生事业总成空，半世功名在梦中。死后不愁无勇将，忠魂依旧守辽东。"生要效忠国家，死后亦要守护国家，其日月可鉴的一片忠心，表现出至死不渝的报国情怀。

袁崇焕死得十分惨烈。据史料记载：袁崇焕被凌迟后，"暴骨原野，乡人惧祸不敢问"，那血肉模糊的头颅被悬于高杆之上"枭首示众"，后被袁崇焕部下的一位佘姓谋士盗其颅骨，掩埋于自家的院中。佘义士后来辞官不做，为了避免祸端，隐姓埋名，几代人在此守候袁灵，直到清乾隆年间，袁崇焕冤案才得以平反昭雪，真相大白于天下。

在朝廷处置袁崇焕之时，有一位布衣之士叫程本直，他曾上书请求与袁将军同死，他对袁崇焕的评价是："举世皆巧人，而袁公一大痴汉也。唯其痴，故举世最爱者——钱，袁公不知爱也！唯其痴，故举世最惜者——死，袁公不知惜也！于是乎举世所不敢任之劳怨，袁公直任之而弗辞也；于是乎举世所不得不避之嫌，袁公直不避之而独行也。而且举世所不能耐之饥寒，袁公直耐之以为士卒先也；而且举世所不肯破之体貌，袁公力破之以与诸将吏推心而置腹也。"

袁崇焕死后，朝廷下令查抄其家。袁崇焕祖籍广东东莞，官兵先抄广东的老家，仅有几间旧房子；又抄袁崇焕从小长大的广西老家，家里空无一物；最后再抄他领兵打仗时住过的辽东家，但辽东家亦是"家无余赀"。当年袁崇焕的母亲和妻子随军打仗住在辽东，袁崇焕带着家人辗转战场，甘愿全家与城共存亡。

清乾隆四十九年（1782年），清廷下诏为袁崇焕平反。《清高宗实录》载："袁崇焕督师蓟辽，虽与我朝为难，但尚能忠于所事，彼时主暗政昏，不能罄其忱悃，以致身罹重辟，深可悯恻。"乾隆所以如此，当时也是为了收买人心，并说明他是一个不记前仇的开明君主。

明末清初著名学者屈大均缅怀袁崇焕之诗作《再吊袁督师》："碧血流燕市，丹心结塞云。"北京袁崇焕祠中有康有为撰文的楹联"自坏长城慨今古，永留毅魄壮山河"。清代官修《明史》这样评述："自崇焕死，边事益无人，明亡征决矣。"毛泽东称袁崇焕是"明末爱国领袖人物"。袁崇焕虽然不能挽救垂危的明王朝，但他勇于担当、大义报国的家国情怀，一直激励、鼓舞着后来的爱国者为振兴中华而发奋图强，碧血丹心永照千古。

历史将启迪后人

习近平同志指出：中国传统文化博大精深，学习和掌握其中的各种思想精华，对树立正确的世界观、人生观、价值观很有益处，古人所说的"先天下之忧而忧、后天下之乐而乐"的政治抱负，"位卑未敢忘忧国""苟利国家生死以，岂因祸福避趋之"的报国情怀，"富贵不能淫，贫贱不能移，威武不能屈"的浩然正气，"人生自古谁无死，留取丹心照汗青""鞠躬尽瘁、死而后已"的献身精神等，都体现了中华民族的优秀传统文化和民族精神，我们都应当继承和发扬。

在"三祠"中与历史先人对话，可以让我们受到精神文化的熏陶，在这里可以悟到"德乃立身之本、为官之魂"的深意；在这里可以深刻领会习近平总书记在《之江新语》中所讲的"做官先做人，做人先立德；德乃官之本，为官先修德"；在这里可以让每一个为官者、从政者反省为官者的道德修养、个人操守。"官德"教育基地的功效就在于此。

丹心润廉心，热血映千秋。"以古人之规矩，开自己之生面"，我们要以史鉴今，以史警今，以文化人，以文育人。中华优秀传统文化是中华民族的精神命脉，历史是最好的教科书，历史的镜鉴给后世以深刻的启迪。

（作者为东城作家协会副秘书长）

香山红色之旅

何羿翯

香山的颜色总是与红色联系最紧密。我小时候来香山看红叶，现在到香山开启红色革命之旅。香山公园最有名的革命纪念地之一就是双清别墅。香山公园原来只有双清别墅作为全国爱国主义教育示范基地对外开放，为了让人们更全面地了解北京香山革命纪念地，更好地传承红色精神，经过修缮，香山公园在2019年共有八处革命旧址整体对外开放。这次红色之旅就选取其中两处重点看一看。

一、镇芳楼、镇南房

进了香山公园东门，一路向北走，在致远斋院落的北面小路旁，有一个小小的朱漆木门，如果你不留意，很可能会错过它。进门沿台阶走下去，是一座单独的小院落，里面有一排灰色的房子。镇芳楼原为香山慈幼院董事会、院务会办公地。镇南房原为香山慈幼院男校教室。1949年3月25日，中共中央机关进驻香山后，这里成为中共中央办公厅机要处办公居住地。

看着眼前简朴的生活环境和工作环境，还有墨绿色的老式陈旧的工作设备，很难想象革命先辈是怎样在这样的环境下，艰苦地坚持工作的。我们对机要工作并不了解，只是从一些影视作品中，想象出类似的情景。早些年这类作品还不叫谍战剧，而是叫"反特片儿"。在2002年前后有一部上映的电视剧叫《誓言无声》。这是一部讲述新中国成立初期，我党反间谍局的工作人员与潜伏在国内的特务展开较量的电视剧。剧中塑造了多位英勇有谋、甘于奉献、不怕牺牲的共产党员形象。其中，高明先生扮演的许子风是一位即将退休的反间谍局工作人员，为了不在特务面前暴露身份，不给特务传递任何信息，他对自己的女儿也做到了严格保密。他女儿在不知情的情况下，与一名混入我军内部的特务在工作中相识，后来直到特务东窗事发，他女儿才知道自己的处境有多么危险，她受到很大伤害，也在心里怨恨自己的父亲。

亲情是亲属间特有的感情，父母对子女的关爱更是深沉，人们常常形容父爱如山。作为父亲，谁能不心疼自己的女儿？可作为反间谍局的工作人员，许子风只能眼睁睁地看着女儿面临生命危险，亲眼看着女儿与特务有来往，却一点都不能透露给女儿。谁能体会到这样一位年近花甲、即将退休的老父亲的复杂心情呢？后来直到特务被捕，他的女儿才真正安全了。生命危险虽然解除了，可心灵的创伤却长久难以弥合。在其女儿与特务来往的过程中，许子风深知，他不仅是父亲，更是一名共产党员，他要顾全大局，他要舍小家顾大家。虽然那是他的独生女儿，但是为了革命工作，他只能选择牺牲自己的家人。这部剧播出后曾感动了很多人，让人更钦佩共产党人的优良作风。后来在热播的电视剧《潜伏》中，我们看到了共产党人在打入敌人内部后，显示出的超人智慧和过硬的心理素质。还有之后的电视剧《伪装者》，都受到观众的极大好评。

春寒料峭，机要处门前的一株粉色梅花开得正盛，眼前是一片美好、祥和，周围很安静，偶尔能听到小鸟啁啾。可你想到了吗？我们现在安适、幸福的生活是多么来之不易！这些影视作品并非编造，内容都是取材于真实的故事。你可知道，机要处有多少革命前辈，为了革命的胜利，为了新中国的建立，作出了巨大贡献和牺牲！

我党的机要密码工作诞生于1930年1月15日，承担着安全传输党中央指示政令的特殊使命，被誉为党的咽喉命脉。在中国革命的伟大斗争中，机要人员不怕牺牲，克服困难，及时、准确地确保了党中央"咽喉命脉"的畅通，涌现出很多可歌可泣的英雄人物。在1941年1月的"皖南事变"中，机要员施奇在突围时落入敌手，被关押在"上饶集中营"。面对敌人的威逼利诱，她视死如归，严守机密，壮烈牺牲。1946年，机要员钟琪、董健民夫妇奉命乘商船去东北开展工作，途中遭遇敌人军舰的拦截，夫妻俩毅然怀抱密码和两岁的儿子一同跳海，献出了宝贵的生命。电影《永不消逝的电波》讲述的是，共产党员李侠从延安被派往上海完成潜伏任务。主演李侠由孙道临先生扮演，而李侠的原型即是机要处的李白。李白于1937年被派往南京、上海建立秘密电台。1942年、1948年两次被捕，面对敌人的酷刑他始终没有屈服，最终于上海解放前夕被秘密杀害。机要处多位工作人员，发扬不怕牺牲的精神，经过长期艰苦卓绝的斗争，最终和广大人民一道迎来了抗日战争和解放战争的胜利。

1949年1月31日，北平和平解放。3月25日，中央机要处跟随党中央从河北西柏坡进驻香山，也就是我们刚刚看到的位于致远斋北侧的院落。1949年10月1日，中央机要处的干部从香山来到天安门广场，与30万军民一道见证了新中国的诞生。1952年4月，中央机要局成立，同年8月，中央机要局搬离香山。90年来，在党中央的领导下，机要密码工作从无到有，从初创到逐步发展壮大，充分发挥了生命线、保障线、指挥线的作用。

眼前一片春光盎然、生机勃勃，美丽的花朵就开在镇南房灰色的楼前。展室内低矮的床，旧式的脸盆和盆架，老式的办公桌、电话，还有话务机……正是这些老物件、老用品的使用者，是他们经历了艰苦的岁月，换来了我们的新生活。没有他们经历的艰难困苦，没有当年的流血与牺牲，眼前的花怎能绽放得如此美丽，现在的春天怎能如此暖意融融，游人又怎能如此幸福闲适？！

二、双清别墅

进了香山公园东门一路向北就是刚才参观的中央机要处旧址。如果从东门向南，过了静翠湖，就来到了著名的革命纪念地双清别墅。与其说这里是网红打卡地，不如说这里是最好的爱国主义教育基地。1949年3月25日，中共中央机关和中国人民解放军总部从西柏坡进驻香山后，双清别墅是毛泽东同志的办公和居住地。1949年9月21日，毛泽东同志由双清别墅移居中南海。

在双清别墅对面，是东侧平房，这里是原中央警卫处和司机班的办公、居住地。进了小院，在平房对面的一片翠竹前，有一面巨大鲜红

双清别墅 王彦高／摄

的党旗。很多党小组来到这里，开展党日活动，在这面党旗前，举起右臂，重温入党誓词。东侧平房小院的对面就是双清别墅。还没进入双清别墅，门口的石碑就吸引了很多参观者与之合影留念。双清别墅的小院里近期有很多参观者，许多党员来到这里参观学习，还有一队队少先队员来到这里，学党史、搞课外活动。

　　一进别墅，就能望到前面的小湖，湖水碧绿。湖边的六角亭依然矗立在那里，亭旁一株银杏，正生长出小小的叶片，枝枝杈杈地伸展在亭前和湖边。进入廊厅，只见正中悬挂着毛泽东同志看报的巨幅照片。办公室、会议室、卧室还保持着原貌。会议室里最显眼的要数挂在墙上的巨幅地形图。地图对面有几个沙发和茶几，恍然间我好似看到几位老一辈无产阶级革命家正坐在沙发上谈论工作。这间会议室的确非同一般，这里是中国人民解放战争走向全国胜利时期的指挥部，也是筹备新政协、筹建新中国的历史见证地。

党员、群众参观香山革命纪念馆　王彦高／摄

来香山公园，我们不仅要春天赏花、秋天看红叶，更要常常到中共中央香山革命纪念地多走一走、看一看。让我们追忆过去，缅怀先烈，不忘初心，砥砺前行。

三、香山革命纪念馆

来到香山公园参观革命纪念地，一定还要来参观紧邻香山公园的香山革命纪念馆。这里于2019年9月13日正式向公众开放。香山革命纪念馆内《为新中国奠基——中共中央在香山》主题展览，通过约800张图片、地图、表格和1200多件实物、文献和档案全面呈现中共中央在北京香山时期波澜壮阔的革命历史。

中共中央在北京香山虽然只有半年时间，但是香山是党领导解放战争走向全国胜利、新民主主义革命取得伟大胜利的总指挥部，是中国革命重心从农村转向城市的重要见证地，在中国共产党历史、中华人民共和国历史上具有非常重要的地位。我们要不断增强中国特色社会主义的道路自信、理论自信、制度自信、文化自信，勇于进行具有许多新的历史特点的伟大斗争，坚决战胜前进道路上的各种艰难险阻，使"中国号"这艘巨轮继续破浪前进、扬帆远航。

我们要常到革命纪念地走一走，看一看伟大的革命先辈曾经生活工作过的地方，这是一种缅怀，也是一种爱国教育。我们缅怀这段历史，就是要继承和发扬老一辈革命家的革命精神，高举中国特色社会主义伟大旗帜，与时俱进、锐意进取，为早日实现中华民族伟大复兴贡献力量。路就在我们脚下，需要我们脚踏实地走下去。这一过程离不开革命精神的鼓舞，我们要时刻不忘初心，牢记使命，奋勇向前。

（作者为东城作家协会理事）

第四辑
感动人物篇

协和大院的五位老干部

——钱信忠、张之强、白希清、赵林、郭少军

韩小蕙

左侧建筑是教授居住的洋楼后小院，右侧楼房是干部们居住的"新楼"

位于北京东城区的外交部街，是一条胡同而非"街"。它的位置可谓金贵，在北京城中心的中心，南接东单长安街，西临金街王府井，往北是中国美术馆，往东一拐就能看到北京站的报时大钟。如果把今天1.641万平方公里的庞大的北京比作一朵大花，那么这条胡同则堪称花蕊的心脏。

在这条老胡同里，有两座著名的大院，一座是今天门牌为33号的"外交部大院"，其始建于1907年。当年清政府为招待来华访问的德国皇太子，特聘美国土木工程师詹美生负责，建成了这座建筑完全是西洋式的大院：雅典神庙式大屋顶、罗马大柱，以及维多利亚式门、窗、卷帘、花饰……这里是清末最豪华的西式风格建筑群。可惜在20世纪60年代外交部搬走之后，这里的老建筑被悉数拆掉，改建成了十数栋火柴盒

式的6层居民楼，如今只剩下一个西式大门楼和一个中式忠烈祠的大屋顶了。

另一座院子是门牌为59号的"协和大院"，也就是老协和医院别墅宿舍区，这是1917年与协和医院建筑群一起动工兴建的，也是1921年同时竣工启用的。大院里先后居住过协和医院最顶尖的医生，至少有几十位都是中国医学和医学研究某学科的开拓者和奠基人。比外交部大院幸运的是，协和大院没有被拆毁，虽然已经过去百年，虽然已经陈旧和破败，但大院的整体布局还在。16栋美式小洋楼、1座英式别墅楼和满院子的花草树木，在今人的眼中还是有足够吸引力的，甚至被网友称为"新北京三十景"之一，经常引来摄影家左拍右拍，还有好几部影视剧也是在大院里拍摄的。

历史匆匆，风云滚滚。20世纪50年代初，抗美援朝战争打响之后，中国人民解放军对北京协和医院实行了军管，一支军级部队进入医院，全面参与了管理工作。后来1955年解除军管，这支部队的各级军代表干部全部脱下军装，留在协和医院继续做行政管理工作。

当年部队进来时，许多官兵已是拉家带口，有一部分住进了协和大院。当时这支部队纪律严明，从军级大领导到普通排级干部，一律入住军队自己盖的四层公寓楼（俗称"新楼"）和三排平房，一直到"文革"前，对教授小楼都秋毫无犯。因此在1966年以前，协和大院有两大拨住户，一是16栋小洋楼里的专家教授，他们很多都是1949年以后怀着满腔热忱从欧美归来建设新中国的"海归"，哪个都大名鼎鼎，另外就是军队干部们。

我家是在1960年搬进协和大院的，一住半个多世纪。我父亲属于干部身份，因而我对干部及其家属更熟悉些。但那时我年岁还太小，根本不知道身边这些"伯伯""叔叔"们，有些就是书中描写的老红军、老八路，他们曾舍生忘死为新中国的成立而浴血奋战，一个个都有传奇的经历和故事。进入协和以后，他们又在新征程中努力奋进，边学习边工作，为建设新协和、新中国而呕心沥血。今天，在纪念建党百年之际，我想写写他们的奋斗和贡献，下面选择的五位，是中国医学科学院系统中党的高级、中级干部的杰出代表。

钱信忠（1911 — 2009）

共和国前卫生部部长钱信忠

在协和大院的干部中，官最大者，是中华人民共和国前卫生部部长钱信忠。他们一家人住在5号楼一层，直到1966年才搬走。

我家斜对面就是钱部长家住的5号楼。这栋楼不是美式红砖小洋楼，而是英式灰色砖木楼，两层，内设木质楼梯，还有内置阳台。整座楼呈长方形，比美式小洋楼大两倍，原是为英国宣教会而建的办公楼，早在19世纪末就建成了，是大院里最老的寿星。不过不知从何时开始，这座灰楼被从中间隔断，一分为二地成为门面朝西的4号楼和门面朝东的5号楼。4号楼一层住的是协和医院放射科主任胡懋华，5号楼一层住的就是钱信忠部长一家。楼内的房间并不多，钱部长一大家子人，住着也不宽裕，况且楼上还住着几家，他们有五六个孩子正是打打闹闹的年纪，英国楼房都是木板地，隔音非常不好，想来也是够让钱部长头疼的。

我小时候听钱部长的经历，都让我惊叹不已：老红军、医学博士、开国大将军、卫生部部长……记得有大孩子告诉过我，说他原来是国民党军的少校医官，后来遇到红军，就此死心塌地跟着共产党闹革命……以后看他的履历，发现有相当大的部分是讹传。事实是，他自幼父母双亡，少年时在米店做学徒，后来通过自己的努力，进入同济大学附属宝隆医院学习。1931年东北沦陷后，受由他做过手术的国民党14军第10师师长李默庵邀请而从军，任该师卫生队队长。1932年李默庵奉命率队围剿鄂豫皖苏区，钱部长寻机脱离李默庵的队伍投奔了红军，而此前在1927年的上海第三次武装起义中，钱信忠就已经参加起义，是工人纠察队员，所以从根儿上说，他就是无产阶级分子。

算算年头，我儿时见到的钱部长，还不到50岁，正年富力强。那时的他非常帅，身材像一块上下等宽窄、前后等薄厚的长木板，浑身上下没一块多余的赘肉，永远以挺胸抬头的立正姿势在院子里走过；永远是寸头，不加修饰；匀称的薄圆脸上，最令人瞩目的是一双眼睛，那都不只是"炯炯有神"，而是目光灼灼，仿佛能放出两簇火苗。是的，看了钱部长的为人气派，才算具象地明白了"气宇轩昂"是什么意思。这真正是一个不怒自威的厉害角色。可是他又特别平易近人，尽管孩子们都特殊地不叫他"爷爷"或"叔叔"，而是随着大人称呼"钱部长"，可他见了我们小孩子也都微微笑。后来他搬到后海那边去住，胡同里的老百姓知道他是共和国的大官，却也因为他的善良和蔼，从不把他当作大领导，见了面就打招呼，不称"钱部长"而是叫"师傅"。对这个称谓，他自己却很是欢喜："听到老街坊这种称呼，心里特别舒服，民众把我当作伙伴和知己，给我添了不少情趣呢！"我记得小时候，见过他脖子上和肩膀上的几处伤痕，大的像拧着的麻花，远远地就能看到，那是夏天他穿着跨栏背心锻炼时"展示"出来的。他喜欢运动，一有时间就在大院里雄赳赳地走步。

大约十几年前，我听过吴仪副总理的一次讲演。印象特别深刻的是她的英雄崇拜情结，她说："我这一生是见过几位英雄的，比如卡斯特罗能算是一位……"说这话时，这位共和国的传奇巾帼人物，竟然也像小女孩一样，眼睛里闪出奇异的光辉，那一刻，我觉得自己本来就极度崇拜的吴仪副总理，简直是太可爱了——是的，一个小女孩对英雄的崇拜是极其虔诚的，就像我当年对钱部长的敬畏，尽管那时的我才六七岁，一点儿也不知道他究竟为共和国作出了什么贡献。现在我查阅了各方面材料，综合起来，总结他的最主要贡献有以下三条：（1）救治过程子华、徐海东等成百上千位干部和战士的伤病，把许多人从阎王爷的鬼门关拉了回来，曾被称为"活神仙"。（2）战争期间，为红军、八路军、解放军的医疗事业建功甚伟，总结出一套"创伤新疗法"，编写了《战伤治疗原则》和《创伤新疗法》，还明确提出团结中西医药人员，使部队战伤救治水平有了很大提高。（3）新中国成立后，推动和落实中国的"计划生育"工作，使新中国的人口从极度无序膨胀，整顿到有序增长，这是关系中华民族千秋万代的伟业，也对世界人口的合理增长作出了贡献，因而获得了联合国第一届人口奖和亚瑟·M.萨克勒艺术、科学、人文基金会公共卫生奖。人啊，一辈子能做这么多贡献，了不起！

钱部长有三个女儿，老大毛毛比我还小，她是钱部长与第二任夫人沈渔村的孩子。沈阿姨是20世纪50年代与钱部长一起赴苏联第一医学院留学时的同学，1955年从该院研究生毕业，获苏联医学科学院精神病学副博士学位。回国后沈阿姨任北京大学精神卫生研究所所长，长期从事精神疾病神经生化和流行学等方面的研究，1997年当选为中国工程院院士，也是一位"人物"。但她可能是家里家外特别忙吧，我们很少能在大院里见到她，印象中，我仅有一次见到她盛装陪在钱部长身边，大概是去参加什么必须要参加的外事活动。

1966年"文革"风暴初起时，他们家及时离开协和大院，搬到后海那边去住了。尽管"躲进小楼成一统"，但"文革"风暴还是很快就将钱部长"席卷"了……

2009年的最后一天，钱信忠以98岁高龄辞世，党和国家最高领导人分别以不同方式表示慰问和哀悼。钱部长这一生，血雨腥风、雪山草地、抗战杀寇、国共大战、新共和国、镇反肃反、三反五反、反右四清、"文革"浩劫、"四人帮"倒台、改革开放……一个世纪的风雨兼程、锤炼冲刷，真是把他锻造成一位"神仙"了，祝他老人家在天堂真正过上神仙的惬意日子，再不要经受这么多坎坎坷坷了。

张之强（1915 — 2005）

在协和大院，除了钱信忠部长，最大的官就是张之强了，人皆称其"张政委"。他虽然出身北方农家，却是当时解放军内比较稀少的知识分子干部，而且是北平师范大学肄业，算是大知识分子。他1938年加入中国共产党，曾在陕甘宁边区、豫西军分区、晋冀鲁豫军区等地战斗过。1948年他担任豫陕鄂军政大学教育长，1949年任二野军政大学第一纵队政委。新中国成立后，他受命来主政军管协和的这支部队，1951年任中国协和医学院军代表、政委，1958年起

首任中国医学科学院党委书记张之强

担任中国医学科学院党委第一书记。1965年上调到国家卫生部任政治部主任，10年后升任副部长。

这么大的官，却没什么架子。我还记得小时候跟着父亲去他家，大人们谈话，我就和张政委的女儿在地毯上滚来滚去，张伯伯也没干预，还笑呵呵地看着我们疯。他家有两个女儿一个儿子，大姐是68届老高一的，二姐是67届老初二的，男孩长我一岁，身体不太好，有点弱。三个孩子虽然都是高干子女，但一点儿都没有狂傲跋扈之气，女孩不娇，男孩不淘，就跟普通干部的孩子一样朴实、纯粹，全靠自己的努力争上进。可惜后来张政委上调到卫生部，他们家也搬走了，从此再无联系，不知他们仨各自的人生走上了什么道路，发展得好不好。

要说当时老协和的工作也是真艰难：医院里净是国内外闻名的大医、名医，而且他们接受的教育都是美式的。要用一支文化水平不高、刚放下枪杆子不久的部队去管理和改造这些医务人员，你说怎么办？

我不知道张政委率领着他的文化不高的部队，是怎么一步步争取人心，做通这些大知识分子工作的。但我看到了两份电文，那是1950年12月17日由北京协和医学院发出的，九百余名师生员工签了名。一是致中国出席联合国代表伍修权的，表示完全拥护他在安理会上的正义发言："我们完全拥护你在联合国安理会上的发言。你义正词严地向全世界表达了全中国人民对于美帝国主义侵略中国的控诉，彻底揭露了美帝国主义的侵略阴谋……"二是痛斥奥斯汀的无耻谰言："美帝国主义代言人、战争贩子奥斯汀，于11月28日在安理会上发表荒谬言论，无耻地把美帝国主义对中国的文化侵略称为对中国人民的'友谊'，并把协和医学院作为例证之一。我们协和医学院师生员工闻此同声愤慨，坚决反对这个诬蔑。协和对中国人民能有所贡献，完全是优秀的中国人民努力的结果，绝不是什么美帝国主义的'恩赐'。奥斯汀之流的无耻谰言是欺骗不了我们的！……"签名有11页之多，住在协和大院里的大医生有：李宗恩、聂毓禅、李克鸿、林巧稚、胡正祥、谢少文、张鋆、邓家栋、张安、李铭新、金荫昌、裘祖源、梁植权、唐冀雪、胡懋华、劳远琇、谷铣之、冯传宜、吴德诚、费立民、吴蔚然、黄伍琼、张乃铮……

彼时，新中国成立才14个月，中国人民解放军接管协和还不到一年时间——这有力地说明了当时共产党的干部有很高的威望，差不多是登高一呼，应者云集！

白希清（1904 — 1997）

白希清教授书记更是协和大院的一位传奇人物。我之所以称他为"教授书记"，是因为在当年，像他这种又红又专的高级别革命干部，实属凤毛麟角——他是中国医学科学院第一位专家型的党委书记，是真正的专家，地地道道从英国留学回来的著名病理学家。

说来他还是满族人，是正黄旗后裔，1904年生于辽宁省沈阳市新民县。不过这个"八旗子弟"，从小就显示出与其他"旗二代"不同的贵气——特别爱学习，各科成绩都很优秀。1921年他从家乡新民县文会中学毕业后，考入奉天医科专门学校，更加如饥似渴地求学，广泛涉猎各科医学知识，1930年以优异成绩获取医学学士学位，并留校任

中国医学科学院前党委书记白希清

病理学助教。1931年奉天医专送他到北京协和医学院病理学系进修，从此他与"协和"结下了不解之缘。

两年后，由于学习成绩突出，协和又选派他赴英国，入格拉斯哥大学皇家医学院及理茨病理学研究所进修病理学。出国后，在名师的指点下，他的接触面宽了，眼界也大大拓展开，更看到医学的广阔无边。又经过两年的刻苦钻研，做了大量的病理实验，他终于独立解剖出完整的人体肾单位，并就此项目的研究过程及结果写成论文，发表在英国著名的《解剖学》杂志上。这一"完整肾"的解剖成功，在当时的欧洲医学界亦是一大突破，因此，这位来自东方、来自中国满族的好学青年实习生，被权威的英国病理学会遴选为正式会员。

1935年5月，白希清从英国载誉归来。回国后他直奔北平协和，担任了协和医学院病理学讲师。1942年他又回到家乡沈阳，受聘担任盛京医科大学病理学教授。在这期间，他发表论文20余篇，对推动中国病理学的发展作出巨大贡献，受到中国医学界的广泛关注和称赞。

1945年，中国人民终于迎来了抗战胜利，日本投降。这一年也是白希清一生中具有重要转折意义的年份——经林枫和焦若愚介绍，他参加

了革命队伍，不久加入中国共产党，并先后担任沈阳市人民政府市长、中苏友好协会会长等职。1946年初，他受命任中共中央东北局创办的东北公学校长，后又担任东北大学副校长。在解放战争的硝烟炮火中，白副校长一直号召全校300多名师生"坚决跟着共产党走"。为使学生们尽快成长为东北解放区的骨干力量，他还组织他们接触实际，下乡参加土地改革和遣送日侨等革命活动。

1947年白希清又奉命调往东北行政委员会，任卫生委员会副主任，翌年任东北人民政府卫生部副部长，在这两个可以说是他的专业本行里，白副部长充分发挥了自己在病理学和管理学方面的组织才能，组织防疫队伍深入疫区，为消灭东北的鼠疫作出了贡献。朝鲜战争期间，他对美帝国主义发动的细菌战做了深入研究，1952年率领反细菌战代表团参加了在维也纳举行的"世界和平大会"，揭露细菌战的罪行，打击了美帝的嚣张气焰。1953年他率中华医学会代表团出席"世界人民卫生与健康大会"，当选为常务理事。

1954年，白希清被调到北京，先任中央卫生研究院副院长，后任中国医学科学院副院长、党委副书记、党委书记。他一家人就是此时住进协和大院的。

本来按照他的专家身份，当然是可以住进教授小楼的，但他自觉地搬进了干部住的新楼，住在北门二层的一个三居室里，家里有好几个孩子，进进出出一大家子，人口不少。当时大院里的人都习惯叫他"白院长"而非"白书记"。1960年我们家搬进大院后，小小年纪的我，很快就认识他了：他那时不算老，个子不高，皮肤很白，眉眼细细的，看人时带着微微的笑意，我总觉得他长得有点像梅兰芳梅大师。身为医科院领导，有着那么多专业的和革命的经历，但他做人很低调，从没见过他在大院里咋呼，连说话都很少，声音也低，走路亦是静静的，似乎连脚步声都没有，就是那么一个文质彬彬的人。新楼里的一个大孩子对他也留有这种印象，他后来在一篇回忆文章中说："记得白家爱吃大白菜，门厅里经常顺着墙根儿整齐码放着不少整棵白菜，还都用报纸细心包好、盖好。生活精细认真的程度，由此可见一斑。"现在我琢磨过来了，这细节之所以给他留下这么深的印象，是因为当时在整座干部楼中，再没有第二家是如此行事的，一般各家也都买冬储大白菜，但也就码放在门口，上面盖块塑料布就算完事大吉。而白家如此精细认真，实际上是在不经意间体现出了医学家特有的专业素养，那是白院长早年在病理实验室培养出来的！

"文革"前，也许是我们年纪小，也许是当时没有现在这种重视教育的社会氛围，我记得各家各户的大人们都不怎么管孩子，更绝少与孩子们进行交流。故此，我完全没有从父亲口中听到过白希清伯伯的什么故事，不知他做过什么重要贡献。现在我读过资料之后，才得知当年白院长调入医科院以后，在卫生部与国家科委领导下，参加并组织医学科学家及有关科学家，制定了我国"医学科学12年远景规划"，并在他的主持下，组建了一系列综合和专科医院、基础和专业研究所，培养了大批医学业务骨干和学术带头人，使医科院的学术研究和科研工作，取得了引人瞩目的成果。

1971年，医科院遵照周总理的指示，组织人力总结新中国成立后17年的科研成果。被审查过关的革命干部白希清，被批准参加了《医科院主要研究成果报告》74项和《各省、市、自治区医学成果汇

盛京医科大学早期毕业生白希清（左一）、刘国伦、李宝实、吴执中、吴英恺五位教授，晚年欢聚畅叙

编》92项的分析、研究对比和审定工作。

"文革"结束后，1979年，已75岁高龄的白希清伯伯担任了中华医学会会长、党组书记，病理学会主任委员和肿瘤学会名誉主任委员等职。在他的主持下，中华医学会组织的学术会议逐渐增多，各种专科医学杂志从十几种增至几十种，质量不断提高。这期间他还率中国医务工作者代表团赴法国、丹麦、挪威等国访问，进行学术交流。他还主动组织随行人员将《美国医学会》杂志中的精华文章译成中文，编印成册带回国内，供我国医学界学习参考。

1987年，83岁的白希清教授亲自组织中国病理学专家编写《病理学》，为中国病理科学奠定了坚实的医疗理论基础，该书成为中国医学院校有关病理学理论知识的重要教科书，一直到今天还在被使用。

白希清伯伯一直活到93岁，直到生命的最后一刻都在工作。他是在1997年暮春离开的，那时，我们协和大院的槐花开得正盛，清风徐来，满院子都是沁人心脾的甜香……

中国医学科学院医学仪器
医疗器械研究所前党委书记
兼修配厂厂长赵林

赵林（1918 — 2009）

我家搬到新楼302室后，就和赵林伯伯家成了同楼层的邻居，他家是301室，他的第六个儿子是我中学同班同学。那时，他和夫人许阿姨都还健在，赵林伯伯个子高高、清瘦，轻易不出门、不说话；许阿姨稍胖，家里的一应事情全是她出来打点。两人都是老干部，是真正跟日本鬼子打死仗、从血里火里拼过来的"三八式老革命"。我上小学时就听说过，赵林伯伯年轻时极为骁勇能干，18岁就当了县长，是八路军《敌后武工队》主角魏强那样的英雄人物——当时我们的儿童读物就是《敌后武工队》《铁道游击队》等，男孩女孩都爱看。大院的大人、孩子说起赵林来，都是"啧啧"的，极为佩服和向往。

赵林伯伯本姓胡，族谱上的名字为"胡继全"，学名胡晓农，老家是在山东省长清县、距离赵官镇不远的大胡庄。赵林伯伯自小就是当地有名的神童，在镇完全小学就读时，因为家贫，要在学校挑水、劈柴、烧火供全校师生喝开水，还要扫院子，给上下课打钟……可是他仍然回回考试第一名。高小毕业后赵林伯伯就参加了革命，显示出超强的工作能力，在泰西县某区工作时，只用了不到八个月时间，就发展了一百多名共产党员，因而在不满21岁时就被提拔到县委，担任了中共泰西县委组织部长。

赵林伯伯的父亲胡传营是大胡庄村长，清末时还曾当过"大刀会"小头目，具有强烈的爱国思想，曾拥护"扶清灭洋"。抗日战争一开始，胡传营就加入了中国共产党，家里成了八路军地下交通站，被人称为"抗战迷"。他经常冒着生命危险给八路军送信，有一次送了一封鸡毛信，挽救下八路军两个连的人命，立了大功，被记入《地方志》。新中国成立后他担任地方上的参议员，相当于地委级别干部。

赵林伯伯担任泰西县委组织部长期间，该县是冀鲁豫边区发展壮大中共党组织最出色的县，因此在1940—1942年日寇大扫荡期间，遭受到

我们小时候都爱看的小人书《敌后武工队》《铁道游击队》

极为残忍的"三光政策"（烧光、杀光、抢光），别说普通党员，很多领导干部都叛变投降了。在一次扫荡中，赵林伯伯和很多群众一起被逮捕，不幸让一个叛徒指认出来，那叛徒曾接受过他对中共党员的培训，因而说他一定是中共干部，但幸亏不知他是组织部部长，否则绝对就被鬼子杀害了！六个月的严刑拷打与逼供，赵林伯伯宁死也未吐露真相，他手上掌握的全县组织系统的中共党员名单，一个也未泄露，中共泰西县党组织始终保护完好，为此，冀鲁豫边区的老战友们都非常敬佩他。后来，党组织派武工队将他营救出来，转移到昆吾县工作，为了隐蔽身份让他改名为赵林。

抗日战争结束后，赵林伯伯投身解放战争，曾任独立团团长，与国民党做最后的拼搏；许阿姨则在后方带着妇女们做军鞋、送军粮，不断配合前方的战事。女儿出生后，虽然是存活下来的第一个孩子，也跟别的同志一样，被送去寄养在老百姓家，直到抗美援朝打到三八线，开始"谈谈、打打"，待命部队明确不再被派往朝鲜前线以后，他们才将女儿接到平原军区大院，算是有了真正意义上的家。

从前面赵林伯伯的军装照可以看到，当时的他多帅啊！那时中国人民解放军是官兵不分级别，穿一样的军装，佩戴着同样的棉布印制胸章，上面有部队番号、姓名、年代。当时共产党干部一律实行供给制，每个干部的孩子每月发给15斤小米，后来不断改善，陆续增加了保姆费、喂奶费……

随部队接管协和医院之后，赵家从总后大院搬进协和大院，从此就在新楼301室扎下根。按照上级命令，赵林伯伯带人从美国人手里，接收了老协和医院修配厂及全部仪器、器械，成立了"物资保证部"，他的职务叫"协理员"。后来"物资保证部"发展为中国医学科学院仪器所，赵林伯伯出任该所党委书记，一直到"文革"爆发。

晚年时，赵林伯伯拾起了少年时就喜爱的传统诗词，练习书法，并写了一幅苏东坡的《念奴娇·赤壁怀古》楷书，去参加卫生部书法展，还获得了二等奖。许阿姨也是不招灾不惹祸的，尽量不吭声地度日，跟我们所有人见面都和蔼可亲地笑，然后便急急忙忙回自己的301室去了。可堪安慰的是，这一对老革命夫妇最后"走"得都还好，安安静静并干干净净地去了，没受什么罪，是少数享受到人间"五福"之一"善终"的福人。

郭少军（1923 —　　　）

郭少军伯伯今年98岁了，目前在我们协和大院老寿星里排名第一。大院人每天都能看到他挺着笔直的腰板，迈着稳稳的步子，出了大院门走步。你知道，我们外交部街胡同对面就是协和医院，胡同口已经被各色喧闹杂乱的小饭馆、各色看病拥挤的人群、各色拉人住宿的贩子们，以及不时驶来的汽车、摩托车、自行车……挤得满满当当，连我走都觉头大，只想赶快逃离。所以，我每次看到郭伯伯往外走，都竭力劝他回去，劝他就在大院里走走得了。可是他一边笑着点头，一

95岁的郭少军伯伯（中国医学科学院基础所前党委书记）与91岁的我老妈坐在协和大院中央花坛晒太阳

边紧着往外走，还不让保姆跟着。他的思维敏捷着呢，脑子比年轻人转得都快，真是神了！

谁都没想到会是这样，郭伯伯自己更是连想都从未敢想过，因为早在20世纪50年代初，他刚30多岁时，医生就断言他只有三年到五年生命了，那时他从朝鲜战场直接被送到北京协和医院，病历上写的是"重

症风湿性心脏病，二尖瓣及主动脉瓣膜严重狭窄，闭锁不全"。当时新中国的心脏科尚属空白，大夫对此束手无策，故将此病称为"不治之症"，连专家也以为他快不行了，谁知他竟然比在场的医生、护士们都活得长！

能安然度过90余年，比其他许多健康人都棒，这跟郭伯伯的心态有关，或者干脆说是健康心态决定了他的健康。他看得开，一点儿也没被死亡吓倒和压垮，但也从此小心翼翼地对付疾病，把它当作生活中的一个重要伙伴，每天都不忘跟它打打太极、聊聊天。聊什么呢？告诉它今天我在所里善待××专家了，我为××教授争取到一笔经费了，我为××研究员申报奖项了……他当党委书记的医科院基础所，名腕儿云集：谢少文、何观清、梁植权、李士谔、金荫昌、薛社普、吴冠云，等等，一共一百多人呢，这可都是中国医学科研界的顶尖人物啊，新中国的发展得靠他们呢！

郭伯伯是从河北农村走出来的"八路"，但他对所里的这些大专家教授乃至一般的知识分子，都很敬重和友善，所以他的口碑很好，大小知识分子们都不"怕"他，能把他当朋友（连我也不怕他，从我还是孩子时就不怕他，他对孩子们也慈眉善目，我对他一直是尊敬有加）。郭伯伯对文化也孜孜以求，读书写作，给报刊投稿，还出版过一本抗日战争故事书呢！1984年离休后，他又练起了书法，也学了绘画，后来都练得相当不错，直到现在还有人上门求字呢。

郭伯伯还有一福，即贤内助王秀珍阿姨虽然多年来身体不太好，但也还一直爽爽利利地陪伴着他。王阿姨是家里的主管，好脾气，爱说话，想得开，也像郭伯伯一样大处着眼、小处谨慎地对付着疾病，所以把健康维持得很好。我经常看见她饭后散步，连午饭后都坚持在院子里走几圈，从不犯懒，从不懈怠，真正是生命在于运动啊！

那年郭伯伯88岁米寿时，我遵照老妈的心愿，给他老人家送了一盆蝴蝶兰。花随人意，那花被郭伯伯和王阿姨养得风生水起，一连好几年都开花，盛开，喜得老两口一见了我就夸此花，高兴之情溢于言表。而我呢，也用另一种眼光看着他们，因为我才知道，原来在我眼里文质彬彬的郭伯伯，当年竟然是打鬼子的"八路军，武工队"（电影《地道战》的台词）。郭伯伯15岁就参加抗日了，19岁已经当上中共河北省河间县三区区委书记、区游击队政委。他与王阿姨的恋情，竟然产生于躲避日伪清剿的"蛤蟆坑"里。请看郭伯伯自己写的回忆文章：

　　一天，我在西刘庄工作了大半夜，转移到樊庄时已近拂晓，再进村里恐暴露目标，就悄悄溜进住在村外三间土坯屋的王干事家隐蔽一天，晚上再出去工作，可困得上下眼皮直打架，一躺在炕上，即时进入梦乡。

　　梦中突然被人推醒："快！鬼子包围啦！"钟妮儿（王阿姨小名）一把拉起我就往外跑。我从朦胧中一下清醒过来："你家没地道，往哪里跑？"正感到万劫不复的当儿，她把我拉进做饭用的那个小棚里，令我把那口大铁锅掀开，她拿掉锅底下四块砖头。"哇！原来是……"话没说完，她就把我一把推了下去，自己也跟着跳下。姐姐为我们盖上洞口，做好伪装。

　　我俩无奈地等待着敌人的动静。一会儿，果然有人进来，吵吵嚷嚷，敲敲打打，这是敌人搜索地道的惯用办法。此时此刻我们只好听天由命，钟妮儿扑到我怀里，我左手抱住她，右手掏出我的"勃朗宁"手枪，嘴上安慰她，心里却做好了最后一拼的准备。上面敲得越响，我们抱得越紧。两颗心都在咚咚地跳着。

　　待到地面上悄无声息后，我才松了一口气。这时才意识到我俩还在紧紧地抱着，我似有触电的异样，全身酥酥的，心在狂跳，但又似乎升华着爱意和激情。当姐姐来喊我们出洞，我俩仍恋恋不舍。

　　哇，原来从小到大看过那么多抗日故事，结果，八路军英雄就在自己身边哪！郭少军伯伯和王秀珍阿姨也太低调了，他们从来也没跟人提起过，说来我还采访过郭伯伯呢，他也没跟我提起自己当年的光荣历史，这跟那些编造业绩自吹自擂的奸佞小人相比，可真是一个天上一个地下呀！

　　这就是我们协和大院里的老干部、老革命们。岁月已经证明，他们同大院里的大医们一样，也给协和大院带来了生气和荣光。现在，前四位都已完成了人世间的使命，上天堂与马克思老人家欢聚了，衷心祝愿他们在那里天天快乐！更恭祝健在的郭少军伯伯和夫人王秀珍阿姨健健康康安度晚年，携手在大院里安步、健步，迎接朝阳，吟赏红霞，再活他个一百年，看我中华更腾飞！

父亲一生的追求也激励着我

韩宗燕

时间过得真快！转眼间就又度过十年时光了。这张照片是2011年庆祝中国共产党建党90周年时，由家乡党史研究室王全友主任发过来的。照片中的人物左一是恽代英，他是第一位到隆昌宣传马克思主义的人，左二就是我的父亲，他是第一位回家乡建立党支部的人。

这个事儿还要从十几年前说起。那一年清明节前，为了能让分布在各地的儿孙辈祭奠我父亲，我儿子梁霄在一个网上公墓给姥爷注册了墓地，这样家人和亲友就都可以在网上墓地献花留言祭奠了。某日，我忽然看到一个陌生人的留言：韩劲风曾用名是韩秋雁吗？他是我们寻找多年的革命前辈，他是第一个回家乡建立党支部的人。我们迫切希望与他的家人联系，希望家属能把老前辈的有

纪念中国共产党建党90周年时，家乡广场宣传栏里展示的人物照片（左一是恽代英，左二是我的父亲韩劲风）

作者九岁时与父母合影

关资料提供给我们……

我很快按照王主任留下的电子邮箱与他通信，发去了父亲的有关资料。没过几个月，我刚好有事要去重庆，就带上父亲的有关文字资料及照片、图片等顺路回了一趟老家。

隆昌——在我以往的脑海里只是两个生硬的汉字而已，它仅在我填写履历表"祖籍"一栏里用过几次。我也曾多次到四川旅游、出差，但都是路过，老家竟一次也没有去过呢！当时已年过半百的我终于踏上了故乡的土地，心里顿感五味杂陈。

我很小的时候就听父亲说过：隆昌北接秦陇、南通滇海、西驰叙马、东达荆襄，以弹丸之地而当"六路之冲"，被誉为"川南门户"。因为地理位置优越，隆昌自古以来都不是闭塞的地方，那里历代都出名人，在隆昌县志中都有所记载。隆昌境内土壤主要为紫色土、黄壤土和水稻土三类，称得上土地肥沃、物产丰富。记得当年思乡心切的母亲常常夸耀自己的家乡：我们家的地，丢一颗种子下去就能活，种出来的萝卜一煮都是能化沙的，哪里像北方的萝卜，还有糠心的……

在老家的短短两天，我走马观花般地看了以"全国第一石牌坊乡"著名的牌坊群一条街、云顶寨、古宇湖，还在党史研究室的同志们陪同下到父亲出生的地方——如今早已成为别人家的大松林看了看。看到眼前郁郁葱葱的景象，见到身背竹篓的老婆婆们从远处走来，又拐弯进入自家的院落……我感受到一种故土的温暖。而此时一个不解的问题也油然而生：生长在如此富饶的天府之国的父亲，当年为何要脱离家庭，走上奔波又惊险的人生道路呢？

隆昌因隆桥驿而兴，早在秦汉时期这里就号称"六路要冲"，因它位于重庆和成都之间，也是古代巴蜀驿道，这里一直是官绅军卒和商贾士民聚集的地方。因交通便利而消息灵通，这里也称得上一块革命热土，我祖父那一辈人中有多位军人都是与刘伯承一起闹革命的。我的祖父于1913年参加同盟会，追随孙中山先生实践"驱逐鞑虏，

父亲晚年时的照片

恢复中华"的国民革命运动，同年在上海接受孙中山先生委托，前往四川泸州策动哥老会（袍哥）首领余英（余竞成）起事推翻泸州清朝政府。辛亥革命胜利后，祖父旋即进入广州孙中山大元帅府担任军医课长。二次讨袁革命时期，局势吃紧，祖父又经孙中山先生委任为国民革命军水师营长，驻防长江水域江津一带。我父亲的大哥和我的堂兄于澍三哥都是战死于北伐战争汀泗桥之战。可以说在老家这块土地上甘愿守着平凡日子的年轻人略少，热血男儿更多。

一、父亲一生执着地追求真理，他是坚定的革命者

深植于家乡土地的这种性情也深深影响着我的父亲，他16岁时就考入黄埔军校，有两年行武经历；18岁在四川大学外国文学系读书时，他是学校中共支部的领导人之一，因遭国民党政府通缉，不得不离开家乡。他20世纪30年代在上海加入左翼作家联盟，与后来在抗战时期创作了为大家所熟悉的"工农兵学商一起来救亡……"这首著名歌曲——《救亡进行曲》的周钢鸣同是真如小组的负责人。1936年10月，他参加了鲁迅先生的追悼会和葬礼。《左联词典》里记载有父亲和他弟弟的名字，他们是左联中唯一两兄弟同为左联成员的人。

　　1937年"八一三"事变上海沦陷后，中共长江局委员董必武要共产党员朱婴回家乡华容创办一所推动抗日、培养进步青年、输送革命力量到延安的学校，中共湖南省工委派共产党员韩劲风和朱维泗分别担任训育主任和军事教官，并确定韩劲风建立党组织。"长沙大火"后，华容东山中学由朱婴带队，组建了"华容东山中学救亡旅行团"绕道去了延安，这其中还包括背着一个小包袱从家乡赶到华容求学的我的舅舅，他后来在延安抗大做了吴印咸的学生。这一批从延安走出来的人，日后都在新中国成立后担任了重要职位。有一篇回忆文章里记录了我父亲送东山中学的爱国学生去延安的情景："开船了，我们踏上了奔赴延安的旅程，远远地还能看到我们的训育主任韩先生站在岸边向我们挥手……"

　　抗战时期，父亲在《救亡日报》《武汉日报》等进步报社工作，国共合作时期的《襄樊日报》是父亲用他每个月的工资80块大洋创办的，改革开放后的80年代，有两位湖北新闻界的同志来京搜集史料，他们把当时健在的老新闻工作者口述的历史收入《湖北报业志》中。父亲曾给我们讲述过他办报要在夜间工作，常常连夜写新闻、写社论的经历，每当他讲述自己怎样为立即就要印发的报纸挥笔而就地写出文章时，就会面露很自豪得意的神色。1941年2月28日，在桂林复刊仅三年的《救亡日报》又被国民党政府勒令停刊，父亲和总编辑夏衍一起连夜撰写休刊社论《我们失去的是锁链……》，凌晨送到印刷厂印刷，之后父亲在桂林被捕入狱。出狱后他与单线联络的中共党组织失去了联系，后来又辗转于家乡和香港，在香港加入了中国民主同盟。1948年父亲携家眷与李济深等民主人士一同乘海轮回到祖国大陆，作为民主人士参加了开国大典。新中国成立后，父亲满腔热情地投入新中国的新闻和文学事业中，他参加了创办《光明日报》的工作，记得父亲曾给我们讲过《光明日报》创刊时的经过，当时有人提议报名就叫民主报，父亲想到民盟（当时叫"中国民主政团联盟"）在香港时期曾有梁漱溟先生任社长的机关刊物《民主报》，就说："我们大家都是为了光明而来，人也应该永远心向光明，还是叫'光明日报'吧？"他的提议得到了大家的认可。1956年后父亲又调入《人民文学》，再后来又被调往天津《新港》等报刊社工作。文化大革命时期，父亲遭受到"四人帮"的迫害，身心受到严重摧残。

尽管曾经因为失去党籍使他在工作中备受挫折，但父亲心中追求革命理想的火焰从未熄灭，即使是在至暗时刻，他也会拿出珍藏的洞箫吹一曲《春江花月夜》，既坚毅又乐观的性格支撑着他终生追随着自己的信仰。

1990年，在父亲逝世四周年的时候，我写了一篇题为"信仰"的纪念文章，在人民日报副刊"心香一瓣"栏目上发表，文中讲述了父亲为恢复党籍不懈追求的经历。自20世纪40年代被国民党抓捕入狱，父亲就与中共党组织失去了联系，在这之后的40多年中，父亲心心念念的就是恢复党籍，个中心酸，难以言说。幸运的是，在父亲去世前八个月，1985年4月，经胡耀邦领导下的中组部直接审查决定，为父亲恢复了党籍，这是对他一生的追求给予了评价。

父亲对党的信念始终是坚定的。记得"文革"初期他被隔离审查，母亲叮嘱我送饭时把危险物品全部带回家，当父亲看见我收拾他的剃须用具时，轻轻抚摸着我的头，笑着说："傻孩子，爸爸会自杀吗？！旧社会坐国民党的监狱都没有想到过死，现在我怎么会自杀呢！要相信群众相信党啊！"望着父亲那炯炯的目光，我不好意思地点点头。

从父亲身上我看到了他们那一代人的执着，父亲为恢复党籍寻找当年与他单线联系的上级领导人，即使是在"大跃进"年代紧张的工作中和"文革"的"牛棚""干校"里，他都始终不放过一切线索在茫茫人海中寻找。我从刚懂事时就知道，父亲每个月都要先从工资中拿出几元钱买邮票，然后才把工资交给母亲。他写过无数封信，尽管其中一多半都被退了回来，可是父亲还是不断地写啊写。当时我还太小，不知道父亲在白纸上写的是什么内容，但我看到了他的执着和真诚，在那一封封信中，寄托着他不懈的追求，也许还不乏几分固执。"文革"后期父亲被以战备疏散的借口收去了城里的住房下放农村，在那样艰苦的条件下，他仍然继续写信，并且每天都要到村口去等邮递员，送去厚厚的一摞信，也送上他的希冀，或者取回两张他订阅的报纸和上面贴着"查无此人"字条的信，同时取回无言的失望。那时我在城里读书，每周只能回家一次，每当我骑着自行车从公路上转过弯，远远地便能看到：空旷的乡村土路上，一个老人孑立着的身影。

在我初中毕业等待分配的时候曾陪父亲叩开过无数老战友、老同事的家门，也曾和父亲一起坐在组织部门的接待室里久久地等待，只怪我那时太年轻，不能够理解父亲那种迫切的心情，也不懂得为父亲分忧，只是搀扶着老人在漫无尽头的路上走啊走，直到走出了"文化大革命"的阴霾。

党的十一届三中全会给中国带来了希望的霞光。经我们兄弟姐妹商量，决定由哥哥执笔给中央组织部写一封信，信上简述了父亲的经历和近况。几天后，记得那是一个风和日丽的秋日下午，办公桌上的电话铃响了，我取下听筒，里面传来一个中年男子亲切的声音："我是中组部，你们的来信见到了，信中有些事情没有讲清楚，你们是不是能找时间到部里来谈谈……"次日，我们如约前往，组织局局长陈云鹏接待了我们。我们按父亲过去写的自传详细地做了补充，并将父亲所写的申请书等交给了党组织。中组部经过研究，批示给父亲原单位的党组织，又经过调查、审核等一系列程序，四个月后，我们接到了父亲党籍恢复，党龄连续计算，退休改为离休，享受老红军待遇的批件。真是难以想象，父亲为之奔波了40多年悬而未决的党籍问题，竟用短短四个月就解决了！当时父亲因患脑血栓已瘫痪七年，几乎完全失语了，我们俯在他的耳边把中组部的批示大声读给他听，父亲半张着嘴，脸部的肌肉抽搐了几下，两行热泪顺着面颊滚落下来……这是他盼望了大半生的事，而当愿望终于实现的时候，他不但不能再为党工作，竟连一句完整的话也讲不出来了！

对我们这些后辈来说，最令人钦佩的是父亲那一代人对实现共产主义信念的无比坚定，如父亲所说，他们当年是提着脑袋干革命，为的就是推翻压在人民头上的"三座大山"，推翻专制腐败的旧政府，让老百姓过上"岁月静好"的日子，为了这个目标的实现，多少前辈付出了全部心血以至生命。

二、热爱生活的父亲有着浪漫主义的情怀

身为革命者的父亲还有着革命浪漫主义的情怀，生活中的他博学多才，对文学艺术有着浓厚的兴趣。在我大姐七八岁的时候，他就把大姐送到陶行知先生开办的育才学校学习舞蹈，成为舞蹈家戴爱莲的第一批学生。新中国成立后父亲满怀激情，在繁忙的工作之余还去报考北京市的职工业余合唱团，当年跟着父亲去考试的不到十岁的三姐，现在讲述起父亲考试时的情形还让我们忍俊不禁，他说父亲唱的是《渔光曲》，音色不错，但有点儿"业余小哆嗦"……考完试回家的路上，父亲拉着女儿的手，信心十足地走着，女儿仰起头问："爸爸，你觉得能考上吗？"父亲答："大概有希望吧。"从这件小事上不难看出父亲对新中国、新生活的由衷热爱。后来他陆续把自己的几个孩子培养成毕业于中央音乐学院、解放军艺术学院的文艺工作者。

在我对幼年时的家庭记忆中，印象最深的是父亲那个绿色绢布长盒子，每当父亲稍有闲暇时，他就取出那只细细的洞箫吹起来，20世纪60年代的居民住房很狭小，父亲就拿着他最喜爱的洞箫和线装书在两层楼梯交接的空间去吟诗、吹箫，他最喜欢吹的曲子是《春江花月夜》，虽然他吹奏的总是乐曲前面的十几个小节，但那雅致优美的旋律已足以把听者从北方萧瑟的秋风中，唤回到南国花好月圆的春夜。正如元代仇远在《宿集庆寺》的诗中所云："听彻洞箫清不寐，月明正照古松枝。"那

可是中国刚刚度过所谓的三年自然灾害的年月，一个又一个的政治运动正接踵而来，父亲能承受住多方面压力，寻找自己心中的一份宁静，说明他是多么热爱生活……

父亲的很多文章及日记、照片等都在"文革"中因被抄家损毁，我们现在能搜集到的只有极少数的资料，从《甘泉的都市》和《新港之夜》两篇散文中可以看出他对新中国炙热的情感，第一篇是他出差济南时所写，另一篇是刚调到天津时的作品，父亲的文章能把历史知识、地理知识、典故等融于富有激情的文字中，让人读起来回味无穷。令人佩服的是，那个时代没有百度、谷歌等搜索软件，父亲他们那些老知识分子全是凭对知识的点滴积累和自己的记忆，靠笔杆子一个字一个字地写出来的，所以才有他们治学的严谨。

父亲喜欢给亲友写信，他写信给子女或是提笔写就一首新诗，或是讲讲相关的故事，让我们打开思路，从各个方面学习知识。三姐至今珍藏着她20世纪60年代初到桂林演出时父亲写给她的一首《飞笺答施儿》的诗，父亲在信中给她介绍了桂林的历史和地貌，告诉她每走到一地就要对当地的人文和自然风光细心体味和欣赏。

父亲1928年考入四川大学读外国文学系，他能西学中用，写出的诗歌中常常引用中国的典故和民间传说。父亲有着浪漫主义情怀，但也遵循着中国的传统美德，他告诫我们：要批判地继承传统，剔除其糟粕，同时也要有选择地吸收西方的先进文化。父亲和母亲的婚姻生活就是对他这种思想的最好诠释。我的祖父和外祖父是中学同学，我的父母是遵照父命指腹为亲的，他们两家大约相距两个县远，父亲读中学时却常到母亲家去，说他们俩是青梅竹马大概也不为过吧？婚后从事新闻工作的父亲在成都、武汉、襄樊、桂林、上海等地四处漂泊，母亲则一直在家乡扶老携幼，如牛郎织女一般，两三年才能见一回面，直到1947年他们先后赴香港才得以团聚。母亲虽然长得清秀漂亮，但毕竟只有高小文化，与身为记者、作家又出入过大上海十里洋场的父亲相比，在外人眼里或许不够般配？可是父亲却不离不弃地与母亲相守了一生。我小时候常看到父亲耐心地给母亲读书，《孔乙己》《社戏》《药》……我最早知道《鲁迅全集》里的祥林嫂、阿Q等人物都是在父亲读给母亲时旁听到的。在他们50多岁的时候，母亲曾得过一场比较轻的脑出血，愈后走路缓慢起来。父亲一有空暇就牵着母亲的手，拄着拐棍带母亲去散步。这种颇为浪漫的举动引起了邻居们的注意。我小学同学的妈妈操着满口天津话几次对我笑着说："你爸爸和妈妈出门还拉着手……"当时搞得幼小的我很不好意思。父亲牵着母亲最喜欢去我家马路对面一里地外一个叫小桥的地方，那里有一片湿地，父亲告诉我们："那边有海鸥飞来，我们去看海鸥了！"因为喜欢海鸥吧，后来他以"鸥"字为一个外孙取了名。区别于那些以窃取权、钱为目的的腐败官员们，父亲那一代知识分子更注重的是个人品行的修养，我在父亲生活的一点一滴中感受到了他身上的人格魅力。

三、父亲一生的追求也激励着我

在家庭生活的耳濡目染中，我受父亲的影响最深，从小父亲就教育我们做人首先要做到正直、真诚，行万里路、读万卷书才能视野开阔，胸襟宽广。虽然我们这一代人因"文革"的影响没能得到好的学习机会，少年时期就下乡务农或进工厂当学徒，耽误了最重要的接受文化知识的阶段，直到"文革"结束后改革开放时期才找机会上学读书。尽管我们那时已经是30岁左右的年纪了，得一边工作一边带孩子，但是为了挽回"文革"中失去的学习机会，大家都不顾辛劳，加倍地珍惜改革开放带来的机遇。

最幸运的是我能到报社工作，从事了父亲曾经从事的新闻事业。常听人说编辑工作是为他人作嫁衣，是幕后英雄，是辛苦而划不来的工作。我却觉得自己选择了这个职业受益匪浅。我从一个对编辑业务一无所知的青年，成长为采写了几十万字各类文章、编辑了160多个版面的老编辑。我在审阅来稿和采访中学到了许多知识，这些收获不都是得益于这个职业吗？！在我心中，让我更感欣慰的是：我接了父亲的班，成为像父亲一样热爱新闻事业的人。

我所就职的《团结报》绝对是名副其实的"老字号"报纸，是一份中国八个民主党派唯一公开发行的报纸。在新中国成立初期，一大批爱国的民主人士响应"五一口号"回到祖国大陆，一心为建设新中国作出贡献。当时民盟中央首先创办了《光明日报》，民革中央考虑到党员中有著名的老报人陈铭德、邓季惺夫妇带着《新民报》的所有设备和工作人员一起来到北京，投入新中国的怀抱，如果在这个基础上创办民革的一张报纸，那一定是天时地利的圆满啊！

邓季惺女士早期就从事妇女解放运动，1929年，他与三个中央社记者在南京创办了民间报纸《新民报》，1933年，她与《新民报》创办人之一的陈铭德结为伉俪，他们的报纸有一整套科学的管理制度，报道客观公正，在当年颇有声望。1937年底，日本侵略者侵入上海，逼近南京。在南京沦陷前七天，《新民报》迁往重庆，他们请一大批云集山城的文化人为《新民报》撰稿，使报纸发行量大增，社会影响巨大。周恩来一直关心《新民报》，为报纸题词："全民团结，持久斗争，抗战必胜，建国必成。"

1949年4月，邓季惺从香港来到已经解放的北平，主持《新民报》北平版工作。三年后，《新民报》北平版由北京市人民政府赎买，人员、社址、印刷厂转

20世纪80年代末《团结报》工作人员的合影

由中共北京市委宣传部接管，半年后《新民报》改为《北京日报》，由邓季惺担任顾问。此后，各地的《新民报》相继停刊，唯保存了上海的《新民报》晚刊，1958年，上海《新民报》改名为《新民晚报》。陈铭德、邓季惺的《新民报》有了归宿，民革中央办报的思路也一直在筹划，1956年，中共中央召开了关于知识分子问题的会议，充分肯定"知识分子已经成为我们国家的各方面生活的重要因素，是工人阶级的一部分"。毛泽东主席正式提出"长期共存、互相监督""百花齐放、百家争鸣"的方针，还提出了"共产党万岁，民主党派也万岁"的口号。就是在那和畅的氛围中，时任民革中央宣传部部长的王昆仑深感仅有一个《民革汇刊》是不够的，尽管这时民革办日报的主客观条件都不具备，但办一个小型周报还是有可能与必要的。他向时任中央统战部部长的李维汉汇报了这一想法，得到领导的支持。在中共统战部门的关心和支持下，由民革中央主办的《团结报》创刊了！1956年4月25日，一张由民革主办的参政党党报《团结报》应运而生。它的创建，在我国多党合作和新闻报业史上，具有特殊意义。

著名民主人士、红学家王昆仑先生担任了报社首任社长。《团结报》从创办至今，一直是唯一一家由民主党派主办且公开发行的报纸。当时新闻界有人称它是"中国报史上的第一份中国共产党领导下，由民主党派办的报纸"。1985年8月23日，王昆仑与世长辞，胡耀邦代表中共中央在追悼会上致悼词，称他是"忠诚的共产主义战士，著名的政治活动家，中国国民党革命委员会的卓越领导人"。

60多年来，《团结报》走过了曲折的发展道路，从一张报道民革党内工作的内部小报发展成为以宣传爱国统一战线和中国共产党领导的多党合作和政治协商制度，重点报道民革和其他民主党派履行政治协商、参政议政和民主监督职能为主要内容的综合性大报。《团结报》以其独具特色的宣传重点和报道内容在我国政治思想领域产生了重要影响，并在众多的新闻媒体中占有不可替代的一席之地。

1979年夏天来民革中央报到时的情景，如今我仍清楚地记得。那是"文革"后民主党派刚刚恢复工作不久，八个民主党派中央还在全国工商联大楼一起办公。当时负责人事工作的同志告诉我："民革中央的办公楼正在装修，就快竣工了，你过几天直接到那边上班吧。"没过几天，我就来到这个以三栋木质结构的洋房为主、带花园凉亭的院落（据说这座古建筑曾是德龄公主的私宅），从此与"东黄城根南街84号"结下了不解之缘。1979年，我还有幸和机关干部一起去人民大会堂参加了中共中央会见各民主党派全体代表的大会。记得在那次会上我们亲耳聆听了邓小平的有关讲话。

当时在民革机关工作的人，进进出出不过二十来个，因"文革"而停止了十几年的民主党派工作百废待兴，大家都在忙碌着重新铺展新的工作，《团结报》就是在1980年复刊的。由于我属于"被'文革'耽误的一代人"，没有学习过新闻专业的知识，便先在机关的几个部门分别"实习"了一段时间后，我才在《团结报》"安定"了下来。从编务、校对等杂事做起，从对编辑工作一无所知，到学会独立工作，一天天，一步步，我成长在《团结报》。在繁忙工作的同时，我参加了新闻专业的学习，获得了大专文凭。

（一）在老领导老报人的亲教亲授下学做编辑

在民革中央、团结报社工作的30多年里，有多少难忘的人，有多少难忘的事？每当我静下心来回想往事，眼前就如电影蒙太奇一样，叠现出一幕幕的难忘画面：

记得在我来报社工作还没到半年时的某一天，总编辑王奇（大家都尊称他"王公"）拿着一小叠用卷宗夹着的稿件递给我说："小韩，你不是想学做编辑吗？明天我要到新疆出差，你学着编吧，不懂的可以请教祝公（祝修林）。"我平生第一次独立当编辑就这样开始了。当天我连夜翻看了以往的报纸，手忙脚乱地干起来。我编的那一期"百花园"的版式与上一期几乎完全相同，文章的长短和标题的位置我都是照猫画虎地安排的，现在看起来觉得很可笑。如今，在受过"科班"教育进入新闻单位工作的年轻人看来，我编辑生涯的开始似乎也是颇具传奇色彩的吧！

《团结报》多年来采用的是编、采、校合一的工作方式，这对于我们年轻的编辑来说是很好的锻炼机会。更可贵的是我们得到了许宝骙等前辈的言传身教。回想起那时的工作环境，虽然条件简陋，但办公室里却总是充满着一种做学问的氛围。刚到报社时，我与王奇、祝修林、姜亚农三老在同一个办公室办公，每天我推开办公室的门，就见三老各自坐在办公桌前低头工作，烟雾从三个方向袅袅飘起，那时人们对环境污染和吸烟有害健康还不够重视，所以三老的烟瘾都挺大，每人都是一根接一根，号称"不灭火"（他们还有"三大烟囱"的雅号）。三老的年纪都长我30岁以上，所以对我总是呵护有加的。记得我刚到报社时曾出现过提出无知问题而闹笑话的事儿，做校对时也常有校不出错别字的情况，老社长许宝骙总是耐心地指出并给我们举例讲词汇的区别。为了便于记住这些，我用一个小本记下了曾经用错的字及宝老讲过的词语用法。有一天，宝老在我的桌子上看到了封面上写着"容易用错的字"的小本子，他拿起来翻看着，赞许地说："哦，都记在本子上了，小韩这样认真，好！"从他的话语和表情中我看到了老一代知识分子严谨的治学精神，于是就更加认真地向他们请教学习。至今我还保存着那个小小的牛皮纸封面的笔记本。能在著名红学家的亲自指导下工作，这确实是很荣幸的事儿呢！

从事编辑工作的头几年，我们心中总有忐忑的感觉，每到大样该送审时都要踌躇再三，生怕版面上还有错误。要知道，老报人们的眼睛都是很有职业特点、很厉害的呢！总编王奇是个幽默的人，他每看完大样后，都会拿着大样走到我们桌前，指着错字说："看！兔子又撞在枪口上了吧？"每到那时，我们当然只有"哦，哦，哦……"的份儿，像啄木鸟一样不停地点头。

至今报社的老同志聚在一起时，总会不约而同地说起20世纪80年代初那次全体报社同人到老社长许宝骙家聚餐的事儿，我们尊称老社长许宝骙为"宝老"，那天宝老夫人为我们精心准备了一大桌菜肴，那一锅飘着油花的鸡汤，仿佛还荡漾着鲜香的美味……当我们看到宝老亲自用我们每个人的姓名做谜底编出的谜语时，大家惊呼欢笑，个个争抢着猜，那欢笑声仿佛仍在耳畔……老社长欣慰的笑容我们也还记得。

为了追回"文革"中失去的宝贵光阴，我们几个年轻人都先后参加了新闻或中文专业的学习，边工作边学习，几年后都陆续担起了责任编辑的重任。在报社频频更换领导的非常时期，我们几个由老领导们一手教出来的非科班出身的人（其中也有几位78届大学生），竟能独立如期完成编辑任务，而且从没出过大的差错，这种事业心和责任感是与几位老报人的培养和影响分不开的。

（二）做编辑工作让我尝到了先睹为快的乐趣

编辑工作需要阅读无数的稿件，这使你自觉不自觉地要去读，去看，在看许多名家或不知名的作者的好文章时，让我体会到了先睹为快的乐趣；新闻职业就是见多识广的职业，一个人一生从事的职业不可能太多，一个人一生也只有几十年的经历，而我们在采访时会接触各种职业、有不同经历的人，他们的经历可以丰富我们的见识，如同我们经过了几个人生，使我们可以在生活中得到启示和教益。

在副刊部我做编辑十年之久，刚接手时，副刊的作者不能算多，总编辑王奇勉励我："要当个好的副刊编辑就要多结识朋友，有两个以办副刊出名的人，一个是名作家萧乾，另一个是《人民日报》的编辑、作家姜德明，他们自己既是作家，也是社会活动家……"

因为深知自己的不足，所以我格外地努力，也特别听话。于是我有意识地与作者增加联系，读者、作者的来信、来稿我都会认真回复，我还利用父亲的一些社会关系，向父辈的老作家组稿。对在京的一些重要作者我都登门拜访，渐渐地，副刊的作者多了起来，老作家艾青、楼适夷、张中行、萧乾、姜德明、吴小如、黄苗子、端木蕻良、周汝昌，当年还被称为中青年作家的从维熙、刘心武、雷达、周明、徐城北、高洪波、何志云等都陆续成了我们的作者，为《团结报》副刊增色不少。

记得有一天我收到了这样一封读者来信，信中问道："副刊'百花园'中为什么不见漫画这朵花？"我读后觉得言之有理。于是就与世交好友甘恢理说起此事，恢理是民盟中央的领导干部，他说民盟中央的《群言》杂志有个编辑是漫画家，他可以为我介绍一些作者。经他的介绍，我认识了《群言》杂志的美术编辑台双垣。小台不仅自己为我们赐稿，还热心地给我们组来了漫画名家华君武、丁聪、方成、王复羊、李滨声、徐进等人的作品。后来我几乎认识了所有在京的漫画界老中青漫画家，他们的作品在"百花园"里绽放着斑斓的色彩。

（三）在辛劳和奔波中我增长了知识与智慧

1997年以前，《团结报》每周只出版两期报纸，这使得我们有了外出的时间，当时报社条件有限，我们都是骑着自行车去采访和组稿的，我记得自己曾先后三次骑车去位于西三环的中国画研究院采访过。有一天是刚刚下过雪，我独自冒着寒风西行，车轮轧着积雪吱吱作响……我记得有一次为了取一篇第二天要发的稿件，晚上10点我骑自行车到团结湖楼适夷先生家……我还记得多次和同事张德海等骑车去人民日报印刷厂付印，工作完成后已是曙光初放，回到家已是次日早晨……

虽然工作中有辛劳，可是我们从中获得过许多令常人羡慕的欣喜和收获。比如1989年的一天，得知台湾漫画家蔡志忠为其漫画在三联书店出版来京，我当即与中国日报社的美编张耀宁、群言杂志社的美编台双垣一起赶到蔡志忠下榻的宾馆采访。当晚我就写出了专访稿，配上小台画的蔡志忠速写像，稿子第二天就在《团结报》上见了报。可以说，那是在大陆报纸上最早发表的介绍蔡志忠的专访。之后，中国大陆掀起了蔡志忠漫画热，而我们不仅亲眼见到了蔡先生作画，还得到了他送给我们的由他亲笔题字作画的漫画书呢！

大约是1994年初吧，我正兴致勃勃地满怀热情地耕耘着"百花园"时，社领导忽然把我调离了副刊部，通知我去新闻部当记者。因为事先没有思想准备，起初我心里很不情愿。为了证明自己有能力在记者岗位也不输给别人，我就多方寻找采访线索，慢慢地我体会到了做记者的好处。我采访过普通的民革党员，也采访过民主党派的领导人，也多次采访过台湾及海外华人中的作家、艺术家，我不仅在《团结报》上宣传统一战线和中国的政治协商制度，我还在国内国外的一些报纸、杂志上介绍民主党派的人和事……

当记者还有更有意思的事儿，在为采访"两会"到人民大会堂去开大会时，我常常骑着自己那辆只有三成新的自行车疾驰在天安门广场，远远地见警卫挥手阻拦，我就扬起胸前挂着的证件晃动，于是就被允许通过了。看到停在广场上的一辆辆汽车与自己的旧自行车形成了鲜明的对比，我并没有觉得自己寒酸，反而觉得自己才是最符合记者身份的人。

（四）"国运昌，则报运昌"，新时代《团结报》有了新发展

正如当年的总编辑王奇所说，报运与国运是不可分的，国运昌，则报运昌。从我所经历的"文革"后1980年复刊以来，《团结报》从复刊后的发行近40万份的辉煌时期，到一度经费紧张至不能按时发放工资，再到近几年的重新复苏，波波折折，一路走来实在不容易！

当年全报社工作人员只有十七八个人，所以大家都锻炼成了多面手，除了编辑、编务工作，我们也去街上卖过报纸，还多次参加了每年在中山公园举办的报刊活动日活动。毋庸置疑，报纸的发行量上升与编辑水平及所刊登的内容密不可分。一份报纸能在短时间内受到读者欢迎，取得较大的发展，除了时代的大环境好，更需要办报人的智慧和能力。《团结报》在那个阶段真是与报名相符，几位老领导是空前团结的，老社长许宝骙亲自四处登门组稿，70多岁的他还在上海街头卖报，

推介《团结报》。兢兢业业的祝修林副主编把关审阅校对，足智多谋的总编辑王奇掌握编辑内容，指挥分派记者出击采访……

总编辑王奇强调：《团结报》要办出民主党派报纸的特色，新闻版要及时报道各民主党派参政议政为"四化"建设出谋划策贡献力量的事；文艺副刊要图文并茂、百花齐放；文史版的内容要做到亲历、亲见、亲闻……在"爱国一家"专栏上，我们还设立了"亲人信箱"，免费为海峡两岸的亲人刊登寻找离散多年的亲人的寻人启事，为两岸搭起了桥梁。据了解，有很多去台人员通过在飞机航班上看到的《团结报》寻找到了亲人。《团结报》还通过香港《文汇报》发行，并寄发给台湾，这些做法为海峡两岸的联络和促进祖国统一发挥了作用。1984年、1985年《团结报》连续两年被评为全国新闻单位先进集体和民主党派为"四化"服务先进集体。但1990年老总编王奇调离后，先后担任社领导职务的有十位之多，这种领导层的不稳定严重地影响了报社的发展，更使全体员工无所适从。1999年，在民革中央的领导下，团结报社成立了以张宏儒为主任的社委会，王大可担任社长，自此报社的各项工作才逐步走入正轨。

看到报社向好的方向发展，哪个职工会不高兴呢？在2000年初报社全员聘任工作酝酿之时，我毛遂自荐地申请到办公室工作，作为比较了解情况的老同志，我觉得自己有责任为报社的振兴多出力。经过群众推举和领导商定，我从编辑记者岗位换到了行政工作岗位。尽管行政工作琐碎，尽管我几乎丢掉了自己的专业，但几年来，无论是在办公室，还是通联部、总编室，不管是主任还是副主任的职务，我都要求自己尽职尽责，做什么事都要考虑报社的利益。为什么能做到这样？只因为我成长在团结报社，我懂得《团结报》是需要我们共同守望的家园。

进入21世纪，团结报社有了新的发展，人员也增添了新的力量，如今《团结报》不仅在版面上有了扩大，还在网络多媒体方面展现出新的活力。

　　记得我们在新闻学院学习时，最先学的就有李大钊撰写的名联："铁肩担道义，妙手著文章。""铁肩担道义"是说要以坚强的决心和毅力，用毕生的力量来挑起弘扬道德、真理和正义这副重担，"著文章"是指寻求真理，宣传远大的理想和进步的政治主张，以唤起民众的觉悟。

　　我觉得自己所从事的这个职业是神圣的，能为办好参政党的报纸出力，做一个时代的记录者，是工作，更是使命。所以，我能全心全意地做好这项自己钟爱的工作，为了不辜负这份沉甸甸的责任，也为了让父亲的在天之灵能为继承了他的职业的女儿感到骄傲。

（作者为中国作家协会会员，东城作家协会副秘书长）

母亲在党旗下

胡 健

我的母亲胡朋（1916—2004年）是1938年参加抗日战争的革命老艺术家，她饰演的电影《白毛女》中的大春妈、《槐树庄》中的女主角郭大娘、《回民支队》里绝食而死的马本斋母亲、《烈火中永生》中的双枪老太婆……在50岁以上的观众中是有口皆碑。

每年两次，我和姐姐都会随着耄耋老父一起到母亲的墓地上扫墓，一次是在清明前后，视天气而定；另一次就是在12月28日，母亲的忌日。无论风霜雨雪，父亲和我们必会出现在母亲的墓前。母亲的墓地在北京西北郊的天寿山下，陵园里绿树依依、碧草连天。一次清明时节，父亲在母亲的墓前说："在文艺工作者中，像你们妈妈这样多次身陷危险，中过弹，跳过崖，遭遇三次突围经历的，还不多见。"

一、战火青春女八路

抗日战争进入相持阶段时，日寇进攻的重点转向威胁它后方的八路军的抗日根据地，敌后处于频繁的"扫荡"与反"扫荡"之中。在这种形势下，我党决定向敌占区的敌伪人员开展政治攻势。晋察冀的各文艺团体多次组织精干的演出队，在武装掩护下深入游击区、敌占区，向敌占区人民和敌伪人员进行演出宣传。1942年春节期间，母亲所在的晋察冀军区抗敌剧社和"在华日人反战同盟晋察冀支部"的日本朋友一起，到平山县"接敌区"进行活动。日本朋友向敌人炮楼喊话，散发传单慰问品，其他人则在集市上进行小型演出。3月底，他们组成了三个演出队进入斗争残酷的山西定襄、序县（今原平市）一带敌占区进行活动。在这次对敌政治攻势中，母亲的那个小队在一次演出过后连夜转移到一个叫作神岗头的村庄，这个村庄距敌人的据点不远，因被汉奸告密，夜半遭到敌人突袭。突围中，母亲的脚踝中弹，被迫跳崖，另一位女同志方璧牺牲，一位男同志崔品之被俘后遭杀害……

当母亲苏醒过来的时候，发现自己躺在崖下的一个凹坑里，身上有好些土和茅草，她迷迷糊糊地想着："这是怎么回事，我怎么躺在这儿？"这时一阵紧密的枪声使她逐渐回忆起刚刚发生的事情。"不行，战斗还没有结束，我得走！"她猛然往起一立，又扑通倒了下来，她又试了两次，都失败了。原来她的左腿完全失去了知觉，根本不能站立了。这时她才感到她的脚一抽一抽地疼，鞋子里的血和脚已经凝结成一坨了，血好像不流了，腿是麻木的。她从容地把材料、日记本和公款埋了起来，然后紧紧地靠在洞壁上，仔细听着周围的动静。在绵密的枪声里，她听到了日本人讲话的声音，好像在崖顶上，又像在左侧的梨窑那边，这时她把手榴弹的盖子打开，拉出弦，把弦套在手指上，准备着敌人一旦搜沟就和他们同归于尽。

敌人走后，母亲被送到后方医院进行治疗。给母亲治伤的医生是继白求恩之后主持医院工作的另一位国际友人——印度籍的柯棣华大夫。柯棣华大夫为了治疗我母亲的脚伤，亲自上山采集中药，煮汤为我母亲泡脚，亲自为她按摩，并做她的思想工作，增强她治愈的信心，使母亲深为感动。母亲脚伤痊愈出院不久，却听到柯棣华大夫不幸逝世的噩耗，这使母亲悲痛不已。她在若干年后写的回忆文章《柯棣华大夫帮助我重返舞台》中，记述了这位国际友人为她治伤的过程。1981年河北电影制片厂确定拍摄影片《柯棣华大夫》，并邀母亲扮演老房东一角，母亲欣然应允并积极投入这项工作，以此寄托她对柯棣华大夫的哀思。

1943年秋冬，在以牟平为中心的冀西山区，遭受到敌寇持续三个月之久的残酷"扫荡"。这一地区是晋察冀军区机关的驻地，也是抗敌剧社居住和经常活动的地域。这年的反"扫荡"，是剧社在历年反"扫荡"中经历的时间最长、最艰苦、损失最大的一次。在这次反"扫荡"的后期，11月30日，抗敌剧社经过一夜疲劳行军，刚刚在一个名叫坡山的小山村住下，就遭到敌人的奔袭，在突围中有同志牺牲了。此次突围后，形势更为严峻，剧社不得不把男、女、小同志按身体强弱编成若干小组分散活动。这时，剧社已经没有了部队掩护，本身又没有战斗力，只能根据老乡们传说的敌情自己决定行止。母亲胡朋和刘钧负责的那个组一共九个人，他们途经小水峪沟村，因疲劳临时住了下来，不想拂晓又遭到敌寇包围。母亲胡朋脚伤刚刚痊愈，未留下残疾，已能跋山涉水，谁想又在反"扫荡"中遭此劫难。突围中，吴畏、安玉海、李心广、陈雨然四位同志牺牲，孙玉雷同志受重伤，胡朋从山上滚下来幸免于难，全组九人伤亡过半。

母亲在晚年回忆起这次事件，仍然感到内疚，她认为自己作为这个组的带队者，没有尽到责任。母亲在不到两年的时间里竟遭遇三次突围，历经跳崖、滚坡，大难不死。

二、投身革命投身党

此前，母亲胡朋于1938年8月进入抗日军政大学四大队五队（女生队），系统地学习了革命的理论，还亲耳聆听过毛主席做报告。她很清楚地记得毛主席在讲了武汉失守后抗战的形势和后续的任务以后，特别讲到送给同学们三件法宝，只要掌握了这三件法宝，工作就能取得胜利：一是党的领导，二是群众路线，三是统一战线。而她对这三个问题的理解，是在以后长期的斗争实践中逐渐加深的。

抗大培训后，不少同学都留在了延安的各个部门，我母亲积极要求上前线。1939年初，母亲离开生活了四个月的延安，到达晋察冀军区。由于参加过战地演出，她被分配到抗敌剧社做演员，她立即投入紧张的行军演出当中。平日里她访贫问苦，观察群众生活，很快成为业务骨干；同时她也关心战友，照顾小同志，给他们捉虱子、剃头发、烫衣物，甚至被一些小同志称作妈妈，那时她才20多岁。那时剧社有四个女同志，演老太太的角色需要往脸上画许多皱纹，对于爱美的女同志来说，并不是那么情愿的。而母亲胡朋甘愿演老太婆的原因，据她自己说，不过是出于一种"我不演谁演"的考虑，却没想到因此和老太婆角色结下了不解之缘。来到剧社以后，在不到一年的时间里，她连续在独幕剧《电线杆子》《东北的一家》《到山那边去》和多幕剧《丰收》《父亲们的乡村》《两年间》等剧中扮演了角色，多是老太婆角色。结果演来演去，演出了名气，在晋察冀军区几个文艺团体联合排演改编自高尔基同名小说的话剧《母亲》时，她顺理成章出演女主角——母亲尼洛夫娜。导演团非常强大，由崔嵬、丁里、凌子风、汪洋、韩塞、牧虹等人组成。

但是，总有一件事令母亲不安。母亲虽然是1938年就参加了革命队伍，却迟迟未能入党。在战争环境下，难道是她在苦苦追求进步的过程中表现得不够好吗？显然不是。

以前母亲在世的时候，我没有注意到这个问题，在她去世几年后才发现，母亲竟是入伍四年之后才入的党。我问父亲，父亲说，那时斗争很残酷，组织上要对每个人的来路进行审查。因为母亲到达延安以后，她的革命介绍人已经离开抗大，一时间无法对证，入党的事就拖延了下来。

母亲是在北京读完高中后，辗转到上海找工作的。经同学的亲戚黄一然、赵洵教授夫妇介绍，她在姚主教路今天的私立正风中学的教务处和训育处做了职员。人家问，"你会刻钢板么？"母亲说："会，我刻过传单。"人家说："这里不刻传单，要刻讲义。"

赵洵、黄一然夫妇都是地下党员，他们在"九一八"事变后，由东北流亡到上海，以教书和翻译书稿为生。在他们的家里，刚刚接触社会的母亲胡朋，聆听他们的谈话，谈到共产党，谈到延安，每次都像是听了一堂形势教育课，精神上感到极大的满足。她心里渐渐埋下了红色的种子。

1937年上海沦陷后，一天，黄一然、赵洵夫妇来告别，说要去延安了，并很遗憾地讲到因为没有足够的路费，不可能带母亲胡朋同去，并且嘱咐她，以后到延安红军大学去找他们。母亲心中不舍，却又不得不和他们分别。此后的几个月时间里，母亲省吃俭用，同时通过应聘家庭教师积蓄下一些钱，终于凑了些路费，便决心去武汉转赴延安，实现她找共产党的愿望。此时，通往内地的铁路线已被日寇控制，只有从海上绕道广州、香港去武汉了。她托人买了英轮"海燕号"的船票，在4月中旬的一个夜晚上了船。

到了广州，在满街涌动的逃难人群中，母亲遇到了从上海逃出来的一个由十几个人组成的文艺宣传队，得知他们的计划是沿路宣传奔向延安，而她却必须去武汉找到关系，取得介绍信再去延安。那时日本敌机袭扰频繁，母亲所乘坐的火车在黎明时分两次遭到轰炸。到达武汉车站，又满眼都是南来北往逃难的人群，他们背包挑担、扶老携幼、呼儿唤女，母亲在"我的家在东北松花江上……"的广播歌声和"保卫大武汉"的口号声中夺路而行。耳闻目睹的这番战乱景象，让母亲更是坚定了尽快找到共产党、早日奔赴抗日救国前线的决心。一位曾在上海正风中学任职的同事带母亲去见了沈钧儒老先生，沈老先生高兴地提笔给武汉八路军办事处董必武主任写了介绍信。董老的秘书李英杰同志接待了母亲胡朋，让她填写一张表格。表格上面除去一般履历外还有几个问题，母亲认真详细地填写后，李英杰同志很快便递给她一个大信封，里面有两封信，一封上面写着交抗日军政大学林彪、罗瑞卿校长，另一封信要她直接交给西安七贤庄八路军办事处。几十年后，母亲回忆说："那时我高兴得心都要跳出来了，至今想起心情仍难以平静。"

到达西安七贤庄八路军办事处两天以后，办事处用一辆马拉大车把母亲胡朋等七八个人送到"安吴堡青训班"。这是1938年4月底的一天。

直到1942年，母亲胡朋入党后，黄一然、赵洵夫妇路过驻地，来看望她，她才与自己的革命引路人在革命根据地第一次重逢。

30年后，我也加入了中国共产党。但是我深知，抗日战争时期的青年知识分子对党的感情要远远地深于、胜于、纯洁于我们。在执政党时期，有名与利的诱惑，有升官发财的诱惑，有光宗耀祖的诱惑，这些都在腐蚀着我们每一个人。于是我们之中不够坚定的人就走向了人民的对立面。而母亲那一代人，是万万想不到要利用党员的身份谋取私利的。在党旗下，我们入党的誓言是一样的，但是我们和母亲那一代党员相比却是有差距的。

母亲胡朋于2004年12月28日晚10时半逝世，终年88岁。

我爱我的母亲！

我行故我在

——访著名语言学家李行健

姬 华

　　李行健先生和他的词典编写队伍一直游走于"语言文字规范最直接、最细致的表述"中，一直用洪荒之力推崇着一位"最博学、最耐心、随叫随到的老师（词典）"（引号中的文字均为许嘉璐语）。这是一个无编制、无经费、无处所的"退休军团"，更是一支有着另类的勇敢和随遇而安的文化劲旅！

　　从1992年至今，20多年来，他们编写了大大小小的字典、词典多达30多本，并以"规范"系列的创新编纂体例在辞书界脱颖而出。这其中蕴含的坚持、坚忍和坚守，却是他们用熟谙的语言文字难以表达的。

　　文字，本是用来使用的，一旦注入了情感，就变成了美丽的支撑；语言，本是用来交流的，一旦融进了责任，就变成了神圣的担当。这就是我认识了李行健先生，拜读了他的《语文的故事》和了解了他经历的"词典的故事"后的最深切的印象和感悟。

　　如今，这些字典、词典，带着编写人员的体温，带着他们对责任的所感所悟，充斥于各图书大厦和大大小小的书店，而其中埋藏的由远及近、由浅入深的感人故事却鲜为人知。

　　笔者愿重温感触，向您讲述李先生在岁月深处的回望。

一、编写词典的萌动与期待

（一） 胡乔木写给吕叔湘的一封信

20世纪80年代初，年富力强的李行健已在理论与实践的结合方面在语言学界崭露头角。他边工作边写作，发表了很多文章，阐述了他对语言文字的独到见解。1981年，他在《辞书研究》上发表了一篇《概念意义和一般词义——从"国家"的词义是什么说起》的论文，以《现代汉语词典》中将"国家"一词解释为"阶级统治的工具"等为例，管窥编写中的诸多问题，对《现代汉语词典》及《辞海》等权威性辞书的一些释义提出质疑，并大胆提出三点：首先，释义工作要解放思想、拨乱反正，以实事求是的态度编词典；其次，要从口头和书面的语言中概括词义，作为释义的根据；最后，词典注释词义应以广大群众共同理解并一致使用的意义，不可以专门术语释义。

这篇论文引起了时任中国社会科学院院长胡乔木的重视，他亲笔致信《现代汉语词典》的主编、时任语言研究所所长的吕叔湘先生，信中写道："我很注意地读了李行健先生的《概念意义和一般词义》一文，深觉《现代汉语词典》有许多词条有类似的毛病，很需要认真准备与修订。这当然不是把《现代汉语词典》的巨大成就给贬低了，我是几乎一日不无此书的，而是为了百尺竿头更进一步。而且这个缺点是当时政治空气所致，我也应负其责。"这封信特别提到了编词典要借鉴李行健的观点和见解。后来这封信还编入了《胡乔木文集》。

这封信让李行健大为振奋，进而萌动了编写"规范"词典的初心，他意识到，编写一部规范性的大词典，刻不容缓。

（二） 大师的博大胸襟给他带来机会和信念

作为当年炙手可热的《现代汉语词典》的大主编，吕叔湘先生对他曾经的弟子李行健提出的质疑非但没有不悦，反而以欣赏的姿态，在国

家语言文字工作委员会（下简称"国家语委"）成立语言文字应用研究
所时，力荐李行健。当时需要三名骨干，李行健被第一个从天津调到北
京，于1983年底报到，1984年初出任应用研究室主任。半年后，时任
语文出版社社长的吕叔湘先生又推荐并说服李行健出任该社副社长兼副
总编。

在大师身边工作，李行健喜出望外，干劲倍增，在短时期内便成绩
卓著。李行健还于1988年秋受日本文部省国立一桥大学邀请，前去日本
讲学。在日期间，他看到日本书店中词典应有尽有、琳琅满目，便立即
给吕先生写了一封信，再次提出编写规范词典之事（以前提过，先生认
为时机不成熟），吕先生很快回信说"你回国再说"。心灵相通，李行
健感觉机会将要来临了。

（三）理论有基础，实践有先驱

李行健于1953年考入北京大学中文系，从1954年起每年都能聆听到
著名语言大师王力先生授课。王力先生对古今词典有很深的研究，并有
着完整的理论体系。他给学生们讲述了举世闻名的《牛津英语大词典》
的编写历史，讲到了在日不落帝国已衰亡之时，英国人唯以这部词典为
自豪，因为全球学英语的人都离不开这部词典。这些史实，使李行健为
词典在国际文化发展交流中的巨大作用深感震撼，对编辞书者崇敬至高
山仰止。

王力先生有理论，亦有实践，在早年就发表了《了一小字典初
稿》，后又编过《理想的字典》，撰写了《同源词典》，但始终没机会
编一本大的字典。他在《王力古代汉语字典·序》中写道："编写一部
字典，这是我的夙愿。"遗憾的是，在"文革"中王力先生的部分手稿
遗失了，直到80多岁才有机会继续编写，但未能完成就去世了。值得庆
幸的是他留下了长篇序言，阐发了编写理念，留下了编写"凡例"，后
由其六位大弟子完成了他的心愿。

李行健讲到另一位北大先师魏建功时，也同样动容。他和魏先生的

师生情也缘于"词典"。那时，学生是可以随时去老师家中请教的。李行健第一次去时，魏先生就以不悦之表情告诉他，有问题先查字典，再不解方可上门。李行健照做了，后来都是先查字典再行请教。于是魏先生大悦，每每认真赐教。后来李行健才得知，魏建功先生就是主持编写完成举国皆知的《新华字典》的大专家！所以他深谙编词典之辛苦和不易，要求学生养成查字典的习惯。而他自己即是一位劳苦功高的新中国辞书的奠基人之一！

二、北京大学授之以"渔"，奠定深厚学识

（一）考入北大，欣逢中文系鼎盛时期

李行健不止一次地感慨他于1953年考进北大中文系是"欣逢盛世"，因为在1952年北大中文系刚进行了第四次院系调整，可谓大师云集，王力、游国恩、魏建功、杨晦等都是国内外著名学者。还有高铭凯、袁家骅、周祖谟、岑麒祥、林庚、浦江清、吴祖缃、王瑶等先生也给李行健的班级上过课。当时系里还外请吕叔湘、郑奠等名师来校讲课。

李行健说，与如此强大的师资阵容相得益彰的是学生们高涨的学习热情。尤其是他，一个从四川较小地方来到北京的最高学府，又幸逢大师云集，他万分珍惜，在北大就读五年（因病休学半年），没回过一次老家，只为能充分利用寒暑假图书馆人少便于借阅，也趁老师们稍有时间可常登门求学。就这样，他比一般人多掌握了许多知识。

在大学期间，他在《中国语文》杂志上发表的论文《汉字为什么没有走上拼音道路》，受到专家们的好评，并且分别被美国和苏联的学者翻译收入有关汉字汉语研究的文章中。还有一篇杨伯峻先生指导的学年论文《〈世说新语〉中的"都"和"了"用法比较》，发表在中文系的《语言学论丛》上，这是一个很大的成绩和荣耀。

（二）学有所成，理论与实践的有效互动

李行健大学毕业后被分配到中科院河北分院语言文学研究所，很快就接到了河北省方言词汇的全面调查工作。对此他很陌生，便参加了中科院语言所派到河北昌黎的一个方言调查小组，由学贯中西的学者丁声树任组长，一行四人到了目的地。他们挑选了发音合伙人，边听边记，之后按不同的发音人记录汇成同音字表和语法条目。在工作中丁先生手把手地教李行健怎么去做。这样细致入微的调查工作李行健经历了整个过程，获益匪浅。

调查结束后，李行健回到单位开始做方言调查。河北省有151个县，他就着手组织抽调各县人员一起搞。巨大的工作量，使李行健在1959年整整在外跑了一年。第二年各县报表汇齐，他在1961年开始边整理边核对，终于在1963年底完成了《河北方言词汇编》。

后来，李行健奉调到天津师范学院教了十几年书，其间办过学报。"文革"后，在1980年前后几年间，他写了大量极具学术价值的论文，其代表性论著《语文学习新论》中的大部分文章都是在这个时期撰写的，大有厚积薄发之势。

最令人佩服的是他对语言文字的研究几乎覆盖了所有方面，如语文政策、语文应用、汉语规范化、词典、方言、语法、修辞、文字、训诂等，他的研究成果既有理论深度，又有实用价值。他写的《也说"江""河"》一文就被人民教育出版社节选为《高中语文实验课本》中的课文。

（三）两次选择，来自"共鸣"和"缘分"

其实，李行健初中毕业后考上了位于重庆的西南工业专科学校，后来该校改为西南建筑工程学院，他所在的机械制造专业转入重庆大学，作为预科，一年后升为本科。但此时，李行健想改学新闻专业，他认为在当时学写文章，当记者可反映民意。他决定一年后改学中文，在当时又受到吕叔湘和朱德熙两位先生写的《语法修辞讲话》的影响，对语言知识产生了兴趣，写了一篇名叫《谈"着"和"了"用法》的文章，寄给了《语文学习》杂志，后来收到一封退稿信，给予热情鼓励，让他修改后再采用。李行健非常感动，但当时因正准备赴京赶考北大中文系，就没有再修改那篇稿。他当时并不知道那竟然是大名鼎鼎的张志公先生的亲笔信。待30年后，他有机会与张先生一同工作时，才发现那笔迹很像先生的字迹（他一直珍藏着那封信），便找出来复印后拿给先生看，张先生高兴地确认了。李行健真诚地说："从那时起你就是我的老师了，是把我引入语言学的带路人。"这大概是心灵的昭示所产生的共鸣吧。

李行健的第二次选择，是在上大三之前，系里决定将文学和语言分开，四分之三的人学文学，四分之一的人学语言。这时班上有一个同学因分到语言班而大为苦恼，李行健和几个同学去找系里领导说情未果。李行健第二天便决定和这个同学换班，得到了系里同意。他认为当时就是为了安慰那个同学，其实这不能不说是他和"语言学"的缘分，若不是他的两次果断的选择，我们国家的语言事业将和一位语言大家失之交臂！

三、牵动心愿和梦想的"编写"岁月

（一）如愿以偿，他遇到了更好的自己

杨绛先生说："读书，是为了遇见更好的自己。"

1992年，机会给了有准备的人。吕叔湘先生和时任国家语委主任柳斌等有关领导，把编写一本规范性词典的任务提上了议事日程，国家语委随即成立了"现代汉语规范词典编委会"，由李行健负责，真乃天降大任于斯人！李行健终于在自己钟爱的语言事业中遇到了更好的自己。

面对我的采访，他说："我这一生平淡无奇，退休后做规范词典这一段，更有意义。"这让我想起了托尔斯泰的一句话："选择你所喜欢的，爱你所选择的。"

1992年夏天，关于编写《现代汉语规范词典》的论证会，在怀柔宽沟召开，应邀参会的专家学者有20多名。会上，李行健传达了因病未能与会的吕叔湘先生的重要意见：新编词典一定要有自己的特点，如果没有新的创造性、特点就不要编，没有用。

在会上，专家学者们进行了热烈的讨论，一致认为，有两点在以往的词典中没有，若去做便是"创造性"和"特点"，即一是词性标注，二是释义按历史脉络排列。大家也一致认为，这是两件做起来太难太复杂的事，要有足够的胆识方可进行。

对此，李行健说："越困难的事情越有干头，干起来才更有意义。"这不仅是因为他有着强大的内心，更因为他有着由来已久的理论知识的装备。

早在1955年，北大中文系就给"语言专门化"的学生特别开了一门课，叫"现代汉语规范问题"。当时没有教材，但开风气之先是北大的传统，王力先生等几位大师决定临时备课，尽快开一门有关新课。很快，王力先生率先讲"现代汉语规范问题总论"和"现代汉语语音规范问题"；魏建功先生讲"汉字规范问题"；周祖谟先生讲"现代汉语语法规范问题"。尤其是林涛的"现代汉语词汇规范问题"课，讲授了方言词、外来词、文言词和词义、同义词等规范问题，内容生动有趣，举例丰富贴切，给李行健留下了深刻的印象，后来他写过不少关于词汇规范的文章，皆与林涛先生当年的传授有着重大的联系。多少年来，李行健一直捕捉着那个时代的学习精神，并努力勾勒出来，以期传诸后世。

吕叔湘先生正是在李行健身上看到了这一代人的思路和成长，才毫不犹豫地将这个历史重任交付于他。

（二）另类"军团"艰辛并快乐地上马

怀柔的宽沟会议后，以李行健为首的编写组以"三无""三同"的形式成立了。"三无"即无编制、无经费、无办公处所；"三同"即同吃同住同劳动。他们以《现代汉语规范词典》为大目标，同时编写一些小的各类字典，与出版社以版税形式合作，用稿费当经费，以书养书。一切准备就绪，他们用向语文出版社借的启动资金，扬鞭上马了。

那捉襟见肘的办公地点就是用一个旧仓库打出的若干隔断形成的办公室。有一段时间，楼道中厕所管道坏了，时常"泻黄"，屎尿味充满楼层，他们就打趣地说是在"文史馆"（闻屎）办公。殊不知，这个退休军团中专家、学者、权威，甚至"高干"，不在少数，他们毅然离开家中宽敞舒适的住房，伏案于被别人淘汰的办公桌上，下榻于木板木凳搭起的床板上，坚持在"三同"的环境中做着自己钟爱的事。其间他们搞过一些宣传活动，也只能租用寺院、养老院这样低价的场所。

说起编写字典之艰苦，欧洲的一位学者斯卡利格竟这样说："十恶不赦的罪犯既不应处决，也不应判强制劳动，而应判去编词典，因为这种工作包括了一切折磨和痛苦。"这话真让人不寒而栗，但编写组的人员记住的是余秋雨的一句话："文化就是在宁静中表现力度。"

白昼中，当大小城市都沉醉在游人如潮的舞动中时，他们却在一字一词地斟酌，以呈出最准确、最到位的释义；夜晚时，当天籁把人声赶到了梦里，他们仍在为让每一字每一词都能成为"规范"的"典示"，而进行讨论、归纳、汇总。虽然面对纷繁复杂的汉字，面对巨大的工作量，字斟句酌，酝酿释义，不是一天两天、一月两月，也非一年两年的事儿，但在这里没有"寂寞难耐"，没有"枯燥乏味"，只有执着任性的心甘情愿，只有一派天真的老骥伏枥。

（三）捷报频传是一种顽强的生命表达

毋庸置疑，李行健的编写组是一个不可复制的出色的团队。这个团队前后有100多人参加，每次定员在30人以内。李大帅一直有着强有力的左膀右臂，这些就是他的副总编们：

有曾是王力、高铭凯的研究生，后为首师大教授的刘钧杰，他在病重期间还一直时断时续地为《现代汉语规范词典》的修订尽力，直到去世。

有曾是天津师大教授、古籍研究所所长曹聪孙，他在做透析治疗期间还常常将一个个词条寄给编写组。

有曾在复旦大学师从名师张世禄学习古汉语的学者余志鸿，他从北京回上海探亲时突发心脏病，英年早逝。

有曾任首师大中文系主任的赵丕杰，他在国外探亲时还时常与编写组联系讨论词条。

有湖南常德师范学院教授应雨田，他一直患严重眼疾，坚持看资料、写词条，直到右眼球摘除才回家歇息。

还有也是副主编的季恒铨，他担任举足轻重的管理工作。他制订了写稿、审稿、作息、休假、著作权利和报酬的分配等工作计划。在他的管理下，编写组20多年来从未发生过关于署名和报酬方面的纠纷，因此，他是李先生不可或缺的好管家。

李行健主编更是身先士卒，多年来一直掌握着全局，用他的智慧带领着全组人员力求全方位地展示语言文字的精华和奥妙。他从未享受过周末，不是在办公室，就是在去办公室的路上。

古人云："器大者声必闳，至高者意必远。"从来没有一种坚持会被辜负。1998年，编写组将《现代汉语规范词典》的字头部分，按字典的特点，编纂成《现代汉语规范字典》先行出版。吕叔湘先生不顾病魔缠身，欣然为字典写了书名，还写了以介绍后续将出版的"词典"为重点的序言。

不幸的是，"字典"出版不久，吕先生便于1998年4月与世长辞。

庆幸的是，他的绝笔"序言"成了编发"词典"的最给力的支撑。李行健和编写组人员当即激情地决定："词典"出版时也用这篇做序言，以示对吕先生的缅怀和崇敬。

这部字典最大的特点就是实用性强，出版发行后，引起广大使用者巨大的好评和反响，还获得了1999年国家辞书奖一等奖和国家图书奖提名。

编写组受到了极大的鼓舞，一年后又编发了《小学生规范字典》，一面世即得到了小学师生和家长的一致好评。语文出版社于当年一举印发了400万册。

之后，编写组相继编纂了《学生规范字典》《中学生规范字典》《现代汉语成语规范词典》等十多部"规范"系列辞书。特别值得一提的是，编写组将近十年搜集整理的异形词编纂成《现代汉语异形词规范词典》出版了。其中有老一辈著名语言学家周有光先生和王钧先生的序言，他们高度肯定了异形词规范的工作。与此同时，李行健和余志鸿共同撰写的《现代汉语异形词研究》的重大书稿也完成出版。

成就的取得、捷报的频传，无疑是编写组人员呕心沥血融入社会需求的一种顽强的生命表达。

四、挺起中国人编纂辞书的脊梁

（一）十年磨砺，终于"亮剑"

2002年，作为编写组的"主干"——《现代汉语规范词典》已在修缮阶段，由于此前系列辞书的良好社会效益，引致多达15家出版单位前来要求出版"词典"，使编写组应接不暇。最后编写组以招标形式确定了外研社与语文出版社合作出版。

2004年初，《现代汉语规范词典》经十年磨砺，终于"亮剑"！

2004年春节前后，时任外研社社长李朋义精心策划了出版发行和首发式。

2月15日，由外研社和语文出版社联合主办的首发式在人民大会堂隆重举行。全国人大常委会副委员长许嘉璐，新闻出版署署长石宗源，教育部副部长，国家语委主任袁贵仁，中宣部出版局局长张影，北京外国语大学校长陈乃芳，中国辞书学会名誉会长曹先擢，中国社会科学院语言研究所所长沈家煊出席会议并讲话。出席首发式的还有出版界、教育界、语言学界和辞书界的知名专家学者及媒体记者共700多人，由李朋义主持大会。

诸位领导都有重点地做了发言。

许嘉璐说，"这是我期盼已久的词典。词典从来是一种语言文字规范最直接、最细致的表述，是一位最博学、最耐心、随叫随到的老师。《现代汉语规范词典》以不负人们所望的面貌问世，我特别欣慰"。

石宗源说，《现代汉语规范词典》的编纂者，在编纂理论、编写体例上都另辟蹊径、独树一帜，提出了不少新思路和新方法。

袁贵仁说，国家语委在20世纪90年代立项时就把规范确立为编纂的基本原则，规定了该词典的功能和作用，对提高全社会的语言规范意识有重要意义，是编纂领域一项重要的学术成果。

陈乃芳说，"规范"是这部词典区别于其他词典最突出最鲜明的特色，它的价值将随着时间的推移逐渐显现出来。

…………

各位领导的高度首肯和赞誉，使编写组人员心潮澎湃，一切过往的艰辛、困惑、委屈、付出，都在那一刻释然。

他们回到办公室，有的唱起了京剧，有的以水代酒举杯庆贺。此时，看着那些承载着他们的情感、拼搏和学识的大大小小的字典，他们心中涌动着一种彼此相知的激情，共享着"三同"情感的荡气回肠！

（二）风乍起，吹皱了竞争的"池水"

《现代汉语规范词典》出版发行后，媒体、学术界、教育界、读者纷纷赞誉，好评如潮。词典不仅在北京的销售量一路飙升，在全国各地的书店都上了排行榜。

但就在此时，编写组遭到了"炮轰"，矛头直指《现代汉语规范词典》，有人认为其冠名是为争霸话语权，该词典中亦有不少不规范之处，等等。学术界随之形成了"正""反"两方，争相发表观点于报端。正方认为，滥用"规范"有违学术道德，"规范"易成误导等。反方则认为，"规范"不是错误，只是名称；"规范"与否应由读者判定……

媒体也一直关注着此事，不停地报道事态动向，进行分析。有文章还引了"风乍起，吹皱一池春水"的诗句，比喻《现代汉语规范词典》这一剑，舞动了春风，吹皱了辞书界、出版界、学术界、教育界的一池湖水，激起了市场经济下的竞争浪花。更何况，占了鳌头的竟是一个"三无""三同"的编写组。

殊不知，正是这个出类拔萃的编写组的存在性质让他们笑到了最后。

在此，仅提三个人，他们是有理论、有实践的有力见证人的代表。

一是外研社社长李朋义。他最先站出来，为编写组据理力争，重点宣传编写组与当前动辄耗资数百万甚至上千万的文化工程相比，同样作为国家重点项目的《现代汉语规范词典》，不靠国家拨款、调人、安排处所，完全靠自己的智慧和能力走出了一条社会主义市场化运作的道路。他的宣传说服了很多不明真相的人，化解了不少人为制造的矛盾。

另一个人是著名语言学家、上海师大教授、语言研究所所长张斌。他写了一篇非常给力的文章《社会需要〈现代汉语规范词典〉》。他认为："《现代汉语规范词典》不限于解释疑难，更注重指导运用。总之，它适应了当前精神文明建设的需要。"

第三位是著名语文教育家于漪。她在《中国教育报》上发表了《好词典会让教师心有所托》的文章，写得亲切感人。她写道："词典是最体现质量的书，来不得半点马虎。这本词典收了13000个字、68000余条词目，当代新词语、新义项4000多条，不能不说是个大工程。这是许多专家、学者在无国家拨款的情况下，花费了十年的工夫潜心研究，一丝不苟地完成的。在追求功利、浮躁心态泛滥之时，这种艰苦奋斗造福社会的精神显得更为可贵，更为难得。"

李行健感谢这些专家们的鼎力支持，同时更加怀念吕叔湘先生。回想1998年1月，医院下了吕先生的病危通知单。2月1日李行健拿着刚出来的《现代汉语规范字典》的样书到协和医院送给他看，他看后虚弱的面容上露出笑容，他反复看封面上他的题字，还一口气读完了他写的"序"，笑着说："终于出版了，出版了就好。"1998年4月，吕老病逝了，享年94岁。语言学界的一位大师走了，但他的伟大贡献将流芳百世，他的言传身教永远留在了李行健的心中。

（三）天行健，君子以自强不息

李行健，人如其名，他的路是他自己一步一个脚印走出来的，而他走过的路无不印证着四个字：自强不息！熟悉他的人对他的一致评价是：心胸开阔，意志坚强。

的确，李先生有着一种历经磨难后风采依然的气度。是丰厚的知识积累开阔了他的心胸格局。他是编写组不可替代的领头人，他集凝聚力、感染力、创造力于一身，成为大家不能停歇也不愿停歇的巨大动力。他总能在新的层面上唤起大家的作为意识。他带领着编写人员为了满足读者的"使用"期待，为了让"规范"二字全方位地呈现，经过全面整合，赋予了《现代汉语规范词典》全新的生命，也在词典编写上开创了一个全新的局面。

李行健是一个在任何情况下都能够保持清醒头脑的人，有几件事让人赞叹不已：

在《现代汉语规范词典》将编竣之时，上海出版集团愿出1000万进行宣传，李行健考虑到该集团非辞书专业出版社，便未与之签约。当编写组与外研社签约后，该社打算在本社的大兴会议中心为编写组划一块地，建一座包括20多间房、会议室和厨房的二层小楼，为其出行方便再配一辆车。这么优越的条件让编写组受宠若惊。但他们经过认真研究后，不愿意让外研社如此破费，就婉言谢绝了。正如古人云："不安于小成，然后足以成大器；不诱于小利，然后可以立远功。"

在《现代汉语规范词典》捷报频传的日子里，有一些人受不良煽动，写了攻击《现代汉语规范词典》的文章，后结集出版。李行健得到此书后，在扉页上郑重写下"李行健珍藏本"，并注明："2014年9月24日下午5时30分，振生陪周洪波同志，送月饼和此书。特此志之，以资不忘。"他的从容镇定的举动，让大家唏嘘不已。

李行健从容淡定，他的强大气场，始终加强着人们对人格魅力的认知。他在重大事务上的决策能力更是众所周知。

1994年，大陆第一个以李行健为团长的语言文学学术代表团，应中华语文研习所董事长何景贤博士邀请访问台湾，共同研讨两岸文字词汇问题。经何董策划筹资，两岸学者于1995年开始此项合作，台湾由李鍌任主编，大陆由李行健任主编，经过五年努力，《两岸现代汉语常用词典》编缮出版。由于台湾当时是陈水扁当政，两岸几乎无往来，该词典未受到社会关注。

后来马英九主政台湾时，提出两岸合编一本《中华语文大词典》。在2009年第五届两岸经贸文化论坛上，双方协商后，提出两岸民间合编语文工具书的倡议。大陆有关方面研究后，毅然将此重任交给了李行健编写组，这是莫大的荣耀！

合编工作始于2013年，在编纂过程中，其烦琐与难度可想而知。但明知山有虎偏向虎山行，是编写组一贯的工作作风和硬骨头精神。

就这样，两岸学者隔水不隔心，在求同存异的原则下，经过十多次的会商，到2015年，两岸分别陆续出版了《两岸常用词典》《两岸通用词典》。之后，在这两本词典的基础上增收了更多条目，为进一步编纂《中华语文大词典》做准备，并在马英九下台之前先行出版了有12万字的台湾版《中华语文大词典》，大陆也出版了有15万字的大陆版《中华语文大词典》。

…………

在笔者采访之际，这支无私无畏、有着超强能力和强大内心的文化劲旅还在为拥有全球最大使用人群的中国汉字的规范使用奋斗着、前行着！

他们仍旧一丝不苟地为每一个字每一个词做着新鲜的诠释和驾轻就熟的使用范例，他们力图使每一本字典、每一本词典都彰显出沉甸甸的生命质感。

他们挺起了中国人编纂辞书的脊梁！

李行健先生虽然繁忙，却一直与朋友们有微信往来。

记得有一次我发微信问："是否还在忙于编纂？"

他回复："仍在虎背，谢谢知心。"

法国哲学家笛卡尔说"我思故我在"，我国著名作家林非说"我写故我在"。若你真正读懂了一生都在劲行的李行健先生，你便领略了"我行故我在"的深刻含义！

（作者为东城作家协会会员）

二　叔

高　巍

我的二叔高同福，他把一生都献给了教育事业。其中，大部分时间二叔是在东城区度过的。如今，从东城区的地界上经过，他经手建成的建筑，他学习、工作的地方，仍然引起我丰富的回忆；二叔的同事、朋友，对他的评价和怀念，仍然是那样深情、真挚。

一

多年前的一个黄昏，我带着女儿去儿童图书馆借书。初冬的北京，天黑得特别早。出门时还能见到一抹夕阳，不出10分钟，就已是夜幕四合、华灯初上了。我猛然想起40多年前也是这样的季节，也是这样的黄昏，我也是女儿这样的年龄，正是二叔带着我穿大街过小巷，来到位于东四六条西口的东城区图书馆借书。

那是我第一次来图书馆，看到馆里有这么多书，读书的欲望一下子便被激发了出来。由于当时我还不够办借书证的条件，加上即使够条件也要排队等候。所以，只能由二叔出面帮我借。因此，此后的多次借书，都是二叔带我去，我填好借书单，然后交给二叔。就这样，二叔将我领进了知识的大门。

打那以后，图书馆成了我最亲近的地方。几十年来，无论是在北京还是在外地，无论是在国内还是在国外，我最想去的地方只有两处，一处是图书馆，一处是书店。而且，这么多年来，我干得最久的职业是出版社的编辑，继而成为作者。写书、编书、出书、买书、读书……我跟书结缘的引路人，就是二叔。

2004年，二叔过生日时，我将自己刚刚出版的《四合院——砖瓦建成的北京文化》一书作为礼物，献给了二叔。一年多后，此书荣获民间文化领域的国家级大奖——山花奖。几年来，此书不断再版、重印，受到学术界特别是广大读者的好评。

几十年前，我父亲三兄弟还有我的奶奶，一大家子人住在一起，很热闹。二叔虽然忙，但是对于我们晚辈，甚至对邻居家孩子的教育都很关心。尤其是我，经常随他去单位值班，拜访亲友。这种重于言教的身教，潜移默化地影响了我。

记得1973年夏天，一个星期天，二叔带领几位同事，前往河北涿县，为在那里学军的东城中学的师生和解放军放电影，以示慰问。我因为放假，也一同前往。

那天晚上，电影开始不久，几个闷雷响过，瓢泼样的大雨就砸了下来。我一时吓蒙了，撒腿就往汽车驾驶室里钻。此时的二叔，正和大家一起，冒着大雨保护放映设备。入夜，应教官的要求，二叔又为他们在礼堂放了一场电影，结束时已是凌晨。5点多，我被二叔叫醒，一行人收拾东西往回返，因为二叔上午还要开会。就这样，在本该休息的周日，二叔不但没休息成，而且在夜里仅睡了两个小时。

像这样，因为工作而牺牲休息时间，在二叔来说，就是家常便饭。相反，能够按时下班的情况却很偶然。

有一年深秋，二叔因病要住院，让我到单位来接二叔，陪他一起去医院。

我按约定，于下午4点钟到了二叔的办公室。二叔让我在他的椅子上坐一会儿，说是把工作交代一下就走。可这一等，居然就是三个小时。不但等到了太阳落山，而且等到了天完全黑了下来，原来那一屋子人就剩下了我一个。然后又过了半个小时，我们才离开。到医院办完手续，入住病房时都过了8点。二叔早已错过了晚饭时间，只能吃几块点心充饥。

一个人在少年和青年时代所受的教育，会对其一生产生重要的影响。我的少年和青年时代，因为受到二叔的言传身教，所以才能不甘于已有的条件，总想去闯一闯，干一番更大的事业。回顾我走过的路程，人生的大目标从未动摇，人生的准则始终没变，这当中，二叔的榜样作用至关重要。

孟爷爷是二叔二婶在东城师范上学时的老师，二叔对孟爷爷很尊重，经常请孟爷爷来家吃饭。有时，二婶还让我陪她去给孟爷爷送做好的菜肴。

孟爷爷是一位老革命，曾与市委领导是战友，他多次给我讲起老前辈的故事。

1985年11月，孟爷爷在体检时被查出了问题。为此，二叔陪他去协和医院复查，确诊为胃癌晚期。二叔把孟爷爷的女儿请到单位，把这一消息告诉她，一起商量治疗方案，并且亲自联系孟爷爷所在单位的办公室祝福国主任，专门负责照顾孟爷爷。

二叔自己则为孟爷爷的治疗，投入了更大的精力。从住进医院，联系大夫，解决医药费的报销事宜，他都一项一项去落实，跑前跑后地忙碌。孟爷爷去世后，他又为办后事操心，亲自布置，调度车辆。参加告别仪式的市领导，紧紧握着二叔的手不停地摇动，让人十分动容。

类似这样的事情，二叔经历得太多太多。以至于二叔去世以后，他的同事们自觉地成立治丧小组，分头准备，有条不紊。因为这套方法，他们在二叔的带领下，已然重复了几百次，早已熟记于心。

在那些日子里，他们排了班，谁负责接待，谁负责生平的撰写，谁负责联系殡仪馆……一切都被安排得井井有条。他们信奉二叔的说法，只要是同事去世，无论职位高低，都要庄重对待。

有一年，在东城教育局工作多年的一位老师傅去世了。当时，二叔已被调到市教育局担任领导工作，但他仍抽出时间出席告别仪式，让家属深感意外。

这位爷爷我也认识，我去单位找二叔，经常看到他在值班。星期天，二叔吃完午饭，就让我去单位替他取报纸，他有午睡前看报纸的习惯。这位爷爷见我来了，知道我是来给二叔取报纸的，就会把二叔订的报纸递给我。二叔有时值夜班，会给这位爷爷带些吃的，或者和他下象棋，这位爷爷很尊敬二叔。

二叔和胡余生大大是多年的同事，他们的交往始于20世纪70年代。胡大大在第125中学任党支部书记，二叔在东城区文教局办公室当主任。

一个初冬的星期天，二叔到宿舍看望胡大大。进屋后，他发现屋里没生火。一问，原来是烟筒坏了，生火又怕煤气中毒。为此，胡大大跑遍了周围的日杂商店也没买到。

二叔主动提出由他想办法。到了下午四五点钟，二叔又出现了，手里拎着五节崭新的烟筒和一个拐脖、一个风斗。然后，二叔帮胡大大安好了烟筒，升起了炉火。这几节烟筒，是他转悠了多半天，在城乡接合部的一家店里买到的。以后，胡大大调到了局里，成为二叔的上级，二叔称胡大大为"班长"。

也是一年的冬天，二叔去一所学校开会，走过教师宿舍时，听见一间屋里传出哭声，他上前去敲门，见到一位上年纪的女教师，因为年纪大了腿脚不便，所以还没有安好煤炉取暖。第二天，二叔派来工人帮她很快解决了困难。

这样的往事，每一个认识二叔的人，几乎都能讲出几段来。因为这已成为二叔的习惯。

爷爷去世那年二叔正在上高中，因为家庭经济拮据，所以二叔转到了师范学校读书。他读书期间，是人民养育了他。所以回报人民是他一生的志向。同时，经历过寒冬的人，才最知道阳光的温暖，他愿意把温暖送到每一个人的心坎上。

更重要的是，二叔在东城教育系统工作时，经常会遇到好领导。郑崇一大大是二叔的老领导、好大哥，几十年来，郑大大一直关心帮助二叔，在工作、生活上给予二叔许多照顾。二叔去世后，郑大大在纪念文章中写道："老高啊，咱们好久没聊天了，今天我用这种方式，还和你聊聊心里话……"

周平、刘立邦奶奶，放手让二叔工作，出了问题主动担责。有一年夏天，二叔因工作负荷过大而累倒了，周、刘两位奶奶，晚上8点多了到家里来看二叔。而当时她们刚散会，还没顾上吃饭。

记得我堂妹高青穿的第一件的确良衬衫，就是周奶奶给她买的。领导的信任、关怀和指导，是二叔干好工作的重要前提。此外，是二叔有一大批志同道合、愿意干事儿的好同事，二叔的想法和主张才得到了落实。这些人中，包括于大力叔叔、韩培厚叔叔、李宗德叔叔、常丽阿姨，等等。

在悼念二叔的日子里，一个炎热的下午，二叔的老朋友黄瀚叔叔，满头大汗地从外面进来，站在二叔的遗像前，喃喃地说道："高××，你交给我的事儿办了，还……"也许，这已成为黄叔叔几十年养成的习惯，同时也是二叔的工作作风，该办的事认真办，有了结果及时汇报。

二

20世纪70年代末80年代初，十年"文革"结束，人心思定，拨乱反正成为头等大事。

在此期间，二叔主持或参与了几件大事。

（一）工读学校的创立

"文革"中有一批参与打砸抢的年轻学生，犯了严重的错误，却又不到判刑的程度，所以便用工读学校的形式对他们进行教育。

工读学校成立于1978年前后，利用东城区设在顺义的"五七"干校旧址。

先前是跟当地几级组织商讨购地事宜，然后是各级的报审手续，校舍的改造、完善……每一步都凝聚了二叔的心血和精力。那段时间，虽然交通不便，但二叔三天两头往顺义跑，当时，学校连部电话都没有，联系极不方便，遇到问题时就得跑一趟。

二叔一方面给师生做思想工作，讲"五七"干校开办的过程，他本身就在"五七"干校劳动过，他用亲身经历说明，干校的学员拉着大平板车，从城里往干校拉碎砖、碎瓦和旧木料，自己动手盖起这些房子。学员们自己打井、种地、挖坑积肥、推车送粪……那叫一个苦啊！但当时大家还挺高兴，真受锻炼啊！二叔希望同志们克服暂时的困难，自己动手，改变现状。另一方面，二叔想办法为学校不断增加办学经费，改建食堂，改进伙食，改善师生住房条件，改建教室，把干校晾晒粮食的场院改建成操场，并调来体育器材。

二叔对教职工的具体困难也关心备至，积极帮助解决。有两位青年教师的小孩入托遇到了困难，二叔得知后，立即找到幼教科请他们帮助解决，孩子很快入托。他还帮助教职工解决住房问题和子女上学的困难。同志们虽然工作很艰苦，但是，看到领导这么关心学校的工作，关心教职工的生活，都很欣慰。特别是大家看到二叔风尘仆仆来到学校，不是先到办公室，而是先到师生宿舍，到食堂，走遍学校的每一个角落。打井现场、稻田地边、修路种树，哪里都有二叔的身影。

有一个炎热的夏天，二叔带着有关同志为学校砌围墙。他们在校园内来回丈量，汗流浃背，二叔走到哪儿就习惯打开水龙头，顺势洗把脸，把毛巾打湿又系在脖子上。后来，他还激动地说："有戏了！市里打算给我们盖教学楼。"看到二叔这种神态，大家又心疼又敬佩，更是受鼓舞。大家异口同声地说"有这样的好领导，我们还有什么说的"，由此增强了战胜困难、办好学校的决心。

（二）为教职工盖房

"文革"结束了，由于长期受轻师轻教的影响，教育系统缺师少资，困难重重，尤其住房是个老大难问题。

二叔看在眼里，急在心里，他说："要解决这一矛盾，必须把教师队伍住房严重困难向上级、向社会报告，引起各方面的关注。"于是，在他的主持下，成立了住房建设分配领导小组，着手解决两个问题：

第一，首先了解教师队伍生活现状，了解他们的主要疾苦和困难在哪里，以及困难的程度、涉及多大的范围。

第二，讨论、研究为解决住房问题亟待解决的主要方向和采取的方法。

为了彻底摸清教职工住房困难的程度和数量，需要做大量细致的工作，二叔亲自主持和选拔优秀的办事干部，成立了四个调查小组（最多时达七个）。

二叔亲自带领一个小组，他要求组长每天晚上为他安排1—2家，星期天去家访4—5家，完不了不回家，每个星期都是如此。

经过半年多的时间，利用晚间、星期天走访，彻底摸清了教职工住房的困难程度。将近一万一千人的东城教职工队伍（约1万户），住房严重困难的占教职工总人数的45%（指三代同居一室，大儿、大女同居一室，无房户，35岁以上等房结婚的，不足4平方米的）。二叔说："不努力去解决他们的困难就是失职，不努力解决就对不起他们。"

教育系统一无权二无钱，要办成一件事实在是太难了！没有几十道手续，别想过关。办法只有两条"大道"：第一，拜主管部门的领导、财政机构的"财神爷"，争取支持。第二，与有钱的单位合作建房。

二叔在党委的支持下，采取了多项办法，并取得了实效：

第一，在全局系统紧缩行政和办公经费；

第二，恳请上级主管部门和市区财政另外给一点；

第三，与有钱无地皮的单位洽谈合作建房。

二叔带领有关干部一家一家地拜，一户一户地求，终于感动了方方面面。在局系统学校、教职工的大力配合和努力下，先后在灯市口、145中、一中等多处建起了教职工宿舍楼，第一批最困难的教职工改善了居住条件。

东城区教育系统教职工住房困难户多，建的房远远不能解决这些家庭的困难。在这种情况下，如何公平公正按困难程度分批解决，就是个大难题。二叔在局党委和学校支部的支持下，采取了三公开的分配原则：

第一，住房困难登记表公开。个人填写、支部审查签章、报局分配领导小组统一登记建档，以取得第一手资料。

第二，住房分配办法公开。办法中充分体现了领导干部与群众在同一条件下分房，谁也不能特殊的原则；体现奖勤、奖优、奖计生、奖贡献的原则；体现不同困难用不同方式解决的原则。"办法"三上三下，张榜公示，广泛听取干部和教职员工的意见，取得了各单位的一致支持。

第三，住房分配方案公开。根据住房分配办法首先确定了第一批分房的名单，由局分房小组报局党委审查通过后，统一打印分房名单，名单中详细列出各户困难的具体情况，发还各校张榜公示。也是三上三下，广泛听取意见。凡是群众提出的疑问或举报，局领导小组、分房小组都会认真调查。二叔亲自带人核查，不实的，要从名单中拉下来（也确有极个别的被群众拉下的），之后正式分配。分配之后，一旦被群众揭发有人作假，也会根据"办法"令其退房。

后来，二叔调到市教育局后，也曾主管盖房、分房工作，受到领导和教职工的肯定。尤其值得一提的是，他虽在教育系统管房多年，自己的住房却并不是由本系统分配的。

（三）做好为教职工调工资的工作

20世纪70年代末，党中央、国务院的调整工资政策，给多年未涨过薪水的所有教职工带来了希望和喜悦。但在具体落实和执行中，也相应发生了一些始料未及的事情。

有的学校工作不能顺利进展，各种矛盾难以摆平，有互相吵架的，有怨天尤人的。个别学校领导甚至推卸责任，把矛盾上交，有意见的教职工不得不到教育局上访。有一位中学老师甚至带着行李和洗漱用品，来到东城区教育局机关，扬言不给他解决涨工资的问题绝不回家。无论别人怎么劝说也无济于事，过了下班时间，也没有做通他的工作。他一生气，把行李搬到人事科，往长椅上一躺，怎么劝也不听。

咋办？软的不灵，又不能来硬的。实在无计可施了，大家只好向刚从外面回来的二叔汇报。

二叔详细听完情况后，一点也没有批评大家，反而亲自给那位老师沏了一杯茶，还给他点着一支烟，和他攀谈了起来。过了半个多小时，只见那位老师的气完全消了，温和地拿着行李和二叔一起从人事科办公室走了出来，并且握着二叔的手说："谢谢你，我回去了，再见！"大家看到后，十分纳闷儿，不知道二叔用什么办法把那位老师说服的。

二叔告诉大家，那位老师反映的是很实际的问题，是由于学校个别负责人受"文革"派性影响，不但使其本来能解决的问题得不到合理解决，还说他是无理取闹，他十分生气，才到教育局上访。二叔当时特别耐心地听他诉说实情，不厌其烦地给他讲解政策，而且没有一点瞧不起他的意思。于是，那位老师的心平了，气也就顺了。

事后，二叔带领大家深入学校了解情况，证明那位老师反映的问题基本属实，自然得到了合理解决。那位老师跟别人说：都像高局长这样当领导做工作，即使不给涨工资，心里也舒坦。

由于这次调整工资是差不多20年来的第一次，涉及的人多，牵扯的面广，关系到几乎所有教职工的切身利益，政策性极强。二叔作为东城区教育局调资领导小组的主要负责人，其肩上的担子之重可想而知。

面对如此艰巨的任务，他首先带领大家反复认真学习党和政府的有关政策文件，领会精神实质。然后，他和大家共同深入基层，调查摸底，研究具体调资措施。为了随时掌握基层动态，他除了自己亲自蹲点外，还建立了联络员制度，每个联络员负责几个单位，及时了解第一线真实情况并向他汇报。由于把握政策准确，制订的方案符合实际，东城区教育局系统各单位的调资工作，都进展得比较顺利，没有发生一起事故，从而受到了东城区政府和北京市教育局的表扬。但二叔并不满足已经取得的成绩，他要求学校再做细致的工作，引导学校从接待来信来访中发现线索，从长期病休人员中寻找死角，从需要落实政策的老同志中检查遗漏。

经过多方面"过筛子"，在来访名单登记和暂时被列为编外的长期病休人员中，他们发现了两位根据政策虽然属于应该列入调资范围，但由于长期病休，而不能列入调资对象的老同志。经过反复核查后，二叔亲自找到这两位老同志讲清政策规定，说明实际情况，不但让他们的思想通了，还采取措施使他们的生活困难问题得到了圆满解决。

那段时间，二叔格外的忙，节假日也难见到他的身影。由于好多人找他，他要反复做工作，并开会研究，以致因说话太多而嗓子出现囊肿，说不出话来。

三

二叔从领导岗位上逐渐退下来以后，在家里的时间多了，有时也借外出遛弯儿的机会去买点菜。小贩们见二叔来了，都主动和他打招呼，因为二叔买东西从来不挑剔，也不问价钱，其实他只是觉得这些人不容易，用这种方式帮助他们。

楼里的电梯工曾多次得到二叔给他找的技术书籍，通过自学增长了本事，寻找到了更合适的工作。

宿舍楼的保安也都跟二叔很熟，因为二叔过年时给他们送牛肉、水果、饺子。来找我二叔的人有时不知道门牌号，只要一提二叔的名字，他们都知道。

二叔去世以后，主治医生亲自为二叔擦洗身体、穿戴整齐。几位大夫、护士写文章纪念二叔，称他是"像父亲一样的亲人"。

63届东城师范的女班学生，如今早已过了退休年龄。她们中间有高级、特级教师，也有校长、书记，以及更高级的领导。但是在二叔的告别仪式上，她们呼啦啦跪倒一大片。她们哀悼的不单是班主任，更是她们的兄长、知心朋友和人生的引路人。

二叔曾受教育部的委托去河南平顶山的一所乡村学校做扶贫工作。二叔自己省吃俭用拿出两万元，支持学校开荒种地，解决师生的吃菜问题。这是二叔去世后，学校派人来吊唁时才说的。

类似的事情举不胜举。

二叔活出了他的人生价值，也为后人树立了榜样，他的宝贵品德更形成了家风。二叔虽然去世十多年了，但他仍然不断地出现在我的梦中，成为激励我的力量。

（作者为北京民俗学会会长、东城作家协会会员）

革命老人马淑珍*

王苏华

快过五一节了，位于双河南里社区19号楼二层的一户人家里，突然传出来一位老人家略带苍老却激情昂扬的歌声："你像弟来我像哥，当兵一年就没有离开过。今年选上'五好战士'，全靠班长帮助我，哎嗨哟。两颗红心献给了祖国，哟吼吼；两颗红心献给了祖国，哟吼吼。"

19号楼的居民们听到了，都知道这是老党员马淑珍又在唱歌了。

马淑珍阿姨，1925年出生在河北省安新县刘李庄大马庄村，今年已经94岁了。她很小的时候就在家乡参加了革命活动，17岁的时候就加入了中国共产党。马淑珍阿姨在抗战时期，担任了当地的妇女主任，是个名副其实的老党员。她的丈夫张凤起曾经是回民支队的指导员。1941年7月在参加齐家营村战斗中，张凤起不幸身负重伤，和部队断了联系，留在地方上养伤。新中国成立后，马淑珍阿姨和她的丈夫，在当地参加了很多建设新中国的活动。张凤起叔叔为了支援新中国的建设，还把自己的二级伤残待遇，自动降低成三级伤残。别看仅是伤残程度降了一级，在新中国成立初期的待遇差别还是很大的。

---

* 因为我采访时马淑珍阿姨已经95岁了，叙述能力和精力有限，所以我的采访得到了马淑珍三女儿张秀芳、小儿子张广玉、街坊张淑香大姐，以及马阿姨所在的居委会领导的大力支持，在此表示感谢。

　　张凤起叔叔的哥哥是在北京上班的。他考虑到弟弟身有残疾，在农村会有诸多不便，所以就让弟弟带着全家进城来谋生。可是让人没有想到的是，马淑珍阿姨跟着丈夫进了城以后，两口子的工作安排都出了意外。好在马淑珍阿姨的家原本是在白洋淀，所以她到了大兴的一个席包厂打工。那个厂子的主要经济来源，是工人们用芦苇和蒲棒的叶子编些席子或者蒲包，在黄村镇的老街上出售。因为她在单位里吃苦耐劳，得到了一致好评，所以厂子派她和另外四个人到城里的灯具厂去学习，这一去就是一个月。

　　那时马淑珍阿姨的小儿子还不到三岁，正是需要妈妈的时候。据马淑珍阿姨的小儿子回忆，他那时候因为年纪小，特别想妈妈，于是就每天天黑了以后，站在马路边等妈妈回来。用他现在的话来说："我那时是真的很想妈妈，可是她就不回来，一走就是一个月。"是呀，一个不到三岁的孩子，人生的第一记忆却是妈妈不在自己身边。这样的记忆有时候会造成母子之间的隔阂。还好马淑珍阿姨的优良品质，感染了幼小的孩子。而且家里的几个姐姐，也像"长姐如母"一样照顾着弟弟，所以没给小儿子心理上造成大的伤害。现在已是不惑之年的小儿子张广玉，继承了父母的优良品德，每天尽孝在马淑珍阿姨的身旁，享受着曾经失去的母爱，这是后话。

　　大概在1970年的时候，大兴的灯具厂招工，马淑珍阿姨幸运地被招到了厂子里。那时候的马淑珍阿姨已经40多岁了，能够在一个正式的厂子里上班，对于她来说是求之不得的好事，所以她非常珍惜这份工作。她不顾家里还有两个未成年的孩子、丈夫张凤起又是残疾军人的现实情况，全身心地投入工作中。那时马淑珍阿姨的家，还是在清源路口租的平房，而她所在的灯具厂是在几里地以外。她不仅每天起早贪黑地去上班，而且还把好事做了一路。从此在她去厂子上班的这条路上，下雪天会有人扫出一条道来；下雨天腿脚不便的人会有人给背过水坑，不知道几十年过去了，那些曾经受益的人们，还会记得这位个子不高的中年妇女吗？马淑珍阿姨到工厂上班以后，每天都是早去晚归。经常是孩子们还没有睁眼起床，她就已经出门了；而晚上家人吃完饭都刷锅了，她才刚进门。

马淑珍阿姨的爱人张凤起叔叔也是一位老党员，两个人是在敌后工作中认识、结缘的。他深知马淑珍爱国、爱党、毫不利己的人生观，加入革命以后就一直是这样。所以他虽然因为历史原因，没有一份正式的工作，但是他不辞辛苦，专拣挣钱多的苦活干来养家糊口，默默地支持着马淑珍阿姨的工作。张凤起叔叔每天拖着残疾的身体去上班，回来以后还要照顾家里的孩子们。这样起早贪黑的确非常辛苦，导致后来他英年早逝。

马淑珍阿姨在灯具厂工作时，曾经发生过一件事。她因为是党员，所以经常要去大兴党校参加学习。那时候的团河地区，治安还不是特别好，经常会有些刑满释放后被留场工作的犯人出来溜达。一天，她听完报告在回来的路上，和没睡的街坊打招呼时，被一个路过的坏人听到了，他立刻跟上了马淑珍阿姨。说实话，即使马淑珍阿姨经历过枪林弹雨，但是在漆黑的夜里被人跟踪，也是一件让人心惊肉跳的事情，她立刻加快了脚步跑回家里。

从此以后，马淑珍阿姨十几岁的三女儿成了她的"跟班"。不管刮风下雨还是酷暑严寒，马淑珍阿姨只要是晚上出去学习，都会带上自己的女儿壮胆。那时候对党员的学习抓得很紧，经常是晚上9点多了才散会。机关单位也不是随便谁都可以进的，马淑珍阿姨的三女儿只好在外面等着。马淑珍阿姨有时候把孩子放在附近的朋友家，有时候就让孩子在大门口等着。虽然门卫也会让孩子进屋暖和一下，但是从暖和的屋子里出来，被凉风一吹孩子就感冒了。即使是这样，马淑珍阿姨也从来不缺课。

马淑珍阿姨的不顾家，用她三女儿的话来说："我妈那不照顾家里，可真不是一星半点的，她是完全把自己交给了厂子。"20世纪70年代的时候，国家还是实行供给制、配给制，像油呀、肉呀都需要起大早去排队买，逢年过节才会有些糖果、花生的配给。那时候的商业也不像现在这么发达，仅有的供销社离家还有几里地。那时候她的三女儿还是个未出阁的女孩子，家里的采买任务都落到了她的身上。

从此不管是逢年过节排队买鱼、买肉，还是平时推着一辆独轮车买煤，基本上都是马淑珍阿姨的三女儿去干。街坊四邻甚至马淑珍阿姨厂子里的同事，都戏称马淑珍阿姨的三女儿是"小外交"。而马淑珍阿姨却是在工厂里，关心着和她儿女同龄的学徒工们，不是给这个缝掉下来的扣子，就是为那个洗洗衣服。而家里人每年要穿的棉衣，都是由马淑珍阿姨嫁到任丘的老妹妹负责。她几十年如一日，隔一年来北京一趟。老姨每次来都是在家里待上四十几天，给家里人做好薄棉衣、厚棉衣。原本孩子们都以为自己的妈妈不会做衣服，结果后来发现原来是妈妈没工夫，因为她的时间都交给厂子和同事了。后来厂子里排练忆苦思甜的节目，大家都公认马淑珍阿姨在戏里、戏外都是真正的"革命妈妈"。

因为马淑珍阿姨全心全意以厂为家，所以还在懵懂之年的儿女们就不免有些微词了。最让孩子们不能接受的是，他们还租住在别人的房子里。有一天那处房子突然塌了，吓坏了街坊四邻们。有的往厂子里给马淑珍阿姨送信，有的赶紧去货场找张凤起叔叔，村里干脆用大喇叭广播这件事。张凤起叔叔一听也吓得魂飞魄散，家里还有孩子呢，他赶紧请了假赶回家里。可是马淑珍阿姨呢，她却镇静自若，继续坚持上班。这一天她不仅没有请假回来，甚至依然很晚才回到家里，这可把孩子们气坏了。孩子们表达不满的办法，就是不给妈妈留饭。可是马淑珍阿姨却不在乎，回到家里随便找点什么吃了，不饿就好。

塌房的那天，一家人聚在一起，真的是欲哭无泪。张凤起叔叔想想自己为了革命出生入死，最后连个正经房子都没有，气郁于心落下了毛病。当时幸好马淑珍阿姨大女儿的婆家就在前街住，家里还有两间空房，马淑珍阿姨一家人才暂时安顿了下来。灯具厂的领导知道了这种情况以后，于1973年分房子的时候，优先安排了马淑珍阿姨一家。1974年的1月1日，马淑珍阿姨一家有了真正属于自己的房子。

为什么这个日子会被记得这么准确呢？原来马淑珍阿姨的三女儿上班的地方很远，只能休息日晚上坐火车回家。新年那天学校放假早，她和同事结伴回家。她们为了省钱不耽误时间，就先从安定走到魏善庄，走了一站地，然后再坐长途车回家。当她们到了县委东边的老长途站时，只见住在前排房的街坊张世奎大叔，正在车站上等她们呢。马淑珍阿姨的三女儿这才知道自己的家搬了，那种幸福感让她刻骨铭心，所以这个日子被牢牢记下了。现在都说在北京的"北漂"人是怎么苦、怎么难，其实在新中国成立初期，有多少像马淑珍阿姨一家这样的人们，背井离乡来到北京，为了首都的建设，奉献自己的青春和幸福呀！

1977年底，马淑珍阿姨的爱人张凤起叔叔因病去世了，那时马淑珍阿姨还没有退休，家里更是缺少主心骨了。好在家里的"小外交"就嫁在前排房，还能帮着照顾正在上学的弟弟。我问过马淑珍阿姨的三女儿："您觉得妈妈在你们的眼中，是个不合格的妈妈吗？"马淑珍阿姨的三女儿立刻说："不是的，我妈妈在我们眼里是一个好妈妈。"

原来自从张凤起叔叔去世以后，马淑珍阿姨知道自己全部的精力放在厂子里，是有愧于家庭的。所以只要有时间帮助到孩子们，她就想方设法地帮助一下，而且就连她的儿女亲家也会跟着沾光。马淑珍阿姨的二女儿嫁到了城里，经济条件稍好一些。每次马淑珍阿姨进城去看女儿要返回时，二女儿都会买一些衣物、做一些鞋袜让马淑珍阿姨带给弟弟妹妹们。每当这时候，马淑珍阿姨都会想起三女儿的婆家只有四个儿子，没有女儿，她就让二女儿照着自己的衣服，再给三女儿的婆婆买一份。马淑珍阿姨不仅对身边的亲人、同事充满爱心，就是对待不认识的人也是呵护备至。据马淑珍阿姨的三女儿回忆，有一年观音寺的街上来了两个智障孩子。马淑珍阿姨知道这件事以后，就回家找到三女儿，从她那儿要来了鞋子，给其中一个智障孩子穿上。

马淑珍阿姨1979年从工作岗位上退下来以后，正好搬到了现在的双河南里社区。马淑珍阿姨一看社区里有居委会和志愿者团队在为居民服务，她的奉献精神又被激发起来。她牢记自己是一名共产党员，不管多大年纪，每次都是积极主动地前往党支部交纳党费。她报名参加了社区的志愿执勤队伍，积极参加各种捐款活动。

马淑珍阿姨不仅积极参加本社区组织的活动，还进城到二女儿家所在的街道，为那里的居民组织了一个团队。马淑珍阿姨不仅自己帮助身边居民买他们喜欢吃的东西，还会让儿女们从城里帮着往回带。说到这类事的时候，马淑珍阿姨的三女儿很无奈地说："我妈这样的做法，按老话说那是心地善良、热情待人；按现在的话说，那就是好人一个呀！但是却有人很不理解，说她对跟她没关系的人也帮忙，真是瞎管闲事，也不知道她图的什么。"

图什么呢？马淑珍阿姨真的不图什么，她是一个对名利看得很淡的人。她说如果她想当官，那时候组织上调她去延安学习，她就会不顾自己姑姑的阻拦前往了。因为她的姑姑对她挚爱至深，一听说侄女要走，就会哭得死去活来。而且她觉得即使在地方工作，也可以很好地完成党组织交给的任务。所以现在即使遭到非议，马淑珍阿姨也一如既往地去帮助别人。她的这种爱心不仅激励着身边的儿女在工作上努力上进，在生活上热心助人，就连她的街坊张淑香大姐也很受感动。她对马淑珍阿姨也是赞美有加。她说："几十年来老太太不忘初心，忠于党、忠于人民。除了每年主动交党费，只要她知道支部有捐款活动一定积极捐款，她还坚持每天看电视新闻了解国家大事，她说：'我人老了可我这个脑子绝不能老，我好知道祖国的发展、祖国的大事，现在生活真好，我要好好活着。'她还拉着我的手说：'你看，我的脑子不糊涂吧？'我伸出大拇指给老太太一个赞！老太太在2016年夏天，还要求做了一名治安志愿者，佩戴红袖标，戴着小红帽，在院内执勤，真是老当益壮！"

是呀，一位当年已经91岁的老党员，大热天的还在院子里巡逻，不仅激励了其他党员更好地为社区居民服务，也鼓舞了社区里的其他居民们，大家纷纷加入守卫家园的志愿者队伍中。此刻我的耳边，仿佛又传来马淑珍阿姨那充满激情的歌声："两颗红心献给了祖国，哟吼吼；两颗红心献给了祖国，哟吼吼……"

　　这位革命老人马淑珍，用她的青春迎接着新中国的太阳，用她的幸福报效伟大的祖国，用她的老当益壮向新中国成立70周年献上了一份厚礼。那嘹亮的歌声一定会飞到天安门广场，融入雄赳赳、气昂昂的阅兵队伍的歌声中。

　　向您致敬，革命老人马淑珍！

（作者为东城作家协会会员）

一个不断追求美的人

——记北京市东城区教育党校办公室副主任王红雨

张大锁

她像一位慈祥的母亲关爱着"班级团队"中的每一个成员，她像一位严厉的父亲，"鞭策"鼓励着每一个成员在学习的道路上不断前进。她坚强、豁达、正直无私，将全部的心血融入自己钟爱的干部培训事业中，用心铸造了一个又一个团结向上的班级团队。她，就是被学员誉为"不断追求美的人"，我身边的优秀共产党员，北京市东城区教育党校办公室副主任——王红雨。

美在学习

红雨老师是一个特别热爱学习的人。50岁的她却有着18岁的心态。一有时间她就孜孜以求地学习各种知识。党建、干训的书籍、杂志是她案头最常见的参考资料，推荐给学员的阅读书目，她必定要自己先认真阅读。她常说："要知道河流的深浅，必须自己先下水蹚一蹚。"除此之外，红雨老师还紧跟时代的发展，利用互联网学习各种新知识。例如，她经常浏览学习强国App、搜狐网校友联系录、人民网强国论坛等软件和网页。她还不止在一个地方担任主持人或者版主，在那里有很多追逐她的粉丝，这些人有老有少，不可思议的是大多数为10多岁的中学生。

这些孩子和她交流畅快淋漓，没有丝毫的代沟。就连红雨老师女儿的同学有了什么疑难问题都愿意主动向这位阿姨倾诉。学习使得她青春永驻，学习使得她思路敏捷，学习使得她在不断提高自己的同时也收获着一个又一个快乐。

记得前年的5月，红雨老师的父亲要过生日了，送个什么礼物好呢？思来想去她总是没有主意。一天上班时，她问我："大锁，你说，现在咱们的日子好过了，不愁吃、不愁喝、不愁穿，家里的老人什么都不缺少，过生日送什么好呢？"我想了想说道："老人现在物质生活是富足了，但他们肯定渴望儿女的孝顺和关爱，精神上的满足其实更重要。记得你以前给我讲过父亲的故事，很感人，如果你用笔写下来，送给他，以此表达对父亲的感激之情，这份礼物老人一定会喜欢的。想当年朱自清为纪念父亲写了著名的《背影》，不知道感动了多少人，你也可以学习一下。""工作这些年，除了论文，我可没怎么写过文章，能行吗？""没问题，你可以试试。"想不到，在我的鼓励下，红雨老师真的用自己的笔第一次写下了对父亲的爱——《父爱无声》。这篇朴实无华、饱含深情的文章不但让年过古稀的父亲激动不已，后来还发表在了《中国教师报》上。从此以后，红雨老师对写作产生了兴趣，开始将笔对准家人、对准学员、对准周围的人。短短两年的时间，她就有多篇作品发表在《北京青年报》《中国教师报》《厦门日报》上。常言说："40不学艺！"可红雨老师说："我要活到老学到老，要让学习成为我生活的一部分。"

美在工作

红雨老师是一个特别热爱工作的人。她说过："工作的最高境界就是快乐幸福地工作，让工作成为生活的一部分。"的确，工作应该是一种充满热情的体验，而不应是漫长黯淡的经历。她对所从事的干训工作永远是激情满怀。她可以为了设计一场与众不同的结业典礼而彻夜不眠；她可以为学员修改论文而忘记下班的时间；她可以为了做出一份满意的培训方案而利用休息日，骑单车去拜访一个又一个专家……

2012年10月，红雨老师带的干训班要赴美国加州，进行为期一个半月的考察学习交流，组织上安排她做考察团团长。此时，恰逢红雨老师的女儿读高三，学习和生活上正需要她这个母亲给予无微不至的照顾。但为了学员、为了工作，她毅然把个人利益放在了第二位。因为有了她，这个考察学习交流团得以圆满完成各项任务。一位赴美学习的学员曾经在日记中满怀深情地写道："王红雨团长既是我们的领导，更是我们的大姐，她时时处处为大家着想，食、住、行、学没有一件事她不考虑在先。为了节省通信费用，她建起了微信"加州十八群"，使全体学员之间实现了通话全天候无遮拦，确保了一人有事，人人皆知、各个解决的良好局面。为了让我们的学习生活更加充实，她建起了"一点教育"博客，大家能够借助这个平台，畅所欲言，总结提高。为了让我们在学习上没有盲点，生活永远有看点，她组织我们积极参加文体活动，王老师从各方面关心着我们，指导着我们，督促着我们，她是我们这个团名副其实的主心骨！"

前年的11月，红雨老师的父亲生病住院。作为女儿的她每天都要为老人做饭、送饭，晚上还要陪床看护。作为一名干训教师，她又时时牵挂着班上的学员，对工作不敢有丝毫的懈怠。几天下来，她憔悴了不少。党校的领导多次对她说："红雨，这几天你照顾病人，太辛苦了，时间长了身体肯定受不了。要不就放你两天假，你的班由其他同志帮忙带一下。""我们党校的人手少，任务多，每个人都身兼数职。我不能再给大家增添负担了。"红雨老师停了一下，接着说："我带的这个班刚开始开展'三联培训'的实验研究，这项课题到了关键时刻，其他同志不熟悉，接手会很困难。再说，我真的也离不开这些学员。"就这样，红雨老师硬是晚上在医院值班，白天到教育党校工作，整整坚持了一个星期。她以坚强的意志使自己成为一个好女儿的同时，还使自己成为一名令人敬佩的好老师、好党员，做到了忠孝两全。难怪有的学员在短信平台上深情地为红雨老师留言："王老师，感谢您一年来对我们的关心与爱护，感谢您对我们的严格管理与要求。您热情严谨的工作态度时刻感染着我们，即使我们的学习结束了，您的工作态度也会继续影响我们的一生！"

心怀感恩，用心工作，善待他人，你会发现工作着的每一天都可以如此快乐！是啊，红雨老师就是这样用心工作、用情工作、用爱工作着。由于工作出色，她先后被评为"东城区教育系统优秀共产党员""东城区优秀教师""北京市普职成教干训工作先进个人""北京市教育学会普教系统党建研究先进工作者"。在工作中，她收获着成功，收获着快乐，收获着友谊，更收获了美丽。

美在人格

红雨老师是一个胸怀坦荡、充满爱心、一身正气的人。看到需要帮助的人，她一定会毫不犹豫地伸出援助之手。2008年汶川地震，她以特殊党费的形式一次就捐出了2000多元。从2010年开始，她在同学会中倡导建立了助学团，专门资助品学兼优的贫困中学生，直到他们跨入大学的校门。10年来，已经有20余人受益。无论在什么地方看到不良现象，红雨老师都不会放过。校门口看到有中学生吸烟她会上前劝说；公交车上看到年轻人不给老人让座她会主动提醒；饭店里看到小朋友大声喧闹，她会耐心地进行教育……

去年9月的一个傍晚，红雨老师和同事一起乘公交回家。或许是周末的缘故，公交车上的人格外多。车刚启动，忽然从身后传来孩子打闹的声音。红雨老师循声望去，只见在身后不远处有两个二三年级的小学生坐在一起。他们你拍我一下，我踢你一脚，又叫又笑，吵闹得让周围的人不住地皱眉。孩子的身后是两个30多岁的女人，好像是孩子的妈妈，她们肩上挎着书包，手里拎着水瓶，聊得正欢，全然没有理会孩子的调皮给大家带来的不快。

红雨老师见两个孩子没有丝毫要停下来的意思，忍不住挤过去对他们说道："小朋友，今天车上的人这么多，不少叔叔阿姨都工作一天了，很辛苦，他们想安静地休息一下，你们这么吵，他们会受不了的。你们能不能安安静静地玩呢？"两个小孩你看看我，我看看你，又回头看了看身后的两位母亲，低下头不作声了。此时两位母亲也抬起了头，红雨老师对她们说："你们是孩子的妈妈吧？良好的生活习惯要从小培养，不好的习惯要及时提醒，帮助孩子改正，这样对孩子的成长才有好处。作为妈妈责任可是很重的啊！"两位母亲听了，脸上微微有点泛红。其中一个拍了一下孩子肩说："以前就跟你说，在车上不要打闹，就是不听话，以后一定要注意！"

第二天上班，同车的同事问她："公交车上那么多人都不管，你却要去教育那两个孩子，还捎带着家长，不怕别人说你多管闲事吗？"红雨老师说道："这可不是什么闲事，孩子是国家的未来，每个人都有责任帮助他们健康成长。作为老师，看到孩子的毛病而不去修正，那才是失职啊。再说，在公共场所大声喧哗打闹是缺少公德的不良风气，作为一名公民，作为一名党员，有义务去制止。如果每个人都能对不良习气说'不'，我们的社会风气就会越来越好。"

看，这就是王红雨老师，一名我身边的，普普通通但又让人为之敬佩、为之感动的共产党员。在她的身上有那么多闪光的东西值得我们发扬，她高尚的人格魅力和对工作、对学习的无限热爱值得我们终身学习，我觉得她是一个标准的、大写的"人"，一位真正的共产党员，一名在学员、同事眼中最"美"的女教师！

（作者为东城作家协会会员）

革命生涯始汇文

——记北平"一二·九"运动前后的开国少将王振乾*

赵洪山

　　王振乾，1914年9月1日出生，祖籍山东蓬莱。1930年，王振乾从沈阳考入北京汇文中学。1932年他加入中国共产主义青年团，1933年考入东北大学边政系。1935年，他参加了北平的"一二·九"学生运动，1936年加入中国共产党。西安事变后，他受党组织派遣到东北军组建抗日先锋队第二支部，后调任中共东北军第57军工委会负责人，从事党的秘密工作。抗日战争时期，王振乾任八路军山东纵队政治部科长、东北新军111师政治部主任和山东军区滨海支队政委；解放战争时期，任东北民主联军第七纵队政治部主任、拉法线33小组与国民党谈判的中共首席代表和第四野战军50军政治部主任；中华人民共和国成立后，先后任第四野战军44军、55军政治委员，中共广州军区党委委员，1955年被授予少将军衔，1962年调国防部任第六研究院政治委员，1965年任第三机械部部长，1982年任第三机械部顾问，正部级离休。

　　王振乾在学生时代就投身革命，参加了北平"一二·九"运动。正

----

　　* 王振乾从 20 世纪 30 年代在北平汇文中学参加革命，到新中国成立后参加社会主义建设，王振乾的一生，是战斗的一生、光辉的一生。1982 年，王振乾响应党中央号召主动离休，离休后的王振乾经常参加社会活动，曾任航空航天部科学技术研究院顾问、中国老年历史研究会顾问、《将帅诗词选》编委会顾问、东北大学校友会副会长、北京汇文中学校友会的首任会长等社会职务。

如毛泽东同志所指出的,"一二·九"运动是动员全民族抗战的运动,它准备了抗战的思想,准备了抗战的人心,准备了抗战的干部,有着重大的历史意义。

1930年,王振乾从沈阳考入北京崇文门内船板胡同的汇文中学。当时汇文中学有民众学校,校址在汇文西小院,初小至高小学生有近200名,中学有110余名学生。民众学校是以基督教会慈善事业的面目开办的,经费靠募集,师资从汇文中学、慕贞女子中学(崇文门附近)品学兼优的学生中聘请。民众学校实际是参照晓庄师范的精神,对民众实施义务政育。当时学校学生大多是穷孩子,比较容易接受进步思想,学生们唱的是《锄头歌》。

1931年"九一八"事变后,进入北平汇文学校的东北学生猛增,由沈阳中学转来的同学有张作霖的第四子张述卿(学思),以及王金镜(岳石)、臧镇等人。汇文中学是男校,它和慕贞女子中学的东北流亡学生联合组织了"东三省同学会"。由于同学会成分复杂,王振乾与张述卿、王金镜和毕振清等同学组织了半公开的群众组织"读书会",他们阅读进步书籍,学习革命理论,团结同学,发挥抗日作用。

汇文中学的学生会在"九一八"事变后受到教会约束,采取中立态度,对同学的抗日活动漠然处之。但汇文中学的爱国学生积极行动,团结各地同学会、同乡会组织了抗日会,王振乾负责宣传及办刊。抗日会的同学们到通县、大兴、南口等地宣传抗日、抵制日货。抗日会还组织了军事会,通过东北同乡会请东北军帮助训练初中童子军和高中同学军,进行防空、战地救护、看护伤兵等训练。抗日会发起募集了万顶钢盔、万把大刀和皮背心、防毒面具等物品,派代表赴前线战地,对宋哲元的29军进行慰问。汇文抗日会还在美以美会亚斯礼堂举行了追悼抗日前线救亡将士大会,社会各界团体纷纷敬献花圈,全校师生参加,追悼会庄严肃穆,极为隆重。

1932年下半年,王振乾当选汇文基督教青年会会长,老干事全绍武向他介绍了国外基督教青年会在第一次世界大战中，对欧洲协约国军队提供战地服务的经验。后来汇文基督教青年会还参加了全绍武、朱庆澜领导的"辽吉黑"民众抗日后援募捐劳军活动。在参加北平市基督教青年会的"团契"和"河北联"活动中，他们经常在节假日以慈善团体名义到郊区进行各种社会服务，从中联系进步学生，掌握组织领导权，发挥积极作用。在参加北平西山卧佛寺基督教学生夏令营时，王振乾结识了从南京晓庄师范回来的师大女生徐铮、徐志超等同学。在和平门外的师大院内，徐铮发展王振乾参加了"社联"，要求他利用汇文中学参加各种社会活动的合法身份，掩护东城区各校"社联"组织活动。

王振乾以汇文民众学校为基础，与北平大学文理学院、北平朝阳大学的"社联"成员接触，组织集体活动。朝阳大学领导活动的是陈曾固，他于1926年由贵州考入北平朝阳大学，1931年加入中国共产党，1932年至1933年任北方文化同盟书记、中共北平东区区委书记、北平市委组织部部长等职，并成为王振乾的入团介绍人。

1933年秋，王振乾以边政系第一名的成绩考入东北大学边政系。王振乾和同学一起成立了俄文组"级友会"，共同了解俄国历史，购买俄文图书和报纸进行学习。其间，王振乾等同学因参与进步活动被校方开除学籍，后经过一个月的斗争得以恢复。

1935年5月29日，日本天津驻屯军参谋长酒井及日本大使馆武官高桥，以中国当局援助东北义勇军孙永勤侵入非武装区域，破坏《塘沽协定》为借口，向国民党政府要求在华北的统治权。6月9日，日本华北驻屯军司令部梅津美治郎正式向何应钦提出强硬的"停战觉书"。国民党蒋介石政府接受了日本入侵华北和让出领土主权的全部要求，要求何应钦于7月6日复函梅津美治郎，答应取消河北省和平津两市的国民党党部，撤退驻河北省的中央军和东北军；撤销河北省主席、平津两市市长，撤销北平军分会政训处，取消河北地区反日活动。

"何梅协定"的签署暴露了日本妄想霸占全中国的野心，中华民族的生存受到威胁，也激发了全国人民的抗日激情。在严峻的历史关头，中国共产党发表了"八一宣言"，号召停止内战，集中一切力量抗日救国，建立抗日民族统一战线。1935年，中共河北省委多次发出通知、宣言，要求华北地区各级党组织，在群众中广泛宣传，开展抗日救亡斗争，并对北平市领导机构进行改组，加强了对抗日救亡运动的领导。

东北大学的同学对形势发展非常关注和敏感，将原"反帝大同盟"改为"中国民族武装自卫会"（民卫会）。1935年，由光未然作词、汇文中学阎述诗老师创作的《五月的鲜花》中有这样的唱词："鲜花掩盖着志士的鲜血，为了挽救这垂危的民族，他们正顽强抗战不歇，如今的东北已沦陷四年，天天在痛苦地熬煎。"汇文学校学生在中共地下党的领导下，从当初宣传"抗日救国十大纲领"到后来宣传"八一宣言"，吸收了更多的同学参加抗日斗争。时值黄河决口闹水灾，无数灾民饥寒交迫，在死亡线上挣扎，急待救济。紧急时刻，中共党组织在学生中发起黄河水灾救济运动。在东北大学，王振乾、慕灵均、张无畏（张金祥）、郑洪轩等人成立了水灾赈济会。清华大学、北京师范大学及东北大学、女一中、艺文中学、文华中学等六所大中学校派代表，联合组成鲁西灾区慰问团。清华慰问团成员学生有姚克广（姚依林）、刘汝贤、牛映冠、方珂德；北京师范大学学生有杜润生、杨采；东北大学有王振乾、杨旭及各中学共13人。当时的口号是"到苦难深重的灾区去""到饥寒交迫的灾区去"！慰问团途经天津、济宁、兖州到鲁西嘉祥、鱼台、菏泽一带，沿途访贫问苦，宣传抗日救亡。大家每日接触劳动人民，接受最现实的阶级教育，过集体生活，为后来的学生运动培养了坚强的骨干。

1935年11月18日，在水灾赈济会的基础上，在彭涛、周小舟、谷景生、姚依林等人的领导下，北平大中学校学生成立了"北平市学生联合会"。

1935年12月6日，北平学联召开代表会并发表了《北平市学生联合会成立宣言》。随即，平津15所大中学校联合发出通电，反对"防共自治"，要求政府讨伐汉奸殷汝耕，动员全国人民抵抗日本的侵略。就在这天，传来了在日本侵略者逼迫下将于12月9日成立"冀察政务委员会"的消息，广大同学和各界进步人士极为震惊。

12月7日，在中共北平临时工委的领导下，北平学联决定于9日举行学生大请愿，反对"华北自治"。请愿学生计划于9日上午10时在天安门集合，然后去新华门向国民党政府代表何应钦请愿，陈述人民坚决抗日、反对投降的要求。

请愿前夕，东北大学参加北平学联的学生代表郑洪轩、邹素寒从燕京大学返校后，连夜召开俄文班骨干秘密会，传达学联决定。12月9日清晨，阴云密布，寒风凛冽。北平学联按预定计划，利用开早饭时间，在大食堂号召同学们上街和平请愿。"华北之大已经安放不下一张平静的书桌"（北平学生请愿"一二·九"宣传用词）这句话犹如一声霹雳，全校顿时沸腾起来了。东北大学的同学坚决拥护北平学联决定，当场推荐宋黎等同学主持指挥部，由韩永赞、肖润和等同学组成纠察队。

按原定计划，清华大学、燕京大学学生自西直门进城，与东北大学学生会合，作为西路纵队主力。但在早上，海淀的大路上军警密布堵截，两校汽车被扣，男女同学只能步行。不久又传消息，西直门已紧闭，城外的同学进不来了。同时，东北大学也发生情况，校当局勾结军警包围了西直门崇元观五号。同学们非常愤怒，决心孤军作战，不待外援。经过严密组织，四个人一行，一列挨一列，手挽着手，肩并着肩，把女同学夹在中间。同学们一边前进一边高呼："把我们的血肉筑成我们新的长城，冒着敌人的炮火，前进！"

由于人数众多，学生队伍瞬间冲破"爱国有罪、抗日犯法"的第一道防线，涌上街头。"反对华北自治运动""武装保卫华北""收复东北失地""打倒日本帝国主义""打倒汉奸卖国贼"的口号响彻古城。东北大学的同学在游行中，声东击西，利用军警各管一段的特点，把队伍从北沟沿带往护国寺，又转到西四北大街上，在路上碰到从校门封锁中爬出来的北平大学商学院的几十名同学。

学生队伍原定闯过西四牌楼，经府右街向新华门进发，但当游行队伍行至西单牌楼平津卫戍司令部附近时，迎面有二三百名武装军警拦住去路。同学们临危不惧，怒吼着"向前冲啊！"向军警们冲去。军警们抡起警棍、大刀乱砍乱打，好多女生被打倒在地，男同学冒险救助，几进几出。东北中山中学的流亡学生在郭峰、高铁等人带领下，奋力与军警的水龙头、大刀和棍棒搏斗，集体冲出封锁线，最先在新华门与其他同学会师。请愿学生队伍会聚了2000多人，这时学生们才知道许多学校请愿的学生都被军警包围，赶到现场的都是零星冲出来的。当时，各校推举代表，赴中南海请愿，提出"停止内战、一致抗日"等六项要求。上午10点多，中南海新华门始终紧闭，卫兵枪口上了刺刀，机枪架在摩托车上，杀气腾腾，如临大敌。后来北平军分会派出一个秘书，训示同学们要"谅解政府难处""读书救国"。学生代表递交了六项要求书。

请愿不成，学联各校代表就地研究，当机立断，把原定和平请愿发展成示威游行。为支援被围困的各校学生，壮大学联队伍，宣传抗日，扩大影响，他们决定延长游行线路。学生们从新华门现场出发，沿西长安街，经西单、西四牌楼、沙滩，到天安门开大会，路上会合了冲出来的国中大学、法商学院、师范大学、弘达学院和镜湖中学的学生，队伍扩大到五六千人。游行到达辅仁大学时，也有很多同学参加了游行。来到北京大学，同学们高呼"恢复北大精神""北大起来"等口号，有人敲钟，又有许多同学加入游行队伍。

按计划游行队伍将穿过王府井，向西转向天安门。东交民巷一带有大批军警把守，他们误认为学生要冲击日本大使馆，沿街架起机枪，还把救火车横在街口当路障。学生派代表向他们交涉想过去，呼口号，都不奏效。当时天气是零下20多度，天寒地冻，军警却开动水龙头，拼命向学生喷射，乱棍砍刀一起上。东北大学纠察队的同学赤手空拳，前赴后继夺水龙头，同军警搏斗。从早到晚，游行队伍疲惫不堪，队伍被拦腰截断后化整为零，散而复聚。许多同学受了伤，有的鼻梁被打断，有的背上挨了一刀，有的手臂被砍伤，300多名同学被送进医院，还有的被带走。北大学生、游行总领队黄敬号召被打散的队伍到北京大学第三医院集合，并当场宣布：从10日起，全城各校总罢课。

国民党当局不顾广大人民群众的强烈反对，决定在12月16日成立"冀察政务委员会"。12月16日凌晨，1万余名北平爱国学生陆续走上街头，一场声势浩大的抗日救亡大示威爆发了。示威游行队伍共分为四个大队，分别由东北大学、中国大学、北京大学、清华大学率领从不同方向前进，途中冲破军警的封锁阻拦，最后在天桥会合。上午11时许，北平爱国学生和广大工人、农民、市民3万余人在天桥召开市民大会。会场旗帜飘扬，"打倒日本帝国主义""打倒汉奸卖国贼""反对成立冀察政务委员会"的口号声此起彼伏，响彻天空。市民大会结束后，1万多名爱国学生整队向前门方向行进。学生们手挽着手，不断高呼抗日救国口号，向街道两旁的市民和行人散发传单。市民们热情支持学生的爱国行动，有的送来开水和食物，有的自动加入了游行队伍。

"一二·九"运动发生后，抗日救亡的呼声迅速得到社会各阶层的广泛响应。北京的示威游行被世界各国报纸以大标题登出来，许多中国的报纸也无视检察官的禁令报道了游行示威的消息。青年团体在天津、上海、汉口、南京和广州等地如雨后春笋般兴起，游行示威活动席卷全国。

1936年初，为扩大"一二·九"运动的影响，在两次游行示威之后，北平学联成立了南下扩大宣传团，深入工厂农村，发动各地工农士兵群众开展反日反蒋斗争。南下扩大宣传团在北平召开团员代表大会，正式成立了民族解放先锋队（后改名"中华民族解放先锋队"）。2月16日，中华民族解放先锋队发表了"抗日先锋队宣言"。姚克广决定让东北大学的邹素寒化名"陈蜕"，带着党组织关系去上海联络学生及社会各界，并事先托曹靖华老师给鲁迅先生（鲁迅日记有记载）写了字函，次日，鲁迅先生将字函转交了宋庆龄女士。东北大学的宋黎、王振乾和胡琨都参加了中华民族解放先锋队。宋黎随南下宣传团出发宣传抗日主张。

"一二·九"运动中，东北大学学生内部斗争也很激烈。当时东北大学有三处校舍，东北大学学生抗日救亡工作委员会（工委会）设在北校，在南校，国民党的学生派别较多，他们从运动一开始就采取抵制态度。进行半公开活动的有国社党，人数不多，大多处于中间状态。当时我党处于地下斗争，以新成立的"工委会"为中心，团结大多数同学，从事救亡运动。反动派别的学生抵制救亡运动，偷撕救亡壁报，还挑起南校学生之间大规模械斗，北校学生闻讯到南校支援后才予以制止。

国民党当局和校当局对学生参加运动极为不满，但由于张学良（汉卿）是陆海空副司令又是东北大学校长，因而有所顾忌，但总想找机会镇压。1936年2月23日的一个雪夜，几百名武装宪兵和便衣把东北大学包围起来，在校内搜捕进步同学，王振乾等44名男女同学被押上囚车戴上铐子，监禁在宪兵司令部冀察绥署看守所。当时在西安的张学良面对北平军警突然抓人，身为校长无法向社会交代，便约学生代表到西安面谈。张学良对要杀八个学生非常恼火，让宋黎乔装成他的秘书赶回北平，并给北平宪兵司令邵文凯写了亲笔信。信中说："东北沦陷，我有责任。对家乡子弟要多加爱护，特派秘书宋梦南全权代表处理学生问题。"信的背面写着"不见人不交信"。迫于国内抗日形势，也由于东北大学营救被捕学生行动一浪高过一浪，学校当局受到张学良的斥责，只好出面保释学生出狱。3月下旬，东北大学全校师生夹道欢迎被捕同学胜利返校。

回到学校后，由于斗争需要，王振乾早日入党的想法十分强烈。他与张希尧、赖若愚等党内同志面谈后最终举行了入党宣誓仪式，由此成为中国共产党正式党员。

1936年11月初，北平燕京大学学生王汝梅（中共党员黄华）到东北大学找到王振乾，向他交代的任务是组织上决定由他陪顾颉刚等知名人士去西安，把他们介绍给张学良将军，到西安后与宋黎同志接上组织关系。组织派他去是因为张学良是东北大学校长，王振乾是东北籍东北大学学生，再加上王振乾是东北大学学运中被张学良保释出的学生"要犯"之一，因此便于联络感情。

顾颉刚是中国历史学上有地位、有成就的一位学者，由他和冯友兰、杨秀峰、冯沅君、朱自清、梁思成、朱光潜等104名学者在当时共同发起了《平津文化界对时局的宣言》。北京学联得知他11月去西北参加在西安召开的陕西考古年会，并有劝说张学良将军抗日的打算，这符合中国共产党抗日政策和策略，因此决定帮助他。

11月13日，顾颉刚、徐炳旭、李书华三位先生从北平上火车，王振乾同乘一趟列车，并在车上接上头。为不引起注意，他们没有坐在一列车厢里。15日到西安，三位先生在考古会报名处下榻。王振乾则来到张学良处，把三位先生的情况，尤其是燕大顾颉刚教授参加民众抗日，利用文艺形式编写出版的《宋哲元大战喜峰口》等1000多首大鼓书词小册子的情况介绍给张学良，使张学良对顾颉刚加深了了解。11月21日，张学良派车接顾颉刚到张府参加晚宴招待，有杨虎城等作陪。席间，顾颉刚听说张学良正在学宋史，就以讲宋史为名，劝说张学良要学民族英雄岳飞，要吸取抗金失败的教训，争取全面抗战，不要孤军作战，而要集中力量，准备充分，争取做成功的民族英雄。

顾颉刚走后，张学良在金家巷一号楼找王振乾个别谈话，张学良一方面为自己不抵抗开脱，表明自己是被动"剿共"，另一方面想让王振乾向东北大学学生转达，他最终是要打日本的。两个人还就东北大学抗日救亡运动中的一些问题和他与进步同学之间的误会进行了交谈，询问了平津学联对傅作义绥远抗战的支援及学生复课的一些情况。会见时，王振乾还向张学良介绍了其弟张学思在汇文的一些情况。

在西安的日子里，王振乾还与宋黎、高光玉、胡琨等东北大学同学交流情况，见到了内部刊物《活路》的主编高崇民。当时在西安，东北军和西十七路军与国民党军警宪特之间关系很紧张，张学良还曾查抄过国民党省党部和特务档案。张学良还以"披甲还乡，打回老家去""中国出路，唯有抗日"为口号，向军官团训话，并秘密提出"联共"问题。

在西安，时值蒋介石50大寿，张学良决定动身去洛阳会见蒋介石。去之前，张学良找王振乾谈话，说他将把平津学生的抗日要求面陈于蒋。他要求王振乾回校向学联和同学们表达，要坚信他是抗日的，他的誓言是：决心永不变，一定以事实回答大家。汽车在楼下等待，张学良一边下楼一边披斗篷说："我要去洛阳祝寿，总会有好的结果。"

王振乾回到北平后，将这次去西安的情况向北平学联做了汇报。大家认为，张学良态度鲜明，也很坚定，他的诺言可能会实现。

果然，不久后，"西安事变"爆发。

（作者为东城作家协会会员）

第五辑
生活蜕变篇

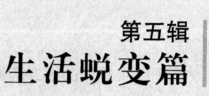

打卡东二环商务区

李　强

一、美丽的东二环商务区

进入3月，经过一个冬天的寒冷考验，如果您驱车行驶在公路上，您会感到树木干燥，无序的枝条胡乱地指向四方，鲜见绿色，只有单调的柏油路在向前延伸。但是当您路过东直门桥的时候，会忽然眼前一亮，一片耀眼的鹅黄色花朵出现在眼前，您的心也一定会随着这片盛开的迎春花跳动起来，嘴里发出赞叹的声音：快看，一大片迎春花！我想，这时的您心里一定是暖暖的、充满渴望和愉快的。春天真的到了东二环了！

每到这个季节，我都要抽出几天的时间，由北二环向东二环，再往南一路走去，看花、看石、看树、看景、看楼、看招牌、看车、看路上匆匆行走的年轻人。每到迎春花怒放吹响了春天的号角之后，这条街区所有的植物都会行动起来，小草开始冒芽了，当然只有近看才有意思，柳条开始泛绿，那绿色把整个柳枝都撑得膨胀起来，柳叶这时才开始冒头。桃花更是不让柳叶争着怒放，也就是几天的时间，大多数的植物都开始显露出自己的妩媚，只有一两棵粗大的枣树，等待着别人都舒展枝芽后，才慢慢地长出小叶子。

这条街上，有几块大的石头也很有特点，中石油门口那块泰山石可能是市区里第一大的泰山石了，形状如山，石纹流畅美观。据说当时，中石油大厦建成后，为了请这块泰山石入京，人们特意给它披红挂彩，鸣炮敬酒，才让它安稳如山地守卫在大厦前面，守卫在这条街上，当然这是人们的一种美好愿望。在人保大厦旁边，也有一块大石头很值得一看，它的外表呈现的是黄褐色，形状俊美，体型巨大，据说里面是美玉，当然这是人们的猜测，但即使不是美玉，这块石头也很值得流连观赏。

夏天和秋天，是东二环最美的时候，在一座座高楼的映衬之下，绿化园林的工人们，用他们的巧手，把这片区域打造成有小桥、有流水、有绿树、有鲜花、有怪石的一个大的街头花园，每当我走到这里的时候都会由衷地产生一种敬意，感谢那些园丁师傅，把美留给我们。

二、历史上的顺城街

东二环商务区的位置，在历史上是城墙和顺城街所处的位置，城墙和护城河就是现在的二环路，那些高楼大厦就建在了顺城街上。说起来，顺城街一带本不应该住人的，日本侵占北京的时候，由于城墙附近有大片的空地，这里就成了日本军队驻扎和练兵的地方。日本人在那里盖了一片排子房，可能是日本人个子矮的缘故，排子房特别矮，只有一个小窗户，房间也就是八九平方米的样子，日本兵就住在这些排子房里。抗战胜利后，这些破旧的排子房就成了手艺人和无家可归的进城农民及拉车掏大粪这样的穷苦大众的住所。这些排子房以及后来人们用碎砖头盖的不少住房，也都是低矮破旧的。

住在这里的人最怕6月连阴天，为什么？因为这里基本上没有排水系统，一下大雨水就上炕，再加上房屋漏雨，住在这里的居民苦不堪言，所以当地人把6月下雨的季节叫作苦雨季节。我的几位同学就住在顺城街这样的房子中，每到雨季来临之前，就要满世界找臭油漆（沥青）再弄个大锅将其融化以后，刷在房顶上，以防备漏水。由于院子里没有厕所，住在这里的人们，不管是炎热的夏天还是寒冷的冬天，不管是刮大风还是下大雨，都得跑到胡同外去上公共厕所，年轻人还好说，对于那些老人们，这就是一道难题，没办法，家家得配备一个便盆，以备不时之需。

这片地区的公用设施也特别差，老旧电线负荷不够，断电掉闸事故常常是一晚上发生好几回，再加上私搭乱建，电线引起的火灾事故也特别多。冬天为烧煤取暖，经常出现邻里为存煤占地闹意见的事，煤气中毒也经常发生，群众要求尽快改造的呼声很高。

三、各具特色的楼宇

1998年，东城区委区政府启动了危房改造计划，建设了沿二环路的民安社区、海运仓社区等居民区，使二环路沿着顺城街的居民改善了居住条件，再也不用为冬天取暖、夏天漏雨而担惊受怕了。也是通过这次危房改造，区委区政府决定成立东二环交通商务区，拿出11块地，吸引有实力的公司建设企业总部。经过一段时间的协商考察，中石油、中海油、中青旅、北京移动、北京电信、保利集团、居然集团等一大批企业开始在此建设自己的总部。

东直门桥北的中国石油大厦总面积达到了20多万平方米，建筑中规中矩、高大宏伟，成了东直门的地标性建筑，中国石油行业的老大哥终于有了可以向世界石油行业敞开胸怀的宏伟总部了。这个大厦中的每一次石油交易都会对世界石油行业产生影响，这话一点都不为过。

在桥头的南侧，多姿多彩的来福士成了年轻人喜爱的场所，也是北京时尚的引导者。每到夜幕降临以后，来福士大厦都会闪烁出或红或蓝或黄的颜色，这儿也成了很多摄影爱好者的打卡之地。

在东四十条立交桥的北侧，中汇广场像一名婀娜多姿的少女一样端庄秀丽。她南面的新保利大厦则更像一位心胸宽广的男人在注视着来来往往的行人。新保利大厦由美国的SOM公司设计，其最好看也是最有特点的是那扇有6000多平方米的柔索玻璃幕墙，这在北京乃至全国都是独一无二的。由钢索固定的幕墙，在风的作用下可以像一张透明的纸张一样晃动，而且绝对安全。每到节日，保利大厦灯火通明的时候，透过幕墙远远地望去，大厦内部由钢索受力悬空的特式吊楼，就像一盏中式灯笼一样悬挂在大厦中央。

朝阳门附近的银河SOHO流光溢彩，总建筑面积达到30多万平方米，这个建筑是委托荣获普利兹克建筑奖的哈迪德建筑事务所担纲设计的，其优美的曲线仿佛是在蓝色天空映衬下的乐谱，唱着时代之歌，很多年轻人在这里拍摄婚纱照，在这里求婚订婚，演绎着浪漫的故事。

还有一些大厦也是美轮美奂，像国华大厦、居然大厦、人保大厦、

东二环商务区　王彦高／摄

海油大厦、北京移动、北京电信，等等，这些大厦的建成，彻底改变了东二环的面貌。当我走进这片现代化的区域时心中充满着骄傲和喜悦，为这个时代骄傲，为北京骄傲，为东城区骄傲。

四、知名企业成了东二环商务区的主体

中石油、中海油，再加上朝阳门外的中石化，我们国家的三桶油都在东二环彰显着他们独特的魅力。中石油是我国最大的油气生产和销售商，也是世界最大的石油公司之一，是世界一流的综合性的国际能源公司。我曾经参观了大厦的中控室，在巨大的屏幕上，石油管线每时每刻的变化都能体现出来，在这个大厦里，只要轻轻点一下屏幕，输油管线的某一个开关就可以开放或者关闭。

中海油在我国的广阔海域寻找着油气田，南海、东海、渤海都有中海油的工作人员用最新的技术开发着大油田。我有幸跟随中海油的领导，乘坐直升机到渤海油田的钻井平台上慰问石油工人，第一次亲眼看到石油工人在平台上操作着各种仪表，把地下的宝藏源源不断地请上来，经过滤分离储藏在油罐里。平台上的工人是半个月一换班，坐船到陆地休息。平台上各种娱乐设施、运动设施、文化设施齐全。

东二环最大的企业是入住新保利大厦的中国投资有限公司，其注册资本为2000亿美元，负责中国对外投资和收购项目，对中国经济的发展起到至关重要的作用。

中青旅也是影响力较大的一家企业，在全国乃至世界都有中青旅的工作人员把客人安全地送到各地参观旅游。

中国保利集团系国务院国有资产监督管理委员会管理的大中型企业，30多年以来，保利集团形成了以国际贸易、房地产开发、文化艺术经营、资源领域投资开发为主业的多元发展格局，业务遍及全球100多个国家。这里要特别说一说保利文化集团，大家所熟悉的圆明园兽首中

的牛首、猴首、虎首、猪首、羊首、马首已回归中国，收藏在保利艺术博物馆里，特别值得大家参观，从中可以感受到一个国家落后就要挨打的教训。保利文化的北京保利国际拍卖有限公司，也是我们国家最大的拍卖公司，很多艺术品都是经过这家公司拍卖的。

保利剧场也是国内知名的剧场，几年前我在那里看了《天鹅湖》《胡桃夹子》等芭蕾舞剧，印象深刻。东二环知名的企业太多了，就不一一叙说了。

这些企业的入驻，带动了这个区域的发展，有人估算过，商务区的建成，吸引了十万年轻人入住、工作在这个区域，那些为企业提供服务的律师事务所、会计师事务所、银行都在这个区域开展业务，周边的服务业也都蓬勃发展。年轻人的入住使周边居民的房屋价值逐步升高，很多居民把自己的房屋出租，自己到更远一些的地方居住，用差价来补贴家用，提高了生活水平。这几年企业发展迅速，据估算，每年可以给国家带来上百亿元的税收，从而也支持了社会各项事业的发展。

五、群众文化娱乐的场所

东城区委区政府下大力气改造了东二环商务区周边的环境，加大绿化投入。这些大厦的周边地区，也就成了附近群众文化娱乐的场所。在东直门桥头、来福士广场附近，有一支红色歌舞队特别值得一提。这支歌舞队是附近的居民自发成立起来的，那些大爷大妈们拿来自己家的乐器，大鼓、小锣、小号、手风琴、萨克斯，等等，演奏一些革命历史歌曲，如《游击队之歌》《大刀向鬼子们的头上砍去》等。那些大妈们更是穿上八路军的服装，手拿大刀在空场上不断变换队形，唱着歌、舞着刀，精神抖擞、斗志昂扬，很多路过的游客停下来观看，更有游客也抄起大刀随着音乐跳起舞来。歌声和着节奏，激荡着老百姓的心，也让人们感受到了改革开放后，人们在轻松愉快的心情下祈盼祖国强盛的愿望。这支舞蹈队的身影多次在电视台出现，人们说，这是我们身边的红色宣传队。

在这个区域，跳舞的就有五六处，健身的、散步的人群络绎不绝，一位大爷，推着自行车带着音响，每天都来这里唱歌。我向他伸出了大拇指表示赞赏，大爷更兴奋了，问我想听什么歌曲，我点了一首《克拉玛依之歌》，他说，他就是搞石油的，也去过克拉玛依，说完就放音乐唱了起来，我能感到他对生活的热爱和积极态度。

来福士前面的广场上，拉琴的、唱歌的、跳舞的、变魔术的、踢球的、打球的、在地上写字的、耍棍的，比比皆是，这些文化娱乐生活给人们带来了精神上的富足和快乐。

东二环商务区，你是东城区发展和变化的典范，也是人们美好生活的乐园，更是企业扎根服务东城创造财富的基地，我想，你一定也是北京走向世界、让世界认识北京的窗口。

从小路看变迁

何羿嚣

一、历险

停了，车停了！

我和表妹好有成就感，可我们既不能欢呼雀跃也不能用双手鼓掌庆祝，因为我们的右手攥着一根长长的绳子，我在绳子这端，她在绳子那端。所以我们只能在心里窃喜，在脸上露出得意的笑容，可这笑容又透着怯生生，被恐惧代替了，于是我们赶紧收拢起来。

回想起30多年前的这一幕，现在，剩下的只有"后怕"！

二、我家门前有条小马路

我小时候家门口有条小柏油马路，也就七八米宽，可当年居然走双向车。小路上当然是既没有施划单黄线也没有双黄线，更不要提有隔离护栏。听家里老人说，在20世纪70年代，小路的西边还是大片的玉米地，到了90年代初期小路上也没有一趟公交车经过。我们如果外出，要么向南走五六百米，可以搭乘经过小路南口的四趟公交车，要么向北走三四百米，小路北口有一趟公交车。

那时候别说私家车，小轿车都是个稀罕物，小路又不通公交车，路上就显得冷冷清清，偶尔有一辆小轿车穿梭而过，颜色基本是黑色的，像一只小甲虫爬过一样。小路虽然窄、不热闹，但毕竟偶有车辆经过，家长不让我在马路边玩，更不让我随便过马路，所以我的活动轨迹原来只限于路东侧，我从来没有单独到过这条小路的路西面。凡是不被允许去的地方，总有一丝神秘，会生出探奇的向往。

一次我和表妹在小路边捡到一盒破磁带，里面的棕色磁条全都被人抽出来，扔在地上像一团乱麻。我和表妹拉着磁条，越拽越长，最后，我们一人站在马路这边，另一人站在马路那边，再把磁条绷紧，我们就像是拉起了比赛场上的终点线，在马路上拉起了一道"封锁线"。一会儿来了一辆小汽车，司机看到路边的我们，越开越慢，到跟前竟停下来。这就是我们一开始的兴奋，小车居然因为我们的"终点线"停下了！可我们也紧张，所以，赶紧捯磁条，让磁条降低落地，好让小汽车通过。车走后，我们再把磁条绷紧，一会儿又来了一辆小汽车，看样子没有停车的意思，我们赶紧放线让它通过。所以，现在想起来都后怕，这也就是在过去，车少，要是现在还不得引起交通拥堵，再或者，通过的车辆速度稍快，非得把我们两个路边的小孩带倒，那可就太危险了！

三、小路和出行的变化

当年小路上为数不多的小汽车基本是黑色或是深蓝色的，品牌一般有桑塔纳、皇冠、伏尔加、尼桑，还有华沙和胜利20等。在这条小路上，我还偶尔能看见马车，或者是驴子、骡子拉的木车和铁皮车，牲口后面还挂着粪袋子。马车里一般是时令水果，农民伯伯在路边叫卖。小时候看到动物很是新奇，总会多看上几眼。红棕色的大马脖子上有长长的毛，两个尖尖的耳朵中间也有鬃毛。马的脸细细长长的，黑黑的大鼻子在最前，有时候它会打个响鼻，我就认为这是马打喷嚏。马的眼睛大大的、水汪汪的，好像要说话，它有点惊异地望着眼前这个个头不高的小孩儿。每到这时，家长总会让我离动物远一点，说给它们惹不开心了，要炝蹶子可不得了。这一幕成了我儿时特有的记忆，这样的马车现在在城里已经看不到了。不用说马车，连那时候的小汽车现在都成了难得一见的古董。

现在，我家门前那条小马路变成了双向三车道的大路，路中间有了白色的铁质隔离护栏。路北端的断头路打通了，小路豁然开朗，成了通衢大道，不过我还是习惯称它"小路"。现在小路上繁华异常、车水马龙，路中间新添了一处红绿灯过街设施。小路上不但私家车频繁过往，还通了十几趟公交车，而且就在小路上设了两座公交站，方便了小路两侧人们的出行。原来家门口闭塞的小路成了交通要道。

以前公交车基本是单位数字，比如1路、8路、9路；再就是双号数字，比如57路、43路等；还有三位数字，基本是100起，比如107路、111路等，总之车号比较小。过去200以上的车基本都是夜班车了。现在的公交车线路特别多，车号牌也多了，9字头的车、6字头的车，线路比原来不知丰富了多少倍。现在上公交车刷卡，老人有老年优待卡，乘车免费；学生有学生卡，乘车优惠；成年人能刷公交IC卡，或是直接用手机一扫，就能乘车，这在以前真是难以想象的。记得我小时候坐公交车，总能看到售票员拿着皮质的小包，坐在售票台里，每到一站，售票员就会起身，然后总能听见她洪亮的声音："刚上车的乘客请往里走，没票的乘客请您买票，有月票的请您出示月票。"说着，售票员打开手里的小皮包，拿出票夹和红蓝铅笔开始售票。小时候上车总希望有座，要是没座呢，就得靠观察车票来寻找座位。红色的是5分钱的票，能坐得距离最近，站在拿红票人的座位旁边等座是最有希望的。绿色票是1毛的，能坐得远一些，一定不能站在拿黄票的人身边，黄票是2毛的，估计得奔终点站了。

现在呢，虽然没有了通过观察车票颜色来分辨乘客乘车距离的机会，可是上车根本不用担心没座。现在公交车多，车上基本都有空座，能安全快捷地给我们带到目的地。而且，我们有了更快捷的出行选择——地铁。北京的地铁现在四通八达，火车站、飞机场都有地铁，还有像天坛、北海、颐和园、动物园等多个知名景点也都通了地铁。最让我欣喜的是：我家门口的小路也通了地铁，而且我们这里还是两条线路的换乘站。真是难以想象，原来像村级公路一样安静的小路下面，现在也铺设了铁轨，每天承载数以万计乘客的一列列地铁列车呼啸着从小路下方经过。小时候更想不到能有现在这样出行的便利和快捷，原来需要一两个小时的路程现在半小时就能搞定，原来要换三四趟公交车才能到达的地方，现在换一两次地铁就能到达。城市变大了，可距离却因省时而显得短了。

现在私家车已经"飞"入寻常百姓家。前面说，我小时候在小路上还能看见马车，那时候看到的小汽车都像小玩具，看着就那么陈旧，还脏兮兮的，好像一跑就要散架了一样，可还坚持在路上跑。现在小路上的小汽车，旧车倒不好找了，一水儿的新车，高大、豪华、外观干净，都跟昨天刚买的一样。来来往往的小汽车颜色也丰富了，有白的、红的、黄的、蓝的、墨绿的等，还有的车主根据个人的喜好改变了车辆外观颜色，或是在车身处贴上自己喜爱的图案。小车里的装饰也多了，不少车主喜欢在车中间的后视镜上挂饰物，还有人喜欢在前后风挡玻璃边摆各种毛绒玩具。汽车已不仅仅是代步工具，也成了人们装扮的对象。现在路上跑的好车可是不少，前面提到的那些老品牌车难得一见了，取而代之的是高、中、低各档次的汽车。品牌上奔驰、宝马、路虎、捷豹、奥迪、卡宴这些原来稀少的豪华车，现在都很常见；车型也呈多样化，有三厢车、两厢车，有SUV，有轿车。这几年还有越来越多的电动车奔驰在路上，当年的小马路变成了名副其实的大马路。过去，人们骑自行车上班，开私家车少；后来汽车普及；现在倡导绿色出行，比如提倡坐公交车、骑自行车。可现在骑车呢，我们一般还不骑自己的车，因为路边有五颜六色的共享单车。

四、人们生活的变化

我还记得，原来小路上的人们常常只穿蓝色、灰色的服装，女士们因为多了裙装能稍微丰富一下单调的服饰。20世纪80年代，社会上流行过蛤蟆镜、喇叭裤，过去赶时髦也容易，因为统共就流行那么一两种样式。现在呢，小路上的人们穿着鲜艳、漂亮，不仅颜色多样，而且样式也五花八门。美丽动人的女士们最讲究"混搭"：冬天时上身穿厚厚的毛衣，或是羽绒服，怎么显得臃肿怎么来，下面呢，必然要露出纤细的长腿，穿短裙或是短裤，再配上长靴或是短靴。走在小路上的人们昂首阔步，透着精神和自信！人们变得越来越漂亮了，越来越注重打扮自己、愉悦自己，也让他人赏心悦目。穿衣不仅仅是御寒保暖，更是显示自己的个性和品位，服装也成了文化的一部分。

小时候，奶奶千百次地领着我走过这条小路，去路西边的副食商店买东西，那时候副食店还叫合作社。爸爸带着我去小路对面杂草丛生的小花园逮蜻蜓。现在小路旁的服务设施丰富了。原来路东的粮店没有了，这里变成了十几家临街的铺面，有餐馆、花店、发廊、水果店、蛋糕店、药店等各色小店。合作社变成了大超市，物品丰富价格不贵。超市旁还有两家大型餐饮连锁企业的店面。没想到，昔日荒芜的小路两旁竟也成了众商家的必争之地。

当年的玉米地和杂草丛生的小花园没有了，取而代之的是一栋20几层的高楼，小路两旁还有20世纪七八十年代建的楼房，外立面都重新粉刷过。居室内的装潢早已不是四白落地，或是白墙加浅绿漆的墙围。楼虽是老楼，家可是焕然一新的家，现代简约啦、地中海风格啦，家家明亮又干净。洗碗机、扫地机器人等众多新式、智能产品进入家庭生活，解放了人们的双手，大家能有更多的闲暇时间。在老楼间穿梭的一辆辆快递车提醒着你，现在已经进入21世纪，是网购的时代。

我奶奶出生于20世纪20年代，从奶奶到爸爸再到我，我们这一家三代人经历的变化，正是中国共产党一百年来带领广大人民群众奋勇拼搏所取得的辉煌成就的体现，也体现了新中国从无到有、从弱到强、从贫穷走向富裕的光辉历程。奶奶常说我们赶上了好时候，衣食无忧，还能受到良好的教育。想看书，各式书店有多种多样的书籍。要是嫌纸质书籍携带不便，可以选择看电子书，现在还能用一些软件听书。出去看世界现在也成了说走就走的旅行，国内国外想去哪里旅游都非常方便，不信，您去打听打听，现在谁手里没有一本护照？古人追求的"读万卷书，行万里路"已不再是梦想，我们的足迹已经比祖辈不知多迈出了多少。见识多了眼界就变得更宽广，这对人的自我提升和发展都起到了重要的作用。每个人综合素质的提升就促进了整体国民素质的提升，这更加符合我们东方大国的形象和气质。

衣食住行，都有了翻天覆地的变化，这在当年是完全无法想象的。人们享受着富裕幸福的生活，体验着科技发展给生活带来的舒适和便利，这一切的变化，都能从我家门口这条小路折射出来。2020年我们在共产党的带领下，面对突如其来的新冠肺炎疫情，发扬伟大的抗疫精神，以雷霆万钧的气势坚决扼制住了疫情的蔓延，我们抗疫的艰辛历程和取得的伟大成就可以载入史册。2021年我们迎来中国共产党建党100周年，今年的春节，小路两旁挂起了串串红灯笼，从我家的窗口就能望到它们，既漂亮又喜庆。小路变成了大路，我们已经全面建成了小康社会，正走在第十四个五年规划及2035年基本实现社会主义现代化远景目标的大路上，我们要在中国共产党的带领下坚定地走下去。我们要发扬共产党员砥砺奋进、开拓创新的精神，这样才能无愧于这个伟大的新时代。

在北京，盛开着一朵体育之花

刘　宏

在我眼中，体育馆路不长，是一条连接天坛和国家体委大院的路。当初乾隆皇帝在天坛祭天之时，绝不会想到在两百年之后，这里会出现这样一条激励国人强身健体的大路。而今，人们走在这条大路上，随处可见体育与文化的符号，到处彰显着体育、人文、自然的和谐之美。也许是职业使然，每当我从这里走过，都会生出几许感动，因为这条路见证了新中国体育半个多世纪的风风雨雨。

体育馆路原来隶属于北京市崇文区，崇文区与东城区合并后，其路东连光明路，西接天坛东门，周边社区大多都是北京的老居民，平日这里少了几分商务区的喧嚣和繁忙，多了几分静谧和惬意。

大约1000米长的体育馆路，建成于1955年，路两边坐落着国家体育总局、中国奥林匹克委员会、北京体育馆、国家体育总局训练局、体育医院、中国体育报社等单位，它们拥有一个共同的符号就是"体育"，而体育馆路就像一条荣誉之路，把体育以及相关的元素融入其中，中国的体育之光也由此绽放，随着中华体育健儿走出北京，走出国门，走向世界。

体育馆路见证了新中国奥林匹克运动的风雨历程，见证了中国体育从弱小到强大的发展路程。当地老百姓一谈起体育馆路，一谈起奥运冠军、世界冠军就如数家珍，滔滔不绝地说个不停。北京大爷的豁达，北京大妈的善谈形象都跃然浮现于我的面前，他们讲着讲着，仿佛自己也化身为运动健儿，也在为国家夺金牌争荣耀，眼见鲜艳的五星红旗冉冉升起，话语中无不充满骄傲和自豪。何止他们，如果一旁的路灯和绿植会说话，想必也能讲上三天三夜中国体育的故事。

在北京人眼中，体育馆路承载了太多的体育情怀，在外地人眼中，体育馆路引发广泛关注则始于北京奥运会，1993年，北京申办2000年第27届奥林匹克运动会，但在最后一轮投票中以2票之差败于悉尼。1998年，北京再次申办2008年第29届奥林匹克运动会。2001年7月13日，在莫斯科举行的国际奥委会第112次全会上，国际奥委会投票选定北京获得2008年奥运会主办权。随后，国际奥委会主席萨马兰奇在莫斯科宣布，北京成为2008年奥运会主办城市。北京申奥成功启动了古城北京向"新北京"迈进的驱动键。也许鲜有人想到申奥口号"新北京、新奥运"的"新"字会成为日后北京发展的魂和发展的根。

在2007年11月，为了迎接北京奥运会的召开，体育馆路以奥运文化为特色进行了规划设计，体育馆路街道陆续进行了装修改造，由毛泽东主席题写的"发展体育运动，增强人民体质"标语，醒目地出现在国家体育总局办公楼外墙上，街道两侧的护栏也换成击剑、赛艇、射箭等运动造型，体育馆西路的奥林匹克文化墙、传统文化墙、体育休闲区等一系列以奥运文化为主题的市政建设也陆续建成。这些市政设施的变化，不仅丰富了周边百姓的文化体育生活，而且营造了浓厚的奥运氛围，这条具有体育传统的老街以崭新的面貌迎接2008年奥运会的到来。

2007年的改造，让体育馆路不仅仅是条市政路，更成为奥运文化、奥运精神的传播长廊。300米的"奥林匹克文化墙"，展示了自第一届雅典奥运会至2008年北京奥运会历届奥运会的会徽及赛会简介等，体现了北京承办人文奥运、绿色奥运、科技奥运的精神。休闲区以"梦想与光荣"为主题，其中划分了人行道、休憩区和绿化区。

　　北京的发展没有停歇，新北京所赋予的意义和理念，加快了北京全球化发展的步伐，北京再次抓住了历史机遇。2013年11月3日，中国奥委会正式致函国际奥委会，提名北京市为2022年冬奥会的申办城市。2015年7月31日，北京以44∶40击败对手阿拉木图，赢得了2022年第24届冬季奥林匹克运动会的举办权。北京成为世界上唯一的一座承办夏季奥运会和冬季奥运会的双奥之城。在新北京的内涵中，无法也不能缺少奥运的元素，2022年冬奥会的成功申办，让北京迎来新的奥运时代，体育馆路再次进行改造升级，对路两边办公楼进行的外墙美化，以及升级改造的无人停车系统、花坛、绿植，美观而有科技感，而以冬季奥运文化、冬季奥运项目、大众冰雪为主题的三位一体的文化墙和冬季奥运文化浮雕墙独具中国文化特色。周末的午后，走在体育馆路上，让人感觉焕然一新，冬季奥运会的文化气息扑面而来。你会停下脚步，欣赏在墙上展现的技巧滑雪、花样滑冰、双人滑冰等项目的浮雕形象，一幕幕冬季奥运会的比赛场景如同就在眼前，申雪、赵宏博、王濛、周洋等冬季奥运会健儿们夺取金牌的经典镜头，随之嵌入脑海，心中油然而生的自豪感，让我们与体育馆路、与北京、与体育浑然一体。

　　2022年北京、张家口冬季奥运会举办的时间越来越近，比赛共设7个大项、15个分项、109个小项。冬奥会和冬残奥会开闭幕式也将在北京市区举行，同时北京共举办包括滑冰（含短道速滑、速度滑冰、花样滑冰）、冰球、冰壶在内的3个大项5个分项的所有冰上项目比赛，据媒体报道，截至2020年10月24日，北京赛区15块冰面全部完成场地建设，其中包括国家速滑馆1块、国家体育馆2块、国家游泳中心2块、五棵松体育中心3块、首体园区5块、国家残疾人冰上运动比赛训练馆2块。而这些规划和建设都与体育馆路或多或少有关，当地居民说，北京冬奥会所有建设规划，都离不开体育馆路，因为体育馆路是中国体育强大的起点，从这里走出了三百多位奥运冠军和世界冠军，希望在2022年冬奥会上走出更多的奥运冠军。

体育馆路就在这里，静静的，不急不躁，像是一个智者在端详着这条看似不长但又很长的路。夏日的体育馆路到处怒放着飘着芬芳的鲜花。此时，我站在体育馆路旁，看着路上川流不息的汽车、自行车与行人，思绪万千，这条崭新的体育馆路的变迁见证了中国体育发展的历史，见证了新北京日新月异的变化，它的存在从来没有让我们感觉到钢筋水泥的味道，它给予了我们代表中国体育人奋勇向前的力量和信念，而这种力量和信念，不就是新北京的力量和信念吗？

（作者为全民健身我们在行动全国活动办公室主任，华奥中体研究院院长，中国冠军产业发展联盟秘书长，体育影视策划人，央视《激情创业》《电影之歌》总策划，中国首部奥运冠军家庭生活真人秀《冠军家生活》总制片人）

北京新人二章

李培禹

宝盆儿和他的"阿大"

　　宝盆儿姓居，他出生那天，兴奋的奶奶说就叫宝盆儿吧——"聚（居）宝盆儿"，全家通过。"阿大"是带他长大的保姆。宝盆儿从出生到一岁多，一直得到一位安徽籍阿姨的日夜照管，他一天天长大，从未磕碰过。从孩子与阿姨的亲热劲儿上看，宝盆儿的爸爸妈妈尽可安心地去上班了。爷爷奶奶、姥姥姥爷也是出于自己对隔辈孙儿的喜爱，经常过来看看。用宝盆儿妈的话说，你们尽瞎操心！

　　现在的孩子聪明自不必说了，宝盆儿还是一帅哥坯子，谁见了都会叫一声"帅盆子"。一岁多了，他学会了叫"爸爸""妈妈"，欣喜得妈妈止不住地亲儿子。可叫"阿姨"却成了难点，怎么也学不会，宝盆儿一叫就成了"阿——大！""阿大"不在意，满心欢喜地报告外人，我家宝盆儿会叫她了。

　　没想到，阿大家里出了点事，不能再照看宝盆儿了。临走前，她比全家人都着急，终于把又一个"阿大"领进家。当然，这个保姆也是她的安徽老乡，"知根知底，可放心"。一岁多的宝盆儿不知道发生了什么事，晚上睡觉时哭着闹着找"阿大"。新阿姨姓刘，叫琴芳。显然她已熟知孩子的一些习惯，赶紧把蓝色的大枕头拿到宝盆儿身边，让他的小手能摸到，然后把奶嘴让宝盆儿含着，轻轻拍打着哄他睡着了。

宝盆儿仍然只会叫"阿大"。也许这个阿大身上有不少原来那个阿大的影子，小宝盆儿很快适应了新阿姨。人说男孩说话晚，宝盆儿好像更不着急学说话；人说贵人话语迟，宝盆儿就像把自己当贵人，很少开口说什么。全家人都急着教他说话，宝盆儿只是"嗯、啊"地敷衍着，也说不出大人想听到的"好听的"。无奈，慢慢来吧。可与他交流就成了难题，尤其是双休日，爸爸妈妈围着他，买了好多儿童食品，做了好几样饭菜，宝盆儿一点不买账，连看都不看一眼。妈妈急呀，孩子不吃饭影响健康啊！只好拿出巧克力哄他："你好好吃饭，然后给你吃巧克力。"聪明的小宝盆儿象征性地抿一口勺子，然后就咬一大口巧克力。在一旁的阿大看不下去了，插嘴说不能让他吃这么多巧克力呀！妈妈快快离开，阿大当起"恶人"。她给宝盆儿系上小围裙，用小勺子在菜碗里搅搅，然后放到嘴边吹吹，说一声："来，吃香香喽。"真怪了，宝盆儿不再拒绝，津津有味地吃起来。还有神的，有时夜里宝盆儿哭起来，妈妈怎么哄也不管用。这时早已从床上起身的阿大敲门了，说一句："宝贝，阿大来了。"孩子的哭声立马小了，阿大抱着他轻轻摇一会儿，他就像啥事也没发生过，又甜甜地睡着了。

阿大在家乡只上到小学，生有一儿一女。两个孩子跟着婆家过，她就来京城打工。阿大做保姆，除了对孩子一心一意，没有其他任何优势。宝盆儿会骑小三轮车了，他兴奋地一圈一圈骑着，阿大便用一条绳子拉着车后梁跟着跑，汗珠挂在她红扑扑的脸上。一次，从公园回家的路上，狂风大作，气温骤降。妈妈拿起雨伞在去接他们的路上，看到阿大的外衣紧紧裹在宝盆儿的身上，阿大自己不怕冷地护着宝盆儿往回赶呢。妈妈连说："谢谢阿大，谢谢阿大！"宝盆儿也跟着说："阿——大！阿——大！"

现代社会也够难为阿大的，宝盆儿的一大堆玩具，又是声、光、电，又是中、英文，汽车真的能跑，飞机也真的能飞。阿大有空就琢磨，还学会了上手机百度。她的勤奋，加上宝盆儿的聪明，让很多"高精尖"被一一攻下。胜利之时，阿大会教宝盆儿欢呼道："要分享哟！"宝盆儿也吐字不清地喊着："分享哟！"

宝盆儿一天天长大，开始咿呀学语了。除了会清楚地叫爸爸妈妈，"要分享哟！"是他学会的第一句话。在楼下和小朋友一起玩时，他常把自己的各种"奥特曼"、汽车、积木拿给小伙伴玩，再说一句："要分享哟！"看到别的孩子的玩具好玩，他想玩便也来一句："要分享哟！"阿大赶紧拦住他，告诉他："分享不是这个意思……"但"分享"到底是啥意思？阿大也没说清楚。

学说话的宝盆儿高兴起来还经常喊几声，可他说什么呢？爷爷奶奶你看我我看你，都没听懂。叫来宝盆儿妈，妈妈让宝盆儿再说一遍，也没听懂。这时，站在一旁的阿大不好意思地说："宝盆儿说的是我们安徽话。"

哈哈，这还真是个事儿了！孩子从小在安徽阿姨的怀抱里长大，他学说的当然是"母语"啊。于是，阿大努力学说普通话，宝盆儿跟着阿大学说半安徽半北京的话。家里人多的时候，姥姥姥爷故意跟着宝盆儿学说皖京混杂腔调的话，弄得大家哈哈大笑。

阿大很难为情，更加努力学习了，从汉语拼音开始。慢慢地，小宝盆儿会背唐诗了，正式背诵给爷爷奶奶听时，有点字正腔圆了："春眠不觉晓，处处闻啼鸟。夜来风雨声，花落知多少！"尽管读"夜来"俩字还有点"一来"，但已经很不错了。姥爷是个作家，教外孙读古诗时偶尔会"塞"点自己的"私货"，比如"远山近水稻香湖，芦苇轻摇小舟出"之类的。阿大翻遍了《幼儿读古诗》，也没找到"远山近水"，便弱弱地建议姥爷："还是让宝盆儿多读点经典好的嘞？"

姥爷心里虽有点郁闷，但还是很赞赏阿大育儿有一套的。她教宝盆儿背诗，常与时令结合起来，比如北京终于下大雪那天，宝盆儿学会了一首唐诗。不过,可能教的比较急,阿大忘记纠正自己的安徽口音了。宝盆儿背诵时先报唐朝诗人"李宗允",全家愕然。待他接下去朗诵出"千山鸟飞绝,万径人踪灭。孤舟蓑笠翁,独钓寒江雪"时,大家都明白了:"李宗允"原来就是柳宗元啊!

两岁多的小男孩儿能背《江雪》这首诗,赞一个呗!其实,阿大用的可算是"启发式"教学呢。宝盆儿从1数到10,找到规律后很快就能数到100了。再比如,清明节那天学习"清明时节雨纷纷",阿大提醒开头一个字,他便背出全句。当提到第三句"借"字时,小宝盆儿故意读成"借问酒家在哪里?"哈哈,显然,他已知道"何处有"是什么意思了。

有苗不愁长。转眼,小宝盆儿就要满三周岁了。妈妈有个好主意,这天带他去郊区,和同事的宝贝一起过生日。走在开满鲜花的乡村小路上,阿大把宝盆儿抱一会儿,背一会儿,还拉着他的小手跑一会儿。同事和家人来迎接了,问:"宝盆儿,这就是你的阿大吧?"

宝盆儿说:"她是我阿姨,我阿姨!"

"阿大"有点没想到,兴奋地说:"宝盆儿长大了哟,懂事了哟。"妈妈也是第一次听到,高兴地说,宝盆儿再叫一声。小宝盆儿大声叫着:"阿——姨!"

阿大,不,阿姨,她红扑扑的脸上竟闪动着泪花儿。

大海和他的理发屋

大海的理发屋就在我住的报社宿舍楼的一层,门脸不大,有着一个好听的名字:银露曼。但如果你到小区打听"银露曼",大概没人知道。如果你问的时候加上句"就是大海的理发店",只要是小区的住户,十有八九会热情地指给你。

大海的学名叫徐海东,不过他这个和开国大将一样的名字,也没几个人知道，人们早已习惯地叫他大海了。年前工作忙，我咬牙抽时间想整整自己的头发时，已是腊月二十八的傍晚时分了。推开两道玻璃门，一股暖意迎面而来，大海给我一个熟悉的微笑："大哥，坐等片刻行不？"当然，我正好和他聊聊天。

大海的店眼下只有他和一个叫小惠的助手，他既是店长也是"大工"。我说跟你聊天不影响你干活吧？他说没事没事，坐在椅子上正理发的顾客也连说聊吧聊吧，一看就是老主顾了。

我和他一起先算清楚了，大海算上今年已经有八九年没回家过春节了。这些年他都是在忙碌中辞旧岁迎新年的。他说头年这几天小店就没断过客，今天早上9点，约好的客人就来了，除了中午吃了口饭，一直不得闲。

"你这么站着快一整天了啊！"

"可不，七八个钟头了。"

正聊着，进来一老哥，大嗓门儿："哎哟，我都来了N次了，还这么多人排着啊！"大海算了算，说："您45分钟后下来吧，我给您排上。不好意思啊！"大嗓门："亏了我就住楼上，得，待会儿见。"

大海不说"对不起"，说"不好意思"，是这一两年的事。现在不说，你不会知道大海的老家在吉林省的公主岭，他已一口的普通话。他初中毕业后就去了长春，而后秦皇岛，而后青岛，再而后北京。"北京最好，我一干就不想走了，快十年了。"他告诉我，"家里还有不算年迈的父母、两个哥哥、一个弟弟。他们都在家过节，我一个不回去，老家也习惯了。现在老婆孩子都不知道公主岭在哪儿，他们哪儿都不想去了"。

为了拉近我们的话题，我说我认识你们公主岭的一位名人，他兴趣来了。我说的是诗人王岱山，他的神话叙事诗《宝镜湖》，是粉碎"四人帮"后少有的几部影响全国的诗集，中央人民广播电台曾配乐广播过。大海马上跟上说，公主岭出名人啊，你知道最出名的是谁吗？我想了想，说李玉刚吧。大海说算一个，那最出名的呢？他坏笑起来：李宏志啊！哈哈，都没人搭理他了……

聊天归聊天，大海的手可没停过，他解下顾客的围裙，又一个活儿完了。他一边记账一边说："您骑车慢点，回去问您爸好。"这是个大学生，家搬到天坛那边后，父子俩一直还回来找大海理发。他能不忙吗？

有人探头，是一大姐。大海伸出四个手指头挥了挥，示意还有四个活排着呢。大姐点点头离去。

他开始下一个活儿——烫发，顺手递给我一张报纸，照例是当天的《参考消息》。理发小店的"大工"，不订晚报，也不看杂七杂八的小报，却常年订阅着新华社编辑出版的《参考消息》，几年前他就令我刮目相看。脑袋让他打理着，随便聊聊天，时间很快就过去了。远的如美伊战争、欧债危机、朝鲜核试验，近的如孩子入托、房贷利率、医患纠纷、北京打车难，他都有自己的看法。有人称他有文化，他笑答：都是报上说的。

大海是初中生，却在社会这所人间大学里刻苦努力着。他丰富自己知识的途径，一是从他常年订阅的《参考消息》上读来的，二就是从电视机上看来的。小店挂在墙壁上的液晶彩电，平时也放电视剧，但到了《新闻联播》的时间，还有诸如《经济信息联播》《国际时讯》《法制进行时》，包括赵忠祥的《动物世界》等时段，他都把频道调过来，并且能做到边干活边吸收着"文化"。我给他"总结"的这两条，他默认了，但他认为更多的是从他的顾客身上学习、感悟到的。你看，这大海就是有水平吧！不用说我们这个小区，仅我住的这栋楼里，就有国家体育总局、外交部和一家报社的几十位"人物"。大海常年为他们和他们的父母、家人、孩子服务，关系处得都不错。我记得我就在这儿撞上过一位国际体育组织的副主席，还有外交部的一位老司长。我还知道小区里的一位知名作家把自己新出版的作品集送给他，扉页上工工整整地写着"敬请大海（徐海东）先生阅存，某某某，于某年某月"。

终于轮到我理发了，我后边又排上五位了，而且有三位女士是大活，即焗油、烫发、做造型。我说这得干到什么时候啊？大海说晚上11点前都能做完。我问明天呢？他说明天他早来，9点到10点已约了四个活了。明天是除夕啊！大海说哪年三十儿不是这样啊？

我满意地离开"银露曼"——大海的理发屋时，小区已是万家灯火，耳边已响起家家户户的欢笑声了。我在寒风中伫立了好一会儿，望着他忙碌的身影和那招牌式的微笑，忽然想到他最看重的，也是他所做的一切辛勤付出的动力——他说："我有一个贤惠的媳妇儿，有一个四岁半的儿子，上幼儿园呢。徐仲雨这小子聪明、仁义，我和媳妇儿哪儿都不去了，苦点累点，都供着他，就指望他在北京好好读书，上小学、上中学，能上一所重点高中，考上大学！"

徐仲雨这小子，你给我好好听着：你一定要给大海，不，是徐海东，也就是你的老爸争口气，把那一个个目标拿下啊！

老街坊

李培禹

如果有一趟列车，声言将穿过时光的隧道，载你回到童年，而且车厢里已然坐满了曾和你一起玩耍、长大的伙伴，现在还给你留了个座位，你来不来？

来！我就是怀着一种莫名的兴奋，匆匆往这趟列车上赶呢。

其实，"车厢"是刚刚建立不久的一个微信群——赵堂子小大院一家亲。赵堂子是北京的一条小胡同，它在北京城3600多条有名字的胡同里，实在排不上号，因为它确实是小胡同，从东到西也就一二百米长。然而，这条小胡同却有着与众不同之处——它的西口向南有一个方方正正的小大院。为什么叫小大院？因为它不大也不小，正好装下了胡同里十几个、二十几个，最旺时达到三十几个孩子的童年。

我们这趟列车的列车长——群主，是刘校长。尽管他早退休了，但在赵堂子胡同老街坊们的心目中，他永远是校长。丁酉鸡年春节刚过，校长在群里一呼"咱们聚聚吧"，立时像炸了锅，活跃者不说了，平时以"潜伏"为主的人也积极发言：支持，拥护，校长万岁！可我们的赵堂子胡同15年前就因道路扩建拆迁，消失殆尽了，到哪儿去找我们的小大院啊？有高人响亮地提出："胡同没了人还在，邻里重逢格外亲！"是啊，人还在，没有什么能阻挡住思念、怀旧、亲情的列车开出站台，驶向我们共同要抵达的终点。

终点站到了，它就设在与原来赵堂子胡同相连的东总布胡同里的一家餐馆。女老板也是胡同里长大的，敞开大门欢迎老邻居们来聚。

我爬上二楼或说我登上"列车"时，车厢里已经有点"人声鼎沸"的劲儿了。映入眼帘的横幅上写的是"胡同没了人还在，邻里重逢格外亲——赵堂子胡同老街坊自发叙旧聚会"，好让人感动！

"呦，三哥来啦！""作家来了！"认识的和已然认不出的童年的你我他抱在一起。我说，今天都用小时候的称呼好不？好好！一致赞成。可紧接着问题来了：狗三儿、狗四儿，还叫得出口吗？当年我看着长大的小哥俩儿，如今一个是警官学院的领导、一个是农业银行的处长。还有，当着孙辈儿的面儿，二秃儿、三秃儿、四秃儿叫着，也不妥吧？于是，临时约定，凡无伤大雅的仍叫原名儿，如我，便称"小三儿"，那几位则由各自根据自己的辈分"酌处"，可称哥或叔了。

大顺子、仉虎哥（小时伙伴们故意叫他几虎）肯定是第一拨到的，加上如明三哥（原三秃儿），正忙着在刘校长的指挥下搬电视、接DVD机、贴对联。看着几位忙乎的身影，小英子说，瞧瞧，干活的还是他们几个啊！大顺子壮年时是开出租车的，早出晚归，辛苦挣钱，但小大院的街坊只要有事，就BB机呼他，顺子立马赶到，从未收过邻居们一分钱。这"宋大成"式的顺子有好报，胡同里最漂亮的姑娘小青嫁给了他当媳妇儿。只见他们几个登高挂横幅时，扶梯子、抱腿的，是胡同里当年的美女爱华、宝荣、小点儿，还有何家小妹、刘家小妹，我们小胡同里邻里情深的一幕，温情再现。

"车干来了！"车干本名叫周轩，小时候不认得"轩"字，我们都叫他周车干。现在廊坊一所高校任教的他，是一早赶过来的。虽然他已戴上高度近视镜，头发大都泛白，我还是一眼就认出他来了。而且，小胡同的街坊们都认出来了。车干比我大两岁，可算命最苦的孩子，今天才确切地知道，40多年前他每天清晨挥着比他还高的扫帚扫大街时，只有13岁，而且一扫就是三年。为了多挣点钱，他除了清扫赵堂子胡同外，还包下了相邻的阳照胡同。那时，寒冬的清晨，天还漆黑，我曾被他"哗哗""哗哗"的扫街声吵醒过。早起背着书包上学，在昏暗的路灯下，我还看到过临近收工的他，头上冒着热气憨笑的样子。他失学苦干，是为了供家里一个妹妹、两个弟弟上学。后来，去云南插队的他，曾挑着一担沉沉的青芭蕉回到赵堂子胡同，他要答谢老街坊们对他离京后继续给予他弟弟妹妹的关照。那年我早已搬家离开了小胡同，弟弟打电话告诉我，周轩，就是车干，回来了，给大家送芭蕉，有你一份啊！我的眼泪差点掉下来……

此次重逢，最让车干想不到、最让他激动的是，第一个迎上前和他紧紧握手的童年伙伴，是郑苏伊。

苏伊是著名诗人臧克家的小女儿。臧老在赵堂子胡同居住生活了40年，是这条小胡同老街坊们共同的骄傲。胡同里的平民多不懂诗歌，但他们却众口一词："中国伟大的诗人臧克家！"因为他们中的许多人都能讲出与臧老亲近交往的故事，许多家庭遇到困难时，如孩子考学等，都得到过老诗人的关注甚至直接帮助。2004年元宵节臧老溘然长逝，那年赵堂子胡同已经拆没了，但老街坊们还在，他们组成吊唁团，抬着花篮到八宝山送臧老最后一程。这情景打动了作协的工作人员，他们把写着"老街坊"的花篮摆放在离臧老遗体很近的位置。今天，与我一样，在恢复高考后考入大学，从而改变了自己命运的周车干，披露了臧老的另一件善事。他说："那时早上扫大街，都是空着肚子。臧老知道后，每天去早点铺买烧饼时，就是六分钱一个的芝麻火烧，都多买一个。他把热火烧塞到我手里，有时还要看着我咬一口，嘱咐我不要对外人说。"他激动地问苏伊："我一直没说，你和家里人知道吗？"苏伊含泪摇头。这番话，点燃了大家对臧老深深的怀念。苏伊说，那时院儿里的海棠熟了，我和你们一起爬上树，真够淘气的。我爸在下面喊着："注意安全，别摔着呦！"哈哈，太难忘了。

　　海棠树、臧老的故居，和赵堂子胡同的小大院，荡然无存了。然而人还在，情依依。聚餐喝的什么酒、吃的什么菜，没人管了，大家完全陷入难忘往事的叙述之中去了。我不禁想起15年前，东城区南小街赵堂子胡同拆迁在即，老街坊们都为一户特殊的人家犯起愁来。这就是靠街道"低保"维持生计的特困户"二嫂子"。这位善良、勤劳的农村妇女，含辛茹苦地把一个抱来的哑巴孩子拉扯大，同时喂养带大了胡同里的好几个孩子。我的小侄儿李根，就是她带大的。一次他向我汇报会背儿歌了，一张口竟是浓重山东口音的"笑（小）老鼠，上等（灯）台，偷右（油）吃……"我赶紧叫停，还埋怨了"二嫂子"几句。那年她已过70岁了，邻居们仍习惯地称她"二嫂子"。丈夫因病去世，哑巴儿子又下岗，住了几十年的那间不大的小屋又不是她的房产，这一拆迁老太太住哪儿去啊？起初，热心的街坊们决定集资，替"二嫂子"凑足回迁款。可街道和拆迁办说不行，只要房款按她的户头交，"低保"就保不住了，就得取消，"二嫂子"今后吃什么去呀？那些天，大家轮流上拆迁办，说的都是"二嫂子"的事。拆迁办的同志难免不烦，怎么一会儿来个刘校长，一会儿来个孙老师，一会儿又换成私营企业的韩厂长了？得，下来看看吧。两位同志来了，看了一眼，眼圈儿就红了。最后在拆迁办领导和邻居们的奔波下，"二嫂子"的难题解决了，由政府出面，给她和哑巴儿子在东四五条找了一处面积相当的新平房，并办妥了过户手续。这真是一件让人高兴的事儿，若在今天怕是根本办不成。记得搬家那天，70岁的老太太剁了一上午的大白菜，包了一盖帘儿一盖帘儿的饺子，请家家户户来吃。

　　"二嫂子"去世多年了。席间，刘校长提议，为所有已故去的生养、哺育了我们的先辈们致敬。30多人齐齐端起酒杯，场面甚是庄严。这边的举动早吸引了其他房间吃饭的客人，他们纷纷围过来，看明白了怎么回事儿后，称赞不已，有人还主动为我们拍照"全家福"。他们说，咱们胡同的街坊们也该聚聚啦！

是啊，该聚聚了。胡同没了人还在，人在情义就在，街坊邻居们身上的真善美就在，相信这种传承会绵延不绝，一代代传下去。

你看，刘宇洋小朋友让爷爷帮着握笔，在纪念横幅上一笔一画地签上了自己的名字。

花团锦簇的故事

刘晓川

刚参加工作的那会儿，我在位于北京双井垂杨柳的一家工厂做工。

我们青工都住在厂里的宿舍，不上夜班的时候，我们早早地到厂医务室外面等着，等着厂里唯一的一台黑白电视机向我们开放。那时我觉得电视机真好玩，能放电影，能放舞台剧，看了真过瘾。但我也知道电视机很金贵，是我们可望而不可及的物件。

我们班组有一个青工小陈对电器之类的东西很感兴趣，一来二去，我跟这个小陈很说得来。有一天他很神秘地告诉我，他做了一个能够接收电视伴音的接收器，但是得跟收音机连接起来，借助于收音机的音频信号的放大装置才能够收听得到。我一下子对他崇拜得不得了。因为电视机太贵了，不是人人都能够买得起的。如果能够收听到电视伴音，虽然看不到图像，那也能过过电视瘾啊！

我央求他给我也做一个他那样的电视伴音接收器。他神气地端起了架子对我说，不好办啊！我立刻推了推鼻梁上向下滑的眼镜，脸上堆着笑说，咋不好办啊，你告诉我，我去办不行吗？他说有一只做接收器的电子管很不好买，他说如果我能够买到那只电子管，其他材料不用我管，马上就能给我做这个接收装置。

我真上了心，每逢休息日就骑车往西单商场、新街口商场、隆福寺、百货大楼跑。那时的商场什么都卖，有卖价格昂贵的黑白电视机的，有卖电子管收音机和半导体收音机的，旁边的柜台则是卖电子管、电阻电容等收音机的零配件的。

小陈说的那只电子管还真是没有，尽管我央求售货员到后边的仓库看看是不是还有存货，人家身子都不带动地冷淡回应道："小伙子，没有就是没有，电子管厂生产不出那么多你要的电子管，我能给你变出来吗？"没辙，我只能无功而返。晚上躺在床上辗转反侧，揪心地惦记那只电子管，做梦般想象着收听电视伴音时的那种惬意。

一两个月之后，有一天我突然在西单商场的电器柜台里，发现了那只让我盼得望穿秋水的电子管。我激动得脸和脖子发红，生怕那电子管会突然长出翅膀飞了，赶紧掏出钱来买下了它。那天晚上，我隔不多会儿就把那只宝贝电子管拿出来看看，看得我眼睛都发蓝了。

接下来的事，就顺理成章了。小陈很快就给我做好了电视伴音接收器，特意跑到我家，拆开我家那台老旧的电子管收音机，用电烙铁焊接了几根线连在转换开关上，就帮我安装好了。到了晚上有电视节目时，我打开收音机，调节电视伴音接收器，突然就响起了电视台里节目的声音，高兴得我心潮澎湃、手舞足蹈。从此一到晚上我就打开这个装置，沉浸在电视的美妙伴音中，怎么都听不够。

在此期间，小陈还带我认识了我们厂电工班一个外号叫孙大嘴的人。孙大嘴更神，他不知道从什么地方找来人家废弃不用的电子示波管，就是在医院可以看到的直径100毫米、里面显示出不停移动绿色光波的示波管。孙大嘴对示波管进行一番改造，便能做出收到电视信号的电视接收机，这玩意儿可要比小陈做的电视伴音接收器高级多了。我和小陈还专门去了孙大嘴家，看到了从这个示波管中接收的电视图像，那天好像是唱评戏，微小的活动着的人物从发出绿光的示波管中映射出来，不管怎么说这就是电视啊！

我很佩服孙大嘴，他不仅嘴大，脑袋也出奇的大，那里面全是技术的智慧。但我也深知，我无法央求孙大嘴也给我做一个示波管电视接收机，且不说到哪儿才能找到示波管，单是所花的费用也不会少，那要比央求小陈给我做个电视伴音接收器困难多了。

然而，我却很满足，在那个没有哪个家庭有电视机的年代，我家虽然看不到电视却能够收听到电视台发出的电视伴音，已经算是比别的家庭新潮了，虽然那时电视节目还不像今天这般丰富，大多还是剧场中专业院团的演出实况录播，但是我却能够收听到画面以外的声音，院里其他家还听不到呢！

时间一天一天地过去，到了20世纪80年代初，商场里的黑白电视机开始多了起来，人们买电视机也不再要票了，这时我的那颗想拥有电视机的心，也随着市面上多起来的电视机而躁动了。我开始频繁地上街，在售卖电视机的商场商店里徘徊，琢磨应该买个多少英寸的电视机为好。9英寸、12英寸甚至是14英寸，我都嫌小。其实这几款电视机已经比我前几年在孙大嘴家里看到的直径只有100毫米的示波管电视大多了，但是在选择性多了一些的情况下，我却有了贪心不足蛇吞象的心理：既然是买，为什么不买个更大更好的呢？

终于，我在西单十字路口东的一家商店里，看到了一款黑白电视机，是市面上少见的16英寸的，好像是"天虹"牌的没什么名气的电视机。不过这没啥关系，只要屏幕比其他电视机都大些，看着显示出来的图像舒服就行。我在商店里选择了一款红色机壳的电视机，当场验看了图像，就毫不犹豫地买了下来。

当我用自行车喜滋滋地把这台"天虹牌"电视机驮回家里时，老婆拍着手笑，都笑弯了腰。

可是没过多久，老婆就开始烦躁了。她说这电视怎么老有一种嗡嗡声啊？我一愣，凑近了电视机，抻着耳朵仔细听，还真有嗡嗡声，就像厂里开职工大会，会场的喇叭里伴随着厂长眉飞色舞地说着生产形势时，老传来一种固执的嗡嗡声。这就是交流声！

我推了推向下滑的眼镜，皱着眉头说："可我在商店挑选电视机时，没有听到这惹人烦的交流声啊！"老婆说："那是在商店，人多嘴杂，哪能听到这嗡嗡声啊。可是在家里的安静环境下，这嗡嗡声就被放大了，真是的！"

咋办？倒霉事让我遇上了。我扛着老沉的电视机到出售的商店让他们修理，但取回来还是有细微的嗡嗡声。没辙，我赶上这拨儿了。

我赶紧给我原来厂里电工班的孙大嘴打电话，他答复说是因为电视机里的功放可能有点问题，然后就是什么电容电阻之类我全然不懂的话，最后他说如果我用直流电瓶开启电视机可能就没有交流声了。废话，我哪儿弄直流电瓶去？

我忍下了这烦人的电视嗡嗡声，这像一群苍蝇般飞来飞去的嗡嗡声，伴随着我家每天晚上的看电视时间，一直持续了很久，直到市面上出现了进口的或是合资的彩色电视机为止。我狠狠心换了一台18英寸的夏普牌彩电，无论是图像色彩还是伴音质量，都让我满意。老婆也高兴地说："鸟枪换炮了，鸟枪换炮啦！"

然而，她和我都没有想到，随着时间的推移，我们都没有将已经买到的夏普18英寸彩电继续使用下去，而是在市场上的商品越来越丰富的时候，不断地"喜新厌旧"。彩电先是换了一台日立牌25英寸的，由于老是出毛病，还让我同事的父亲修了好几次，后来在时兴宽屏液晶彩电时，买了一台国产长虹牌50英寸彩电，直到最近，我又在苏宁商厦购买了一台75英寸的平板电视机，功能更先进了，可以语音遥控，图像更清晰，色彩更丰富，那个视听效果，爽啊！

哦，现在的商品，早已不是有没有的问题，而是好不好的问题了，想买什么牌子的各种型号的彩电可以敞开了挑选，而且质量有保障。真没想到，我们的衣食住行都有了让人赏心悦目的改观。我们家的住房，也从原来的小平房，搬到了采光好、有电梯、宽敞明亮的高层住宅楼。

我们同样没有想到，随着时间的推移，北京已经完全变了，变成了一座充满古都文化、京味文化和科技创新文化的世界文化名城。城市里到处是拔地而起、造型各异的高楼大厦，座座气派的商厦上镶嵌着大型广告屏幕，闪动着流光溢彩的影像。马路拓宽了，整日车水马龙，有着滚动电梯的过街天桥，串联起座座气派的商厦。交通极为便利，四通八达的公交车、出租车，以及有着22条地铁线、390多座地铁站覆盖北京城郊的轨道交通网，方便着人们的出行。我特别喜欢看那些观光购物、穿戴入时的人们高兴地说笑着，手里拎着大包小包，悠闲地漫步；我更喜欢看西装革履、仰头挺胸的上班族，他们神情自信、脚步匆匆。尤其是在夜晚，明亮华灯的斑斓和让人目不暇接的五彩缤纷的光影，让人感觉，北京这座城市，充满着活力，充满着创新，充满着勃勃生机。

曾经有位朋友给我发微信说，怀旧，不是说过去的时代有多好，而是那时你正年轻，这话说对了一半。我的怀旧，其实是想证明，今天要比过去更美好。现在跟我当年一般年岁的青年人，大概不会再像我一样到处奔波购买电子管，不会再像我一样无奈地买回一台似有着一群苍蝇飞来飞去嗡嗡声的电视机了吧？

我们的新中国已经成立72年了，72年来，我们的国家，我们的北京，我们的家庭都变了，每一个人也变得精神饱满、笑逐颜开。是啊，如果你生活在一个衣食无忧、如花似玉的环境，生活在一个没有硝烟、没有战火、充满安全的国度，生活在一个经济总量居世界第二、每天都有创新的国家，那么，你是不是会有巨大的获得感和幸福感呢？

我就有这种感觉，每天都被这种感觉包围着，想起这些我就有种发自内心的骄傲和自豪。我们的国家，我们的北京，与70多年前相比，或者跟改革开放前的40年相比，已经发生了翻天覆地的变化，创造了无与伦比的辉煌业绩。但是毫无疑问它们还会再变。那就变吧，变得更年轻、更有朝气、更富活力，祖国还会给我们讲述，更加花团锦簇的故事……

　　（作者为中国作家协会会员、北京作家协会理事、东城作家协会理事，原北京日报报业集团《京郊日报》编委、副刊部主任，高级编辑职称，曾获中共北京市委宣传部和北京市新闻工作者协会"优秀新闻工作者"称号。）

第一水厂话今昔

李　强

"东直门再往北，那里生产自来水。自来水真不赖，又洗衣裳又洗菜。撅尾巴管一打开，春夏秋冬水自来。"这是几十年前，我爷爷教我唱的一首北京民谣，说的是东直门北边，北京市第一个现代化自来水厂。

现代人一时一刻也不可能离开自来水了，那是生活或者说是生命的一部分。北京城在自来水出现之前，人们用水大多取自水井。据说"胡同"一词在蒙语中即是水井之意，怪不得北京的地名中，带"井"字的特别多，像王府井、四眼井、甜水井等。据史料记载，光绪十一年（1885年）北京内外城有土井1245眼，水质多数咸苦，且不符合卫生标准。可能有很多人不知道，东直门城楼往北不到一千米的地方，在清朝末年，建成了我市第一家自来水厂，现在这里还是自来水博物馆。

一、建厂东直门外

东直门立交桥往北，紧靠着二环路有一个清水苑社区，北京第一家自来水厂就坐落在里面。推开自来水厂的大门，放眼望去，绿油油一大片草坪，草坪下面就是蓄水池。那清冽的地下水汇集在蓄水池中，等待着净化消毒后奔向千家万户。在绿草坪的映衬下，突兀而起的是取水亭，也是一座观音亭，里面供奉的是观音玉石雕像。再向右转，就是有一百多年历史的、古老的自来水厂车间。现在，里面各种设备齐全，一部分大厅已经拿出来，作为自来水博物馆向公众开放。

北京第一家自来水厂成立于1908年，1910年正式向社会供水。说起这家自来水厂的建设投产有两个显著特点。

第一个特点是，建厂的主要任务不是为了解决老百姓的饮用水问题，而是为了消防需要。由于北京的气候特点是干燥少雨，而当时北京的建筑又大多用的是木质材料，一年四季都有火灾发生。清政府曾于光绪十五年（1889年）颁布：11月1日，于武英殿前设激桶处，选苏拉（清宫中的低级杂役人员）200名为激桶兵。这激桶是什么玩意儿？就是紫禁城内设置的大水缸，专门灭火用的，一旦发生火灾，激桶兵便从水缸内掏水灭火。我琢磨这一定是中国最早的消防部队。

北京自来水厂中西合璧的办公旧址大门　王彦高／摄

　　光绪三十三年（1907年）的一天，慈禧太后在颐和园召见刚刚上任的军机大臣袁世凯，商议成立中国第一支警察队伍事宜。谁想得到，袁世凯刚说了个开头，就有一个管事的太监跌跌撞撞来报，说宫里某处"走水"（失火），虽然火已被激桶兵扑灭，但由于得在大缸里取水，再往着火点上泼水，火势一时控制不住，造成了几处宫殿毁损。这一年雨水偏少，京城干燥，已经发生多起火灾。正为此事烦恼的慈禧便侧过身来问袁世凯："爱卿可有灭火良策？"袁世凯立即回答："以自来水对之。"袁世凯在天津多年，天津在四年前就用上了自来水。他详细地向慈禧介绍了自来水的好处，并推荐由周学熙承办自来水厂。慈禧便命令农工商部大臣溥颋、熙彦、杨士琦赶快研究在京城建设自来水厂的问题。您看到了吧，这自来水厂首先是为消防建立的。

　　第二个特点是，自来水厂的审批速度之快前所未有。光绪三十四年（1908年）春，由农工商部三位大臣联名上奏，说："京师自来水一事，于消防、卫生关系最重要。选经商民在臣部禀请承办……"这一请示，不到十天慈禧就批准了。您看看这效率，就是放到现在，也属于高效率审批。在自来水厂创办初期，性质是官督商办，采用招商集股的形式筹集资金。为了保护民族工业，自来水公司在《招股章程》中明文规定"专集华股，不附洋股"。只要是中国人，无论官、商、绅、民都可以入股，一律享受股东权利，这正是在内忧外患的清末，我国工商业人士强烈的民族精神的具体体现。自来水公司招股集资十分顺利，本来想招华股300万元，后经计算270万元就够了，又退给股东30万元，这也为即将开始的施工打下了坚实的基础。周学熙亲自带人多处勘查，最终把孙河确定为水源，筑拦河坝建成了一个足够储存三个月的小型水库，然后再把水引入水厂，水厂选址在东直门外。

　　这一年，北京第一家股份制自来水厂成立。经过22个月的赶工，1910年3月，京师自来水公司正式向北京城区供水，日供水能力达1.87万立方米，从此，北京人跨入使用卫生洁净的自来水时代。

二、困难重重

这一年的4月，京师自来水有限公司正式启动施工建设。当时清政府落后，基本没有什么工业，绝大多数设施都要靠进口。负责器材供应的德国商人开办的天津瑞洋行，不但不按时供货还经常以次充好，把德国制造的次品器材卖给清政府。1909年11月，东直门水厂第一次试车，送水上水塔，刚合闸开机，水塔旁边的铸铁水管突然发出一声巨响，水管爆裂，水柱冲天。后查明这根水管早就有裂纹。当时中国没有能力铸造这种水管，只能硬着头皮再次购买外国水管。

任何新事物的推广使用都会遇到陈旧势力的阻挠，当时正是清朝最腐败的时期，为了埋设管道，影响了一些清朝官宦的利益，这些人放出风来说，挖地埋管道会破坏风水，鼓动多人阻止和破坏埋管道施工。在施工挖到摄政王府（现宋庆龄故居）后墙外的时候，王府的人出来阻拦，官司一直打到了慈禧那里，慈禧把带头闹事的几位贵族训斥一顿，这才使施工顺利进行。最后，共铺设了370多里的管线，安装水龙头420多个，日供水能力达1.87万立方米。

在供水之初又遇到了意想不到的问题：自来水并不受欢迎。那些达官显贵不敢喝自来水，而是仍旧喝御用的玉泉山水。为什么？说出原因您都得笑掉大牙，因为他们怕这"洋胰子水"被洋人下毒。所谓"洋胰子"，就是咱们日常用的肥皂。因为自来水从水管出来时，常有水泡，与肥皂水里产生的水泡相似，人们便心存疑虑。这种说法不但皇宫里有，在民间也传得很盛。除了洋胰子水，谣言还将自来水称为"阴水"。因为水管皆埋在地下，不见阳光，便有人传谣，这水喝了要让"阴气入体"。还有传言说"水管中有两龙相斗，喝了自来水会得罪天神"。您说这都是哪儿和哪儿呀，根本挨不着边。更有人说水管与煤气管靠得很近，煤气的毒性会渗透到水中。这些谣传，致使许多人不敢使用自来水，后来经过广泛的宣传，加上使用者的切实体会，人们才逐步地接受了自来水。

"卢沟桥事变"后，日本人占领了北京。由于用水量增大，日本人把水厂的水源由引孙河水变成了利用地下水，打了几眼深井，工艺上也得到了改进。

三、高高的水塔成了功臣

德国人在东直门水厂设计了水塔，这是北京的第一座水塔，塔高54米，容积750立方米。这个水塔十分坚固，塔身呈六角形，高六层，塔身上镶有六组二龙戏珠图案，水塔角檐上挂有铜铃，只要有微风，铜铃就会发出悦耳之声，人站在东直门城楼上都能听到。据史料记载，塔身自重加上水的重量达到千吨以上，由于这座水塔在当时为最高建筑，1948年解放军就曾经以这座水塔为标高，观测计算过国民党军队的投弹数量。可以说这座铁塔也算在中国的解放事业中作出过贡献，成了功臣。当时在解放军航空兵工作过的老同志，还曾经专门到东直门水厂附近探访过这座水塔。

可惜的是，这座水塔没有保留下来，由于当时我国百废待兴，没有资金对这座水塔进行维护，最后决定拆除，当时共拆下钢材229吨，并将其运给了最需要的地方，支援了国家建设。这是1957年的事，那一年我刚出生。

四、活力再现

2002年东直门街道办事处决定对自来水厂所在地——清水苑社区进行环境改造。在研究方案时，大家认为，自来水厂地处居民区里，不仅是公用设施，也是一处不可多得的历史文物，对一些已经损坏的建筑应该加以恢复。自来水厂取水亭里原来有一尊观音像，是观音菩萨脚踩莲花、手持净瓶往下倒水的形象，蕴含普降甘霖、滋润众生的意思，在文化大革命中被红卫兵给损坏了。看着空空的莲花宝座，专家建议和自来水厂一起恢复这座观音菩萨玉雕像，让历史更加完整。为此，设计人员请教了通教寺的佛教人士，重新绘制了滴水观音雕像，又请房山石窝最好的工匠精心雕琢，最终将一座汉白玉的观音像重新请回莲花宝座上。现在这家自来水厂，不仅担负着供水任务，还成为自来水博物馆。北京自来水博物馆是北京第一座由企业自筹资金建成的博物馆，也是北京市青少年科普教育基地和北京市节水教育基地。

新中国成立以后，北京市自来水事业发展神速，特别是改革开放以后，北京供水能力爆发式发展，供水能力50年增长了60倍。北京现在已有市区自来水厂12座，郊区自来水厂11座，为北京市民的生活和工作提供保障。1942年的时候，居民使用的水表五花八门，有日本、美国、德国、法国等八个国家的30余种水表，就是没有中国自己的水表。如今，北京制造的水表远销30多个国家，更不用说我国自己研制的各种自来水设备了。值得一提的是，南水北调工程使北京的自来水事业发生了巨大的变化。南水北调中线一期工程于2014年12月12日全线建成通水，同月27日南水进京。五年来，（截至2019年底）北京累计接收丹江口水库来水超过52亿立方米。在超过52亿立方米的进京南水中，有35亿立方米用于自来水的供应，占入京水量的七成。北京居民告别了一烧就结水碱的硬水，喝上了柔和甜美的南水。

如果再赘述一下东直门自来水厂的建筑，也是美轮美奂。来水亭是对原水进行沉淀消毒的场所，穹形圆顶造型，受欧洲古典主义建筑影响，但其顶饰造型独特，有中国古代传统建筑宝顶的痕迹，是中国近代建筑当中中西合璧的典型建筑。水厂办公楼，也是中西结合的建筑风格，建筑属于仿圆明园西洋楼的巴洛克风格，又被称为圆明园式建筑。水厂的动力车间，具有典型的欧式建筑风格，整体建筑巧妙地将西方的建筑特色与中国传统的建筑手法融合在一起，简洁大气，典雅端庄。喜欢美术和建筑的朋友去看看一定会收获多多。

北京第一座自来水厂，给我们留下了很多不可忘怀的记忆和启发，它奠定了北京市自来水事业的发展基础，其发展民族企业的精神弥足珍贵。

文明院里的党员们

秦景棉

傍晚，微风徐徐吹来，空气中飘荡着醉人的芳香。老刘家种的夜来香开花了！这是入夏以来开出的第一拨花儿，花茎细细的，花朵极小，一点也不抢眼。然而，它散发出的香味儿，把整个院子都染香了。呼吸着香气扑鼻的空气，真是一种享受。你再向四周瞧，老李家种的月季、老殷家种的百合、老宣家种的蝴蝶兰，也都争奇斗艳、竞相绽放，把整个院子装扮得五彩缤纷，充满勃勃生机。置身在此院中，让人感到分外温馨、和谐、舒畅。

这个院儿里居住着十余户人家，每个家庭中都有党员，北屋老刘家，老两口和小两口都是党员，可谓党员之家。多年来，院儿里的邻里们和睦相处，互相帮助，亲如一家人。门口那块"文明家园标兵"的牌子，他们是受之无愧的。

走进大门，向左拐或向右拐，又分为南北院。夏日的黄昏，是这个大院儿最热闹的时候，院儿里的人都下班了，吃罢晚饭，干完家务，便陆陆续续出来纳凉。有人在香椿树下放张小桌，沏壶吴裕泰的茉莉花茶，大伙儿或坐或站，家事国事天下事，聊得津津有味。闲聊中长见识，相聚中增友情。有人风趣地说："咱院儿是一家炒辣椒，呛得满院子人嗓子眼儿痒痒。"立刻有人补充道："还有呢，一家炖肉满院儿香，一家有事大家帮。"此话一点不假。

　　周日，秀秀用了一上午的时间，将全家人的衣服、床单洗得干干净净，花花绿绿晾了一院子，似一幅好看的市井画。然后，她带着孩子去逛商场。出门时还是朗朗晴空，不料购物出来，天气骤变，片刻，雷电齐鸣，暴雨如注。秀秀想起院儿里晾晒的衣物，急得抓耳挠腮，她懊恼大雨下得真不是时候，这下白洗、白晒了，全被雨水泡汤了。

　　等到雨住了，秀秀赶回家，一院子的衣物不见了。正纳闷儿，西屋的老李出来了，是他和妻子赶在大雨到来之前，把东西收进了自家屋里，挂在临时拴的晾衣绳上。多年来，无论谁家晒出衣服、被褥出门了，遇到刮风下雨，都会被邻居及时收起来。有一次刚掉雨点儿，南院西屋的老李和北院北屋的刘大妈，立刻抓起晾衣竿跑出门查看，他们在南北院相连的大门口相遇了，知道彼此已经检查过一个院，正要查看另一个院，相视一笑，便匆匆跑回各屋。

　　有一天，身强力壮、谁家有力气活都要伸把手的老李，突然肚子疼，家人让他去医院，他说没事，躺躺就好了。此时，邻居老刘来串门，看到老李疼得满脸淌汗，觉得不对劲儿，劝他必须去医院。老刘麻利儿地把隔壁老殷叫来，两人用自行车把老李送到附近医院。经检查，是急性阑尾炎。大夫说，再晚来一会儿，就会有生命危险。

　　这个院儿就是这样，无论遇到大事小事，带头帮忙的，总是各家的党员们。谁家电脑出故障了，去叫北院学计算机的大学生党员到家里诊治，很快就能恢复正常。谁家电视机没声没图像了，找院里懂电器的党员老刘上门修修，用不了多长时间，保证您能正常收看北京新闻和央视新闻。平时做饭，一时缺少点什么，比如葱姜蒜，比如油米面，可以到邻居家去借、去拿。土豆块刚下锅，还没扒拉两下，液化气罐没气了，端着锅去老李家的灶上，先把土豆烧熟，让家人吃上饭，再去换液化气不迟。有人周日加班，把孩子放在老李、老殷家，尽管放心，他们一准儿会把孩子照顾得好好的，比跟着亲爸妈还开心。

春天，李纹家门口的香椿树发芽了，摘下来，分给大家尝尝鲜儿；夏日，老潘到郊区挖了野菜，和邻居分享；秋天，宣跃门口的柿子红了，过不了几日，就会三五成堆地摆放在各家窗台上；冬天（生炉子取暖的那些年），谁家的火炉子灭了，邻居们会立刻从自家炉膛内取出红红的蜂窝煤送过去。一桩桩一件件平凡的小事，体现了人与人之间的体贴、关怀，党员们的身先士卒、勇于奉献，增强了邻里之间的美好情感。

永远忘不了那一年的那一天，党员李少贤接过当月水表单一看，发现全院用水量比上月多出很多，他判断，一定是地下管子漏水了。于是，他立刻找到房管所的水工到院里检查，来人指出了漏水的大概方位。此时，已经到了晚上，李少贤想，假如等到第二天再解决，一夜的时间不知又要跑掉多少水！多交水费事小，浪费水资源却是大事情。既然知道了有地方跑水，就应该尽快将问题解决。

全院人在各家党员的带动下，迅速行动起来，在判断漏水的北院开始挖沟，有人用镐刨，有人用铁锹铲，把挖出的土堆积在两旁，铲、镐并用，不断向深处挺进。水管在深沟中裸露出来了，好好的，没有发现漏水之处。这说明判断失误，只好重新开挖另一处。李少贤、殷学宝、宣跃、刘立新、李纹、许静等党员，嘴里冒着哈气，头上密集着汗珠，他们一刻不停地继续向纵深扩展。水管出现了，依然好好的，也没有漏水的地方。

怎么办？是放弃查找回家睡觉，还是接着干？几个党员一商量，决定继续查找。他们进一步会诊分析，有人拿出家里的听诊器，放在水管上凝神细听，有人拿改锥顶住水管，把耳朵贴上去认真探测，然后重新作出判断。紧接着，开始挖第三个坑，全院的大人、孩子一片忙碌，有的拿手电，有的举台灯，男人们在流汗，女人们在递毛巾、递水杯、递烟。孩子们像个猴子似的穿梭在大人中间，他们站在坑边，伸出小拳头，在挖沟的叔叔、伯伯背上轻轻拍着："这里酸疼吗？我给您捶捶。"

孩子们的举动、女人们的关心，温暖着几位大老爷们的心。

夜里12点了，整个院子像是在搞大会战挖地道，黄土堆成了一座座小山。漏水的地方好像成心跟人捉迷藏，迟迟不肯露出庐山真面目。大家都累了，第二天还要起早上班，本应该收工了。但找不到漏水处，哪能睡踏实？宝贵的水资源正在哗哗流失，让人心疼呀！他们让女人回去哄孩子睡觉，几名党员留下来继续干。

又一处被挖开了，随着土坑的加深，挖出的土变湿了，挖出的土变成稀泥了，紧接着水柱喷泉似的浇湿了挖坑人的衣服。漏水的地方终于找到了！殷学宝不顾寒冷，立刻匍匐在泥水坑里，费尽周折将漏水处临时堵住了。大家这才回家休息。

第二天，全院的党员下班回来了，他们分工备料，找来了铁管子、接头、麻绳等，还借来了管钳。晚饭后，撸起袖子继续干。殷学宝跳进泥坑，开始更换一段锈坏的水管。其他党员忙前忙后当助手，大家配合默契，合作愉快，又一次干到很晚。女士们看到殷学宝等人身上的泥水，关切地说："我们弄几个小菜，来瓶二锅头，犒劳犒劳你们怎么样？"他们收起各自带的工具，疲惫地笑笑说："心领了，撤，回家睡觉。"全院人在说笑中散去。

第三天，一堆堆泥土重新填进挖开的坑里，一处处砸实，铺上砖，院里又恢复了往日的整洁。

生活在26号院，遇事，大家心往一处想，劲儿往一处使，齐心合力就把问题解决了，让人感到特舒心。

党员们的无私奉献、真诚相助、贴心服务，不仅局限在大院儿内，他们的服务对象如同大树的根须，延伸到四面八方。

就拿老刘家来说吧，他家有四名党员，老刘在单位是劳动模范、先进工作者、优秀党员，他妻子是单位的三八红旗手、优秀党员，还被评为东城区和北京市好母亲，他儿子的成长故事被写进《点击金牌》一书中，他们的家庭曾被评为东城区家庭美德楷模、首都五好文明家庭、北京市书香家庭、中国书香家庭等。

老刘在单位负责自动交换机，是首屈一指的技术权威，他不仅为单位安装了自动交换机，而且在调式、维护、维修方面也是绝对的高手。机器一旦在他休息时出现故障，无论是白天还是深更半夜，他都随叫随到。他对机房了如指掌，手到病除，确保通信畅通无阻。他不仅专业技术呱呱叫，还自学了修理收音机、录音机、摄像机、计算机、打印机等家电。几十年来，他一直义务帮助街坊四邻、单位同事修理家用电器。由于他技术过硬、服务热情，许多人的家电坏了都来找他。前些年，一些老人使用的收音机、录音机、电话等时常出现毛病，那些又破又脏又老的旧电器，许多零件都老化了，修起来很费时费事。老刘时常买一些备用零件，不仅义务修理，还白搭零件，修好后，用酒精将机子擦拭得干干净净。平时，找老刘帮忙的人接连不断，就连照明灯不亮了、电风扇不转了、电褥子不热了、孩子的电动玩具等东西坏了，也都找他修理。该院的老邻居王大妈已经搬进楼里多年，每逢家中的电灯、电话、电褥子、电视机出了问题，依然找老刘帮忙。不论是刮风下雨，还是雪后路滑，老刘总是骑着自行车及时赶到王大妈家，把问题解决好。王大妈高兴地对人夸赞：叫立新来家帮忙，就像叫自己的儿子一样方便。

在帮人修电脑的过程中，如果遇到复杂的毛病，老刘便和儿子一起登门，他们父子俩互相切磋，精诚合作，一个排除硬件故障，一个解决软件毛病，很快使电脑恢复正常。

记不得是哪一年了，一天晚饭后，老刘骑着自行车，到别人家帮忙修理家电，临出门他对妻子说：今儿去的地方比较远，两台电视、一台电风扇，还有个同事说他家厨房的灯不亮了。活儿多，估计回来要晚一些，你们该睡就睡，别等我。出人意料的是，他回来得太晚了，晚到妻子实在承受不了了。她一趟又一趟地到胡同口看，也不见老刘回来，都夜里两点了，她心急如焚，担心路上会不会出什么事，越想越坐卧不宁。当时没有手机，也不知道他去的地方在哪里。

实在是太着急了，她敲响老李家的门，说明了情况。听到老李爱人睡眼惺忪地说，快起来，帮着去找找。老李出门就劝她："别着急，他一个大男人，不会有什么事。"然后问："知道去谁家了吗？他骑车是奔东还是奔西了？"老刘妻子一概不知道。于是，他们只能在胡同里来回转，这边走走，那边看看，这种情况下，根本无处可找，老李能做的，就是稳住老刘妻子的心，他看她快要崩溃了。

突然，有个骑车人驶向十一条胡同，是老刘回来了。妻子见到他的那一刻，声音变成了哭腔："你想把人急死啊？！"老李说："没见过你这样义务服务的，赶明儿再出去帮人修东西，别太晚了，让家里人担心。"老刘笑笑说："竟顾着忙乎，忘记看表了，去一趟，想把所有问题都顺带解决了。"

这个院儿里的党员们，无论是在单位还是在家，都是好样的。他们用自己的实际行动，继承了老一辈共产党员的优良传统和奉献精神，他们从大处着眼，从小处着手，踏实认真地干好当下的每一件事情。他们发扬"为民服务孺子牛、创新发展拓荒牛、艰苦奋斗老黄牛"的精神，为全面建设社会主义现代化国家做着实实在在的事情。

文明院里故事多，文明院里的党员们，每天都在为社会创造着闪耀光芒的温暖和美好。他们的所作所为，就像他们各家各户种植的花卉一样，美化了生活，芬芳了日子，奉献了他人，促进了和谐。他们都在通过各自的方式，为创造更加美好的明天做着奉献，为实现强国梦添瓦加砖。

（作者为北京作家协会会员、东城作家协会理事）

后 记

杨建业

年年编写"东城故事"，但能在2021年编这本名为"逐梦前行映初心"的"东城故事"，既是百年一遇的机遇，更感受到至高的荣誉，也担负着无可推卸的使命和职责。

习近平总书记在庆祝中国共产党成立100周年大会上的重要讲话中讲道："在这里，我代表党和人民庄严宣告，经过全党全国各族人民持续奋斗，我们实现了第一个百年奋斗目标，在中华大地上全面建成了小康社会，历史性地解决了绝对贫困问题，正在意气风发向着全面建成社会主义现代化强国的第二个百年奋斗目标迈进。这是中华民族的伟大光荣！这是中国人民的伟大光荣！这是中国共产党的伟大光荣！"

这段话我印象十分深刻，历史是由一个个时光节点来让人记忆，给后世启迪的。人生需要里程碑，中国共产党成立100周年就是中华民族发展历程中的又一个重要的里程碑。而我作为一名共产党员，亲身经历了这个时刻，这是难得的人生际遇。我这些年也亲身经历了很多重大的历史事件，但那些事件给我的感觉都不如这次建党百年华诞这般，给我一种无比欢畅的愉悦感。扬眉吐气，骄傲自豪，意气风发，"可上九天揽月，可下五洋捉鳖，谈笑凯歌还"。我上学的时候，第一次读到毛主席写的诗词《重上井冈山》，就感受到革命伟人的那种翻天覆地的气概、那种斗转星移的魅力，这是任何一种其他党派和势力都无法比拟的。领导中国人民当家做主的只能是中国共产党。习近平总书记在天安门城楼上讲道："一百年来，中国共产党团结带领中国人民，以'为有牺牲多壮志，敢教日月换新天'的大无畏气概，书写了中华民族几千年历史上最恢宏的史诗。这一百年来开辟的伟大道路、创造的伟大事业、取得的伟大成就，必将载入中华民族发展史册、人类文明发展史册！"这些话，这些事，都将被铭刻在人类发展的荣耀榜上。

这几年，"东城故事"系列文集每年一本。2018年的《改革开放话东城》，致敬改革开放40周年。2019年的《70年北京东城足迹》荟萃中华人民共和国成立70年的光辉业绩。2020年的《二〇二〇印记》是以抗击新冠疫情和全面建成小康社会为主题。2021年的"东城故事"的主题，无疑是献礼建党百年华诞！是东城作家协会用倾情之作、热血文字，为中国共产党成立一百周年树立的一座丰碑。

年初开始策划这本书，向区委宣传部上报书名时，虽然文章的征集工作还没有开始，但我还是用力在电脑的键盘上敲下了"逐梦前行映初心"这七个字。没有共产党就没有新中国。人民，第一次成了国家的主人！每一个职业，都让人感到自豪；每一次劳作，都让人感到振奋；每一个日夜，都让人情怀激荡。共产党给了我们信念，共产党给了我们力量，共产党给了我们最明朗的天、最温暖的家。我坚信，东城作家协会的作家们，一定会用他们的如椽巨笔，将一百年来中国共产党在东城区这片热土上创造出的无数造福人民、改变社会、发展事业的光荣业绩和感动人物，精粹成文，汇集成书。

感谢东城区委宣传部、东城区文联对本书给予的大力支持。在本书稿件的征集过程中，多方参与，共谋合力，使最终呈现的稿件，既有力量又有温度，既奏响黄钟大吕又倾诉曲院荷风。本书特别收录了几位在校中小学生的文章。青少年是国家的未来，是文学殿堂的明天。在建党百年华诞之际，学生们虽然稚嫩但情感真挚、饱满的文字，让我们看到了希望，更感到振奋。

在本书正式出版之际，我们迎来了东城作家协会第三次会员代表大会。大会圆满成功，会上推选出的东城作家协会第三届理事会和主席团，将一如既往地团结作家队伍，关注现实生活，促推优秀作品。在时代的发展中，中国共产党应运而生，而且，始终不渝地坚持为中国人民谋幸福、为中华民族谋复兴的初心。东城作家协会的作家们，将用自己的作品不断讴歌中国共产党，书写共产党惊天动地的伟大业绩，用进行伟大斗争、建设伟大工程、推进伟大事业、实现伟大梦想的时代精神，谱写中国文学更加辉煌的新篇章！